KB163417

어느 무명 철학자의
유쾌한 행복론

세상에 단 한 권의 책을 남긴 사람, 전시륜

어느 무명 철학자의

유쾌한 행복론

전 시 륜 지음

행복한 마음

어느 무명 철학자의 유쾌한 행복론

개정2판 1쇄 인쇄 | 2015년 9월 1일
개정2판 2쇄 발행 | 2021년 10월 26일

지은이 | 전시륜
펴낸이 | 최병윤
펴낸곳 | 행복한마음
출판등록 | 제10-2415호(2002. 7. 10)

주소 | 서울시 마포구 성미산로 2길 33
전화 | 02) 334-9107
팩스 | 02) 334-9108
이메일 | bookmind@naver.com

거저 얻은 이 삶을 어떤 자세로 무엇으로 채울 것인가

최성각(소설가, 풀꽃평화연구소장)

2000년 여름, 이 책이 세상에 처음 나왔을 때, '첫 번째 앞글'을 쓰게 될 기회를 얻은 나는 이영기 대표를 '눈이 밝은 이'라고 표현하면서 책을 출간해 준 데 대해 감사를 표했다. 아무도 이 책의 가치를 바로 보지 못하고 외면할 때 그가 선택한 안목에 대해서는 지금도 그렇게 생각한다. 하지만 세월이 흘러 출판사는 여러 사정상 이 특별한 책을 더 이상 지키지 못하게 된 모양이다. 자세한 사정이야 깊이 모르지만, 참으로 아쉬운 일이 아닐 수 없었다. 수많은 책들이 세상에 나타났다가 부질없이 사라지곤 하는 게 세상 이치이긴 하지만, 이 책마저 출판사의 명운과 함께 수명을 다한다는 게 여간 섭섭한 일이 아닐 수 없었다. 하지만 다행히 새 출판사에 의해 새롭게 이 책이 살아나게 된 일은 여간 다행스러운 일이 아니다.

이 책의 재출간을 다행스럽다고 하는 것은 무엇보다도 이 책의 내용 때문이다. 이 책의 저자 '전시륜'이라는 인물을 나는 생전에 한 차례도 만나 본 적도, 육성을 들은 적도 없다. 하지만, 그분 의사와 관계없이 그분이 남긴 이 책으로 인해 내 삶의 어느 부분인가 아주 좋고 유쾌한 기운으로 채워지게 된 것이 사실이다. 어떤 일이 참으로 중요하고, 어떤 일이 진정 감사할 일이고, 어떤 일이 급하지 않은 일인지 이책은 낮은 목소리로 들려준다. 읽는 이를 억압하지 않으면서 이 책은우리가 만약 늘 분수를 지키고, 삶을 잘 즐긴다면 하루하루가 벅찬 선물이라는 것을 들려주고 있다. 일찍 한국을 떠난 그는 평생 읽기와 쓰기, 여행, 그리고 낮잠을 좋아하는 단독자였고, 자유인이었고, 무엇보다 자기 삶의 주인이었다. 그래서인지 이 책을 손에 쥐게 된 이들은 한결같이 이 책을 읽는 시간이 참으로 유쾌한 여행이었다고 말하고 있다.

이 원고를 처음 접한 것이 벌써 10여 년이 되어간다. 기연이라면 기연이다. 사람으로 태어나 어떻게 살아야 할 것인가? 거저 얻은 이 삶은어떤 자세로 무엇으로 가득 채워야 할 것인가? 전시륜의 삶과 글은 제대로 정신이 박힌 사람이라면 비극적이라고 인식할 수밖에 없는 이 삶을 그럼에도 매순간 유쾌하게 살아야 한다는 것을 역설하고 있다. 나는 무명 철학자 전시륜과 그가 생전에 단 한 권 모국어로 번역되어 널리 읽히기를 바랐던 이 책이 다시 우리 곁에 가까이 있게 된 것을 참으로 기쁘게 생각한다.

이 책을 접하게 된 이들은 바로 그런 이유 때문에 작은 복을 받은 분들이라고 생각한다.

2007년 겨울
최성각

평범한 사람의 행복론은 평범한 사람들의 몫

최성각(소설가, 풀꽃평화연구소장)

책의 판매에 별 도움이 되지도 못할 게 분명한 필자가 앞글이라는 이름의 이 어색한 글을 지금 기꺼이 쓰고 있지만, 필자는 단 한번도 이 책의 저자인 전시륜 선생님을 뵌 적이 없다.

그러나 우연히 그분의 글을 읽게 되자, 언젠가는 만나뵙고 인사드리고 싶은 깊은 충동을 느꼈다. 그러나 끝내 필자는 그분에게 인사드릴 기회를 가질 수 없게 되었으니, 전 선생께서 세상을 떠났기 때문이다. 그러므로 필자가 생면부지의 분이 세상에 딱 한 권 남긴 책의 '앞글'을 쓰게 된 것은 어찌 생각하면 매우 외람되고, 어찌 생각하면 인력으로 어떻게 할 수 없는 인연의 힘이 아닌가 싶다.

흔히 사람들이 책을 낼 때 책의 날개에 길게 밝히려고 애쓰는, 그런 종류의 내세울 것이 아무것도 없는, 지극히 평범한, 그러나 이 세상에 분명히 얼마간 머물렀던 한 특별하고도 개성적인 존재였던 전시륜 선생님. 그가 이 세상을 살면서 기꺼운 마음으로 즐겨 쓴 이 한 권의 책은 사실 1998년에 이미 출간되었어야 할 책이었다. 출간을 서둘렀건만, 저자는 끝내 책을 손에 잡아보지 못하고 세상을 떠나고 말았다. 독자들의 시선을 끌 내세울 만한 특별한 이력도 없는 무명인인 데다, 저자가 살아 있지 않다는 것은 출간에 속도가 붙는 데 결함으로 작용했던 것이다.

필자에게 전시륜 선생님에 대해 처음 이야기해주신 분은 필자와 함께 일하고 있는 시민환경단체 '풀꽃 세상을 위한 모임'의 대표이신 정상명 선생님이셨다.

어느날 정 선생님이 말했다. "미국에 애들 고모부님이 계신데, 드물게 멋있는 분이시다."라고. 그것이 그분에 대해 들은 첫 이야기였다. 그때 결혼을 위해 그가 젊은 날 지방 신문에 광고를 낸 적도 있는 괴짜라는 사실을 알게 되었고, 공대생이었으나 6·25로 학업이 중단되었으며, 부산 피난 중에는 양공주들의 통역사 노릇도 하고, 제대한 뒤에 어렵던 시절을 힘들게 전전긍긍하다가 1960년대 초반, 혈혈단신으로 세계의 온갖 뜨내기들이 다 모인다(그의 표현)는 기회의 땅, 미국으로 밀항하듯 건너갔다는 이야기를 듣게 되었다. 전쟁을 겪은 젊은이들이 다 조국을 떠나지는 않지만, 전쟁은 무릇 한 젊은이로 하여금 색다른 선택을 하도록 만들 수도 있다는 것을 이해하는 일은 그리 어렵지 않았다. 미국에서 그는 어찌어찌해서 대학에 들어갔으며, 대학에서는 철학을 전공했다고 한다. 평소 글쓰기를 좋아해 일찍부터 교내 신문에 칼럼을 썼는데 인기가 매우 좋았다고 한다.

그러나 정 선생님에게 이야기를 들을 때는 그저 '친척 중에 그런 분이 계시는구나.' 하는 정도였다. 그러면서 언젠가 그분이 귀국하면, 멋있는 분이라니까 뵙고 인사나 드릴 수 있을까, 하는 정도였다. 그리고 얼마 뒤, 필자는 정 선생님을 통해 그가 썼다는 두툼한 원고 뭉치를 보게 되었다. 그게 1998년 여름 무렵이었다.

젊은 날 한국을 떠나 임종 때까지 외국에서 생활했던 전 선생의 한평생 소원은 모국어로 된 자신의 책 한 권을 세상에 펴내는 일이었음을 알게 된 것도 그때였다. 그리고 원고를 읽고 난 뒤, 왜 정 선생님이 아이들의 고모부라는 인척 관계를 떠나 한 인간으로서 그를 '드물게 멋있는 분'이라고 표현했는지 비로소 이해할 수 있었다. 지금은 이 세상에 계시지 않은 전시륜, 그분과의 만남은 그렇게 이루어졌다.

어떤 원고에서는 깊은 감동을, 어떤 원고에서는 배꼽을 잡고 오랫동안 소리 내어 웃어야 했다. 그의 원고를 읽는 시간은 정말 즐거웠다. 글을 쓰는 것이 업인 어떤 사람의 글보다 그의 글은 생기가 있었고, 삶에 임하는 태도는 경쾌했고, 글의 바닥에 깔려 있는 내용들은 풍요로웠다. 나중에야 알았지만, 그의 집필 과정은 영어로 생각한 뒤 영한사전을 통해 우리말을 찾으면서 쓰여졌고, 나중에 그의 조카 손녀들이 한글로 컴퓨터에 입력하는 방식이었다. 영어로 생각한 것은 그가 조국을 떠난 지 너무나 오래되었기 때문인 데다, 미국에서 그의 직업이 영어로 생각하고 영어로 문장을 쓰는 일과 관련되어 있었기 때문이라는 것도 알게 되었다.

그의 원고를 읽는 드물게 즐거운 시간 동안, 필자는 이분이 얼마나 인생에 대해서, 세계에 대해서 스스로를 열어놓고 있는 사람인가를 절감할 수 있었다. 그리고 알게 되었다. 그는 자유로운 영혼을 가진 매혹적인 사람이었음을. 그가 이 고달프고 따분하고 눈물 많은 인생을 더할 나위 없이 진지하면서도 기본적으로는 장기 게임처럼 즐겁고 유쾌하게 견뎌내고 즐겼음을. 그가 어쩌면 영원히 이해할 수 없을지도 모르는 이 불가해한 인생을 잠시 왔다 지나가는 객客이 아니라 '당당한 주인'으로 살았던, 유쾌한 삶의 전사戰士였음을 알게 되었다.

마음이 실려 있지 않은 글들의 홍수에 식상해 있던 터에, 그의 살아서 펄펄 뛰는 생선처럼 싱싱하고 정직한, 그리고 풍성한 교양에 바탕을 둔 자신만의 인생이 녹아 있는 그의 글은 매혹, 그것이었다. 이 세상에 좋은 것들은 무엇일까. 그것은 허락된 모든 시간을 '사랑하고 끝없이 배우는 일'로 채우려는 자세 그것일 터이고, 어떤 경우라도 유머 정신을 잃지 않는 낙관적인 인생관, 그것일 터였다. 그의 원고를 접한 뒤, 나는 한번도 그를 만나 인사를 드리지 못했지만 혈육 같은 친밀감을 느꼈다. 그런 감정과 그런 관계를 '영혼의 친구'라고 하던가. 그러고 보니 정말 그랬던 것 같다. 보잘것없는 필자 같은 사람을 형성시킨 수많은 정신의 스승들처럼, 원고를 통해 만났을 뿐인 그분을 나는 내 정신의, 내 인생의 유쾌한 선배로 생각하기 시작했던 것이다.

필자는 이토록 유쾌한 인생관을 혼자 읽기 뭣해서 곧 출간을 위해 애썼다. 그런 와중에 췌장염에 걸려 투병하던 그분은 결국 시한부 인생을 선고 받았고, 한국에서의 책 출간을 그토록 기뻐하셨다고 하건만, 책이 나오기 전에 세상을 뜨고 말았다. 저자 생전에 출간해드리고 싶었던 소박한 필자의 바람과 그 바람이 출간 지연으로 말미암아 어떤 씁을 수 없는 부채감으로 남게 된 것이 결국 오늘 이렇듯 귀한 책의 어줍잖은 '앞글'을 쓰게 된 동기라면 동기가 된 것이다.

　모든 사람의 인생론은 결국 행복론이라고 말한 사람이 마르쿠제였던가. 씩씩하고 유쾌하게, 그러면서도 품위를 잃지 않고 살았던 한 평범한 인간의 삶에 대한 꿈틀거리는 익살과 삶에 대한 이해를 게을리 하지 않았던 성실성은 우리에게 행복은 상태가 아니라 하나의 자세라는 것을 느끼게 해주고 있다. 차례를 넘긴 뒤 이 책의 아무 장이나 펼치는 순간, 독자 여러분은 이전의 수필집에서는 볼 수 없었던 전혀 다른 독서의 즐거움을 느끼게 되리라 믿는다. 그 즐거움 끝에 깊은 공감을, 그리고 그 공감은 결국 우리들 평범한 사람들의 삶을 살찌우리라 믿는다. 감히 독자 여러분의 일독을 권한다.

2000년 여름

최성각

CONTENTS

프롤로그

독자에게 올리는 사과문

　세상에 책을 내놓으면 저자의 학력과 경력을 밝히고 점잖은 사진도 한 장 첨부해야 하는 것이 상식일 줄 압니다. 그래서 어쩔 수 없이 제 소개를 드립니다. 저는 1932년 충청북도 벽촌에서 상투쟁이의 아들로 태어났습니다. 저희 마을에서는 보기 드문 행운아로서 서울공대에 입학까지 했는데 6·25가 터져 학업을 계속하지 못했습니다. 그래서 그만 훗날 충주비료 공장장이 되어 지방유지로 떵떵거리며 잘 살겠다는 소년 시절의 꿈은 조각이 나고 말았습니다. 그 뒤 군대생활, 그리고 뜨내기 생활로 9년 동안 아까운 청춘을 허비하고, '이왕 버린 몸' 하는 심정으로 모든 표류자들이 다 모인다는 미국으로 날아갔습니다. 그곳 대학에서는 철학을, 대학원에서는 물리학을 공부했습니다.

미국에 오기 전에 장가를 들려고 군대에 있을 때, 신문에 구혼 광고를 내는 등 갖은 애를 썼지만 뜻대로 되지 않아 실패하였습니다. 그래서 미국에 와서 운도 트이고 사기도 좀 쳐서 다소 안정이 된 뒤, 서울에 있는 아가씨와 6백여 통의 편지를 주고받은 뒤에야 결혼을 할 수 있었습니다. 그리고 아들 둘, 딸 하나를 얻었습니다.

미국에서는 접시닦이와 골프장 캐디 노릇도 했고, 전자회사의 엔지니어 노릇도 했으며, 구제 시장 전문가로서 6대륙을 헤매고 다니는 행운도 누려보았습니다. 그러다가 나이 들어 엊그제 은퇴를 하고 이제 좀 편히 살려고 작심을 했는데, 난데없이 췌장암에 걸려 앞으로 고작 석 달 정도밖에 더 살지 못할 것이라는 사형선고 비슷한 통보를 받았습니다. 불행이라 생각할 수도 있지만 어쩌면 삶이 제 성격에 맞는 각본대로 진행된 것 같기도 합니다. 저는 후회 없이 재미있는 인생을 보냈습니다.

저를 아는 지인들은 '괴인'이라고 하기도 하고, 더러는 '기인'이라고도 하면서 몇 년 전부터 저의 멋진 건달생활을 의미 있게 정리해보라고 종용했습니다. 그들은 멋진 건달생활의 비결을 갖고 혼자 저 세상으로 가지 말고, 약간의 처방을 좀 남겨놓고 가라며 막무가내로 떼를 썼습니다. 떼를 쓴다고 해서 남겨놓을 만한 변변한 이야기가 있는 것은 아니지만 어떻게 생각하면 친구들 말대로 삶을 퍽이나 자유롭게 살았던 것 같기도 해서, 지난 3년 전부터 틈 나는 대로 '엉터리 수필'을 끄적이기 시작했습니다.

평소 뭘 읽고 끄적이는 일에 그리 질색을 하던 사람은 아니었지만, 역시 글쓰기란 쉬운 일이 아니었습니다. 미국에 온 뒤, 근 40년 동안 한국에서 출판된 신문이나 잡지 한 권 제대로 읽지 않았던 터에, 그나마 빈곤한 어휘 실력에, 표준어, 띄어쓰기, 철자법 같은 기본적인 글쓰기의 약속을 지켜내기란 여간 어려운 일이 아니었습니다. 영어로 생각한 뒤, 영한사전을 통해서 한국말을 찾아 적당한 단어와 표현을 뜯어맞출 수밖에 없었습니다.

그러던 중 다행히 두 천사가 나타났는데, 바로 큰누님의 쌍둥이 외손녀, 정은혜와 정선혜였습니다. 그 애들이 미국 할아버지의 인생철학이 개살구보다도 맛있다며 저를 적극적으로 도왔던 것입니다. 그래서 틈틈이 노트에 제 생각을 적어서 보내면 그 애들이 한글로 컴퓨터에 입력하기 시작했습니다. 이런 상태인지라 제 이름 석자를 달고 나오는 글이라도 퇴고할 여지가 전혀 없었습니다. 애들한테도 미안했습니다. 그래서 지난 해 저는 한글 소프트웨어를 하나 구해 직접 키보드를 두드리기 시작했습니다. 그러던 중 또 하나의 기적 같은 일이 일어났으니, 한국말을 잘 아는 미셸*Michelle*이란 한국 여자가 저를 돕겠다고 나선 것입니다. 왼뺨에 키스를 당하면 바른 뺨도 돌리라는 예수의 말을 따라서, 저는 이 천사 또한 받아들였습니다. 제 글이 선교사의 잔소리처럼 들리지 않는다면, 다소라도 제 글이 자연스레 한국의 독자 여러분들에게 전달된다면, 그것은 전적으로 지금 말씀드린 세 천사들의 거룩한 희생 정신에서 비롯된 것임을 밝힙니다.

미국에서 전시륜

어느 무명 철학자의 시시한 이야기

유언

1982년의 일이다. 내가 싱가포르에 간 뒤 3년쯤 되었을 것이다. 덥고 습기가 많은 열대지방의 기후가 내 체질에 맞지 않았던 모양이다. 손등에 혹이 생기고 눈썹 밑에 문둥이같이 자루가 생겼다. 차츰 숨이 가빠지고 기침이 심해져 엑스레이 사진을 찍어봤다.

결과가 나오자 의사가 고개를 흔들고 혀를 차면서 내게 사진을 보여주었다. 어이쿠, 그런데 이게 어찌된 일인가. 나의 폐가 술집 아주머니 속옷같이 지저분한 먹지장처럼 보이는 게 아닌가.

그 뒤 전문의와 상담하고 1986년 미국에 돌아와 양쪽 폐 일부를 도려내어 생검*biopsy*을 했다. 의사 말이 폐암은 아니어서 몇 달 더 살 수 있는데 공기 맑은 곳에 가서 심호흡을 하고 만세삼창을 하면 4~5년, 운이 좋으면 10년도 더 살 수 있다고 했다.

다시 싱가포르에 돌아와서 계속 치료를 받던 같은 해 10월 17일, 난 변호사 사무실에 가서 다음과 같은 유서를 남겼다. 그때 아내는 만 마흔일곱 살, 큰아들 데니스Dennis는 열여덟 살, 둘째 아들 데이비드David는 열여섯 살, 막내딸 셀리나Selena는 열다섯 살이었다.

전시륜의 유서

미국의 사회보장 번호 403-56-4689를 소유한 본인, 전시륜은 다음과 같은 유서를 남긴다. 나는 이 글을 아내 천건희 씨, 우리 아이들 데니스, 데이비드, 셀리나를 위해서 쓴다. 이 유서는 법적 집행을 요구하는 문서라기보다는 나의 개인적인 소망이란 것을 말하고 싶다.

1. 1986년 10월 현재, 우리 총 자산은 약 10만 달러다. 당좌예금 계좌에 2만 달러가 있고, 할아버지 안락의자, 목조 코끼리, 기타 가구를 셈하면 그 값이 1만 달러는 될 것 같다. 미국에 있는 집을 오늘 판다면 은행 빚, 복덕방 수수료를 빼고도 7만 달러는 될 것이다.

   10만 달러가 큰 돈은 아니지만 무시할 만한 것도 아니다. 1984년 통계에 의하면 가구당 평균 자산은 4만 3백 달러고 부유층인 상위 12퍼센트의 평균 자산은 12만 3천 달러라고 한다.

   이 돈으로 햄버거 몇 개를 살 수 있나 계산해보라. 나의 유산을 가지면 네 명이 아침에 두 개, 점심에 두 개, 저녁에 두 개씩, 11년 5개월 동안 사 먹을 수 있다. 햄버거도 최고급 2달러짜리로 말이다.

2. 현재 나의 가장 큰 관심사는 사후 처에 대한 재정적 보증과 아이들의 대학 교육에 있다. 운이 좋아 1993년까지 살 수 있다면, 막내 딸애가 졸업하는 그 해까지 나는 최선을 다해서 학비를 조달할 것이다.

그리고 내가 오늘 죽는다 하더라도 크게 걱정할 필요는 없다. 내가 죽게 되면 아내가 생명보험회사로부터 나의 3년 간 연봉에 해당되는 돈을 받게 되어 있고, 이 돈을 가지면 아이들 셋이 버지니아 주립대학 재학시 4년 동안의 학비와 숙비, 용돈 모두를 충당할 수 있다. 아이들 교육비를 쓰고 난 나머지 총 자산은 나의 아내에게 넘긴다.

3. 나의 시체를 어떻게 처리하는가는 너희들에게 맡긴다. 나는 화장이 좋을 것 같다. 간단하고 돈도 많이 들지 않고, 또한 위엄 있는 방법인 것 같다. 화장을 함으로써 흙에서 나와 흙으로 돌아간다는 생각이 내 허영심을 간질어준다. 화장을 하게 되면 묘지를 구한다, 시체를 파묻는다, 벌초를 해야 한다는 등의 골치 아픈 일이 없어서 좋다. 특히 비가 오고 눈이 오는 날이면 묘지 방문이 보통 고역이 아니라고 생각한다.

염라대왕이 허락해준다면 나는 수요일에 죽고 싶다. 월요일에 죽으면 첫날부터 재수 없다고 투덜댈 테고, 금요일에 죽으면 다

가오는 주말을 망치는, 미국 헌법에 어긋나는 엉터리 수작이라
고 아우성을 칠까 두렵다.

4. 아내에게 부탁 드립니다. 내가 죽자마자 당신이 해야 할 의무는
내 시체가 당신에게 어느 정도 가치가 있는가를 알아내야 된다
는 것입니다.

사회보장처, 나의 전 고용인들에게 문의해서 나의 법적인 아내
로서 당신이 다달이 돈을 얼마 타먹을 수 있나 알아보십시오. 법
적으로 당신이 찾아먹을 수 있는 돈을 못 받는다면 이것은 불법
적인 행위요, 비애국적인 태도라고 봅니다. 차마 어떻게 죽은 남
편을 이용하냐고요? 여보, 내 돈을 타먹지 않겠다면 당신은 나와
결혼한 의의가 없지 않소?

다음, 재정고문관을 구하십시오. 우리 아이들이 3~4년 지나면
돈 관리를 곧잘 할 줄 믿습니다. 미국에서 자라 돈 냄새를 잘 맡
을 것입니다. 필요하다면 밴쿠버에 사는 프로이드 틴스키나 스
프링 필드에 사시는 김윤수 씨의 조언을 구하십시오. 그들은 세
심하고 어진 분들이고 돈이 있어 노파를 사기 치지는 않을 것입
니다. 내 조카딸 효숙이를 믿어도 됩니다. 그애는 빈틈없고 사업
에 눈도 트인 아이입니다. 급하고 답답할 때는 조이스 오링거나
옥자와 이라이에게 전화를 거십시오. 모두들 당신을 도와주려고
전력을 다할 것입니다.

제가 죽은 뒤 재혼하는 것이 좋지 않겠어요? 좋은 생각이라고 믿
습니다. 『탈무드』에 의하면 여자 없는 남편은 반쪽이라고 하니

까, 남자 없는 여자도 모자라는 인간이겠지요? 당신이 모자라는 인간이 된다면 저는 땅속에서 눈물을 흘릴 게 아닙니까.

젊었을 땐 성행위가 있어야 소화가 잘 되듯이 노년에도 서로 기대고 의지할 반려자가 필요합니다. 농담을 주고받고 서로 깔깔 껄껄 웃을 수 있는 사람을 찾아보시오. 내가 코를 골 때마다 당신에게 두통이 온다니까 먼저 코를 고느냐고 슬쩍 물어보십시오. 오비드가 쓴 『연애술법 *The Art of Love*』이라는 책은 남편을 낚는 온갖 방법을 가르쳐줍니다. 제발 그 책을 한 번 읽으십시오. 예를 들면 '장례식은 꼭 우울해야만 된다는 법은 없고, 오히려 이곳을 새 로맨스의 시발점으로 생각하라.'고 도사 선생님은 말씀하십니다.

'진심에서든 인위적이든 당신은 슬픔을 가장하고 닭똥 같은 눈물을 뚝뚝 떨어뜨리기만 하면 됩니다.'라는 것은 눈물을 흘리는 여인보다 이 세상에서 더 감동적이고 아름다운 여자는 없기 때문입니다. 장례식이 채 끝나기도 전에 조객으로 온 신사 홀아비가 당신과 화촉을 밝히자고 제안해 올 수도 있습니다. 재혼을 할 경우 남편과 살은 섞되 은행장부는 섞지 마십시오. 유언을 남길 경우 당신 재산의 최소한 반을 아이들 명의로 남기십시오. 깨지기 쉬운 달걀을 모두 한 바구니 속에 담는다는 것은 좀 위험한 일이 아니겠습니까.

그리고 아이들과 좋은 친분을 유지하십시오. 애들이 커서 결혼하여 자기 자식을 키우게 될 때 정말 어머니가 얼마나 훌륭하셨는지 깨닫게 됩니다. 내 자식을 길러보지 않은 사람은 부모를 진실로 존경하고 사랑할 수 없습니다. 그러니 아이들이 너무 철이 안 났다고 실망하지는 마십시오. 손자 손녀들이 생기면 꼬마들에게 한국말을 가르쳐주면서 소일하는 것도 좋겠어요. 그럴 경우 수업료를 단단히 받을 것을 잊지 마십시오.

그럼 복 받고 운수가 트이기를 빕니다. 자연이 준 온갖 선물 중에서 제일 소중한 것이 운이 아닌가 합니다. 몸조심 하시고 틈 나는 대로 의사 선생님을 찾아가서 건강진단을 받으십시오.

5. 우리 아이들에게

a) 건강은 인생에서 행복의 반을 차지한다. 그러니까 너희들은 몸간수를 잘하기 바란다. 데니스 녀석은 정신이 없어 오토바이에 치였는데 앞으로 조심하고, 데이비드는 특히 눈 간수를 잘해서 시력을 보호해야 한다.

마약에 손대지 말고 담배를 피지 말아라. 나는 담배를 너무 피운 탓에 폐가 망가져 거의 죽을 지경에 이르렀다. 운전은 조심스럽게 하고 난폭한 운전사는 피하기 바란다.

미국은 자유국가인지라 국민들이 4백만 개의 권총을 가지고 있다. 총알에 맞아 죽는 데 꼭 이유가 있는 것은 아니다. 코 푸는 데 너무 소리를 크게 냈다고 총에 맞아 죽고, 옆집 아주머니에게 '안녕하세요.' 하고 인사를 할 때 지나치게 미소를 띠어도 피살당할 수 있다.

중국의 성인 노래자는 죽음이 닥쳐왔을 때 나체로 거울 앞에 서서 돌아가신 부모님의 이름을 부르며, 자신은 당신이 주신 몸을 단 한 개의 상처, 단 한 개의 할큄도 없이 보전해왔노라 했다. 이런 얘기를 하는 이유는 건강은 개개인의 행복에 필수 불가결한 요소일뿐만 아니라 효도의 첫 조건이라는 말을 하기 위해서다.

b) 누구나 학교 가기를 싫어한다. 그러나 나는 너희들이 최소한 4년제 대학을 졸업할 것을 분부한다. 접시닦이를 하면서도 보람 있게 생계를 유지하고 아이들을 대학에 보낼 수 있는 복 받은 나라가 미국이다. 그런데 왜 돈을 쏟아 부으면서 골치 아픈 대학 공부를 해야 되느냐고? 학위는 더 넓은 기회를 의미한다. 헌법에서는 모든 사람은 동등하게 태어났다고 말하지만 대학 졸업생은 더욱더 동등한 것 같다. 학위 없이는 생존경쟁의 출발점에 나서지 못할 수도 있다.

대학 교육의 멋은 졸업장을 받은 뒤에도 네가 소망하는 대로 접시닦이를 할 수도 있고 청소부도 할 수 있다는 데 있다. 무엇보다도 대학생활은 마치 롤러 코스터를 타는 것과 같이 좀 겁도 나고 어지럽기도 하지만 몸이 오싹오싹하고 짜릿짜릿하게 하는 신나는 경험이다. 한번 타보고 인생 경주의 승차권을 한 장 얻기 바란다.

c) 너희들은 모두 그 어느날 결혼하기를 원하겠지. 몇 천 년 동안 사람은 결혼하는 것이 좋은가, 아니면 혼자 사는 것이 좋은가, 하고 핏대를 올리며 토론했다. 악덕한 부인과 결혼한 소크라테스는 이렇게 말했다.

'결혼을 해도 후회하고 결혼을 하지 않아도 후회하는 것이 인간이다. 그러나 나는 결혼을 권장하고 싶다. 착한 부인을 만나면 당신은 행복할 것이요, 나같이 악덕한 부인을 만나면 당신은 철학자가 될 수 있기 때문이다.'

나는 동감한다. 그러나 오직 철학자가 되기 위해서 결혼하지는 말기 바란다.

배필을 선택하는 데 최선의 방법은 무엇일까? 모두 말하기를 여기엔 과학적인 방법이 없다고 한다. 바보 천치도 쉽게 정열적인 사랑에 빠질 수 있다. 문제는 일단 사랑에 빠지면 이를 어떻게 계속 유지할 수 있느냐에 있다. 흔히 사랑은 영원하다고 한다. 그러나 요즘 통계에 의하면 영원은 2달짜리도 있고 60년짜리도 있는 것 같다. 가장 그럴듯한 충고는 시인 로버트 프르스트의 말이다.

'결혼하기 전에는 두 눈을 똑바로 뜨고, 일단 결혼을 한 뒤에는 한쪽 눈을 지그시 감아야 한다.'

결혼은 행복과 동의어가 아니다. 네가 결혼했다고 해서 행복이 신사복을 입고 넥타이를 매고 네 앞에 와서 절을 해주길 바라는 것은 얼빠진 생각이다. 행복幸福이란, 글자 그대로 '요행'이요, '복'을 뜻한다. 이를테면 행복은 대체로 운인데 그 누구도 뇌물을 주어 운의 관심을 끄는 방법을 모른다. 결혼이란 단순히 자연이 마련한 인류 종족보존의 한 수단이지 행복과 불행과는 아무런 관계가 없다.

결혼은 남편과 부인의 관계가 아니라 부모와 자식의 관계다. 그러면서도 한없이 보람 있는 경험이 결혼이다. 행복이란 내 자식들이 자라는 것을 본다는 것, 데니스가 터치다운 하는 것을 보고, 데이비드가 여드름과 싸우는 것을 보고, 셀리나가 연지도 찍어보고 곤지도 발라보는 것을 보는 데 있다.

오래 살아서 그 어느 날 손자 손녀들이 재롱 떠는 것을 보고 싶다. 어린애들을 모아 할아버지에게 인사드리는 방법도 가르쳐주고 싶다. 그러나 늙는 데도 재미가 없는 것은 아니다. 인생은 릴레이 경주요, 내가 내 몫을 뛰고 배턴을 다음 주자에게 넘겨주어야 한다. 이것이 보통 재미가 아니란다.

d) 일생 동안 나는 돈을 살짝 멸시해 왔다. 아마도 돈을 버는 재주가 없었던 탓인지도 모른다. 그러나 돈을 많이 긁어모은다는 것은 악이다. 돈뿐만 아니라 무엇이든 많이 챙긴다는 것은 위험한 짓이다. 돈은 도둑과 사기꾼을 끌어들이고 자객의 손에 칼자루를 쥐어준다. 솔직히 말해서 너무 부자가 되지 말라고 경고하고 싶다.

그럼에도 돈은 편리하다. 돈은 세칭 휴대용 행복이라고 한다. 벤저민 프랭클린의 말에 위하면 늙으면 벗님이 셋밖에 없는데 늙은 마누라, 늙은 개, 손에 쥔 현금이라고 했다. 그러니 이 말도 참고하기 바란다.

그 옛날 내가 직장을 잃어 너희들에게 용돈을 줄 수 없었을 때 너희들이 몇 푼 벌겠다고 거리에 나가 맥주 깡통을 주워다 팔던 일을 기억하는지? 가난은 사람을 천하게 만든다. 그때 나는 술을 심하게 마시게 되었다.

가난했던 그날이 우리에게 가져온 축복이 있었다면 그것은 너희들 어머니가 하나님의 은총을 찾았다는 것뿐이다. 그러나 하나님도 우리 아침상에 계란과 베이컨을 가져다주시진 않았다.

돈은 편리해서 좋다. 내가 너희들에게 많은 돈을 남겨줄 형편이 못 되어 이렇게 장황한 설교를 하기로 했다. 젊었을 때부터 살 만큼 돈을 벌어 두는 것이 좋을 거다.

6. 나는 1959년 미국에 왔다. 여행 가방 하나 없이 주머니엔 35달러밖에 없었던 스물일곱 살의 초라한 나그네였다. 그러다가 우물쭈물 대학 교육을 마치고 착한 여자를 만나 결혼하고 복을 받아 훌륭한 세 아이를 낳았다. 그 뒤 다행히 큰 곤욕을 겪지 않고 살아와서 지금 이 유서를 쓰고 있다.

아내도 만족해 하는 눈치여서 나는 기분이 좋다. 아이들도 제법 자라서 철이 났는지 부모를 용서해줄 아량을 보여주니 대견하기 짝이 없다. 생각해보면 나는 한없는 행운아, 은하수에 숨어 있는 별님 하나가 나의 행운을 보살펴준 것 같다. 또한 내가 어렸을 때보다 나의 자식들에게 더욱더 많은 기회를 줄 수 있다는 데 한없는 고마움을 느낀다.

나는 인생이 무엇인지 몰랐다. 태어났으니까 살아야 된다는 것뿐이었다. 내가 지금 데이비드 정도의 나이였을 때 나는 원치도 않았는데 나를 낳았다고 부모님을 많이 원망했었다. 키가 좀더 크고, 좀더 미남이었으면 했다. 도회지에서 돈 많은 부모님한테서 태어났으면 했다. 삶의 목적은 무엇인가 하고 물어도 보았다. 이 글을 쓰면서도 나는 아직도 데니스의 키가 좀 컸더라면 프로 미식축구 팀에 뽑혀 갈 수 있지 않았을까, 데이비드는 왜 난시로 태어났을까, 셀리나는 왜 수학 천재가 아닐까 하고 의아해 하는 점이 많다.

너희들도 지금 만약 이랬다면, 하고 아쉬워할 수 있다. 그래도 나는 너희들이 미국 시민으로 태어난 것을 다행으로 생각한다. 너희들이 싱가포르에서 불행한 말레이시아, 인도네시아, 네팔 사람들이 살아가는 모습을 볼 수 있는 기회가 있었던 것을 다행으로 생각한다. 서머셋 모옴은 인생에 대해서 이렇게 말했다.

'인생은 정해진 규칙을 질의하지 않는 한, 하나의 장기 두기와 같다고 주장하고 싶다. 상象은 왜 옆걸음을 치고, 차車는 왜 똑바로만 갈 수 있고, 포包는 왜 넘어야만 되는가 하고 사람들은 묻지 않는다. 이 규칙은 무조건 받아들여야만 되고 그래야만 게임을 할 수 있다. 규칙에 대해서 불평한다는 것은 어리석은 짓이다.

그의 명언을 받아들인다면 인생은 한없이 아름다운 것이다. 나는 인생을 유람선을 타는 데 비유하고 싶다. 텔레비전에 나오는 사랑의 유람선*Love Boat*처럼 저마다 어느 때 어느 곳에서 배를 탄다. 배가 이곳저곳을 한가로이 순항할 때 승객들은 변하는 풍경을 즐기고 새로운 항구에 정박할 때마다 새로 타는 승객들을 환영한다.

선상에서 친구도 사귀고 노름도 하면서 돈을 잃기도 하고 따기도 한다. 술도 마시고 춤도 춘다. 아니면 선창 소파에 누워 햇볕 세례를 받으며 아가사 크리스티의 추리 소설을 읽은 뒤, 춤 한번 추자고 했더니 거절한 금발 계집애를 어떻게 죽일까 하고 무서운 계획도 짜본다.

하지만 다음 순간 진수성찬의 저녁상을 받자 살인 계획을 잊어버린다. 허허 하고 너털웃음을 지어보고, 배가 유유히 지나갈 때 일어나는 거품 속에 우리는 삶의 슬픔과 괴로움을 씻어버린다.

유람선 여행은 참 재미있다. 그러나 때가 되면 우리는 새 승객을 위해서 하선해야 한다. 약속된 일정이 끝났기 때문이다. 얼마나 아름다운 유람이었던가! 우리는 유람의 기회를 얻은 걸 고마워하면서 후회 없이 하선을 한다. 이 유람에서 제일 고맙고 아름다운 일은 그 누군가 나에게 공짜표를 거저 선사해주었다는 데 있다. 이것이 인생이 아닐까. 제발 유람을 즐기십시오. 나의 유람은 거의 끝나가고 있다. 솔직히 말해서 나는 참으로 이 유람을 즐겼다. 배 안에서 재미있는 사람들을 여럿 사귀었는데 그 중에서 가장 소중한 사람들은 천건희 씨, 데니스, 데이비드, 셀리나였다. 이 자리를 떠나면서 나는 여러분을 상면

할 수 있는 행운을 가진 데 대해 심심한 감사를 표하고 앞으로 끝까지 즐거운 유람이 되기를 축원한다.

내가 죽은 뒤 땅속에 묻히게 된다면 비문을 어떻게 써달라고 할까 생각해봤다. 심사숙고 끝에 이런 글이 어떨까 생각했다.

'이 땅에 충청도 촌놈이 묻혔습니다. 그의 일생 소원은 사람들이 착각하여 그를 서울 신사로 보아주었으면 했던 것입니다.'

생각해보니 좀 유치한 것 같아서 멘켐H. L. Menkem의 비문을 꾸어다 쓸까 한다.

'내가 이 속세를 뜬 뒤, 나를 아직도 기억하고, 내 유령을 즐겁게 해주겠다는 분이 있으면, 죄인을 용서하고 못생긴 아가씨에게도 윙크를 던져주십시오.'

그럼 소인은 물러갑니다. 오래오래, 길이길이 잘 사십시오.

1986년 10월 17일
전시륜

※ 오비드는 2,000년(BC 47~AD 17) 전에 살았던 로마의 작가입니다. 그분의 『연애술법(The Art of Love)』은 한국에 잘 알려진 스탕달의 『연애론(D'amour)』보다 훨씬 더 재미있고 실용적입니다. 권장하고 싶습니다. 서머셋 모옴W. S. Maugham의 글을 번역하는 데 서양의 체스는 동양 장기와 비슷하면서도 약간 달라 독자의 편의를 위해서 knight와 bishop이란 말을 '상'과 '포'로 대치했습니다.

여성 창조론

인도의 전설에 의하면 여성은 다음과 같이 창조되었다고 한다.

태초의 주님 트와스트리*Twastri*는 하늘과 땅을 만드셨습니다. 그는 달과 별로 하늘을 장식하고 땅 위와 물속에 온갖 생물들을 살게 했습니다. 이리하여 공중에는 새들이 날고 땅에는 나무와 풀과 짐승이 생기고 물속에는 물고기가 헤엄쳤습니다. 이윽고 주님은 머슴애를 하나 만들어서 스스로의 창조물을 다스리게 했습니다.

그러나 머슴애는 항상 외로워하고 슬퍼 보였습니다. 그는 툭하면 한숨을 짓고 눈물을 흘렸습니다. 머슴애 모습이 너무도 가여워서 주님은 동무 하라고 계집애를 하나 만들기로 하였습니다. 막상 계집애를 만들려고 하는데 주님이 우주 창조에 온갖 재료를 다 써버려서 창고가 텅 빈 것을 깨달았습니다.

이를 어쩔까? 고민하던 중 별안간 멋진 생각이 떠올랐습니다.

주님은 장미꽃의 아름다움, 백합의 우아함, 덩굴 꽃의 애착성, 라일락의 향기를 뽑아냈습니다. 그리고 호랑이의 잔인함, 악어의 위선, 개의 성실함을 따냈습니다. 이어 나비의 화려함, 달팽이의 게으름, 여우의 교활함, 종달새의 명랑함을 색출했습니다. 또한 봄에서 즐거움, 여름에서 정열, 가을에서 서글픔, 겨울에서 차가움을 따냈습니다.

주님은 이 모든 요소를 큰 가마솥에 넣고 물을 붓고 소금과 후춧가루를 뿌린 뒤 솥에 불을 붙인 다음 가마솥을 저으면서 콧노래를 불렀습니다. 한 시간 뒤에 한 계집애가 가마솥에서 나타났습니다. 그녀는 숨막히게 아름답고, 미칠 정도로 변덕스러웠습니다. 주님은 이 거룩한 말괄량이를 머슴애에게 주고 같이 살아보라고 권했습니다.

일주일 뒤에 머슴애는 계집애를 데려와서 주님에게 쓰라린 불평을 했습니다.

"주님, 주님이 주신 계집애는 저를 한없이 불행하게 만듭니다. 어쩌면 그리도 게으른지 그녀는 아침 10시 전에 일어나지도 않고, 일어나면 화장실에 들어가서 한 시간 동안 거울을 들여다보고, 눈썹을 만지고, 코를 다듬고, 노래하는 것이 일입니다. 이어 그녀는 목욕탕 안에서 또 한 시간을 보냅니다. 변덕스럽기 짝이 없어서 기뻐도 울고, 슬퍼도 우는가 하면 미친년 마냥 이유 없이 깔깔대며 웃습니다. 그녀가 화를 내고 질투를 하면 해님이 무서워 구름 속에 숨어버리고 별들도 운행 궤도를 바꿉니다. 그녀는 하루에 옷을 여러 번 갈아입고 마음을 열두 번 바꿉니다. 그녀는 툭하면 노동분할 원칙을 내세우고 들에 나가서 일하는 것은 나의 의무요, 백화점에 가서 돈을 쓰는 것은 자기의 권리라고 주장합니다. 더 이상 참고 견뎌낼 수가 없습니다. 주님 제발 제 사정을 이해해주시고 이 계집애를 받아주십시오."

주님은 고개를 끄덕이고 말 한마디 없이 그녀를 받아들였습니다.

그러나 다시 일주일이 채 못 되어 머슴애는 주님을 찾아와서 애걸을 했습니다.

"주님, 이 못난 놈의 죄과를 용서해주시고 그녀를 되돌려주십시오. 그녀와 얘기한다는 것은 즐거움이었고, 그녀를 바라본다는 것은 기쁨이었습니다. 그녀의 노래는 5년 동안 쌓인 슬픔을 녹였고, 그녀의 춤은 10년의 체증을 떨어뜨려버렸습니다. 아, 그리고 꼴뚜기젓, 꼴뚜기들이 모두 대학 졸업장을 받았는지 어쩌면 그렇게 맛있는지…. 아, 그녀의 고요한 미소, 정다운 포옹, 열정적인 키스! 아, 바람과 같이 사라진 행복, 홀아비 생활이 이렇게도 외롭고 이렇게도 쓰라린 것인지 미처 몰랐습니다. 저는 그녀와 같이 죽을 수는 있지만 그녀 없이 혼자 살 수는 없습니다. 주님, 제발 이놈의 죄를 용서해주시고 저의 천사를 되돌려주십시오."

주님은 씩 웃고 계집애를 머슴애에게 되돌려주었습니다. 그러나 이틀 만에 머슴애는 다시 계집애를 데리고 주님을 찾아와서 말했습니다.

"주님, 제가 미친놈인지는 몰라도 저는 그녀와 같이 살 수가 없습니다. 그녀를 쳐다보면 사랑할 수밖에 없지만 그녀를 알게 될수록 미워하지 않을 수 없습니다. 죄송하오나, 계집애를 도로 받아주십시오."

이번에는 주님께서 화를 벌컥 내고 소리쳤습니다.

"네 이놈, 철없는 놈아. 난 이제 네 말은 듣기도 싫다. 나는 네 여편네를 다시는 받지 않을 테니까, 네 멋대로 해라."

눈송이같이 굵은 눈물 방울이 머슴애의 볼에 흘러내리기 시작했습니다.

"하지만 주님, 여자와 같이 살 수 없다는 것은 주님께서도 인정하시는 사실이 아닙니까?"

주님은 고개를 끄덕이고 조용히 말씀하셨습니다.

"여자와 함께 산다는 것이 불가능하다는 것은 사실이다. 그러나 여자 없이 산다는 것 또한 불가능하다. 이것이 삶의 원칙이다. 내가 하늘과 땅을 창조하고, 밤과 낮을 가르고, 천당과 지옥의 혼탕에서 여자를 만들어낸 것은 삶을 더 멋있고 기름지게 하기 위해서였다. 사는 재미는 아침에 울고 저녁에 웃는 데 있다. 그러니 자네, 여러 말 하지 말고 여편네를 모시고 가서 한바탕 신나게 쌈박질을 하고 어린애들같이 웃어보라. 여자는 밧데리가 나가면 내동댕이쳐버려야 할 장난감이 아니라 삶의 진수인 희로애락 그 자체라네. 이제 그만하고 해가 지기 전에 집에 가보게나."

이 말씀에 머슴애와 계집애는 어쩔 줄 몰랐습니다. 쑥스럽고 겸연쩍은 그들은 손을 잡고 주님의 품을 떠나 그들의 움집으로 서서히 걸음을 옮겼습니다. 이리하여 인류의 역사라는 희비극이 시작되었습니다.

여성 찬양론

플루타크의 『영웅전』에 의하면 옛날 아테네의 정치가 테미스토클레스는 다음과 같은 말을 했다.

'저는 이 나라를 다스리고 있지만 저를 다스리고 있는 사람은 저의 아내고, 저의 아내를 다스리고 있는 사람은 저희들의 자녀입니다.'

참으로 옳은 말이다.

파리의 샹젤리제에 가면 콜롬비아의 예술가인 보테로의 조각품들이 많이 서 있는데, 그 가운데 「아이를 안고 있는 여인」이란 작품이 하나 있다. 이 동상은 어마어마한 체구의 여인이 말라 비틀어진 남편을 발밑에 깔아뭉갠 채 한 팔로 어린애를 껴안고, 나 보라는 듯

폼을 잡고 당당한 자세를 보여준다.

이것 또한 진리보다 더 높은 진리가 아닐 수 없다. 남자는 여자의 종으로 태어났고, 부모는 자식의 종으로 태어났다는 것이 자연의 영원한 율법이기 때문이다. 남성 위주인 우리 사회에서는 얼핏 역설 같기도 하고 이단설 같은 말이다. 그러나 진리는 미워도 진리라니까, 우리 잠시 고개를 숙이고 말씀을 들어보자.

자연을 살펴보면 온갖 생물의 사명은 종족보존에 있다는 것을 깨닫게 한다. 참나무가 도토리를 떨어뜨리는 것은 종족을 보존시키려는 수단이지 덴마크의 외롭고 고달픈 한인회원들에게 도토리묵을 해먹으라는 뜻에서가 아니다. 이와 같은 원칙에서 민들레는 낙하산을 띄우고, 닭은 달걀을 낳고, 사람은 남자와 여자가 짝을 짓는다.

종족보존의 원칙을 이해하려면 우선 성性과 번식의 차이점을 분명히 알아야 한다. 아메바는 몸이 자라게 되면 한 몸이 두 몸으로 갈라지고 두 몸이 네 몸으로 갈라진다. 달러 이자 받는 것보다 더 빛나고 효과적인 번식방법이다. 이와 마찬가지로 히드라는 선인장같이 몸에 뿔이 생기고, 뿔이 뻗어나감으로써 새끼를 친다. 아메바와 히드라의 경우 성이란 것은 없고 오로지 번식만이 있다는 것은 종족보존을 위해서는 번식작용이 필수 불가결한 연장이지 성행위가 꼭 필요한 것은 아니라는 말이다.

그럼 왜 성이란 것이 생겨났을까? 왜 암놈, 수놈이 있어야 되나? 원생동물의 하나인 파라메시움*Paramecium*이라는 짚신벌레가 이 수수께끼를 풀어준다. 꼭 짚신같이 생긴 이 짚신벌레는 날씨가 좋은 한여름에는 아메바와 같이 몸이 갈라짐으로써 번식을 한다. 그러나

가을이 찾아와 쌀쌀한 바람이 불고 낙엽이 떨어지기 시작하여 포장마차의 소주 생각이 간절히 날 때면 두 놈이 슬쩍 만나서 도둑 키스를 한 번 하고 살그머니 헤어진다. 무슨 망령이고 꼴불견일까? 하지만 겨울이 닥쳐오면 짚신벌레 키스의 신비가 드러난다.

날씨가 사나워지면 스스로 몸이 갈라져 태어난 홀아비 새끼들은 거의 전멸하다시피 죽어버리는데 도둑 키스로 생겨난 가봉자, 가봉녀들은 엄동설한을 무릅쓰고 많은 수가 생존한다. 그 이유는 간단하다. 짚신벌레는 키스만 한 것이 아니라 두 몸이 합쳐지는 동안 개개의 이질적인 염색체의 일부를 교환함으로써 생존력을 강화시킨 것이다.

둘은 하나보다 더 크고 강하며, 헤어지면 죽고 뭉치면 산다는 이치다. 이를테면 홀아비 새끼들은 천연두 예방주사만 맞았는데 가봉 자식들은 호열자 주사를 한 대 더 맞은 셈이다. 짚신벌레의 키스 행위를 우리는 성행위라고 말한다. 이렇게 보면 성이란 종족보존의 기본 입장인 번식작용을 도와주는 한 방법이지 번식작용 그 자체는 아니다.

자연이 성을 등장시킨 것은 번식을 좀더 효과적으로 해보려는 보험 정책에서다. 암놈이 낳은 개구리 알을 바늘로 찌르면 올챙이가 튀어나오지만 이들의 생존율은 극히 낮다. 반면에 수놈 개구리가 알 위에 오줌을 싸고 슬쩍 지나가면, 이 알에서 나오는 올챙이들은 곧잘 커서 장원급제를 한다. 똑같은 이치에서 암탉은 수탉의 힘을 빌리지 않고 달걀을 낳을 수 있지만 수탉의 힘 없이는 알이 곯아서 병아리가 생기지 않는다.

그러나 자연의 눈으로 볼 때 종족유전의 기본체는 암놈이요, 수놈은 고작해야 조연상을 받는 것으로 그친다. 여자는 1등 국민, 남자는 2등 국민이다. 비유를 바꿔보면 여성이 자동차 자체라면 남성은 예비 타이어에 불과하다. 차는 예비 타이어가 없어도 구를 수 있지만, 세심한 대자연은 펑크가 날 경우를 염려해서 예비 타이어를 마련해주셨다. 참으로 신기한 이야기다.

보험제도의 하나로 남성을 등장시키는 마당에서 자연은 골똘히 연구를 해보았다. 암컷과 수컷을 따로따로 분리시킬까, 아니면 두 가지 성을 한몸에 집어넣을까? 위대한 과학자인 자연은 두 가지 방법을 다 실험해보았다. 그리하여 지렁이와 굴 같은 동물에는 남성과 여성이 한몸에 담겨져 있다. 참으로 재미있는 현상이다.

성의 촉진제로 한국에서는 토룡탕이 좋다, 프랑스에서는 굴이 좋다, 하는 것은 이런 생물학적인 근거에서 나온 말일까? 자연이 암컷을 더 소중히 여기고 편애한다는 것은 자연답고 자연스러운 것이다. 어떤 나비는 암놈이 수놈보다 80배나 더 크다. 여왕벌 한 마리에 수벌 십여 마리가 따라다니는데, 일단 교미가 끝나고 알을 낳게 되면 수벌의 운명은 처참하기 짝이 없다. 겨울에 양식이 모자라면 일벌들이 수벌을 잡아먹는다.

거미의 경우는 더 극단적이다. 어떤 거미 종류는 교미철이 다가오면 수거미가 암거미 집 문턱에 와서 유혹의 춤을 요란하게 춘다. 암놈이 고개를 끄덕이면 수놈은 황송스럽게 암놈의 침실에 들어가서 재빠르게 교미를 하고 빤쓰도 채 입지 못하고 줄행랑을 친다. 그 이유는 교미가 끝나기 무섭게 암놈이 수놈을 잡아먹기 때문이다.

어떤 거미는 함흥차사의 참변을 면하기 위하여 교미 전에 수놈이 암놈을 거미줄로 칭칭 감고 교미를 한 뒤 뺑소니를 친다. 이것이 자연이 마련한 수놈, 남성의 운명이다. 할 구실을 다 했으니 넌 이제 1등 국민인 암놈의 밤참거리나 되라는 자연의 속삭임이다.

제 이야기가 익살맞은 궤변이라고요? 암탉의 꾀죄죄한 의상에 비하면 수탉은 제왕 같은 호화찬란한 옷을 입었을 뿐만 아니라, 노래도 훨씬 더 잘 부르지 않는가. 황소는 암소보다 크고 힘차고 또 의젓해 보인다. 짐승의 왕이라는 사자를 보면 먹이를 잡으면 수놈이 먼저 독상을 차려 포식을 한 다음에야 암놈과 새끼들이 밥을 먹게 되어 있다. 우간다의 사슴은 교미철에 수놈들이 모두 풀밭에 모여 씨름대회를 열고 그 중 승리자만이 암놈과 교미할 자격을 얻게 된다. 패배한 수놈 떼들은 노총각 클럽을 만들어 일생 동안 홀아비의 슬픔을 달래다가 죽어버린다. 이런 예들을 보면 아버지가 밥상을 내놓은 다음에야 어머니와 아이들이 찌꺼기를 처분했던 옛날 한국 풍습이 어쩌면 자연의 법칙 같기도 하고 일부다처제가 자연의 섭리인 것처럼 보인다.

그러나 이런 해석은 자연의 율법을 오해한 데서 비롯된다. 포유동물의 경우 대체로 수놈이 암놈보다 더 크고 힘이 좋다는 것은 사실이다. 그 이유는 뻔하다. 수놈의 역할은 새끼들을 키움으로 종족 보존의 성직을 맡은 암놈의 시중을 들어주는 머슴이기 때문에 덩치도 크고 힘도 좋아야 들에 가서 먹이도 잡아오고 쳐들어오는 적도 막아낼 수 있다. 덩치가 크다고 잘난 것이 아니라는 것은 누구나 다 아는 사실이다. 그러나 인간 역사를 살펴보면 유명한 종교가, 대학자, 과학자, 예술가들은 대부분 남자들이 아닌가 하고 반문할 수도 있다. 이것은 남성이 여성보다 더 우월하다는 것을 증명하는 것이 아닐까!

그러나 자연은 "천만에요." 하고 대답한다. 자연의 철칙은 오로지 종족보존에만 있기 때문에 누가 글을 잘 썼다, 누가 그림을 잘 그렸다, 누가 자동차를 만들고 누가 변소 원리를 발명했는지는 아랑곳하지 않는다. 악단의 위치는 대자연의 교향악에서 북을 치는 하나의 단원에 지나지 않는다. 그리하여 덴마크의 자연인 한스 크리스천 안데르센의 동상에 비둘기와 갈매기 떼들이 날아와 똥벼락을 쳐도 자연은 히죽 웃고 고개를 돌린다.

남자같이 사납고 교활하지 못하지만 여자는 분명히 더 인자하고 사랑스럽다. '사랑' 하면, 우리는 어머니의 사랑을 으뜸으로 여긴다. 사람은 급할 때 '아이고 어머니!' 하고 부르지 '아이고 아버지!' 하지는 않는다. 여성이 남성에 대해 느끼는 사랑이 결코 약한 것은 아니지만 이것은 성적인 매력에서 비롯된 부산물이지 어머니의 자기 자식에 대한 사랑처럼 절대적인 것은 아니다. 예를 들면 암탉과 수탉이 짝을 지어 놀다가도 사람이 가면 그들은 겁을 집어먹고 도망을 친다. 그러나 알이나 병아리를 거느리고 다니는 암탉은 사람도 고양이도 무서워하지 않고 결사적으로 자기 새끼들을 보호한다. 엄격히 말하면 남녀간의 사랑은 어머니와 자식들 간의 사랑에 비한다면 그 성격과 질이 판이하다.

희랍어에서 온 말로 성에서 비롯된 사랑을 '에로스'라고 하고 성을 초월한 순수한 사랑을 '아가페'라고 한다. 로미오와 줄리엣의 사랑은 에로스지만 어머니가 자식들에 대해 느끼는 사랑은 아가페다. 남자는 기차가 지나가면 새벽잠에서 깨어나지만 어머니는 기차 소리는 못 들어도 어린애가 울면 잠을 깬다. 이것 또한 종족보존의 성무를 여성이 맡고 있다는 것을 증명한다. 곰곰이 따지고 보면 자연은 남자보다 여자를 더 튼튼하고 단단하게 만들었다.

통계 숫자를 보면 여자들은 산고의 진통을 겪음에도 남자들보다 평균 7~8년 더 오래 산다. 자동차 사고가 나도 사내아이들보다 계집애들의 사망률이 낮다. 정서 면에서도 여자들은 더 높은 안정성을 보여준다. 위기에 부딪쳤을 때 차근차근 일을 수습하고 스트레스를 더 잘 견디어내는 것이 여자다. 중년에 이혼이나 사망을 통해 홀아비, 홀어미가 된 사람들의 사망률을 보면 남자들이 두세 배 더 높다. 여자들이 남자들보다 더 잘 운다는 것은 사실이다. 아이가 죽었을 때 어머니가 아버지보다 더 요란하게 통곡한다는 것은 첫째, 어머니가 아버지보다 어린애를 더 사랑했다는 것을 입증하고, 둘째, 여자들은 남자들보다 눈물을 더 많이 흘림으로써 슬픔과 괴로움의 독毒에서 빨리 해독작업을 시작할 수 있게 생리적으로 마련되어 있다는 것을 말한다.

생물학자들이 지적하다시피 눈물은 가냘픔을 상징하는 것이 아니라 스트레스 해소의 가장 효과적인 비상장치다. 배 속에 가스가 많이 생겼을 때 방귀를 뀌면 설령 냄새는 고약하고 소리도 아름답지 못하지만 속이 후련하고 기분이 좋은 것과 마찬가지로 사람은 눈물을 흘림으로써 마음속의 가스를 제거하고 마음의 건강을 회복할 수 있다. 짐승들이 더울 때 땀을 흘리지 못하면 죽듯이, 괴로울 때 눈물을 흘리지 않으면 병이 든다. 눈물은 해독제요, 비상 밸브다. 비극을 보고 눈물을 많이 흘리는 가운데 마음이 유달리 안정되는 것은 이러한 이유에서다.

희랍 사람들은 이 현상을 카타르시스라고 했고, 의학적으로는 이를 통리通利 또는 배변排便이라 하고, 문학적으로는 이를 정화淨化라고 한다. 여자가 더 잘 운다는 것은 그만큼 여성이란 기계가 더 잘 만들어졌다는 이야기다. 현모양처를 구하려면 컴퓨터를 잘 만지고 불어를 잘하는 여자보다는 히스테리가 심한 아가씨를 골라야 한다. 말이 나온 김에 '히스테리'란 말은 자궁이라는 희랍어에서 나왔다는 것을 알려드린다.

이렇게도 훌륭한 가문에서 태어난 것이 여성인데, 조연자요 2등 국민인 남성들이 여성들을 학대한 인간 역사는 처참하고 부끄럽기 짝이 없다. 덩치가 크고 주먹이 세다고 여자들을 노예시하고 온갖 만행을 자행하는 그런 남자들은 참회하고 자중해야 한다.

살인, 강도, 전쟁의 비극을 가져온 주모자들은 대체로 남자들이다. 더 인자하고 사랑스러운 여자들이 정치를 했다면, 우리는 오늘날 같은 요지경 속에 빠지지 않았을 것이다. 영국의 엘리자베스 1세 여왕, 빅토리아 여왕, 마가렛 대처 수상, 인도의 인디라 간디 수상, 이스라엘의 골다 메이어 수상, 이들 여성 정치가들이 남자들보다 못한 것이 무엇이 있을까. 다행히 동이 트고 해가 밝아오는 것 같다.

유명무실했던 남녀 동등권이 점점 실질화되고 최근 노르웨이, 파키스탄, 심지어는 터키에서까지 여자들이 국가 수반으로 추대되었다는 것은 참으로 기쁜 소식이다. 스칸디나비아 국가들이 비교적 자유롭고 평화로운 것은 세계 어느 지역보다도 이 고장에 여자 국회의원, 여자 장관들이 더 많은 이유가 아닐까 생각해본다.

어쨌든 인간의 구제는 나폴레옹 같은 남자들보다는 플로렌스 나이팅게일 같은 여자들에 있다는 것을 나는 믿어 의심치 않는다. 특히 남존여비 사상 속에 묻혀 살아온 한국 남성들은 우리가 벌이나 거미로 태어나 암놈의 먹이가 되지 않고 큰소리 땅땅 치며 살게 허락해준 대자연에 뜨거운 감사를 드려야 한다. 무엇보다도 자연의 섭리를 이해하고 그의 율법을 지키는 것이 더 중요하다.

로마의 정치가 줄리어스 시저는 어린애를 낳지 못하는 여자에게는 법으로 반지를 끼지 못하게 했다. 생물학에 어두웠던 옛날에는 어린아이를 못 낳는 것이 여자의 잘못이라고 생각했기 때문이다. 그는 산다는 것을 후손을 잇는다는 뜻으로 받아들였다. 죄 가운데서 제일 큰 죄가 무엇이냐고 물었을 때 맹자님은 자식을 갖지 못하는 것이라고 했다.

공자님 말씀에 부모가 자식을 사랑하는 것에 10분의 1만큼만 자식이 부모를 사랑한다면 그 자식은 진실로 효자라고 하셨다. 그 이유는 부모는 자식을 사랑하게 되어 있고 자식은 부모보다도 자기 자식을 더 사랑하게 되어 있기 때문이다.

결혼이란 것은 한 남자와 한 여자의 관계가 아니라 부모와 자식들의 관계라고 자연은 말하고 있다. 내 남편보다는 자식이 사랑스럽고 자식보다는 손자 손녀가 더 귀여운 것이 또한 자연의 이치다. 공자님 맹자님보다도 우리나라 사람들은 이 진리를 더 노골적으로 표현했다. 우리 욕에 '씹(씨入)불할 놈'이란 욕이 있다. 씨는 종자를 뜻하고 입入은 들어간다는 말이요, 불不은 아니다, 못한다는 뜻이다. 그래서 '씨불할 놈'은 씨를 들이지 못해서 아이를 낳을 수 없는 불구자요, 못난이란 뜻이다. 욕 중에 최고의 욕이지만 이것을 김치 냄새를 풍겨야만 하는 우리 겨레의 멋있고 아름다운 표현으로 해석하는 것은 어떨까?

암탉이 울면 집안이 망한다는 말이 있지만 수탉이 울어야만 동녘에 해가 뜨는 것이 아니라는 것도 깨달아야 한다. 여성이 없었다면 우리는 초년에 살아나지 못하고, 중년에 즐거움이 없으며, 노년에는 기댈 곳이 없다. 자연의 1등 국민인 여성을 존경합시다. 우리의 주인공 여성을 찬양합시다.

미인이 되는 길

누구나 미남 미녀가 되고 싶어한다. 그러나 우리는 부모를 선택할 자유가 없이 태어났기 때문에 강아지를 고를 때처럼 복스러운 얼굴이나 늘씬한 몸매를 원하는 대로 미리 추릴 수 없다. 모든 생물체는 유전 인자gene의 노예다. 인체 속에 있는 1십만여 개의 유전인자가 미리 각본을 짜고 너는 난쟁이가 돼라, 너는 꺽다리가 돼라, 너는 납작코가 돼라, 하고 개별적인 작업명령을 내리면 우리는 각본대로 연기할 수밖에 없다.

잘 먹으면 키가 좀 클 수도 있고, 수술을 하면 쌍꺼풀도 만들 수 있고, 화장을 잘하면 혈색을 높일 수도 있지만 이런 기교에는 모두 한계가 있다. 유전인자학이 발달하여 50년 뒤에는 내가 디자인한 아들딸을 주문할 수 있는 시대가 와서 아들은 마이클 조던의 팔다리를, 딸은 오드리 헵번의 눈을 갖춘 아이들로 주문할 수 있는 날이 온다고 한다. 그러나 우리는 그런 혜택을 받지 못한다. 새치기를 해서 미남 미녀가 될 수 없을까? 미남 미녀가 되는 과학적인 길이 있다.

미는 무엇일까? '미는 외부의 물건이 눈을 통해서 우리 뇌에게 주는 즐거움'이라고 나는 정의를 내린다. 이것은 시적 또는 철학적인 정의가 아니라 과학적인 정의다. 말을 바꾸면 미의 성격은 외부에 존재하는 물건, 눈의 구조, 뇌의 정보처리 방법에 의존한다는 뜻이다. 물건, 눈, 뇌의 3자 회담 결과가 즐거움을 줄 때 우리는 이를 '미'라고 부르고 불쾌감을 줄 때 우리는 이를 '추'라고 부른다. 예를 들어 설명해보자.

바위와 꽃과 새의 경우를 분석해보자. 바위의 모양이 사람이나 짐승의 얼굴과 닮아 보이면 우리는 그 돌이 신기하고 아름답다고 한다. 사각형의 돌은 대부분 사람에게 심미감을 주지 않지만 벽돌장수에게는 한없이 아름다울 수도 있다. 심미감은 개인의 이해관계와 결부되어 있다. 꽃의 경우 너도 나도 꽃을 좋아한다고 한다. 그러나 '호박꽃도 꽃인가?'라는 속담이 있는 것으로 보아 모든 꽃이 균등하게 사랑을 받지 않는 것이 사실이다.

세 남자가 장미는 요염해서 좋다, 라일락은 향기로워서 좋다, 코스모스는 수수해서 좋다, 하고 의견이 다를 때 우리는 그 남자들의 성향을 간파할 수 있다. 아내가 화장하는 것을 좋아하는 남자는 장미를 사랑하고, 화장하지 않는 아내를 더 예쁘게 보는 사람은 코스모스를 좋아하고, 아내가 너무도 착해서 업어주고 싶어 죽겠다는 남자는 라일락을 찬송할 수 있다.

그런데 왜 꽃은 대체로 돌보다 더 아름답게 보일까? 그 이유는 꽃은 식물의 생식기관이고 인간은 꽃처럼 성적인 생물이고 꽃과 인간은 대체로 똑같은 유전인자를 소유하고 있다는 데 있다. 이를테면 꽃은 인간의 먼 친척이다. 돌이 고종 팔촌이라면 꽃은 사촌이다. 이래서 꽃이 더 아름답게 보인다. 그러나 꽃의 아름다움은 중매자인 벌을 위한 것이지 제삼자인 사람을 위해서 발전된 것은 아니다. 이런 이유에서 벌은 사람보다도 꽃에 대한 심미감이 훨씬 더 발달되어서 사람의 눈은 파장이 4천 내지 7천 옹스트롬(100억 분의 1미터)으로 한정된 사물만 볼 수 있지만 벌은 3천 옹스트롬으로 자외선 밖에 있는 물건도 볼 수 있다. 따라서 우리 눈에 똑같아 보이는 꽃이 벌에게는 다르게 보인다. 벌은 붉은 색을 볼 수 없지만 파장 제한으로 우리에게 흰색으로 보이는 물건이 벌에게는 다채롭게 보일 수 있다. 꽃이 사람보다도 벌에게 더 아름답게 보인다는 것은 말할 나위가 없다.

새의 경우도 마찬가지다. 공작새 수놈이 유달리 아름답게 보이는 이유는 한편으로 공작새 암놈의 심미감이 고도로 발달되었다는 것을 증명하는 반면 사람과 공작새는 수많은 유전인자를 공유하고 있다는 것을 말한다. 이 밖에 수놈 날개는 빛깔을 통해 그의 건강상태를 말해 준다. 선 보는 자리에서 상대방의 혈색이나 피부색이 좋지 않을 때, 우리는 상대방의 건강을 우려하고 혼인을 꺼려 한다. 마찬가지로 수놈 공작새 날개의 빛깔은 그의 건강진단서로서 수놈은 이를 제시함으로서 암놈에게 배필 선택의 자유를 준다. 물론 암놈은 항상 얼굴이 잘난 수놈보다도 날개가 화려한 수놈을 택한다. 안경쟁이나 책벌레보다도 운동선수가 여학생에게 더 큰 매력을 주는 이유도 이런 생리적인 근거에서 비롯된다.

다음으로 우리 눈의 구조를 살펴보자. 사람의 눈은 크게 말해서 각막*cornea*, 렌즈*lens*, 망막*retina*으로 구성되어 있다. 우리가 물건을 볼 수 있는 것은 물건에서 반사된 광선이 각막과 렌즈를 통해 영상을 망막에 비치게 하는 데서 비롯된다. 각막은 광선을 굽히고 렌즈는 굽힌 광선을 집중시키며 망막은 이를 정보화한다. 각막과 렌즈는 카메라 작용을 하지만 망막은 사진 원판의 저장소가 아니라 정보분석의 임무를 맡고 있다.

해부학이나 생리학적으로 보아 망막은 눈의 일부가 아니라 뇌의 일부다. 망막에는 막대기같이 생긴 간상체*rod*라는 세포와 원추형의 세포인 추상체가 있어서 이들이 들어오는 빛의 강도에 따라 외부의 사물을 구분한다. 빛이 약할 때는 간상체가, 빛이 밝을 때는 추상체가 사물을 본다. 추상체 속에는 적색, 녹색, 청색의 색소가 담겨 있어서 이 색소들이 색깔을 구별한다. 망막의 간상체와 추상체는 신경세포를 통하여 뇌에게 관측보고를 한다.

그러나 망막이 뇌에 전달하는 것은 카메라의 영상이 아니라 상황분석 보고서다. 그 내용은 청와대가 받는 브리핑처럼 상황분석 외에 처리대책 자문이 포함되어 있다. 눈은 생명 유지의 신성한 업무를 맡고 있는 뇌의 전방 관측소 역할을 한다. 이 사실은 미인이 되고자 하는 사람에게는 물론 인간의 생사에 매우 중요하다.

뇌의 임무를 생각해보자. 뇌는 대통령 같은 역할을 한다. 그의 의무는 헌법을 준수함으로써 국민의 복지를 도모하는 데 있다. 그러나 누가 헌법을 썼나? 헌법을 쓴 장본인은 다름아닌 유전인자이고 유전인자가 달성하려는 궁극적인 목적은 종족보존이다. 그러나 이 목적 달성에는 엄청난 장애물이 있다. 종족을 번식시키자면 사람이 밥을 먹어야 되고 남녀가 성관계를 가져야 하는데 인간이 귀찮다고 먹기를 거절하고 짝을 맺지 않겠다면 어떻게 될 것인가?

이런 장애를 극복하고 자기의 목적을 달성시키기 위해서 유전인자는 즐거움(쾌락)이라는 뇌물을 주어 사람을 매수한다. 밥을 먹게 하자면 먹는 것이 즐거워야 되고 짝을 짓게 하자면 성관계 또한 즐거워야 된다. 이런 쾌락 원칙에 따르면 대체로 몸에 필요한 음식은 맛있고 몸에 해로운 음식은 맛이 없게 되어 있다. 똥 냄새가 고약한 이유는 똥을 먹으면 사람이 죽으니까 똥을 먹지 못하게 하기 위해서다. 똥을 먹어도 죽지 않는 개에게는 똥 냄새가 구수할 수도 있다. 마찬가지로 상하고 썩은 음식은 인체에 해롭기 때문에 악취를 낸다.

임신부가 임신 초기에 겪는 입덧도 같은 이유에서다. 어른의 몸에는 해롭지 않지만 태아의 기관 형성에 해를 끼치는 음식이 들어오면 유전인자가 어머니에게 구토증을 유발시켜 이를 거부하게 만든다. 성관계도 마찬가지다. 자연은 성의 대상을 미화시킨다. 철학자 쇼펜하우어*Arthur Schopenhauer*가 지적했다시피 남자에게 잘생긴 노파보다도 못생긴 젊은 여자가 더 아름답게 보이는 이유는 유전인자가 애를 낳을 수 없는 여인은 무용지물이라고 낙인을 찍었기 때문이다.

라틴의 격언에 '온갖 동물은 성관계가 끝나면 슬픔을 느낀다*Post coitum omne Animal triste.*'는 말이 있다. 일단 성관계가 끝난 사람에게 쾌락의 뇌물을 바친다는 것은 낭비라고 유전인자가 속삭이기 때문이다. 뇌는 눈, 코, 입, 피부, 폐, 심장 같은 기관에서 접수된 정보를 행정자치부, 외교통상부, 국방부, 보건복지부 등 각 부서에서 대통령에게 들어온 정보처럼 검토하고 이들에 대한 반응수습책을 선포하고 지시한다. 이런 과정을 우리는 '생각'이라고 한다. 뇌는 어떻게 생각하는가?

뇌가 생각하는 과정은 컴퓨터의 작동과정과 비슷하다. 우리가 컴퓨터에 집어넣는 입력은 단순한 신호에 불과하다. 이를테면 호랑이가 덤벼드는 사진 원판 같은 일련의 그림이다. 이 신호를 정보화시키기 위해서는 마이크로 프로세서가 필요하고, 마이크로 프로세서는 정보를 어떤 양식으로 처리하라는 명령을 특정임무를 맡은 소프트웨어로부터 받는다. 예를 들면 '위험방지' 소프트웨어가 덤벼드는 호랑이 그림을 마이크로 프로세서에 보내면 마이크로 프로세서는 '도망수습책'을 강구해달라고 뇌에게 부탁하고 뇌는 대통령이 수재민의 구제를 위해 헬리콥터를 급송하듯이, 사람의 다리에게 줄행랑을 치라고 지시한다. 핑커*Steven Pinker*는 그의 저서 『마음은 어떻게 작동하는가*How the Mind Works*』에서 '마음이란 우리 조상들이 먹을 것을 찾아서 헤매던 시절에 처했던 생활문제를 해결하기 위하여 자연도태의 원칙에 의해서 설계된 계산 기관의 체제'라고 정의했다. 이 정의에 의하면 마음이란 배고파 우는 사고과정이 된다.

인간의 뇌는 현대의 전자계산기처럼 계산을 빨리 할 수 없다. 반면에 뇌는 융통성이 있다. 지금 나는 한글 워드프로세서를 컴퓨터에 집어넣고서 이 글을 쓰고 있지만 내가 세금 계산을 하려면 다른 소프트웨어를 집어넣어야 된다. 그러나 뇌는 융통성이 있어서 내가 밥을 먹을 때, 길을 걸을 때, 잠을 잘 때마다 새로운 소프트웨어를 요구하지 않는다. 설악산을 찾아가는 데 걷기보다는 지프를 이용하는 것이 편리하지만 비선대나 울산바위를 답사할 때는 뭐니 뭐니 해도 두 다리가 최고다. 우리 사정을 잘 아는 뇌는 우리가 윈도우를 쳐다보기 전에 비선대, 울산바위 소프트웨어를 끼워준다. 자연은 IBM보다도 위대한 엔지니어다. 그러나 대통령이 헌법을 준수해야 되듯이 뇌는 유전인자가 제작된 소프트웨어를 꼭 써야 된다. 이것이 삶의 명령체제다.

뇌의 정보분석 과정에 대한 설명이 복잡해서 혼란을 끼친 것 같다. 요는 불경에 나오는 말씀처럼 사람은 사물을 눈으로 보지 않고 마음으로 보고, 마음은 인체보전, 종족번식의 입장에서 사물을 본다는 이야기다. 우리에게 관심이 있는 일은 재미있게 보이고 우리가 원하는 것은 중요하게 보인다. 스피노자는 우리는 어떤 것이 좋다고 생각하기 때문에 그를 구하지 않고, 그것을 원하기 때문에 그것이 좋다고 생각된다고 말했다.

아름다움은 욕망이다. 그러나 사물은 반드시 실용적이고 이해타산에 얽혀야만 아름답고 추하게 보이는 것 같지는 않다. 악어 핸드백을 애용하는 여자라고 악어를 좋아한다는 법은 없다. 이유는 모르지만 나는 하마나 악어가 잘생겼다고 생각하지 않고 내가 악어로 태어나서 진종일 강기슭에 누워 물속을 들락날락하거나 그런 악어를 쳐다보아야 할 팔자를 타고나지 않은 것은 천만다행이라고 생각한다.

역사가 크세노폰*Xenophon*에 의하면 미남대회에 참석했던 소크라테스는 자기가 당선자보다도 더 아름답기 때문에 상을 탔어야 했다며 익살을 떨었다고 한다. 소크라테스는 말했다.

'미는 실용성에 있다. 내 눈은 개구리 눈같이 튀어나왔기 때문에 남보다 더 잘 볼 수 있고, 코는 말코여서 숨도 잘 쉬고 냄새도 잘 맡을 뿐만 아니라, 입은 메기같이 넓어서 밥도 잘 먹고 키스도 멋지게 할 수 있기 때문에 나야말로 천하의 미남이다.'

조리가 정연한 논리지만 미는 논리가 아니다.

호랑이는 우리에게 위협을 주지만 아름답게 보이고 코끼리는 코가 너무도 길어서 사랑스럽게 보인다. 미는 균형, 조화라고도 한다. 순수한 실용철학적인 면에서 볼 때 사람은 대체로 왼손보다는 오른손을 더 많이 쓰니까 오른쪽은 팔도 더 길고 손도 더 크고 손가락도 여섯 개나 일곱 개쯤 되면 좋으련만, 이런 사람은 결혼을 할 수 없어서 문제다. 그러면서도 대체로 원하는 것이 아름답게 보인다는 것은 부정할 수 없는 사실이다.

결론적으로 미인이 되는 길은 원하는 사람이 되는 데 있다. 흔히 느끼는 경험이지만 어떤 여자는 첫눈에 어쩌면 그리도 예쁜지 눈알이 소크라테스의 개구리 눈같이 튀어나오는 것을 느낀다. 그러나 그 여자가 깍쟁이고 욕심쟁이면 우리는 곧 그녀에 대해 싫증을 느끼고 그녀는 아름다움을 잃어버린다.

　반면에 주님이 낮잠을 자다가 깨어나서 눈을 부비면서 메주콩에 눈, 코, 입을 박아놓은 것같이 아무렇게나 만든 여자도 순하고 착하면 그녀의 얼굴 모양은 나날이 달라진다. 일주일 전의 추녀가 오늘은 복덩어리가 되고 내일에는 미인이 되고 천사가 된다. 그 이유는 눈이 그녀의 외형을 보지 않고 인품을 보고 그녀의 인품이 우리 마음에 즐거움을 주기 때문이다.

　성격이 숙명이라는 말은 이런 뜻에서 비롯된다. 철학자 산타야나 *George Santayana*는 그의 저서 『미감*The Sense of Beauty*』에서 아래와 같이 결론짓는다.

　'아름다움은 영혼과 자연의 일치성을 보증하고, 결과적으로 선의 절대성을 우리로 하여금 믿게 해준다.'

　착하면 누구나 미인이 될 수 있다는 소리다.

　'착함'으로써 미인이 되는 길은 쉽고 경제적이어서 좋다. 화장품을 살 필요도 없고 성형수술을 할 필요도 없다. 대학에 입학하여 책을 많이 읽고 골머리를 앓을 필요도 없다. 목마른 나그네에게 물을 한 그릇 떠다 주고 노인에게 전철 좌석을 양보해주면 된다. 아름다움은 보는 사람의 눈에 달렸다고 한다. 눈은 마음이요, 마음은 즐거움을 바라고, 즐거움은 선이라는 것을 깨닫는 것이 미인이 되는 첩경이다.

브라의 매력

    브라의 사용은 여성미 향상에 가장 주도적인 역할을 해왔다. 브라는 젖가슴을 우주 인력의 당김으로부터 보호하는 역할도 있지만 숨기는 비법을 통해 심리적인 미감美感을 조성한다.

    브라 사용의 심미적 원칙은 저항의 미를 창조한다는 데 있다. 유방은 여체女體에서 가장 두드러지게 나타나는 형상이어서 성인 남자들은 화장 빈도수에 정비례해서 주책없이 커져가는 원뿔 곡선체에 대해 자연적인 호기심을 갖지 않을 수 없다.

    브라는 남성의 알고자 하는 의욕을 성공적으로 방해한다. 그러나 그의 효력은 이것으로 그치지 않는다. 여자는 솜뭉치까지 쑤셔박으면서 그녀의 보물을 밤낮으로 온 세상에 광고하면서도, 브라를 함으로써 그녀의 신비를 드러내기를 거부한다. 결과적으로 남자들의 호기심은 더 강화되어 브라 안에 숨겨진 실체에 대해서 제멋대로 신화를 조작한다. 이리하여 브라가 남성의 정당하면서도 집요한 호기심을 막고 꾸짖은 것은 마치 희랍신화에 나오는 탄탈로스*Tantalos*가 배고프고 목이 말라서 물과 음식을 잡으려고 하면 물과 음식이 자동으로 도망쳐버렸다는 이야기와 흡사하다.

내 경험담을 얘기하면 브라가 조성하는 심리적인 영향을 독자들이 더 음미할 수 있을 것이다. 내가 자랐던 한국의 시골 처녀들은 치마끈을 젖가슴 위까지 추켜올리고 꽉 찍어 눌렀기 때문에 여자의 젖가슴이 남자의 것과 전혀 다르다는 것을 미처 몰랐다. 그러다가 결혼한 뒤 아내가 애를 낳고 아이에게 젖을 먹일 때 나는 신비감에 사로잡혔다. 비가 온 뒤 없었던 버섯이 땅에서 솟아나듯, 어린애를 낳게 되면 여자 가슴에 우유통이 자연적으로 생기는 줄 알았다. 하긴 꽃이 져야만 호박이 열리지 않는가. 그러나 이런 한국식 노출법에는 드라마의 서스펜스가 없는 탓에 서양 여자들처럼 남자 눈을 홀려서 새로운 아름다움을 창조하지 못한다.

브라가 창조하는 아름다움의 깊이는 브라의 두께처럼 얇다. 그러나 브라는 사춘기 남자의 눈을 현혹시키고 막강한 상상력을 촉진시킨다. 그 과정에서 아름다움이 창조된다. 스피노자는 아름다움을 욕망이라고 했다. 수전노에게는 돈이 아름답게 보이고 정력제를 찾는 사람에게는 세상에 곰발바닥보다 더 소중한 것이 없다.

동양에서는 중매결혼이 상례지만, 연애결혼 위주의 서양사회에서는 시집을 잘 가려면 아름다움을 창조하고 광고해야 된다. 이 점에서 브라는 거룩한 역할을 한다. 여자의 치마 길이가 얼마만큼 되어야 적절하냐고 물었을 때 린위탕林語堂은 다음과 같이 말했다.

'여자는 심적으로 항상 은폐와 노출의 욕망을 반반 정도 느끼고 있기 때문에, 치마 길이는 무릎까지 내려와 다리의 반을 감추고 반을 드러내게 하는 것이 이상적이다.'

명언이 아닐 수 없다.
엊그제 잡지에서 밀로의 비너스 여신상이 브라 광고에 쓰인 것을 보고 나는 기염을 한번 토해보겠다고 이 글을 쓴다.

미국의 섹스 스캔들과 위선

1998년 3월
로마에서

지난 몇 주일 동안 미국의 가장 짭짤한 화제는 클린턴 대통령이 성스캔들로 인해 사퇴를 하느냐, 아니면 하원이 탄핵조치를 취할 것이냐 하는 것이었다. 온 세계 사람들이 미국의 어리석음을 비난하기도 하고 비웃기도 한다. 여기 이탈리아 사람들은 대부분 미국 정치를 이해할 수 없다며 고개를 휘젓고, 어떤 사람은 핏대를 올리면서 미국의 위선을 비난한다. 유럽에서는 미국의 사촌인 영국을 제외하고는 권력이 있는 정치가가 가끔 외도의 즐거움을 갖는다는 것은 변비증을 방지하기 위한 당연한 처사라고 여긴다. 특히 이탈리아에서는 역사적인 실례와 건전한 논리를 이용하여 난봉을 피지 않는 남자는 위대한 정치가가 될 수 없다고 기염을 토한다. 하나님과 매일같이 전화를 하고 인간의 윤리를 다스리는 교황이 사는 뒷마당에서 이런 말을 듣는다는 것은 신기하기 짝이 없다.

왕년에 개리 하트*Gary Hart*가 민주당 대통령 후보경선에서 첫째를 달리다가 도나 라이스*Dona Rice*란 여자와 놀아났다는 기사가 터지자 실각하고, 백악관을 쟁취하겠다는 민주당의 희망이 동시에 사라졌다. 그해 이탈리아에서는 지오바니 고리아*Giovanni Goria*라는 이가 나라의 수상으로 추대되었다. 고리아는 폐병환자처럼 가슴이 푹 패고 쇠약해 보여서 어떤 사람들은 저런 병약자가 나라를 다스릴 수 있을까 하고 걱정했다. 이런 의혹을 불식시키기 위하여 로마의 한 잡지는 고리아가 유방이 풍만한 젊은 여자 둘을 옆에 세우고 의기양양하게 서 있는 사진을 표지에 실었다. 잡지의 기사 내용은 수상이 이 여자들과 남녀관계가 있었다고 말하지는 않았지만 그 의도는 고리아는 호색가요, 그러므로 능란한 정치적 수완이 있다는 것을 암시했다. 몇 년 전에 베를루스코니*Silvio Berlusconi*가 이탈리아 수상으로 추대되었을 때, 언론은 그가 옛날에 기혼중에 있었던 라리오*Veronica Lario*를 사랑하여 끝내 그녀와 결혼했다는 사실은 언급하지 않았다. 난봉을 피지 못하는 사나이는 정치가가 될 수 없다는 것이 이탈리아 사람들의 세속적인 종교다.

프랑스 텔레비전은 미테랑의 장례식에 영구차 뒤에 조강지처 다니엘과 그녀의 아들 둘, 그리고 몇 발자국 뒤에 미테랑의 첩 앤*Anne Pingeot*이 대학에 다니는 딸과 같이 걸어가는 장면을 보도했다. 첩과

첩의 딸을 장례식에 참석하게 했다는 것은 필경 미테랑의 소원이었으리라는 말이 퍼지자, 부인 다니엘 여사는 그 조치는 어디까지나 자기의 의도였다고 천명했다. 그녀는 남편을 '공무 집행 중에 알게 된 여자들을 유혹하는 데 뛰어난 기술을 가졌다.'며 칭찬하고, 남자가 자기 아내뿐만 아니라 딴 여자들도 사랑할 수 있다는 것은 도량이요, 미덕이라고 말해 온 세상을 놀라게 했다. 어쩜 남편을 적극적으로 옹호하는 힐러리 클린턴도 다니엘 같이 건전한 성생활은 건강을 의미한다고 생각한 것일까? 이탈리아, 프랑스, 덴마크, 스웨덴, 기타 유럽 나라에서는 국가의 원수와 잠을 잤다고 소송을 걸어 부자가 되겠다는 여자들이 없는 것 같다. 유럽 사람들은 미국 아이들은 엄마 뱃속에서 나올 때부터 기저귀를 찼고 어떤 아이는 신사복까지 입고 나온다는 미국 신화를 믿지 않는다. 성관계는 신진대사의 일환인데, 왜 미국 사람들은 쓸데없는 꼬투리를 잡아 정치적 혼란과 세계 평화에 위협을 가져오느냐고 혀를 찬다.

내가 프랑스 공부를 할 때, 『패니*Fanny*』(작가 이름이 떠오르지 않는다)라는 희곡과 도데*Alfonse Daudet*의 『사포*Sappho*』라는 소설을 감명 깊게 읽은 적이 있다.

『패니』는 자식이 없는 부자 노인이 패니란 젊은 여자와 결혼했는데 패니는 남편이 아닌 청년과 사랑에 빠져 임신을 했다. 이 사실을 알게 된 남편은 아내의 불륜을 비난하거나 그녀의 정부를 고발하지 않고, 그녀가 임신했다는 사실에 기쁨과 고마움을 느껴 가난한 그녀의 애인에게 생계를 마련해준다는 내용이다. 나는 울면서 이 책을 읽었다.

도데의 『사포』는 서두에 '우리 아이들이 스무 살이 넘은 뒤에 읽기를 바라면서.'라는 말을 쓴 것으로 봐서 자서전적인 작품인 것 같았다.

양반 태생의 시골 청년이 파리에 올라와서 촌티도 벗고 청춘을 즐기기 위하여 서른이 넘은 화류계의 사포라는 여인과 동거한다. 하지만 사포는 황진이같이 훌륭한 여자로서 젊은 낭군을 극진히 모시기도 하지만 누나처럼, 어머니처럼 청년을 기르고 파리 사회에 등장시킨다. 그들은 몇 해 동안 꿈보다 더 아름다운 생활을 한다. 마침내 사포는 자기는 늙어서 젊은이의 애인이 될 자격을 잃었다고 말하고 눈물을 흘리면서 낭군님의 장래를 축도하면서 조용히 사라진다. 매우 슬프면서도 한없이 인간적이고 아름다운 이야기였다.

나는 다시 한 번 울었다. 두 작품 모두 성을 죄악시하지 않고 즐겁고 아름다운 삶의 과정으로 다루고 있다.

미국은 청교도시대부터 성을 죄악시하고 성범죄에 대한 온갖 규제를 해왔다. 호손Nathaniel Hawthone의 소설 『주홍 글씨』에 그려진 엄한 사회 풍조는 옛날 것이었지만 지금도 많은 사람들이 성이란 말만 나오면 천재지변이 난 것처럼 기절한다. 특히 정치하는 사람에게는 섹스 스캔들이 치명적일 수 있다.

대통령 후보자 개리 하트 외에 워싱턴 주 패크우드Bob Packwood도 자기 사무실의 여사무원들에게 키스하고 궁둥이를 꼬집었다고 해서 상원 의원직에서 물러나게 되었고, 케네디Edward Kennedy도 젊은 여자와 차 사고를 일으키고 여자가 죽는 바람에 대통령의 야심을 꺾어야 했다. 하원의 실력자였던 밀스Wilber Mills는 나이트 클럽의 무용수에게 미쳐, 둘이서 한밤중에 호숫가를 달리다가 말다툼을 벌여 여자가 죽겠다고 물속으로 뛰어들었다는 기사가 보도되자 정계에서 물러났다. 오하이오 주의 쟁쟁한 분과위원장 하나는 타자도 못 치는 여자를 섹스 파트너로 이용하기 위하여 유령 고용을 했다는 추문으로 떨려났다. 얼마 전 참모총장직에 지명된 장성은 옛날 정사 사건이 드러나서 자리를 포기했다. 최근에는 육군 훈련소 사관들이 신병 여자들에게 성행위를 강요했다는 죄과가 들통나 물의를 일으키고 있다.

클린턴 행정부의 주택도시개발국 장관이었던 헨리 시스네로스 *Henry Cisneros*의 섹스 스캔들은 유달리 처절하다. 1987년 산 안토니오*San Antonio* 시장으로 있을 때, 그는 뉴욕에서 선거자금 모금을 하고 있던 여성동료 린다 메들라*Linda Jones Medlar*와 사랑에 빠졌다. 헨리는 아이가 둘이 있는 남자였고, 린다는 어린 딸을 둔 38세의 기혼녀였다. 눈이 맞아 하룻밤 같이 자게 되면 영원한 사랑을 서약하고 현처, 현남편과 이혼하고 서로 결혼하겠다는 이야기도 터져나올수 있다. 헨리는 남미 에스파냐 계 사람으로 민주당의 신진 스타로서 한때 민주당 대통령 후보였던 먼데일*Walter Mondale*이 그를 부통령 후보로 끌고 나올까 하고 생각해본 적도 있었다. 텍사스 지사로 출마할까, 상원의원으로 나올까 망설이던 중 그는 린다 사건 때문에 둘 다 포기해야 했다. 그러다 클린턴이 대통령이 되자 자신의 선거운동에서 열성을 보이던 그를 주택도시개발국 장관으로 추천했을 때 헨리는 이를 차마 거절할 수 없었다.

연방수사국*FBI*은 법의 요구에 의해 장관 후보자의 배경을 조사하게 되어 있다. 후보는 표준서류(Standard Form 86)를 제출하게 되어 있고, 그 서류에는, '당신의 과거 처사에서 남이 당신을 공갈협박할 만한 일을 저지른 적이 있습니까? 당신 평생에 당신 자신이나 대통령을 창피하게 만들 만한 일을 저지른 적이 있습니까? 있다면, 내용을 상세히 기술하십시오.'라는 질문이 있다. 헨리가 린다와 내연관계였다는 것은 산 안토니오 시는 물론 세상이 다 아는 사실이었기 때문에 헨리는 FBI에 그 사실을 숨기지 않았다.

헨리는 1989년에 린다와 결혼을 하겠다고 구두로 약속을 했다. 린다는 헨리와 재혼하게 되면 헨리가 자기와 딸의 생활비를 대주리라는 생각에서 공동소유였던 사재 백만 달러를 남편에게 넘겨주고 이혼을 했다. 그러나 헨리는 심장 결함으로 앓고 있는 어린 아들 때문에 차마 이혼을 하지 못하고, 그 대신 린다에게 월 4천 달러씩 생활비를 대주기로 다시 구두 약속을 했다. 린다는 행여 헨리가 약속을 이행하지 않을까 하는 의심에서 상점에 가서 50달러짜리 녹음기를 한 대 사서 그녀의 전화기에 장치했다. 린다가 집을 사는 데 선금으로 1만 1천 달러가 필요하다고 했을 때, 헨리는 8천 달러를 주었다. 그 뒤 이것저것 해서 헨리는 2년 동안 7만 2천 달러를 그녀에게 보냈다. 헨리가 장관이 되어 그의 사유재산이 임시로 동결되었고, 연봉 14만 8천 달러로 두 집 살림을 꾸려가고 두 명의 딸을 대학에 보내기가 힘들어서, 헨리는 1993년 10월부터 린다에게 돈을 보낼 수 없게 되었다. 살기가 어려워지고 배신을 당했다는 의혹이 생기자 린다는 1994년 7월에 약속을 이행하지 않았다고 헨리를 고소했다. 뿐만 아니라 린다는 텔레비전(Inside Edition)에 출연

해 헨리가 FBI에 증언한 액수 이상을 자기에게 지불했다고 자랑하고 1만 5천 달러를 텔레비전 방송국에서 받아먹었다. 헨리는 4만 9천 달러의 피해금을 린다에게 지불하기로 하고 소송 건이 법정재판에 이르기 전에 수습했다.

그러나 린다의 텔레비전 증언 내용이 법무부 장관 리노*Janet Reno*의 귀에 들어가게 되자, 리노는 1995년 공화당원인 배레트*David M. Barrett*를 특별검사로 임명하고, 헨리가 배경조사 당시 FBI에 거짓말을 함으로써 연방법을 위반했느냐를 조사하게 했다. 배레트는 30명의 변호사와 FBI 요원을 동원시켜 2년 반 동안 4백만 달러의 나랏돈을 써서 66쪽에 달하는 기소장을 작성했다. 검찰은 음모, 허위진술, 은폐, 수사방해 등등 18개 항목의 죄과를 내세웠다. 모든 항목에 유죄 판결이 나오게 되면 헨리는 90년 동안 형무소 생활을 해야 한다. 기소 내용의 골자는 헨리가 린다에게 준 돈이 진술한 숫자보다 16만 달러 많고 헨리가 자기 친구와 일꾼들에게 거짓말을 하라고 종용했다는 것이다.

법 정신은 사회 질서와 복지를 해치는 행위를 하는 범인을 잡아서 적절한 처분을 내리는 데 있다. 인간은 원체 고약한 짐승이어서 법의 제재 없는 사회가 개판이 아니라 더 무서운 인간판이 될 수 있다. 헨리의 죄과는 무엇인가? 그는 사리사욕을 위해 단 한 푼도 공금을 횡령한 적이 없고 장관으로서 그처럼 빛난 성과를 거둔 사람은 드물었다고 공화당 측에서도 시인한다. 그는 나라를 위해서 연 14만 8천 달러의 박봉을 받으며 희생적인 봉사를 했다. 그는 린다와 내연관계에 있었다는 것을 부인하지 않았다. 다만 인도적인 차원에서 그는 린다에게 준 보조금을 16만 달러 적게 FBI 당국에 보고했을 뿐이다. 이런 죄과로 인해 그가 90년 동안 형무소에서 썩어야 된다는 말인가?

미국 법에는 맹점이 많다. 이 사건의 아이러니는 악법에 의해 선인이 망했다는 것뿐만 아니라 기소자인 린다도 감옥살이를 할 형편에 처해 있다는 사실이다. 검찰 측은 린다가 헨리에 대한 반증을 하는 한 그녀에게 법적 면역을 부여하겠다고 약속했음에도 그녀가 허위진술을 했다는 이유로 그녀에게 통보도 하지 않고 이 면역을 철회했다. 결과적으로 린다는 28개 항목의 죄과로 기소되고 그녀의 여동생, 여동생의 남편까지 돈 관계로 기소되었다. 헨리는 물론 린다, 린다의 친척들이 몽땅 망했다는 얘기다. 헨리의 형사범은 1998년 12월에 심의되기로 책정되었다.

나는 법을 잘 모르지만 헨리는 벌금을 몇 푼 물고 2~3개월 정도의 집행유예형을 받고 풀려날 것 같다. 두 달 동안 쓰레기를 치우고 화장실 청소를 하라는 사회봉사명령을 받을 수도 있다. 그의 정치적인 생명은 끊어졌지만 그의 장래는 암담한 것이 아니다. 장관직을 사임한 뒤 그는 스페인 계 방송국 회장으로 추대되었고 연사로서 건당 25만 달러의 강의료를 받고 있다.

린다 또한 우물쭈물 감옥살이를 면하고 헨리에게 생활보조금을 받아가면서 무난히 살 수 있을 것 같다. 상식적으로 볼 때 헨리의 죄는 그가 클린턴 행정부의 장관이었다는 것이다. 클린턴 대통령을 미워하는 사람들이 진상추구 명분으로 잠시 그를 괴롭혔다는 것뿐이다. 장관직을 내놓은 그는 갑자기 무죄로 풀려나올 수 있었다.

법적으로 간통은 범죄지만 이것이 경범*misdemeanor*이냐, 중범 *felony*이냐 하는 문제는 주에 따라서 다르다. 수도 워싱턴에서는 간통이 경범죄로 규정되어 최고 5백 달러의 벌금을 내거나 180일 간 감옥살이를 하면 속죄가 된다. 버지니아, 메릴랜드, 기타 20개 주에서도 간통은 경범죄이지만 아이다호, 매사추세츠, 미시간, 오클라호마, 위스콘신 주에서는 중범죄로 분류된다.

간통법은 국가적으로 거의 시행되지 않지만 완전히 무력한 것은 아니다. 매사추세츠 주에서는 부부 아닌 남녀가 자동차 안에서 성관계를 하다가 간통죄로 몰려 남자가 50달러의 벌금을 물었다. 메릴랜드에서는 유부녀가 남편을 버리고 도망쳐서 딴 여자와 살 경우, 그녀는 간통죄로 몰려 10달러의 벌금을 물어야 한다. 이 괴상 망측한 법의 유래는 동성연애를 방지하기 위해서라기보다는 부녀자의 가정 이탈을 방지하기 위해서 만들어졌다.

그러나 메릴랜드에서는 진짜 간통사건이 벌어져도 즉시 이혼할 수 없고 부부가 별거하는 경우에도 일 년 동안 화해기간이 끝난 다음에야 이혼이 가능하다. 이런 부조리 때문에 이 법은 역효과를 내어 어떤 가정주부가 즉시 이혼을 원할 경우, 동성연애를 빙자하여 벌금 10달러만 물고 법망의 굴레에서 해방된다. 간통죄를 철저히 적용한다는 것은 사실상 불가능하다. 미국 부부의 반수는 재혼자다. 재혼하기 전에 그들 대부분은 간통을 했을 것이고 일반 부부들 중에도 외도를 하고 서방질을 한 사람들이 부지기수일 것이다. 이들을 모두 감옥에 집어넣으면 일할 사람이 없어서 나라가 망한다.

이런 실질적인 견지에서 법은 간통죄를 눈감아주지만 헨리나 클린턴처럼 정치에 나선 사람은 치명상을 입을 수 있다.

법에 문외한인 내 생각에는 폴라 존스*Paula Jones*의 공민권 위반(사실은 성 도발 고소지만 시효가 지나서 공민권 위반 건이 되었음) 소송은 흐지부지 기각될 것 같고, 백악관 고용인 모니카 르윈스키*Monika Lewinski*와의 간통, 허위진술, 수사방해 건은 특별검찰이 하원에 대통령 탄핵자료를 제시하겠지만 하원에서 이를 묵살시킬 것 같다. 그 이유는 특별검찰은 법적으로 대통령을 기소할 수 없고 하원은 정치기구로서 인기 있는 대통령을 탄핵했다가 역효과를 자아낼까 염려하기 때문이다. 문제는 이 일을 질질 끌어서 상하원선거에서 의석을 좀더 늘리자는 것이 공화당 측의 책략인 것 같다.

이곳 이탈리아 사람들은 미국이 돌았다고 한다. 돌지 않은 사람은 미국 시민이 될 수 없다고 나는 궤변을 한다. 작년 로마에 왔을 때 포르노 극장을 찾아간 적이 있다. 아내가 싫고 미워서가 아니라 객지생활을 하다 보면 늙어도 여자가 그리울 수 있고, 이탈리아 여자는 배꼽이 두 개씩 있다는 소문이 있어 그곳을 찾았을 뿐이다. 한 시간 동안 포르노 영화를 상연한 다음에 세 무녀가 나와서 옷을 홀랑 벗고 춤을 추었다. 그러고는 무희가 손님 자리에 와서 손님 무릎에 앉기도 하고 목에 매달려 키스도 해준다. 손님은 여자의 젖가슴과 허벅다리를 만지느라 정신이 없다.

내가 극장을 찾은 날, 가장 유명한 무희는 옛날 포르노 영화의 여왕이었다는 치치올로나*Ciciolona*였다. 그녀는 한때 민의원으로 출마하여 관중에게 젖가슴을 드러내자 이를 고마워한 로마 시민이 그녀를 국회에 보낸 적이 있었다. 김두한이 국회의원으로 당선된 것과 흡사하다. 국회에서 똥주머니를 던지지 못한 이유로 그녀는 차기 선거에서 낙선되어 옛 직업을 찾아 포르노 극장으로 되돌아왔다. 로마에 가면 로마 사람처럼 행세하라는 율법 때문에 나도 그녀의 궁둥이를 쓰다듬어주었다. 기분이 좋았다.

미국에 돌아오자 나는 이탈리아 여자도 배꼽이 하나밖에 없다는 사실을 아내에게 보고했다. 그런데 아내 말이 걸작이었다.

"여보, 당신 제발 정계에 나가지 말아요."

나는 윙크를 던지고 아내가 행여 나의 출장 기간 동안에 배꼽을 하나 더 달았나 검사해보았다.

데이트하는 요령

연애소설에 재미를 붙이게 된 것이 고등학교 2학년 때였던 것 같다. 사춘기가 찾아온 모양이었다. 교복을 단정하게 입은 여학생은 물론 옆집 식모까지 점점 예뻐 보이니 내 마음에 병이 든 것이 사실이었다. 그리하여 나는 궁둥이가 쑤시면 가끔 우리 동네에 있는 상문당이라는 서점에 가서 주인 눈치를 보면서 연애소설을 읽기 시작했다.

내 속을 뻔히 들여다본 주인 아저씨가 어느날 도둑 독서를 하고 있는 내 어깨를 툭 치며 말했다.

"전 군, 연애소설만 읽을 것이 아니라 연애를 한 번 해보는 것이 어떤가?"

나는 당황해서 얼굴을 붉혔다. 1940년, 그 당시 연애를 한다는 것은 거의 불가능한 일이었다. 윤리도덕과 사회풍조가 이를 허락하지 않았다. 아저씨는 나에게 좋아하는 여자가 있느냐고 묻고 내가 고개를 젓자 조용히 연애 비법을 얘기해주셨다.

산에 가야 범을 잡는다고 하면서 그는 연애의 첫 걸음은 용기를 내는 데 있다고 했다. 여자가 따라오기를 바라는 것은 현실적으로 불가능하니까 내가 여자 꽁무니를 쫓아다녀야 한다고 했다. 내가 쫓아다닐 여자를 어떻게 찾느냐고 묻자 아저씨가 껄껄 웃으시면서 길에 걸어다니는 사람의 반이 여자라고 했다. 어이가 없어서 웃자 그는 예의 연애술이란 것을 말하기 시작했다.

"여고생이 수업이 끝난 뒤 학교에서 나올 무렵, 무심천(청주) 다리 옆에서 망을 보고 있다가 여학생이 하나 지나가면 그 여자 뒤를 쫓아가란 말이야. 무턱대고 달려가서 '저는 당신을 사랑합니다' 하면 그 여자가 기절초풍할 테니 머리를 좀 쓰란 말야. 내가 이 책을 자네한테 선사할 테니 자네가 헐레벌떡 뛰어가 여자의 등을 툭 치고, '아가씨, 책을 떨어뜨렸네요' 하며 이 책을 주란 말이야. 엉거주춤 책을 받아들고 '이 책은 제 책이 아니에요'라고 할 거야. 그러면 개똥참외는 줍는 사람이 임자라며 시치미를 떼고 그 여자에게 책을 선사하란 말이야. 여자들의 연애 감각은 참으로 비상해. 그때 본능적으로 자네가 연극을 하고 있다는 것을 깨닫고 순간적으로 네 시나리오를 받아들이느냐, 않느냐를 결정할 거야. 여자가 그럼 책을 한번 읽어보겠다고 긍정적인 반응을 보일 확률은 20퍼센트밖에 안돼. 하지만 내 말은 자네가 지나가는 여자의 옆구리를 다섯 번 찌르면 그 중 하나는 오케이 할 가능성이 있단 말이지."

나는 놀랍고 고마웠다. 서점 아저씨가 나에게 준 책은 앙드레 지드의 『좁은 문』이었다. 내가 빙그레 웃으면서 나도 그 책을 읽어봤다고 했더니 아저씨는 이어서 말했다.

"나도 알고 있어. 사실 자네가 우리 서점에서 일주일 동안 이 책을 읽은 것을 알고 있고 솔직히 말하자면 자네 손때 때문에 이 책을 팔 수 없게 됐어. 내가 자네에게 이 책을 주는 이유는 아가씨가 이 책을 받게 되면 앙드레 지드가 얼마 전에 노벨 문학상을 탔다는 것을 알고 이런 책을 읽은 사람이라면 한번 사귀어볼 만한 사람이라고 생각할 수 있다는 이유에서야."

나는 아저씨의 예지에 감탄하고 그의 선심에 감격했다.

그러나 앞길은 암담했다. 얼굴에 여드름이 생기고 코밑에 수염이 자라나기 시작했다는 사실로 보아 내가 연애를 할 자격을 가지고 있다는 것은 분명했다. 그러나 가리는 것 많고 따지기를 좋아하는 한국 아가씨가 나의 여드름, 콧수염 콤비 펀치에 케이오 당할 것 같지가 않았다. 나는 미남도 아니고 부자도 아니고 운동선수도 아니었다. 앙드레 지드의 책 한 권을 읽었다는 사실이 나의 천재를 증명하는 것도 아니었다. 내가 아저씨의 전술에 의혹을 품자 그는 다음과 같이 낚시꾼의 심리학을 강의하기 시작했다.

새벽에 낚시터를 찾는 낚시꾼은 저마다 큰 꿈을 안고 간다. 큰 물고기를 몇 마리 잡아서 친구들과 아내에게 자랑하는 장면도 그려본다. 그러나 해가 뜨고 점심 때가 다가와도 고기는 잡히지 않고 모기에게만 물리면 실망과 체념이 스며들기 시작한다. 좋은 자리를 차지하기 위하여 새벽부터 나왔는데 늦게 나온 학생이 엉터리 낚싯대를 가지고 월척을 낚으면 기분이 나빠지고 이윽고 억울한 마음에 화까지 나게 된다. 두 자짜리 가물치나 잉어는 어느덧 꿈에서 사라지고 반 뼘짜리 붕어라도 한 마리 잡았으면 한다.

모든 것을 포기하고 집에 가는 도중 생선집에 들러 붕어나 두세 마리 사서 아내와 어린애들 앞에서 체면을 유지해야 되겠다고 시나리오를 작성하기 시작한다. 그 순간 낚싯줄이 흔들린다. 신이 나서 낚싯대를 채올렸더니 조그만 붕어가 딸려 온다. 순간 실망감에 휩싸이면서도 그 낚시꾼은 안도감을 느낀다. 이 고기를 버려야 할까 어쩔까 잠시 생각하다가 그 붕어를 간직하기로 결심한다. 이것이 낚시꾼의 심리라고 설명하면서 상문당 아저씨는 내가 만병통치 잉어는 되지 못할망정 중간치 붕어는 될 수 있는 당당한 조건을 갖추고 있다고 덧붙였다. 나는 서점 아저씨의 예지에 다시 한 번 탄복했다.

그러나 나는 무심천 다리 옆에 망을 칠 용기가 나지 않았다. 몇 년 뒤 군인 하사관 시절에 나는 간호사 아가씨와 여대생 한 명과 데이트할 기회를 갖게 되었다. 결과는 뻔했다. 나는 자격 부족으로 낙방을 했다. 한국에 있던 시절 나의 스코어는 제로였다.

미국이란 나라에 오자 나는 승부에 표준이 달라졌다는 것을 깨달았다. 이 나라는 늘 자신들이 입버릇처럼 말하는 대로 자유의 땅이고 용감한 사람의 고향이라는 것을 느꼈다. 다시 말하면 자유인으로서 용기만 있다면 모든 게 가능하다는 것이 미국의 뜻이었다. 이리하여 나는 상문당 아저씨의 예지를 실천해보기로 결심했다.

미국 여자들은 입 열기를 꺼리지 않는다는 것을 발견했다. 하긴 입을 열어야 밥도 먹고 숨도 쉬고 키스도 하고 말도 할 수 있는 것이 엄연한 사실이지만, 한국에서는 처녀가 입을 벌리면 집안이 망한다는 미신이 있었다. 캠퍼스를 지나가는 낯선 여자가 '하이'하고 인사를 하면 '하이, 하이' 하고 명쾌하게 대꾸했다. 미국에서는 광고를 해야만 물건이 팔린다는 것을 깨닫고 나는 입을 열기 시작했던 것이다.

나의 첫 데이트는 우연의 산물이었다. 점심을 잘못 먹은 탓인지 오후에 강의실로 가는 도중 나는 갑자기 배에 통증을 느끼고 들고 있던 책을 길에 떨어뜨리고는, 손으로 배를 안고 주저앉았다. 지나가던 아가씨가 허겁지겁 달려와서 어떻게 된 일이냐며 조심스럽게 물었다. 엉뚱하게 나온 말이 "어젯밤에 읽은 책이 소화가 되지 않아서 위경련을 일으킨 모양입니다." 하고 임기응변을 했다. 그녀는 깔깔깔 웃으면서 자기 이름은 낸시라고 소개한 뒤 흩어진 책을 주워 모은 다음 팔을 내 옆구리에 돌려매고 나를 기숙사로 안내하려고 했다. 엄마 손이 약손이라면, 젊은 여자의 손은 전기 손이다. 낸시의 손가락에서 전류가 흐르기 시작했고, 나는 순식간에 위궤양이 완치되는 것을 느꼈다. 며칠 뒤 나는 고마움의 표시로 그녀에게 첫 데이트를 신청했고 그녀는 나의 위궤양 완치를 위하여 쾌히 프러포즈를 승낙했다.

꾀를 내면 데이트보다 쉬운 것이 없다는 것을 깨달았다. 앙드레 지드 전략은 미국에선 통하지 않았지만 더 지성적인 방법이 있을 수도 있다. 레이첼은 얼굴도 예쁘지만 공부도 잘하고 줏대가 센 여자여서 미국 남학생들도 그 여자와 데이트 한번 했으면 소원해도 잘

응하지 않는 것으로 정평이 나 있는 아가씨였다.

나는 그녀와 데이트를 하고 싶었다. 머리를 긁다 보니 기발한 생각이 떠올랐다. 미국 대학에서 데이트를 하기 좋은 길일은 금요일이다. 그 다음이 토요일 밤이다. 관습에 의하면 남자가 여자에게 화요일이나 수요일쯤 전화를 걸어서 금요일 저녁 데이트를 예약하는 것이 상례다. 나의 안은 상례를 뒤집어 참신한 전례를 만들겠다는 것이었다. 그래서 나는 토요일 아침에 레이첼에게 전화를 걸고 엉뚱한 소리를 했다.

"오늘 저녁 시내 극장에서 '벤허'를 상영한다는 것을 막 알았습니다. 영화에 대한 평이 매우 좋습니다. 정말 극장에 가고픈데 사실 난 돈이 없으니 레이첼 양이 돈 없는 동양 학생을 도와주시지 않겠어요?"

그날 저녁 영화 구경을 하고 돌아오면서 레이첼은 나를 켄터키 후라이드 치킨 집에 데리고 가서 만찬을 대접해주었다. 이 술책의 원칙은 자선은 기쁨이요, 사람은 누구나 허영심이 있어서 잘 보이려고 애를 쓴다는 점에 있다.

소문은 성공의 아버지다. 충청도 촌양반이 보통내기가 아니라는 평이 퍼지자 데이트하기가 점점 수월해졌다. 금발 여자에게 데이트 신청을 할 때는 나는 평생 금발 여자와 데이트할 일이 없었는데 당신에게 첫 영광을 주겠노라고 했다. 빨강머리 아가씨에게는 빨강머리가 노랑머리, 검정머리와 어떻게 다른지 알아보고 싶다고 했다. 키 큰 여자에게는 나는 항상 우러러볼 수 있는 사람과 사귀고 싶다고 아첨하고, 남미에서 온 여자들에게는 바나나와 코코넛에 대해서 개인적으로 문의할 사항이 있다고 했다. 이런 엉터리 짓을 프랑스어로 파나슈*panache*라고 한다. 데이트 사업이 착착 진행되었다.

미국 아가씨들은 덩치는 크지만 착하고 순진하기 짝이 없었다. 그들은 성경도 잘 읽어서 물으면 대답을 하고 구하면 주어야 한다는 도덕을 지켰다. 데이트의 재미는 여자의 손을 잡고 키스를 요란하게 하는 데 그치지 않았다. 나도 모르는 사이에 열등의식의 병을 고쳤다. 상문당을 들락거릴 즈음 나는 거울을 볼 때마다 내가 못생긴 것을 자각하고 부모를 원망하고 하늘도 원망했다. 그러나 여자 품에 두어 번 안겨보자 나의 인생관, 세계관, 우주관이 왕창 바뀌어버렸다. 삶은 슬픔이란 부처님 말씀 대신 삶은 즐거움이라는 노래가 나오고, 예수님의 말씀이야 어쨌건 천당에 가는 길은 스스로를 잃어버리는 데 있지 않고 자신을 찾는 데 있다고 느꼈다.

나는 한탕주의자가 아니었다. 한탕 해먹고 돈주머니를 짊어지고 줄행랑을 치자는 패는 아니었다. 장기투자를 위해서 나는 내가 좋아하는 아가씨에게 새로운 생일을 책정하고 신분증을 발부했다. 이리하여 도리스 생일은 2월 2일, 킴버리 생일은 11월 11일로 정해주었다. 그녀들은 저마다 그들의 진짜 생일에 부모, 형제, 친척, 친구들한테서 카드도 받고 선물도 받는다. 물론 즐거운 일임에 틀림없다. 그러나 이들 카드와 선물은 그녀들이 이 세상에 태어났다는 탄생 권리에서 비롯되는 응당한 배당금이라고 여겨지기 때문에 하루가 지나면 카드는 모두 엊그제 신문처럼 쓰레기통에 들어간다.

그러나 로이스가 4월 4일에 기대하지도 않았던 나의 생일축하카드를 받고 나는 당신이 없으면 죽을 정도는 아니지만 당신이 이 세상에 태어난 것을 정말로 고맙게 여긴다는 나의 간곡한 사연을 읽으면 그녀는 좋아라 어쩔 줄 모르고 팬티가 흘러내릴 정도로 펄펄 뛴다. 이런 행동이 여자의 호의를 사는 외교술이다. 성경에 의하면 100마리 양 중에서 얌전한 99마리 양들보다도 도망갔다가 되돌아온 말괄량이 양을 주인은 더 사랑하게 된다는 말이 있었던 것 같다. 아가씨의 생일을 잘못 기억한다는 것도 데이트 요령의 한 가지다.

우리 대학에 한국 학생들이 4~5명 있었고 동양계 학생들도 꽤 있었는데 그들은 모두 나를 부러워했다. 똑같은 옷을 일주일 내내 입고 다니는 촌놈이 어떻게 그리도 데이트를 잘하느냐고 놀라기도 했다. 몇몇은 나를 찾아와서 데이트 상담을 청했다.

그들의 첫 질문은 데이트를 어떻게 시작하느냐는 것이었다. 나는 용기라고 대답했다. 좋아하는 여자가 있으면 그녀의 이름과 전화 번호를 물어보고 데이트를 신청하라고 충고했다. 한국 사람, 일본 사람, 중국 사람은 너무 체면을 앞세우는 고질병을 가지고 있다. 여자가 데이트 신청을 거절하면 어쩌냐는 질문에 나는 밑져야 본전 아니냐고 대꾸했다. 무엇보다도 미국 애들은 인권존중 병에 걸려서 첫 데이트 신청을 함부로 거절하지 않는다는 설명도 해주었다.

데이트를 나갔을 때 무슨 얘기를 하느냐고 묻기도 했다. 대부분의 사람들은 평범하고, 평범한 사람은 자기 스스로에 대해 얘기하기를 좋아한다는 게 내 대답이었다. 여자의 가정환경이나 어떻게 자라고 어렸을 때 어떤 꿈을 꾸었느냐고 물으면 대부분의 여자들은 참새같이 재잘댄다고 나는 통계자료까지 제공했다.

나는 여자 칭찬법도 강의했다. 누구나 칭찬받기를 좋아한다. 그러나 공치사는 향수와 같아서 냄새만 맡으면 기분이 좋지만 향수를 병째 마시면 건강에 해로울 수 있다고 지적했다.

"나는 당신이 세상에서 제일 아름다운 여자라고 믿습니다." 하면 여자는 순간 피부에 소름이 돋고 구토감을 느끼게 된다. 하지만 좀 못생긴 여자도 거울을 들여다볼 때마다 참 내 눈은 멋있다, 내 코는 의젓하다, 내 입술은 섹시하다는 둥 한두 가지 자랑할 만한 특징을 찾아 으스대본다. 코 잘난 여자에게는 코를 칭찬하고, 눈 잘난 여자에게는 눈을 칭찬하고, 엉덩이가 방석같이 크면 '은진미륵' 같다고 칭찬해야 한다. 해부학적으로 칭찬할 것이 없으면 그녀는 지성적이라고 칭찬하고, 그녀가 만천하에 알려진 깡통이라면 그녀는 한없이 착한 여자여서 그녀를 존경하지 않으면 양심의 가책을 받는다고 하면 된다.

언제 여자의 손을 잡고, 언제 여자의 허리를 안고, 언제 어디서 키스를 해야 되나? 나의 통계에 의하면 5월 3일 저녁 8시 37분 24초가 제일 알맞은 순간이지만, 정감록을 볼 수 없는 사람에게는 눈치 봐서 알맞은 때가 적기, 적순간이다.

첫 데이트에서 여자를 만나면 악수를 하는 것이 통례다. 악수를 한 뒤 10초 안에 악수를 끝내라는 미국법은 없으니까 모른 척하고 여자 손을 계속 잡으면 된다. 기분이 좋으면 둘이 신이 나서 손을 잡을 수 있고 기분이 나쁘면 둘이 서로를 격려하기 위해서 손을 잡을 수 있다. 여자 허리를 껴안는 법은 좀 지능적이어야 한다. 차들이 왔다갔다하는 길을 건널 때 좀 멀리서 차가 오는 데도 여자가 길을 건너려 하면, 여자의 허리를 껴안아 이를 만류하는 것은 건전한 술책이다. 길을 걷다가 여자가 넘어지려 하면 여자의 허리를 껴안고, 그럴 경우가 없으면 내가 넘어지는 척하고 여자 허리에 의존하고, 용기가 있으면 두 손을 여자 엉덩이에 대어 몸의 평형을 유지할 수도 있다.

키스는 어려운 과제다. 나는 여러가지 방법을 시도했다. 제일 무난하고 성공적인 방법은, '한번 눈을 감아보시오. 눈을 감으면 멋있는 일이 생깁니다.' 하고 장담을 한다. 순진한 아가씨가 눈을 감으면 도둑 키스를 한다. 89퍼센트의 아가씨들이 어이없다는 듯 미소를 짓는다. 37퍼센트의 아가씨들은 눈을 다시 감는다. 또 키스할 좋은 순간은 혈압이 오를 때다. 갑자기 숨이 막히고 가슴이 두근거리면, 여자의 목을 끌어안고 키스를 해야 된다는 것이 응급처치법의 제1원칙이다.

여자가 당황하거나 항의하면 나는 '미안합니다. 데이트를 하면서 키스를 하지 않으면 실례라는 말을 들어서.'라며 마치 예의를 지키기 위해서 키스를 했다는 식의 뚱딴지를 쳤다. 키스를 점잖게 하지 않고 입술에 타박상이 생길 정도로 아프게 했다면, 나는 당신이 예뻐서 키스를 했으니까 이것은 내 잘못이 아니었다며 아가씨에게 반격했다.

낭만적으로 핑계를 댈 수도 있다. 동방월출東方月出에 침자질하면 고전적이지만, 이방저방에 서방질하면 현대적인 낭만이 흐른다. 달이 너무도 아름다워서 달에게 키스하려는데 이것이 불가능해서 사랑하는 아가씨에게 키스했다는 데는 반박할 웅변이 있을 수 없다.

엄격히 말해서 키스는 정이 통하면 아무 때나 해도 상관없다. 해가 솟으면 해 때문에 키스를 하고 달이 떠오르면 달 때문에 키스를 하고 기분이 좋으면 신나서 키스를 한다. 키스는 인삼과 같이 만병통치약이다. 키스는 간사한 웅변의 입을 막고 정을 통하게 하는 침묵을 상징한다. 이리하여 나는 대학 시절에 공부는 하지 않고 데이트에 미쳐 간신히 낙제만을 면했다.

이렇게 쓰고 보니 내가 모사꾼인 듯한 느낌이 든다. 하지만 사실은 정반대였다. 데이트의 진수는 진실함에 있다. 데이트가 연애로 발전하자면 꾀는 추진력이라기보다는 저지력이 된다. 나는 나의 가슴을 열었다. 일단 여자와 만날 기회가 마련되면, 나는 당신과 같이 착하고 평범한 사람이란 것을 나의 심장, 나의 폐, 나의 밥통, 나의 창자, 나의 콩팥을 벌려서 보여주었다. 여자들은 나를 인간으로 인정하고 받아들였다.

데이트 성공의 비결은 스스로의 사람다움을 상대방에게 보여주는 데 있다. 처음 보기에 아무렇게나 생긴 여자도 마음이 착하면 점점 아름다워 보인다. 사람을 볼 때, 우리는 처음에는 그의 얼굴을 보지만 한 번 만나고 두 번 만나면 우리는 그의 마음을 보게 된다. 이 과정에서 추녀가 천사가 되기도 하고, 미인이 마귀로 전락할 수도 있다. 끝나는 미美는 선이요, 원근미가 된다. 이런 뜻에서 나는 오로지 진실하고 착해야만 연애에 성공할 수 있다고 단정 짓고 싶다.

미국에서의 대학생활이 나에게 준 가장 큰 혜택은 데이트를 통해서 내가 희망 없는 못난이라는 열등의식에서 해방되었다는 데 있다. 미국 여자들이 나를 받아들이고 좋아하고 사랑해주었을 때 처음으로 하나님의 계시를 받은 종교인처럼 나는 새 사람이 되었다. 한국에서 꽤나 부끄러움을 많이 타고 수줍어했던 나는 미국 천사들의 격려를 통해 말을 마구 하게 되었고, 끝내는 거룩한 주책바가지가 되었다. 물론 공부를 잘해 박사가 되고 결혼하여 애를 낳고 행복하게 산다는 것이 매우 중요한 것임을 부정할 수 없지만 순전히 재미, 멋, 스릴이란 관점에서 볼 때 세상에서 데이트보다 더 보람 있는 일은 없는 것 같다.

사실 이 글을 쓸까 말까 하고 심히 망설였다. 아내가 역겨워하면 어쩌나 하는 것보다도 미국에서 데이트를 잘했다는 이야기는 9분 47초 만에 새 피아노를 망치로 산산조각냈다는 세계 기네스 기록처럼 뭐 대단한 것도 아니다. 그러나 나를 잘 아는 미국의 한국 친구들이 이 글은 꼭 쓰라고 신신당부해 왔다. 결혼상담이 성직보다 더 성스러운 직업이라면, 하긴 데이트 요령을 풀이하여 수많은 청춘남녀들의 위경련을 고쳐주는 것도 거룩한 자선사업일 수 있다. 미국 켄터키 주의 처방이 풍조가 다른 한국 사회에서도 그 약효를 충분히 발휘할 수 있을까? 남성 위주로 쓰여진 이 처방이 여성들에게도 도움이 될까? 자화자찬하길 좋아하는 나는 이 글의 메시지는 켄터키 후라이드 치킨처럼 성과 풍토를 초월했노라고 큰소리치고 싶다.

데이트 요령을 자동차를 모는 데 비유하여 요약해본다. 데이트의 진미는 1단에 용기를 넣고, 2단에 파나슈를 넣고, 3단에 진실을 넣고, 4단에 기어를 오버 드라이브에 넣은 다음 씽씽 달리는 차 속에서 눈부시게 지나가는 인생 풍경을 감상하는 데 있다.

보험 이야기

　전씨 가문의 운이 기울어지기 시작한 탓인지 지난 6개월 동안 자동차 사고가 세 번이나 났다. 차 사고가 나면 보험회사가 일 처리를 해 주기 때문에 걱정할 필요는 없다. 그런데 가끔 재미있는 일이 생길 수도 있다.

　작년 11월 말 출근하는 도중에 얼빠진 노루가 나의 차를 들이받아 자살을 하고 1천 달러 이상의 피해를 끼쳤다. 내 잘못으로 사고가 난 것이 아니기 때문에 가해자의 보험회사가 피해액을 물어주면 된다. 그러나 가해자가 노루요, 그 노루가 설사 보험에 들었다손 치더라도 노루가 죽어버렸으니 뾰족한 수가 없었다. 보험회사에 통보를 하면 차를 고쳐주게 되어 있지만, 이럴 경우 공제조항*deductible*에 의해 5백 달러를 내가 내고 추가 비용을 회사에서 지불하게 되어 있어 나는 좀 망설였다. 언제 숨이 떨어질지 모르는 12년짜리 고물차에 5백 달러나 들여서 성형수술을 한다는 것도 웃기는 이야기였기 때문이다.

차를 정비소에 끌고 가서 막 고등학교를 나온 애송이 정비공을 구워 삶았다. 차의 외관이야 어쨌든 망치로 두들겨 패서 우그러진 철판을 펴고 자동차가 굴러가게만 해달라고 부탁했다. 이 녀석이 망치질을 몇 번 하더니 차를 멀쩡하게 만들어놓고 12.50달러를 달라고 했다. 너무도 고마워서 나는 돈을 치르고 즉시 식료품 가게로 달려가서 햄을 5파운드 사서 그에게 선물했다. 헤드라이트를 새로 끼고 전선을 이어매는 데 160달러나 들어서 무려 190달러가 달아났다.

그러다가 얼마 전 한 여자가 아내 차를 뒤에서 들이받았다. 차 사고가 난 것을 구경하느라고 한눈을 팔다가 신호등 앞에 서 있던 아내 차를 미처 보지 못한 탓이었다. 아내가 그 여자의 주소, 성명과 차량 등록번호를 얻어 왔는데 그녀는 옆동네에서 집값을 책정하는 부동산업자였다. 아내 차를 검사해보니까 뒷범퍼에 머리카락 같은 금이 1센티미터 정도 났을 뿐 아주 멀쩡했다. 그 여자한테 전화를 걸어서 50달러쯤 받아내자고 아내가 졸랐다. 전화를 걸었더니 그 여자가 고마워서 어쩔 줄 몰라 하며 그 이튿날 수표를 보내 왔다. 사고가 난 뒤 월경이 불규칙하다며 떼를 쓸 것을 잘 못했다고 하면서 우리는 한바탕 웃었다.

또 얼마 전 용감한 아가씨 하나가 좁은 길에서 지프로 재주를 부리다 내 차를 살짝 긁어 차의 몰딩이 떨어져 나갔다. 몰딩은 신사복

소매 뒤에 붙은 단추처럼 순수한 장식품으로서 차의 기능과는 전혀 관계 없는 무용지물이다. 지프차의 여자 운전자가 차에서 내려 사고 상황을 확인하고 자기 집 전화번호와 이름을 대주었다. 주말에 정비센터에 가서 피해액을 추정 받으려고 했는데, 바로 그 이튿날 그녀의 보험회사에서 통지서를 보내 어느 피해 검사소에 오면 그 자리에서 손해액을 지불해주겠다고 했다.

약속을 하고 지정된 곳을 찾아갔더니 검사원이 20분 만에 감정을 마치고 피해액이 311.34달러라면서 컴퓨터가 찍어낸 감정서를 내주었다. 감정서 내용은 자상하면서도 철저했다. 긁힌 곳을 수리하는 비용이 얼마, 페인트 값이 얼마, 몰딩 값이 얼마, 인건비가 얼마 등등 내용이 요란했다.

검사원이 몸에 다친 곳은 없느냐고 물었다. 사고가 난 뒤부터 골머리가 쑤시고 허리가 아프고 감기까지 왔다고 하면 1천 달러 정도 더 짜낼 수도 있었다. 하지만 원래 100달러 가량의 보상액을 받을 것이라고 생각했다가 311달러짜리 횡재를 만났으니, 사고가 난 뒤부터 성생활이 더 좋아졌다고 농담을 했다. 집에 돌아와서 나는 몰딩 밑에 있는 조그만 공기통을 테이프로 틀어막고 돈을 은행에 집어넣었다. 낡은 차에 페인트 칠을 하고 새 몰딩을 끼워넣는다고 해서 차의 풍채가 좋아질 것도 아니고 차가 더 잘 달린다는 보장도 없었기 때문이다.

따지고 보니 차 사고 세 번에 171달러를 번 셈이었다. 내가 이런 시시한 이야기를 하는 이유는 미국의 보험업계에 대한 상식을 알리기 위해서다.

보험업은 통계숫자라는 신의 지시에 따라 움직인다. 운전지역, 자동차의 형태와 값, 운전하는 사람의 성별과 연령, 그 사람의 운전 경력만이 통계의 대상이 되어 보험료가 정해질 뿐이지, 운전자의 건강이나 사회적 지위와는 무관하다. 지극히 민주적이다. 우락부락한 젊은 펑크 족이나 조심스럽지 않은 사나이들의 보험료는 노인이나 차를 얌전히 모는 여자들보다 높다. 주별로 볼 때 왈패 소굴인 캘리포니아, 깡패가 많은 뉴저지는 양반들이 많이 산다고 소문 난 버지니아보다도 보험율이 50~60퍼센트 정도 더 높다.

내가 사는 버지니아 주의 평균 보험금은 연 650달러쯤 되지만 나는 고령의 충청도 촌양반, 아내는 목포에서 온 꼴뚜기젓 장수의 딸이라는 정보가 컴퓨터에 입력된 덕에 특혜를 받고 있다. 차 두 대에 630달러의 보험료만 내고 있으니 말이다. 물론 내 차가 고물이기 때문에 할인을 받고 있는 것도 사실이다.

미국에 와서 살기를 원하는 사람은 이런 보험 상식은 알아둘 만하다. 미국의 컴퓨터는 아직도 개똥이는 남자 이름, 간난이는 여자 이름이라는 것을 모른다. 슬쩍 나이도 올리고 남자가 여자인 체하면 보험료를 덜 낼 수도 있다. 거짓말은 창조적이어야 된다. 서양의 신데렐라는 한국말로 장화 홍련으로 번역될 수 있는데, 이름이 장화 홍련이라고 하면, 컴퓨터가 이 사람은 붉은 연꽃 무늬의 장화를 즐겨 신는 카우보이인 줄 알고 감시인이라며 프리미엄을 높일 수 있다.

보험사업은 투자액이 많이 든다는 단점이 있지만 비교적 안전한 사업으로 알려져 있다. 미국의 부자는 석유회사, 보험회사라는 말도 있다. 보험법의 운영방침을 알게 되면 나같이 횡재를 만날 수도 있다. 요즘은 누가 내 차를 한번 들이받았으면 하고 원한다. 블루 북 *blue book*에 의하면 내가 모는 1985년도 도요타 셀리카*Toyota Celica* 는 시가 1천5백 달러 정도 된다고 한다. 이놈을 누가 운전에 지장 없게만 살짝 들이받으면 1천 달러의 음성 수입이 생길 수 있다. 이 따금 내 차를 훔쳐가라고 일부러 차문을 잠그지 않는데 마약 먹는 아이들도 내 차를 피해서 고민이다.

요즘 나는 시각을 바꿔서 생명보험 요리법에 정신을 기울이고 있다. 나는 촌놈보험(term insurance)이라고 죽어야만 효력을 발생할 수 있는 34만 달러짜리 생명보험에 들어 있다. 프리미엄이 높기 때문에 매달 400여 달러를 지불하고 있다. 나이가 먹을수록 프리미엄이 올라간다.

내 나이가 예순여섯, 술 담배 탓에 폐 조직이 망가져서 고작 4년 정도밖에 더 살지 못할 것 같은데, 설사 보험료를 높여 한 달에 500 달러를 낸다 해도, 1년에 6천 달러이므로 4년이면 2만 4천 달러를 내게 된다. 내가 나이 70에 죽으면 아내가 34만 달러를 받게 되므로 나는 2002년 1월 2일(만 70세)을 죽을 날로 받아놨다.

그러나 그 전에 더 큰 경사가 일어날 수도 있다. 우리 회사 방침에 의하면 내가 공무 집행 중에 죽게 되면 미망인에게 죽는 날까지 한 달에 2천 달러씩 위로금을 지불해주게 되어 있다. 다시 말하면 내가 출장 중에 비행기 사고로 죽게 되면 아내는 비행기보험, 사고 보험, 생명보험을 합쳐 일약 갑부가 되고 유지가 되어 땅땅 소리치고 아들보다도 젊은 총각 남편을 얻어 여생을 즐길 수 있다는 얘기다. 내가 애처가나 공처가라서 이런 얘기를 하는 것은 아니다. 이왕 갈 바에야 멋있게 가자는 것뿐이다.

친구들은 내가 죄를 너무 많이 지어서 속죄할 때까지 염라대왕이 집행유예를 선고했다고 말한다. 하지만 사고 잘 나기로 유명한 00 항공이 있어서 나는 자신만만하다.

부자가 되는 길

한국 사람들은 생활력이 강한 것 같다. 미국에서 백만장자(자산이 한화로 10억 이상 되는 사람들)라면 상당한 부자로 간주되는데, 인구 비례로 볼 때 유대계 사람들을 빼놓으면 한국 교포들이 가장 높은 비율을 차지하고 있지 않은가 싶다. 나는 교포사회를 전혀 모르다시피 하지만, 나의 친척 중에는 백만장자들이 꽤 여럿 있다. 그래서 미국에 와서 부자가 되는 길에 대하여 글을 써보기로 했다.

부자가 되려면 무엇보다도 시력이 좋아야 한다. 남이 볼 수 없는 눈을 가져야 한다. 예전에 택시 운전을 하던 내 친구는 미국에는 사슴도 많고 기르기도 쉬우니까, 녹용 수출사업을 해보는 것이 어떤가 했다. 나는 그냥 웃어넘겼는데 몇 해 뒤, 그는 백만장자가 되어 청와대 같은 집을 짓고 살았다. 그는 녹용 수출로 부자가 된 것이 아니라 이민사업을 해서 부자가 됐다. 그는 시력이 좋았다.

언젠가 라디오 뉴스에 이곳에서 그리 멀지 않은 도시에서 새끼곰 한 마리가 길을 잃어서 시내에 들어오자, 어린애들이 아우성을 쳐서 나무 꼭대기로 도망을 쳤는데, 경찰이 민심 안정을 위해서 새끼곰을 쏘아 떨어뜨렸다고 했다. 이 얘기를 하자 내 친구는 그 도시 경찰에 전화를 해서 자기가 엄청난 돈을 주고 그 새끼곰을 살 수 없느냐고 물었다. 나는 어이가 없었다. 우리 배달민족이 환웅과 웅녀에서 비롯되었다는 전설이 있지만, 그렇다고 새끼곰 장례비로 그렇게 막대한 금액을 낭비할 수 없지 않느냐고 물었다. 그의 대답은 한마디로 명답이었다. 웅담을 팔면 밑천이 빠진다고 했다. 몇 해 뒤에 그 친구는 백만장자가 되었다. 웅담 장사가 아니라 알루미늄 사이딩을 해서 돈을 모았다. 이 친구도 시력이 좋았고 혜안을 가지고 있었다.

나의 친척 중에 백만장자 셋이 있다.

한 사람은 서울의대 출신으로 미국에 와서 산부인과 전문연수를 받고 부자촌 병원에 취직하여 여자의 배를 갈라서 어린애를 꺼내는 일을 하며 부자가 됐다. 그가 한국에 돌아가서 개업을 하고 쌍둥이를 꺼냈을 때 수수료를 제곱으로 받았다면 미국에서보다 더 부자가 되었을 것이니까 이것은 성공비화가 아니다.

또 한 친척은 가짜 구두 수리공으로 미국에 입국하여 식당 일, 알루미늄 사이딩을 하다가 다 집어치우고 큰 회사 청소 하청을 맡아서 불법으로 이민 온 한국 사람, 멕시코 사람, 시내 무직업자들을 채용하여 그들에게 겨우 살 만큼 임금을 주고 떼돈을 남겨 백만장자가 되었다.

또 한 친척은 대학 시절에 일제 복사기를 팔면서 공부하다가, 대학 공부를 집어치우고 자전거포를 열어 돈을 벌자, 사업을 확장하여 지금은 자전거 점포가 여섯 곳, 긴 대형 화물차 두 대, 자전거 창고 두 곳을 소유한 거부가 되었다. 이들의 공통점은 눈(시력)이 좋고 눈으로 볼 수 있는 힘(혜안)이 있었다는 점인 것 같다.

미국은 기회의 나라라고 한다. 수많은 교포들이 이런 미국에서 성공의 개가를 올렸다. 내가 사는 워싱턴 지역에 수없이 많은 한국 음식점이 생긴 것만 보아도 밥장사도 곧잘 되는 것 같다. 한때 집값이 해마다 10퍼센트씩 뛰었을 때 복덕방을 열면 벼락부자가 되는 수도 있다고 했다.

교포들은 미국 법에 대한 개념이 어수룩해서 화가 나면 아내를 두들겨팬 경우도 있었고, 여섯 살 먹은 아이에게 세 살 먹은 동생을 보살피게 하고 부부가 일터에 나가 법 위반으로 적발된 경우도 있었다. 이런 사건은 물론, 불법체류 사건, 이민법 위반 등으로 많은 돈을 번 변호사들도 있다. 세탁소를 경영하여 돈을 많이 벌고 백만장자가 된 사람들도 여럿 있다.

30여 년 전, 미국 세탁업은 대체로 가난한 유대계 사람들이 경영했는데, 수입이 대단치 않은 데다가 인건비가 높아서 부실 사업이 되었다. 하지만 한국 교포들이 덤벼들어 헐값으로 세탁소를 물려받고, 합심하여 노력한 결과로 세탁업이 다시 살아났다. 이리하여 워싱턴 지구 세탁업의 반 이상은 우리 교포들에 의해서 경영되는 것 같다.

이와 유사한 사업 가운데 캐리아웃*carry-out*이라는 것이 있다. 왕래가 빈번한 상업가, 큰 회사, 관공소 등에 구멍가게를 열어서 주로 싸고 간편한 샌드위치, 햄버거를 점심시간에 제공하는 사업이다. 한 친척의 말에 의하면 장사가 곧잘 된다고 한다. 뉴욕에서는 청과상, 채소사업을 교포들이 도맡아서 수많은 백만장자를 키워냈다고 한다. 내 친구 하나는 의치 만드는 법을 배워, 단칸방 사무실 겸 의치 제작소를 만들어서 아들 둘, 딸 하나를 의과대학에 보냈다.

교회사업도 괜찮은 것 같다. 워싱턴 지구 교포 5만 명에 교회가 1백 개 이상 되는데 십일조를 철저히 지키는 교포들의 열성에 의해서 교회가 대체로 건재하다고 한다. 어떤 교회에서는 묘지터까지 개발하여 선전, 판매한다. 소득세를 내지 않는다는 점에서 끼어들 만한 것이다.

역시 돈을 벌자면 시력이 좋고 혜안을 가져야 한다고 했다. 많은 미국 사람들은 멋있게 창조적으로 돈을 번다. 몇 달 전에 어떤 건달이 신문에 다음과 같은 광고를 냈다.

'아래 주소로 10달러를 송부한 다음 어떤 일이 생기나 기다려보십시오.'

수많은 독자들이 그 주소로 10달러를 보냈는데 아무 일도 발생하지 않고 광고를 낸 사람만 백만장자가 되었다고 한다. 이 광고는 결코 불법이 아니다. 광고를 낸 사람은 분명히 혜안을 가지고 있었다. 여러 해 전에 국제적으로 유명한 어느 석유회사에서 경영하는 주유소의 여자 화장실 안에 돈 넣고 콜라를 빼먹는 것 같은 기계장치를 설치했다. 써 붙인 기계 사용법에 따르면 25센트 동전을 집어넣고 단추를 누르면 여자들이 사용하는 생리대가 자동으로 한 개 나온다고 했다. 자동판매기 속에 생리대가 단 한 개밖에 들어 있지 않아 여자들은 단추를 누를 때마다 실망했지만 월경 부끄럼증으로 인해 한 사람도 항의를 하지 않았다고 했다. 손자의 전술법 같은 기막힌 얘기다.

그러나 사업 혜안의 극치는 일리노이 주에 사는 한 농부에게서 배울 수 있다. 그는 어쩌다 전 미국 대통령 에이브러햄 링컨의 농지를 몇 만 평 물려받고 경작을 했다. 콩도 심고, 옥수수도 심고, 밀도 심어봤지만 항상 적자가 났다. 그는 라디오, 텔레비전, 신문을 통하여 10달러를 투자하면 누구나 위대한 미국 대통령 링컨이 경작했던 땅의 1평방인치(약 7평방센티미터)를 소유할 수 있고 공증인이 서명한 재산소유 증명서를 발송하겠다고 했다. 이 소유증서는 보기에 멋있고 화려했다. 광고를 보고 내가 전화를 걸었더니 동이 났다고 했다. 광고비, 변호사비, 소유증 발생비는 5달러 미만, 그러니까 땅주인이 1평방인치당 5달러를 착복하여 그는 하룻밤 사이에 억만장자가 되었다.

교포들이 이렇게도 잘사는데 나는 어쩌다가 미국 생활 40년을 허송했을까? 캘리포니아의 어떤 한국 여자가 7백만 달러 복권에 당첨되었다는 뉴스를 들었을 때 나는 장가를 잘못 들었다고 느끼기까지 했다. 미국에 와서 대학 교육도 받고, 아쉬운 대로 영어도 할 줄 알고 미국 헌법까지 읽어본 내가 왜 이렇게 처지고 머저리라는 말을 들을까?

가끔 한국에 사는 친척들이 미국을 방문하고 우리집에 묵었다가 열두 살짜리 내 똥차에 실려서 이곳 관광을 하고 귀국할 때, 그들은 내 처지가 가여워서 몰래 아내에게 금일봉을 남겨주고 간다. 초라한 나의 시골집, 폐렴으로 계속 기침하는 나의 자동차, 울릉도나 안면도의 어부처럼 구호물자를 입은 것 같은 나의 옷차림, 이런 것들을 볼 때 그들은 마치 나를 낙태된 산아인 것처럼 불쌍히 여긴다. 그러나 나는 나름대로 자부심이 있어서 누구 못지 않은 부자라고 생각한다.

미국이 좋다는 것은 어중이떠중이, 육손이, 곰배팔이도 애쓰면 잘 살 수 있다는 점에 있지 않은가 한다. 나의 영웅들은 백만장자가 아니라 밥을 덜 먹고 똥을 가늘게 누는 사람들이다.

나의 외가 친척 하나는 한국서 남편을 잃고 어린 딸 하나를 데리고 재봉사로 미국에 이민을 왔다. 그녀는 낮에는 바느질을 하고 밤에는 학교 청소를 하여 아파트 값을 물고 힘겹게 생활을 하면서 딸애의 대학 교육을 뒷받침했다. 그녀는 나의 영웅이다. 또 한 친척은 미국에 와서 접시닦이로 고용되었는데 15년 뒤에도 접시닦이를 했다. 그러나 그는 조그만 연립주택을 장만하고 아들 하나, 딸 하나를 대학에 보내고 부끄럽지 않게 당당히 살고 있다. 그도 나의 영웅이다.

이렇게 보면 나도 영웅 칭호를 받아야 할 것 같다. 나는 미국에 와서 여러가지 시련을 당했다. 대학 시절에 접시닦이로 시작하여, 골프장 청소부, 약국 창고 관리인, 가구를 만드는 사람, 세븐일레

븐의 종업원, 국제공항의 탐지기 관찰인, 전자부품회사 직원 등등
으로 월급쟁이 생활을 오랫동안 해왔다. 그러다가 집도 한 채 장만
하고 아들 둘, 딸 하나를 대학에 보냈다. 저금통장에 돈도 좀 들어
있다. 한국에 나가면 16평짜리 아파트조차 살 수 없지만 그런대로
살 만하다.

백만장자 교포들에 비하면 낫다고 자위하는 샐러리맨이다. 나는
게으름의 미덕을 믿어서 일주일에 40시간 이상의 노동과 토요일,
일요일에 일하는 것을 거부한다. 내 집은 움집인 대신 전기를 마음
대로 쓸 수 있어서 여름에는 서늘하고 겨울에는 따뜻하다. 나는 기
분파여서 기분이 좋으면 언제나 아내와 같이 음식점과 백화점을 방
문한다. 여행도 자주 한다. 파리, 뉴욕, 동경은 물론 우리는 그리스
의 섬들, 캐나다, 발리, 수마트라, 스위스, 방콕, 헝가리, 코펜하겐,
오슬로, 스톡홀름, 부다페스트 등 수많은 곳을 관광했다.

진짜 멋진 삶이란 언제나 삼계탕을 끓여먹을 수 있고, 기분이 좋
을 때 여행을 할 수 있고, 자녀를 교육시키고, 주말에 집에서 쉴 수
있고, 똥차를 몰 수 있다는 것이 아닐까? 나는 미국 교포들 중에서
부자 중에 부자라고 믿는다.

부자가 되는 길은 여러가지가 있다. 적게 먹고 가늘게 똥을 누는
것도 한 가지 방법이 아닌가 한다.

돌 이야기

　죽기 전에 아프리카의 사파리 동물을 구경하기로 결심하고 짐바브웨의 하라레*Harare*에 있는 호텔에서 쉬고 있을 때였다. 호텔 응접실에 비치된 브로슈어를 더듬고 있던 중 두 곳이 나의 관심을 끌었다. 하나는 아프리카의 생활풍경을 그린 벽걸이를 만드는 편직물 공장이었다. 나는 전화를 건 다음 택시를 타고 공장을 찾아가서 아프리카 여자들이 어린애를 등에 업고 강냉이 방아를 찧는 풍경화를 200달러 주고 한 폭 샀다.

　그보다 더 재미있는 기사는 텡게넹게*Tengenenge*라는 예술가촌이었다. 40~50명의 조각가들이 숲 속에서 집단생활을 하면서 돌을 깎아 조각품을 창조하고, 손님들을 만나 직접 예술을 이야기하고, 그 자리에서 흥정하여 상품을 살 수 있다는 내용이었다. 솔깃했다.

이 기사를 읽기 전에 나는 하라레 시내와 교외에 산재해 있는 돌 조각품 전시장과 작업장을 몇 군데 방문하여 이 나라의 쇼나*Shona*족이 인도네시아의 발리*Bali* 사람들처럼 예술적인 창의성을 타고났다고 느꼈다. 나는 당장 텡게넹게 예술가촌을 찾기로 했다.

브로슈어를 발간한 회사의 사장과 안내원, 운전사가 소형 운반차를 끌고 호텔로 찾아왔다. 손님은 관광 중인 미국인 부부와 나뿐이었다. 텡게넹게는 하라레서 북쪽으로 160킬로미터쯤 떨어진 산속에 있어 차로 두 시간 가량 걸린다고 했다. 안내 회사 측에서 간단한 점심을 장만해 가지고 왔다. 주행 코스가 퍽 아름다웠다. 채소밭, 오렌지 농장, 소의 방목장, 담배밭들이 꼬리를 물고 연달아 나타나고 티크나무 숲, 호수, 기암괴석의 산들도 많았다. 아프리카 특유의 꽃나무들이 파노라마 같은 풍경을 연출했다. 드라이브만 해도 회비 100달러를 다 뽑아낸 것 같았다. 마지막 70~80리는 도로가 포장되지 않아서 나는 옛날 한국 농촌생활의 달콤한 향수에도 잠겨보았다.

예술가촌 입구에 들어서자마자 정신이 번쩍 났다. 그렇게도 아름다운 장면이 있을 수 있을까. 눈알이 불꽃처럼 튀어나왔다. 평탄한 야산의 나무 그늘 속에 1만 7천 개의 돌 조각품들이 진열되어 있지 않은가! 진열장은 마치 복덕방 지도 같았다. 예술가 이름에 따라 구역이 구분되어 있었고 구역마다 조각가가 웃통을 벗고 맨발로 돌을 쪼고 있는 풍경이 나타났다.

조각품들의 장르는 코끼리, 사자, 사슴, 하마, 올빼미 같은 아프리카의 동물들과, 그 나라의 특유한 풀과 나무, 그리고 가족 위주의 부부, 부모와 자녀들 관계 등을 그린 것으로 나누어진다. 돌은 그 나라에서 많이 나는 대리석과 비슷한 검정 돌, 좀더 가벼운 갈색 돌, 오팔색의 돌, 기타 몇 가지가 있었는데 검정 돌은 그 속에 금덩어리가 들어 있는지 쇳덩어리처럼 무거웠다. 나는 흥분해서 미치광이처럼 야산을 뱅뱅 돌면서 황홀경에 도취되었다. 이렇게도 멋있는 곳이 또 있을 수 있을까?

안내원이 준비해 온 점심을 먹고 나는 세 시간 동안 분주하게 돌아다니면서 조각품들을 감상했지만, 2~3일 더 여유가 있었더라면 하고 후회했다. 출발 네 시간 전에 간신히 돌 13점을 선택하여 미화 1천2백 달러를 지불하고 안내원에게 운송수속을 당부했다. 코끼리 네 마리, 사슴 두 마리, 하마 한 마리, 올빼미 한 마리, 그리고 나머지는 인간관계를 다룬 작품들이었다. 모두 합해서 400킬로그램 정도였다. 기진맥진하여 호텔로 돌아왔다. 운송 비용으로 900 달러를 지불했다.

미국에 돌아와서 돌 얘기를 했더니 아내가 펄펄 뛰었다. 2천1백 달러면 둘이서 햄버거를 몇 년 동안 사 먹을 수 있는데, 이것이 무슨 노망이냐고 나를 호되게 꾸짖었다. 나는 할 말이 없었다. 지난 해 인도의 마드라스에서 만든 '화장하는 여인'이란 나무 조각품을 800 달러에 사서 미국에 가지고 왔을 때 아내가 인상을 찌푸리던 장면이 떠올랐다. 이혼을 하겠느냐고 협박도 했다. 아내를 괴롭힘으로써 행복감을 느끼는 남자와 살 수 없다고 대들었다. 나는 '여보, 여보' 하고 만류했지만 '여보, 여보'는 약혼 전에만 통하는 약인 것 같

앉다. 나는 손을 들었다. 운송수속을 밟은 6개월 뒤에 물건이 볼티
모어Baltimore 항구에 도착했다는 통보를 받았다.

볼티모어에서 우리집까지는 400리, 400킬로그램의 상품을 운송
한다는 일이 수월치 않았다. 우리집 앞에 얼마 전에 트럭 두 대와
밴van을 한 대 가진 남미 사람이 입주한 것을 알고, 나는 그 집 문을
두드려 헤르난데스란 주인을 만나 150달러를 줄 테니 볼티모어에
가서 돌을 실어오자고 했다. 그 이튿날, 나는 헤르난데스와 항구에
가서 화물을 찾아왔다. 물건을 집안으로 끌어들이는 데 든 50달러
를 합쳐 비용이 350달러 들었다. 배보다 배꼽이 더 큰 장사를 하여
아프리카에서 돌을 13개 가지고 오는데 무려 2천5백 달러가 든 셈
이다. 아내한테 다시 한 번 욕을 얻어먹었다.

그러나 보람도 컸다. 아들이 조각품을 보고 박물관에서나 볼 수
있는 걸작품이라고 격찬했다. 딸과 사위가 찾아와서 나를 예술가
로 승격시키고 작품을 한 점 달라고 애교를 떨었다. 상자의 톱밥에
서 돌 조각품을 꺼내 올린 일꾼 하나는 이런 작품을 미국에서 사자
면 개당 3천 달러는 주어야 한다고 해서 기분이 좋았다. 나는 일약
우리 도시에서 제일 큰 아프리카 돌 조각품 수집가가 된 것이었다.

그러나 가장 큰 보람은 볼티모어를 다녀오는 다섯 시간 동안 헤
르난데스라는 사람을 사귈 수 있었다는 점이다. 처음에 나는 그가
엘살바도르에서 왔다는 말을 듣고 품팔이를 하는 막일꾼인 줄 알았
다. 그러나 그는 인부를 몇 거느리고 가옥 건축의 하청을 맡아 하는
당당한 건축가였다. 그의 아버지는 엘살바도르에서 목축업을 하고
있는데 소가 천여 마리, 말이 20마리, 돼지와 닭도 많이 기르고 있

는데 산살바도르에 본가가 있으며, 해변과 산 속에 별장을 가지고 있다고 했다. 형제 자매가 여덟인데 모두 미국에 와서 잘 살고 있고 부인은 브라질 출신이라고 했다.

그녀의 전 남편은 브라질의 외교관이었는데 왕년에 런던 주재 브라질대사관에서 근무하다가 임기를 마치고 모국으로 돌아갔다. 반면 그녀는 미국이 좋아서 뺑소니를 치고, 끝내 미국에서 헤르난데스를 만나 결혼을 했다는 얘기였다. 남자가 여섯 살 손아래였지만 서로가 좋아서 결혼했다는 것이었다. 나는 놀라움을 금치 못하고 헤르난데스를 다시 쳐다보았다. 갑부의 아들, 꽤나 잘생긴 미남 총각이 혈색이 검고 아이까지 둔 이혼한 여자를 아내로 맞는다는 것은 동양 사람으로서는 상상도 못할 용기였다. 그의 말에 의하면, 돈 때문에 나와 같이 볼티모어에 간 것이 아니라 아프리카에서 돌을 사 오는 사람이라면, 나도 자기처럼 미친놈임에 틀림없다는 생각에서 나를 사귀기 위해 동행했다는 것이다. 미친다는 것도 혜택이 없는 것은 아니었다.

그리고 보니 나는 미친놈 행세를 하지 않을 수 없었다. 나는 내년에 퇴직을 하는데, 퇴직한 뒤에 컴퓨터를 통해서 돈 많은 과부를 찾아내어 세계 방방곡곡을 여행하고 싶다고 말했다. 엘살바도르도 한번 가보고 싶다고 했다. 그러자 그는 자기 부모님들이 나를 귀하신 몸으로 모실 것은 물론 브라질의 상파울루 출신인 자기 처도 친정에서 나를 반길 것이라 했다.

신이 났다. 브라질의 사육제는 세계적으로 유명하니까 때를 맞춰 가면 무료로 천태만상 여자들의 배꼽을 구경할 수 있다며 너털웃음을 터뜨렸다. 나는 장땡을 잡은 셈이었다.

그 이튿날 우연히 은퇴한 친구 헨리를 만나 나의 행운을 자랑하고 남미여행 계획을 말했더니, 이 친구 말이 자기는 은퇴한 뒤에 여행사를 차렸는데 자기를 통해서 비행기 표를 사면 '구찌'가 있다고 했다. 자기는 워싱턴에서 싱가포르 간 왕복표를 200달러에 끊어줄 수 있다고 했다. 쉽게 믿어지지가 않아서 이 녀석이 사기꾼이 된 것이 아닌가 하고 의아해 하자 그는 설명했다. 단 한 가지 조건이 있다고 했다. 내가 싱가포르에 가면 반드시 자기가 알선해주는 여관에 들어야 하고, 돌아와서 그가 발행하는 뉴스레터에 내가 실질적인 경험자로서 여행기와 여관 시설과 서비스를 칭찬하는 글을 한 토막 쓰면 된다고 했다. 나는 잠꼬대도 잘해서 시시한 소리 몇 마디 하는 것은 문제가 없다고 했다. 그는 엘살바도르와 브라질도 싸게 갔다올 수 있다고 했다. 나는 그를 여행사 대리인으로 삼았다.

아프리카에서 사온 돌은 단순한 조각품이 아니라 행운의 돌이었다. 아내에게 헤르난데스의 거절할 수 없는 제안이랑 여행사업을 하는 친구 얘기를 하고, 엘살바도르에 가서 말을 타고 카우보이 노릇도 해보고, 브라질에 가서 사육제를 즐기고 오자고 했더니 아내가 빵끗 미소를 지었다.

"여보, 당신 눈매가 보통이 아니야. 당신이 잠잘 때 내가 몰래 돌을 자세히 음미해봤는데 보면 볼수록 아름답고 황홀해요. 당신은 참으로 천재예요. 그런데 남미여행 얘기는 진짜겠지?"

나는 물론이라고 대답했다. 꿈을 잘 꾸는 것도 중요하지만 해몽을 잘해야 된다는 것은 만인이 다 아는 상식이다. 사실 돌을 가지고 와서 복이 터졌다는 데 분명한 이유가 없는 것도 아니다. 짐바브웨 *Zimbabwe*는 '돌로 만들어진 집들'이라는 뜻이다. 그 뜻이 '돌집'으로 변하고 나같이 돌을 모아놓은 사람 집에는 복이 찾아오게끔 된 것 같다. 그렇지 않고서야 어떻게 금이 가서 파탄 직전에 서 있는 우리 부부관계에 갑작스레 봄바람이 불어 사랑의 꽃봉오리를 싹틔울 수 있었겠는가?

나는 지금 서재에 들여놓은 아름다운 조각품을 즐기면서 이 글을 쓰고 있다. 글을 쓰다 말고 가끔 코끼리 등을 쓰다듬는다. 이유가 있다. 이 돌덩어리를 제대로 만지면 내가 복제비를 잘 뽑아 억만장자가 될 것이 틀림없는데, 어느 날, 어느 때, 어느 상점에 가서 어떤 복제비를 사야 될지 몰라 코끼리를 하루에 몇 번씩 쓰다듬어주면서 고민 중이다. 나는 오늘 DHL로 『정감록』을 주문했다.

앉아서 돈 받기

미국은 부자 나라라고 한다. 그래서 그런지 가만히 앉아 있는데, '제발 돈을 받아주십시오.' 하고 애걸해 오는 회사들이 있다.

얼마 전에 유럽에서 돌아와 미처 이삿짐을 풀기도 전에 에이티앤티AT&T라는 전화회사에서 75달러짜리 수표를 보내 와 우리가 쓰고 있던 엠시아이MCI 회사를 걷어치우고 자기네 회사의 고객이 되어 달라고 통사정을 했다.

자비심으로 가득 찬 마나님께서는 차마 이런 애원을 어떻게 거절하느냐고 전화회사를 AT&T로 당장 바꿨다. 또한 돈을 되돌려준다는 것은 실례라고 하면서 수표를 우리 통장 속에 집어넣었다.

그 뒤 한 달도 되지 않아 MCI 회사는 100달러짜리 수표를 보내 자기네 회사가 AT&T보다 전화요금도 더 싸고 봉사도 더 잘한다고 하면서 되돌아와 달라고 사정해 왔다. 마나님께서는 이것 참 큰 실수를 저질렀다, 속죄를 해야 되겠다며 수표를 챙기고 전화회사를 다시 바꿨다. 이리하여 우리들은 가만히 앉아서 175달러를 벌었다.

나중에 알고 보니 두 회사 간에 살벌한 경쟁이 붙었다고 한다. 제각기 자기네 회사 요금이 더 싸다고 주장하는데 그 진위는 고등수학을 한 사람도 판단할 수 없었다.

MCI의 연 광고 비용은 5억 달러에 달하고, AT&T는 10억 달러를 날리고 있다고 한다. 덕분에 워싱턴에서 서울까지의 통화요금은 분당 45센트, 10분 간 참새같이 지저귀어도 4달러 50센트, 그러니까 3천6백 원인 셈이다. 자장면 한 그릇 값이다. 삶의 재미 가운데 남의 집에 불난 것을 구경하는 재미, 남들이 치고받고 죽일 놈 살릴 놈 하며 싸움하는 것을 보는 재미가 으뜸이라고 한다. 저렴한 가격, 손색 없는 봉사, 멋진 쇼의 무료 관람, 자유경제체제가 주는 어부지리漁父之利는 대단하다.

우리가 부자라는 소문이 온 세상에 퍼진 모양이다. 소비 위주의 미국에서는 당좌예금에 2천 달러만 있으면 큰 부자라고 한다.

엊그제 시구네트Sigunet 은행에서 편지 한 장이 날아왔다. 자기네 은행에 500달러 이상 당좌예금을 열면 100달러를 공짜로 더 붙여주고 6개월 동안 연이자를 5퍼센트 지불하겠다고 했다. 당좌예금 이자율은 보통 2.3퍼센트 정도다. 이래서 또 100달러를 벌었다. 옛날에 은행계좌를 열면 은행이 고객에게 선물하던 흑백 텔레비전은 모두 쓰레기통 속으로 들어가고 간편하게 현금 선물로 바뀐 것 같다.

나의 미국 친구 하나는 굴뚝같이 담배를 피워댄다. 그런데 담배를 거의 사지 않는다. 담배가 떨어지려고 하면 말보로회사에 편지를 띄워 '너희 회사 담배를 사 피우는데 담배 속에 화약이 들었는지 불꽃이 튀어나와 콧잔등을 데었다.'고 시비를 걸어댄다. 그러면 담배회사에서 일각도 지체하지 않고, '참으로 죄송합니다. 오늘 막 나온 담배를 한 보루 증정하오니 태워보십시오.' 한다.

말보루가 떨어지면 그는 캐멜 담배회사에 편지를 띄우고, 다음에는 럭키 스트라이크, 다음에는 메리트 등에 비슷한 편지를 써보내 담배를 무료로 공급받고 있다.

물론 담배회사에서는 이것이 엉뚱한 수작임을 잘 알고 있다. 그러나 회사 측에서 염탐꾼을 파견하여 편지 쓴 사람의 진술의 진위를 캐보려면 돈도 많이 들거니와 잘못하면 소송에 걸려 망신을 당할 수도 있다. 똥이 무서워서 피하는 것이 아니라 냄새 나서 피한다는 식으로 담배회사는 담배를 한 보루 보내준다.

미국 백화점에서 제일 바쁜 날은 12월 26일이다. 막 성탄절이 지나 물건값이 반값으로 떨어졌기 때문이 아니다. 이날은 크리스마스 전에 앞뒤 생각 없이 욕심이 나서 물건을 샀다가, 곰곰이 생각해보니 돈 내기가 어려운 것을 깨달은 사람들이 구입한 상품을 반품하는 날이다. 사기 전에 옷을 입어보고도 옷을 입어보니 맞지 않는다, 이 구두는 빡빡해서 발톱이 부러져나갔다, 이 카메라는 필름이 거꾸로 돈다 등등 별별 핑계를 다 댄다. 그러면 백화점 점원들은 미소를 띠고, '참 죄송합니다.' 하고 가지고 온 상품을 모두 다 받아준다. 미국 상도덕의 구호는 '손님 말은 항상 옳다 *The customer is always right.*'

로서 도대체 얼빠진 위선적인 소리가 아닐 수 없다.

소비자의 천국인 미국에서 교포사회 역시 경쟁이 치열하다. 20개짜리 수출용 특제 라면 한 상자 값은 6달러다. 한국 돈으로 환산하면 개당 240원인 셈인데 서울 어느 도떼기시장에서 이렇게 싸게 라면을 살 수 있을까. 상품을 한꺼번에 100달러어치 이상 사면 보너스로 25파운드(약 11킬로그램)짜리 쌀을 한 포대 선사해준다. 추석 때는 쑥떡, 송편을 주고 설 때는 가래떡을 선사해준다. 한없이 인정 많은 것이 배달민족이어서 모두들 항상 밑지며 장사를 한다고 한다.

소비자에게는 살기 좋은 곳이 미국이다. 그러면서도 자꾸 신경질이 나고 짜증을 느낀다. 매일같이 우편함 속에 광고, 흥정 편지가 가득히 쌓인다. 모두 자기네 회사 물건을 사면 부자가 될 수 있다는 얘기다. 뻔한 거짓말이지만, 솔깃해서 이 광고들을 들여다보려면 맹자님, 공자님, 예수님, 부처님의 말씀을 읽어보고 새겨볼 시간이 없다.

갑자기 두통이 생긴다. 275달러짜리 두통이다. 의학적으로 이 두통은 공짜병으로 알려져 있는 불치병이라고 한다. 앉아서 돈 벌고 편한 생활을 한다는 것이 그리 쉬운 일만은 아니다. 정신과 의사선생을 찾아가 보았더니, 의사가 처방을 써서 봉투 속에 넣고 약방에 갖다주라고 하였다.

봉투 속 처방은 예이츠의 「이니스프리의 호수」라는 시편이었다.

나는 이제 일어나, 이니스프리 호숫가에 가겠다.

그곳에 흙과 나뭇가지로 작은 오두막집을 한 채 짓고

콩도 심고 꿀벌도 기르면서

벌들이 왱왱거리는 숲 속에서

혼자서 살고 싶다.

그 속에서 나는 마음의 평화를 찾겠다.

평화는 조용히, 천천히,

아침이 면사포를 떨구고

귀뚜라미가 울기 시작하고

한낮에는 햇빛이 자주색으로 변하고

저녁에는 홍방울새가 날개를 퍼덕이고

오밤중에도 미광으로 침침한 곳에

살며시 내려와 앉는다.

나는 일어나 짐을 꾸리고 그곳을 찾아가겠다.

철썩철썩, 찰랑찰랑, 호숫가에

물결 치는 소리가 밤이고 낮이고 항상 내 귀에 들린다.

붐비는 도로에 섰든, 지저분한 길목에 앉았든,

나는 이 평화의 소리를 내 가슴 한복판에 느끼고 있기 때문이다.

어머니 장사

　33년 전에 일이다. 미국 유학을 와서 첫 여름방학을 미국과 캐나다 국경에 있는 관광호텔에서 접시닦이를 하고, 학교로 돌아가는 길에 뉴욕 구경을 하기로 했다. 한국에서 사귄 미국 군인 한 사람이 뉴욕 시 출신이어서 호텔비도 절약하고, 빵도 공짜로 얻어먹고, 가능하면 관광안내도 받기 위해서 뉴욕에 계신 그 군인의 부모님을 찾아갔다. 아들한테서 나의 방문 통보를 들은, 약 54~55세 되신 어머님이 불청객을 기다리고 있다가 무척 반가워해주었다. 자기 이름은 메리*Mary*니까, 메리라고 불러달라고 했지만 친구의 어머님을 순옥이니 간난이니 하고 차마 부를 수 없는 우리네 관습을 설명해드렸다.

　우리나라에서는 친구의 어머니를 어머님이라고 부르고 선생님의 부인은 한층 더 높여 사모님이라고 부른다. 고령이고 인자하신 분께 제가 메리라고 부를 수는 없으니까 그 대신 어머님이라고 불러도 좋습니까? 하고 물었다. 그러자 어머님 말씀이 미국은 '아무렇게' 해도 상관없는 나라여서 '아메리카'라고 부르니까 좋을 대로 하라고 했다.

대학에 돌아간 뒤 어머님께 종종 편지를 올렸다. 그런데 간사하기 짝이 없는 것이 말의 효력인 것 같았다. '어머님, 어머님' 하다 보니까 친구의 어머님이 돌아가신 나의 생모 같은 느낌을 갖게 되었고, 친구의 어머니 또한 나를 당신께서 스스로 산고의 진통을 겪어 낳은 친아들같이 느끼셨던 모양이다. 이렇게 하여 아름다운 로맨스가 시작될 수 있었다.

어머님께서는 추수감사절이라든가 성탄절이라든가 미국 국경일에는 한 번도 잊지 않고 과자, 깡통 음식을 보내주시고, 어떤 때는 극장 구경을 하라고 5달러, 어떤 때는 '여자 친구'에게 햄버거를 사주라고 10달러를 보내주시기도 했다. 정말 고마운 일이었다.

어느날 오후 5시경, 나는 조용한 기분으로 산책을 하고 있었다. 어떤 외진 골목을 걷고 있는데 별안간 기가 막힌 커피 냄새가 코를 찔렀다. 출출하기도 했지만, 이국에서 겪는 나그네의 외로움을 달랠 길 없어 나는 냄새의 출처를 밝히고 그 집 문을 두드렸다. 육순이 가까운 할머니가 나오셔서 웬일이냐고 물으셨다. "저는 이곳 대학에서 공부하는 학생인데 죄송하지만 커피 한 잔만 공짜로 얻어 마실 수 있을까요." 하고 김삿갓 같은 소리를 할 수밖에 없었다. 그러자 할머니께서는 좋아서 어쩔 줄 몰라 하시면서 커피뿐만 아니라 융숭

한 저녁상까지 차려주셨다. 이리하여 또 한 분의 어머님이 생겼다.

이 어머님 또한 음식과 돈으로 모성애를 표현하셨다. 그러자 나의 둔한 머리에도 종이 울렸다. 옷장사, 쌀장사, 집장사도 좋지만 어머니 장사를 한다는 것이 얼마나 보람 있고 즐거운 일일까? 어리석고 그릇이 작아서 내가 비록 이순신 장군이나 이율곡 선생같이 역사적인 인물이 될 수는 없을망정 봉이 김선달같이 황당무계한 장난을 쳐서 보다 살찌고 보다 기름진 삶을 맛보는 것이 어떨까?

이리하여 나의 '어머니 장사'가 시작되었다. 부지런히 노력한 결과 켄터키 주, 북 캐롤라이나 주, 남 캐롤라이나 주에 어머님을 한 분씩 모시게 되어 불과 두 달 동안에 다섯 분의 어머님을 모집하였다. 수입이 갑자기 다섯 배로 늘고 식료품이 너무 많아져 은근히 풍풍보가 되면 어쩌나 하는 고민까지 할 정도였다. 그러나 인간의 욕심이란 그런 것이 아니어서, 나는 어머님들에게 4월 초파일은 부처님 생신, 5월 5일은 단오절, 8월 15일은 광복절이라고 상기시켰다. 그러자 대한민국 경축일에도 선물이 달려오기 시작했다.

뉴욕 어머님이 깡통 2개와 돈 5달러를 보내주시면, 나는 캐롤라이나 어머님에게, 이번엔 뉴욕 어머니가 돈 10달러와 깡통 4개를 보내 주었다고 보고를 했다. 그러면 캐롤라이나 어머님은 돈 15달러와 깡통 6개를 보내주었다. 농간질은 이런 멋이 있어서 사람들이 사기꾼이 되나보다. 어쨌든 어머니 장사로 배고픔을 느끼지 않고 대학생활을 무사히 마칠 수 있었다.

세상에 할 짓이 없어서 노파들의 친절과 성의를 이용하여 이렇게까지 사기를 치고 날강도 짓을 할 수 있을까 하고 노여워할 수도 있을 것이다. 그러나 기쁨은 받는 것보다 주는 데 있다. 어머님들께서는 의지할 곳 없고 외로운 외국 학생을 돕고 있다는 점에서 크나큰 긍지와 기쁨을 느끼셨고, 돈 서너 푼 버리고 효자를 구했다는 것은 세기의 흥정이라며 좋아하셨다.

나 또한 어머님 생신에는 밤 늦게까지 촛불을 켜고 부족한 영어로 나마 어머님 찬양사를 열심히 썼다. 위대한 작가의 말을 도둑질 하거나 '어린아이가 하나님께 기도를 드릴 때 그 어린애가 그리는 하나님의 얼굴은 그 애의 어머님의 얼굴이다.'라고 모성애의 절대성을 역설하기도 했다.

하지만 인생의 비극은 자선을 상징하는 어머님도 그 어느날에는 돌아가신다는 사실이다. 지금 나의 어머님은 모두 돌아가시고 안 계시다. 왕안석의 시편에 '나무가 고요함을 원해도 바람이 그치지 않는 것과 같이 자식놈들이 효도를 하고자 깨달았을 때는 부모님은 이미 저 세상에 가셨노라.'라는 말씀이 상기된다. 그러나 삶의 아름다움은 쌀장사를 하다가 망하면 포장마차를 꾸며 술장사를 할 수 있다는 데 있다.

덴마크에 온 뒤 나는 어머님 장사의 시효가 지났음을 깨달았다. 예순 살이 넘은 늙은이가 어머니를 구한다는 것은 우스꽝스럽기 짝이 없어서 이번에는 전술을 바꾸어 '여자 친구' 장사를 하기로 했다. 다행히 어부인 마나님으로부터 로마에 가면 로마의 풍습을 따라야 한다는 풍월을 듣고 덴마크에 온 뒤 난생 처음으로 자전거 타는 법도 배우고 에어로빅, 미용, 체조 강습도 받아 육체미가 껑충 뛴 것은 말할 것도 없고, 덴마크 여자 친구들까지 사귀게 되었다.

이리하여 나는 아내 친구를 도둑질하여 여자 친구를 세 사람 만들었다. 비어데는 방년 69세, 엘렌은 70세, 이바는 72세로 여자 친구들의 평균 연령은 일흔 살이 넘었다. 넷이 모이면 엄청난 인생 경험을 과시하느라 장관이 아닐 수 없었다.

젊고 이색적인 남자 친구를 구했다고 모두 신이 나서 나를 막내동생같이 귀여워해주었다. 비어데는 바로 옆집에 살아서 심심하면 전화 통보도 없이 그녀 집을 찾아가서 초인종을 누르고 먹을 것을 내놓으라고 호통을 쳤다. 그러면 그녀는 마치 사또어른이 엄명이라도 내린 듯 부지런히 간식을 준비하고 스납(술)도 한 잔 따라준다. 그러면 나는 입을 메기처럼 벌리고 한입에 털어넣었다.

며칠 전 이야기다. 우리집 풀깎이 기계가 고장이 나서 고민하고 있던 참이었다. 어느날 사무실에서 돌아와 보니 누군가 우리집 뒤뜰의 풀을 깨끗하게 벌초한 것을 발견했다. 아내가 깔깔 웃으면서 비어데 남편이 와서 풀을 깎았다고 했다. 당장 그녀 남편을 찾아가서 집주인의 허가도 없이 내가 최고로 즐기는 민들레꽃을 묵사발 낸 죄과를 따졌다.

그 친구 말이 자기 부인이 나를 남자 친구로 모신 뒤부터 저녁 반찬 가짓수가 늘고, 애교지수가 200퍼센트 뛰어서 고마운 마음에 풀을 깎아주었다고 했다. 무궁무진한 것이 인생의 놀라움이다. 말을 듣고 보니 너무도 신통해서 나는 그에게 술상을 차리라고 했다. 얼큰해지자 덴마크의 EC 가입문제, 남북한 통일문제 등등 세계의 온갖 골치 아픈 일을 둘이서 30분 안에 다 해결해버리고 이태백처럼 폭소를 터뜨렸다.

곰곰이 따지고 보면 우물쭈물 60년이 인생이다. 선택의 자유 없이 태어난 것이 우리의 생명이요, 우물쭈물하다가 초등학교, 중학교를 마치고, 선 한 번 보고 데이트 두 번 하고 우물쭈물 결혼을 하고, 우연히 직장을 얻고, 우물쭈물하다가 애 낳고 늙어서 관 속에 들어가는 것이 인생이다. 우물쭈물 인생은 어쩌면 허무하기 짝이 없다. 특히 산 설고 물 설고 해장국집이 없는 외지에서는 이 허무함을 더 뼈저리게 느낄 수 있다.

그럭저럭 손해보지 않고 나는 어머니 장사, 여자 친구 장사를 해왔다. 뻔뻔스럽고 파렴치하다고? 평범한 사람이 인생을 즐기는 비법은 14캐럿의 주책바가지가 되어야 한다고 역설하고 싶다.

며칠 전에 손자 놈을 하나 구했다. 나이는 열한 살, 이름은 미켈, 덴마크에 있는 동안 그 애와 함께 들에 나가 나비도 잡고 바다에 나가 낚시도 할까 한다. 내가 미국으로 돌아가면 여름방학 때 그 애를 데려와서 손 잡고 디즈니랜드를 한번 구경시켜주려고 꿈꾸어본다. 어머님들한테서 입은 은혜를 갚아주어야지. 어쩌면 그것은 내가 덴마크에서 구해갈 수 있는 가장 소중한 선물이 될 것이기 때문이다.

시시한 이야기

한국을 방문할 때마다 가끔 봉변을 당한다. 내가 촌놈같이 보이기 때문이다. 미국에서 만든 기성복은 한국 사람 몸에 맞지 않아서 고급 백화점에서 산 옷도 내가 입으면 구호 물자같이 보인다. 미국 구두 또한 볼이 좁고 기장이 길어서 내가 신으면 구두 끝이 돼지 주둥이 같이 흉하게 처오른다. 게다가 나는 머리도 아무렇게나 깎고 한국말도 선교사처럼 떠듬떠듬해서 서울 사람은 10리 밖에서도 내가 촌뜨기라는 것을 안다. 푸대접을 받을 만도 하다. 좀 서운한 점이 있다면, 못난이가 이 세상에 나 혼자만이 아닐 텐데 나는 유달리 봉변을 자주 당한다는 데 있다.

옛날에는 김포공항 세관을 통과하기가 매우 고통스러웠다. 손님들이 줄을 지어 한 시간씩 기다려야 했다. 여행가방을 열어서 냄새 나는 양말도 보여주어야 했다. 간혹 날카로운 문초도 당했다. 한번은 세관 직원이 내 짐을 샅샅이 뒤진 다음 내 손목을 꽉 잡고 내가 찬 시계를 잠시 들여다보았다. 갑자기 그가 큰소리를 내고 껄껄껄 웃어대는 바람에 모든 사람들이 나를 쳐다보았다. 한국에서는 농사꾼도 차기를 꺼려 하는 서푼짜리 타이멕스 시계를 차기 위해서 미국까지 갔느냐는 조롱 섞인 폭소였다. 그는 물론 내가 그 시계를 차게 된 사연을 모른다. 그 시계는 초등학교를 다니던 우리 아들이 신문을 돌려서 모은 코 묻은 돈으로 나에게 사준 크리스마스 선물이었다. 나는 그 시계를 찰 때마다 긍지와 기쁨을 느꼈다. 기분은 상했지만 졸부와 말다툼을 할 필요가 없어서 따라 웃었다.

언젠가 서울에서 어느 건물 유리창에 '막걸리'라는 간판이 붙어 있는 것을 보았다. 막걸리 대장이어서 한잔 하려고 화살표를 따라 어둠침침한 복도를 더듬어서 술집 입구를 찾아갔다. 무슨 영업을 하는 곳인지 실내가 온통 컴컴하고 레코드 판에서는 유행가 가락이 요란하게 흘러나왔다. 기웃기웃하다가 막 문을 열고 들어가려고 하는데 정장에 나비넥타이를 맨 '어깨'가 하나 나타나서 일순간 나를 아래위로 훑어본 다음, "야, 너 나가." 하고 소리를 질렀다. 영문을 몰라 주춤하자 "이 새끼, 꺼지라는데 왜 안 꺼져!" 하고 벼락을 내리는 게 아닌가. 나중에 알고 보니 그곳은 비싼 색시집이었는데 내 옷차림이 너무도 초라해서 주머니를 털어도 먼지만 나올 것 같아서 나를 내쫓았을 것이라고 누군가 설명해주었다. 길을 닦아놓으니까 문둥이가 먼저 지나간다고 나에게 술을 팔았다간 재수가 없을까 해서 그랬는지도 모른다.

전자회사에서 엔지니어로 일하고 있을 때, 한국에 공장을 세우려고 사장과 함께 서울에 나간 적이 있었다. 수원에 살던 옛친구와 계림다방에서 만나기로 했다. 내가 다방에 도착했을 때 친구는 아직 오지 않았다. 멍하니 좌석을 차지하고 있는 것이 미안해서 커피를 한 잔 시키고 신문도 사고 구두도 닦았다.

마침내 친구가 도착해서 얘기를 하고 있는데 종업원이 나타나 손님 한 분이 나를 만나려고 문 밖에서 기다리고 있다고 말했다. 약속이 없는데 누굴까 하고 기억을 더듬어 그 손님을 안으로 모셔 오라고 부탁했다. 종업원은 '그런 사정'이 있으니까 좀 밖에 나갔다가 오시라고 간청했다. 할 수 없어 친구에게 양해를 구하고 문 밖으로 나가자 복도에는 색안경을 쓰고 바바리 코트를 입은 남자가 서 있었다. 나를 보자 그는 형사라고 하면서 신분증을 슬쩍 보이고 좀 할 말이 있으니 미안하지만 경찰서까지 가자는 것이었다.

영문을 모를 일이었다. 무슨 일이냐고 묻자 그는 종업원처럼 그저 그런 일이 있으니까 인근 경찰서로 가자고 고집했다. 기분이 나쁘고 화까지 치밀었다. 내가 왜 경찰서에 가야 되느냐, 내가 잘못한 것이 있다면 이 자리에서 말해라, 20년 만에 친구를 만났다, 시간이 없다 하고 각박한 사정도 말했다. 그러나 형사라는 사람은 요지부동이었다. 그럼 수색영장, 체포영장, 구속영장을 제시하라고 나는 언성을 높였다. 그러자 그는 선생님께서 간단히 경찰서에 갔다 오시면 되는데 일을 왜 그렇게 복잡하게 만드느냐고 오히려 나를 꾸짖었다.

결국 나는 경찰서에 끌려가서 조사를 받았다. 여권과 회사 명함을 보여주고 무슨 일로 한국에 나왔으며 내가 타워 호텔 몇 호실에 묵고 있다고 증언했다. 나의 여권을 검사한 뒤 형사는 미안하다고 사과하고 다방에서 커피값, 신문값, 구두 닦는 값도 모르는 수상한 사람이 나타났으니 빨리 와달라는 전화를 받았다는 것이었다. 간첩 혐의자를 신고하고 그로 인해 간첩을 잡게 되면 신고자는 아파트 한 채를 장만할 정도의 막대한 상금을 탈 수 있기 때문에 가끔 그런 통보를 받는다고 형사는 설명했다. 외람된 말씀이오나 머리를 해병 대 식으로 깎지 말고 좀 기르면 혐의도 덜 받고 풍채도 좋아질 것이 라는 충고도 은근하게 해주었다.

참으로 어이가 없었다. 그 고약한 종업원을 당장 죽이고 싶었지 만 나라의 법을 지키고 국민으로서 의무를 다하고 몇 푼의 상금을 타서, 아들을 서울대학에, 딸을 경기여고에 보내고자 하는 그녀의 부지런함을 탓할 수는 없었다. 나는 슬그머니 그녀에게 돈을 몇 푼 쥐어주고 다방을 떠났다.

한국의 전자제품을 사기 위해서 시청 앞에 있는 플라자 호텔에서 묵은 적이 있다. 아침에 식당에 내려갈 때마다 안내원 여자들이 '이 랏샤이마세.' 하고 나에게 허리를 굽혔다. 나를 일본 사람으로 본 모 양이었다. 친구에게 내가 정말 일본 사람처럼 보이느냐고 물었다. 그는 웃으면서, 요즘 일본의 규슈나 홋카이도 같은 곳에서 농부들 이 떼를 지어 한국으로 기생파티, 관광여행을 오는데 그들이 입고 오는 싸구려 기성복이 세련된 호텔 아가씨들 눈을 속일 수 없다는 것이었다. 문제는 나의 옷차림인데, 양복을 한 벌 맞춰 입고 가라고

했다. 고마운 충고였지만 한국에서 신사가 되려면 이발과 옷차림을
제대로 한다는 데 그치지 않는 것 같았다. 혀도 수술해야 선교사 티
가 없어지고 뇌도 수술해야 표준말을 배울 수 있지 않을까? 과업이
너무도 벅차 나는 양복점을 찾지 않기로 했다.

이외에도 나는 한국을 방문할 때마다 수많은 봉변을 당했다. 부
산진역에 내려서 대합실을 나가다가 다시 한 번 경찰에게 잡혔다.
모든 사람들이 앞만 보고 바쁘게 걷는데 나만 왼쪽 오른쪽을 쳐다
보면서 미친놈 같이 웃어서 나를 잡았다는 것이다. 그럼 하늘이나
땅만 쳐다보라는 법이 있느냐고 항의했더니 그런 말을 물으면 안
된다고 타일렀다. 택시를 타고 청량리에 있는 산림청을 찾아가는데
운전사가 길을 물어서 나는 시골서 와서 서울 지리를 모른다고 했
더니 운전사가 온갖 욕을 퍼부었다. 왜 한국말이 그렇게 서투냐고
시비를 걸어오기도 했다.

언젠가 조카딸 아이가 자기 출판사에서 발간한 사전을 사라고 졸
라댔다. 한 권을 사고 그 이튿날 돈을 지불하려고 출판사를 찾아갔
는데 수위가 누구를 만나러 왔느냐, 어디서 왔느냐, 어느 직장에 다
니냐 하고 까다롭게 물어서 나는 돈을 수위에게 맡기고 되돌아왔
다. 남미에 피복을 수출하는 회사 사장 한 분이 점심을 하자고 해서
그의 회사를 찾아갔다. 사장을 찾았더니 비서 아가씨가 네가 누구
냐, 왜 사장을 찾아왔느냐고 물었다. 사장이 시골에서 같이 자란 친
구라고 하자, 내가 취직 부탁을 하러 온 줄 알고, 그녀는 기다리라
고 말하고 나의 의사를 사장에게 전달하지 않아서 나는 한 시간 이
상을 기다려야 했다.

정말로 한심했다. 사회구조가 잘못된 것 같았다. 나 같은 천하의 양반이 이런 봉변을 당하다니 말이 아니다. 실은 내가 이런 봉변을 당하는 맛에 일부러 촌놈 행세를 해본 적도 있지만 촌사람을 멸시하고 푸대접을 하는 서울 사람들의 심리를 나는 이해할 수가 없다.

여기에 예를 든 불상사의 대부분은 10년, 20년, 30년 전에 일어난 일이다. 최근에는 공항 세관에서 혼이 났다든가 길을 걷다가 순경에게 잡힌 일은 없었다. 얼마 전(1997년) 막 서울에 도착해 시차 관계로 잠을 잘 수 없어서 새벽에 밖에 나갔다가 호텔로 돌아왔다. 엘리베이터를 타려고 하는데 수위가 나에게 어디를 가느냐고 물어서 내 방에 올라간다고 했더니 방 열쇠를 보여달라고 요구한 적이 있었다. 그가 보기에 내가 별 다섯 개짜리 일류 호텔에 묵을 만한 위인으로 보이지 않았던 모양이다. 하지만 그의 말투는 부드러웠다.

어느 음식점을 찾았는데 주인 아주머니가 "어떻게 오셨어요?" 하고 물었다. 옛날에는 '어서 오십시오.' 했는데 서울 말이 좀 바뀐 모양이라고 생각하고 씩 웃으면서 "걸어왔어요."라고 대답했더니 아주머니가 영문을 모르겠다는 표정을 지었다. 저녁을 먹고 나서 아주머니에게 서울 말이 그리도 바뀌었냐고 묻자, 아주머니는 두 손으로 내 손을 잡더니 "할아버지, 죄송해요. 난 두부나 채소를 배달해도 되겠느냐고 물으러 오신 줄 알았어요." 하고 사과를 하면서 다음에 오시면 무료로 저녁을 대접해주겠다고 했다. 나는 감격해서 울컥했다. 그 뒤 나는 그 음식점을 자주 찾아가서 가끔 공짜 소주도 얻어 마셨다. 교보문고를 찾았을 때 여직원 하나가 내가 원하는 책들을 이곳저곳 다니면서 찾아주어 눈물겨웠다. 전철 안에서 대학생이 좌석을 양보해주어서 나는 다시 한 번 감격했다. 촌놈 괄세법이 폐지되고 이렇게 양반 대접을 받고 보니 자주 모국을 방문하고 싶어졌다. 사장도 아닌데 '사장님, 사장님.' 하고 불러주어 기분도 좋았다.

미국은 오랑캐 나라여서 예의범절을 지킬 줄 모른다. 질서가 문란하다. 총기가 너무도 많아서 언쟁을 총알로 해결하는 경우가 많고 마약문제도 심각하다. 그러나 미국 사람들은 개인의 자유 보장에 대한 개념은 철저한 것 같다. 아내가 백화점에서 쇼핑을 하고 있는 동안 내가 바닥에 앉아서 책을 읽고 있는데 누군가 자기도 아가사 크리스티의 추리 소설을 좋아한다면서 악수를 청해 왔다. 그는 3성 장군이었다.

댈러스공항에서 보안경비원으로 일하고 있을 때였다. 휴대물 X광선 촬영에서 분명치 않은 영상이 나와 손님의 가방을 뒤지다가 그 손님이 애리조나 주에서 온 하원의원이라는 것을 깨달았다. 내가 사과를 하자 그는 가방 속에 시시한 것을 담고 다녀서 미안하다며 싱긋 웃었다. 언젠가 금속탐지기가 삐삐 울려서 어느 손님의 주머니를 뒤져보았는데, 그는 닉슨 대통령을 사임시키는 데 주도적인 역할을 한 저명한 판사 존 시리카*John Sirica*로 『타임』지에 올해의 인물(Man of the Year)로 뽑힌 사람이었다. 판사 부인이 내 어깨를 툭툭 치면서 남편이 노망에 걸렸으니 이해해달라고 부탁했다. 언젠가 촌놈같이 생긴 사람이 비행장에서 빙빙 돌고 있어서 웬일이냐고 물었더니 짐이 보이지 않아 기다리는 중이라고 했다. 얼굴이 낯

익어 다시 쳐다보았더니 그는 민주당 대통령 후보로 출마했던 상원의원 맥가번이었다. 안됐다고 하자 그는 웃으면서 여행가방을 잃지 않기 위해서 대통령에 출마했는데 낙선하는 바람에 별도리가 없다고 농담을 했다. 이래서 나는 미국 대통령 후보와 악수도 해보았다.

또 한마디. 1961년의 일인 것 같다. 그해 겨울은 몹시 추웠다. 외투도 없고 스웨터도 변변치 못해 대학생이었던 나는 아침에 기숙사에서 식당까지 걸어가기가 고역이었다. 구세군을 찾아가 헌 외투한 벌을 달라고 구걸해볼까? 교회를 찾아가서 호소해볼까? 갑자기 기발한 생각이 떠올랐다. 가난하고 불쌍한 농민과 노동자를 위하여 목숨을 바쳐 투쟁한다는 공산당 두목에게 외투를 한 벌 보내라고 점잖은 친필 편지를 보내면 어떨까?

이리하여 나는 그 당시 소련의 공산당 총비서였던 니키타 후르시초프에게 엽서를 한 장 띄웠다. 내용은 나는 한국에서 온 가난한 미국 유학생인데 시베리아의 찬바람이 켄터키 주를 강타하여 추워서 죽게 되었다, 시베리아가 소련 영토인 만큼 당신이 책임을 져야 한다, 그러니 소련에서 유명하다는 검은 담비*sable* 털외투를 한 벌 보내라고 억지를 썼다. 내 키는 165센티미터, 체중은 60킬로그램, 어깨 넓이와 다리 길이는 얼마라고 치수까지 적어주었다. 주소 성명은 단순히 '소련 크렘린 궁전, 공산당 총비서 니키타 후르시초프 각하'라고 썼다. 추신을 달아 이왕이면 소련의 정치국원들이 쓰는 수달피 모자도 하나 보내달라고 부탁했다.

밑져야 본전이라는 심정에서 이 글을 썼다. 나름대로 나는 후르시초프를 잘 안다고 믿었다. 그는 우크라이나에서 농부의 아들로 태어나서 나같이 허세가 심하고 큰소리를 잘 치며 똥배짱이 세고 해학적인 농담을 좋아하고, 물론 나같이 총명했다. 그는 현대 미술품은 똥통에 빠졌다가 나온 당나귀가 꼬랑지로 캔버스를 더럽힌 것인지, 아니면 해변의 모래밭에 오줌을 갈기는 철부지가 장난을 친 것인지 도저히 분별할 수 없다고 비웃었다. 미국에서는 배를 잘못 만들어서 배가 물 위에 뜨지 않고 자동차에 끌려다닌다고 익살을 떨었다. 그의 외무상 안드레이 그리미코는 어찌나 철저한 정치적 충복인지 볼기짝을 까고 얼음판에 앉아 있으라면 치질이 없어질 때까지 그 자리에 쑤셔 박혀 있다고 왁자하게 웃었다.

나는 그런 후르시초프의 패기와 촌스러움이 좋았다. 그의 거친 유머가 귀여웠다. 내 편지를 받고 미국의 추위는 소련의 잘못이라는 억설을 들을 때 그는 궁전이 터지게 폭소를 터뜨리지 않을까? 그는 당장 3만 명의 시베리아 농부를 동원시켜 검은 담비를 잡으라는 명령을 내리고, 모피가 생기자 이를 특별 비행기 편으로 파리의 크리스천 디오르 회사에 우송, 외투 소매 뒤에 단추를 두 개 대신 다섯 개를 달게 할 것이다. 그러고는 이를 워싱톤 주미 소련 대사관에 직송, 대사가 헬리콥터를 임대하여 베리아 대학에 내려와서, 착취를 당하는 온 세계의 민중을 위하여 나에게 외투를 바칠 것이 아닌가? 나는 사전에 성명서를 준비하여 NBC의 데이비드 브링클리, CBS의 월터 크롱카아트가 찾아오면 '세상에서 제일 큰 범죄는 가난'이라고 선언하기로 했다.

그러나 각본은 걸작이었지만 배우가 없었던 것 같다. 끝내 외투는 도착하지 않았다. 나는 그 원인을 곰곰이 분석해보았다. 첫째,

FBI 녀석들이 의심스러웠다. 국가 보안상 내 편지를 소련에 보내지 않았을 수도 있다. FBI에서는 키 165센티미터, 체중 60킬로그램이 미국의 금을 숨겨놓은 켄터키의 포트낙스*Fort Knox*의 침투 암호가 아닐까 하고 의심했을지도 모른다. 철두철미한 분석 끝에 내가 공산주의자가 아니고, 간첩도 아니고, 다만 심한 장난꾸러기라고 판단을 내리자, 그들은 킬킬 웃으면서 내 엽서를 크렘린에 보냈을 것 같다.

내 엽서를 받은 크렘린 비서국은 FBI 이상으로 더 당황했을 것 같다. 엽서를 전달했을 경우 변덕스럽기로 이름난 후르시초프가 이 개새끼들 하고 비서국 전원의 목을 자르면 어떻게 하나? 반면 엽서가 전달되지 않았다는 사실이 발각될 경우 서기국원을 평화공세 방해범으로 몰아서 그들을 평생 동안 고르키 정신병원에 수감시키지 않을까? 고민 끝에 비서국은 내 엽서를 소각하기로 결정한 것 같다. 진상을 알 수는 없지만 후르시초프가 그의 회고록에서 내 편지를 받았다는 언급이 없는 것으로 보아서 나의 친서는 소련 관료주의의 희생물이 된 것 같았고, 이 사건으로 인해 소련은 정치적 추진력을 잃고, 끝내는 그 부작용으로 후르시초프가 실각한 것이 분명했다.

그 당시 FBI가 우리 대학에 특별 조사관을 파견하여 나를 심문하고 간첩 죄명을 씌워 한국에 송환할 수도 있었고, 보안법 위반으로 징역 3년을 언도할 수도 있었다. 그러나 미국은 내 건을 언론의 자유라는 누더기 옷에 쌓아 쓰레기통 속에 넣은 것 같다. 이래서 미국이 좋다. 옷을 마구 입고 시시한 소리를 해도 아랑곳하는 사람이 없다. 미국에서 40년 동안 살면서 꼭 한 번 신분조회를 받았을 뿐이다. 국경에 있는 관광호텔에서 일을 하고 있을 때 FBI 요원이 신분증을 제시하라고 요구하여 여권을 보여준 적이 있었다. 그 이유는 나의 이발형이나 옷차림에서가 아니라, 내가 혹시 캐나다를 통해서 미국에 입국하려는 불법 이민자가 아닌가 해서였다.

후르시초프에 보낸 서한은 유종의 미를 거두었다. 나의 모험담을 한국에 있는 친구에게 알렸더니 그가 외투를 한 벌 보냈다. 몇 년 전에 그 외투를 구세군에 바쳤다. 어쩌면 그 외투가 검은 담비를 잡는 시베리아의 소년에게 전달되었을 수도 있다. 이래서 세상은 돌아가고 또 돌아간다는 말이 나온 것 같다.

황금의 위력

미국 사람들은 돈을 너무 좋아해서 탈이라고 한다. 도학자, 종교가, 심지어는 대학교수까지도 돈은 악이라고 역설을 한다. 예수님 말씀에 의하면 부자가 천당을 간다는 것은 낙타가 바늘구멍을 통과하는 것보다 더 힘들다고 했다. 그러면서도 나는 사람들이 쓰레기통에 돈을 버리는 것을 보지 못했다. 참으로 이상야릇한 일이다.

돈을 사랑한다는 것은 미인과 미식美食을 사랑하는 것처럼 자연스러운 일이며 건전한 생활태도를 가졌다는 뜻이 아닐까. 돈은 배고플 때 밥이 되고 추울 때 옷이 되고 외로울 때 여자가 되고 다리가 무거울 때 자동차가 되고 비행기가 된다. 돈은 권력이기도 하다. 백악관이나 법원에 돈을 한 가마니 지고 들어가면 대통령과 법관한테서 큰절을 받는다. 돈은 휴대용 행복이다.

사실 동양 사람들도 미국 사람들 못지 않게 돈을 좋아하는 것 같다. 공식석상에서 돈을 악이라고 규탄하는 것은 전통적인 예의에 지나지 않는 것 같다. 내가 옛날에 들었던 중국에서 나온 얘기는 황금의 위력을 한마디로 증언해주는 것 같다.

시골에 사는 노인네가 병이 들어 죽게 되었다. 그는 굉장한 부자였는데 죽기는 싫었다. 명의名醫에게서 치료도 받고 좋다는 약도 다 써 보고 경도 읽고 굿도 해보았지만, 상태가 점점 악화되어 남은 단 한 가지 희망이란 희망을 포기하는 것뿐이었다.

마지막 수단으로 그는 하늘과 땅의 귀신들 이름을 모조리 알고 있으며 염라대왕과도 내통한다고 소문 난 무당을 불러 살려달라고 애걸했다. 하지만 무당은 노인에게 저승에 갈 시간이 되었다고 통보하며 염라대왕을 구워삶는다는 것은 거의 불가능하다고 했다. 단 며칠만이라도 더 살게 해달라고 노인네가 어린애처럼 엉엉 울어대자, 무당은 마지막 치유법을 써보겠지만 돈이 엄청나게 든다고 경고했다. 그 말에 정신이 번쩍 난 노인은 재산을 다 바치겠다고 다짐했고 이에 무당은 즉시 염라대왕 포섭공작에 착수했다.

무당의 지시에 의해 그는 소를 열 마리, 돼지를 쉰 마리 잡고 술을 준비하여 염라대왕의 사자使者들이 나타난다는 산길 옆에 거창한 피크닉 장을 만들었다. 불고기, 통돼지구이 냄새가 하늘을 찌르고 달콤한 술냄새에 계곡의 벌과 새들이 곤드레만드레 녹아 떨어졌다. 이윽고 저승 사자의 행차시간이 되자 노인은 의식을 잃고 쓰러졌다.

저 멀리 산꼭대기에 휘황찬란한 예복을 입은 죽음의 사자가 깃발을 날리면서 수십 명의 하역관리들을 데리고 나타났다. 불현듯 어디선지 기막힌 냄새가 그들의 코를 찔렀다. 배가 고프고 목이 말랐던 그들은 피크닉 테이블을 향해 파리떼같이 날아갔다. 그들은 포식을 했다.

성찬을 마친 뒤 그들은 향연의 창조자에게 사례를 표하려고 했다. 그 순간 일대 아수라장이 벌어졌다. 알고 보니 잔치를 마련해준 은혜자는 그들이 그날 잡아가야 할 노인이었기 때문이다.

사자들 사이에서 신중한 토론이 벌어졌다. 강경파는 술은 술이고 죽을 사람은 죽어야 된다고 주장했다. 온건파들은 인자한 사자들이 은혜를 모른다면 숭고한 염라대왕의 위신이 손상된다고 했다. 죽음의 사자는 어쩔 줄을 몰랐다. 그때 명단 휴대자가 소리를 질렀다.

"사또님, 여기 명단을 보니까 이 노인네 외에 내달에 잡아가야 할 사람이 그 마을에 살고 있습니다."

사자는 신이 나서 손뼉을 쳤다.

"그럼 오늘은 내달 후보자를 잡아가고 잔치를 베풀어준 고마운 노인에게는 집행유예장을 송달하자."

이런 결정이 내려지자 죽어가던 노인네 얼굴에 생기가 돌기 시작했다. 그는 눈을 뜨고 빙그레 웃었다. 그 순간 문병을 왔던 옆집 김 서방이 비명을 지르며 심장마비로 쓰러져 죽었다.

이것이 돈의 힘이다. 서머셋 모옴은 돈은 사람의 제6감각과 같아서 그것 없이는 나머지 다섯 감각이 제대로 작용하지 않는다고 했다. 마크 트웨인은 우정은 영원한 것이어서 친구가 돈을 꾸러 올 때까지 끊어지지 않는다고 했다.

아멘.

이름

언젠가 체코 공화국의 프라하 영문판 신문에서 이름에 대한 재미있는 기사를 읽은 적이 있다. 체코 여자와 결혼한 영국 사람 하나가 프라하에 살면서 딸을 하나 낳고 영국식 딸 이름을 지어 호적에 올리려고 했다. 그러나 체코의 국가기관인 성명검열청에서, 계집애 이름이 그 나라의 계집애 이름답지 않다는 이유로 이를 거부했다.

한국에서는 여자 이름을 지을 때 미자, 영자, 미숙이, 영숙이, 미옥이, 여옥이 등 자子 자, 숙淑 자, 옥玉 자를 많이 썼다. 체코에서는 여자 이름의 경우 마지막 자가 어떻게 끝나야 된다는 것이 법적으로 규정되어 있다. 가령 이름이 줄리아*Julia*면 줄리아가 여성임을 표기하기 위해 줄리아나*Juliana*로 써야 한다는 것이다. 애 아버지는 내 딸 이름을 내가 마음대로 짓지 못할 이유가 어디 있느냐면서 당국과 몇 달 동안 싸움을 벌였다. 결국 그는 싸움을 포기하고 끝내는 이름을 성명검열청에서 요구하는 대로 바꿀 수밖에 없었다.

성명검열청은 국가기관이다. 외국 기자들이 성명 규제법의 부조리를 지적하자, 청장은 이렇게 대답했다.

"미국 같은 나라에서는 자유가 방종으로 타락하여, 아이 이름을 Asthma(천식)나 Pneumonia(폐렴)라고 짓는 부모들이 있다. 이 애들이 자라면 그들이 부모를 얼마나 원망하겠는가! 따라서 어린애를 보호하기 위해서 정부는 이름 짓는 법을 통제할 당당한 권리가 있다."

그리하여 그 영국 사람은 항복을 하고 딸애 이름을 체코 식으로 고쳤다. 결국은 자·숙·옥(子·淑·玉) 율에 항복을 한 것이다.

한국에서도 성명학이 고도로 발달한 것 같다. 요즘 애들은 개똥이니 갓난이니 하는 이름을 갖고 있지 않다. 성명학자들의 말에 의하면 이름은 운명이라고 한다.

이승만 대통령은 승만承晩이란 이름으로 인해 늦게 권력을 이어받았고, 박정희 대통령은 정희正熙라는 이름 때문에 총알에 쓰러졌다고 풀이한다. 스스로(己)의 신하(臣)가 빵빵빵빵…… 총을 쏘아 한 번에(一) 목숨이 끊어졌다(止)라는 것이다. 그럴싸한 풀이다.

내 이름은 어떤가? 내 이름은 한자로 표기하면 全始崙(전시륜)이다. '全' 자는 삿갓을 쓴 왕王이란 뜻으로, 조선시대에 구박을 받았던 고려 왕실의 왕씨들이나 삿갓을 쓰고 떠돈 김삿갓과 같은 과라는 뜻이겠지. '始' 자는 무엇을 시작한다는 뜻인데 자세히 보면 '계집 녀女' 자와 '별 태台' 자가 묶인 글자다. 이를테면 나는 여자들의 별, 발렌타인 데이나 엘비스 프레슬리로 태어났다는 뜻이다.

그런데 이 풀이는 약간 도가 넘친 것이 아닐까. 사실인즉 '始' 자는 나의 형제 돌림자요, 내 진짜 이름은 '崙'이다. '崙'은 곤륜산 윤 자로 아버님께서 곤륜산같이 든든하고 믿음직한 사람이 되라고 지어준 이름이다.

어떻게 보면 슬프기 짝이 없는 이름이다. 산은 곤륜산이건 백두산이건 한라산이건 움직일 수 없는 존재다. 눈이 오고 비가 와도 도망칠 수 없다. 온갖 동식물들이 집세도 내지 않고 내 땅에 와서 산다. 소위 등산객이란 못된 족속들은 오줌도 갈기고 맥주통까지 버리고 간다. 이렇게 천대를 받고도 불평 한 마디 할 수 없는 것이 산의 팔자다.

공부를 시켰는 데도 면서기조차 못하는 것을 딱하게 여겨 아버님과 형님이 내 이름을 시걸始杰로 고치려 했다. 나는 이를 완강하게 반대했다. 원래 무식해서 나는 관상학자, 골상학자, 성명학자, 사주쟁이, 점쟁이, 손금쟁이들과 맞지도 않는다. 이름을 바꾸자면 돈이 든다는데 나는 그 돈으로 자장면이나 한 그릇 사먹고 싶다고 했다.

그런데 알 수 없는 것이 인생이다. 하늘이 나를 가엾게 여겼던 탓인지 나는 세상에서 가장 아름다운 이름을 가진 여자와 결혼을 했다. 아내의 이름은 천건희千建喜. 그러니까 천 가지 기쁨을 세워주는 아가씨란 말이다. 어쩌면 나는 그녀의 이름에 반해서 그녀와 결혼했는지도 모른다. 분명 이름 덕분에 아내는 날이 갈수록 얼굴이

고와지고 마음씨도 착해졌다. 아들도 잘 낳고 딸도 잘 낳았다. 첫애는 아들이었다. 그 애 이름을 무엇이라고 지을까?

내 조카들은 '뿌리 근根' 돌림자를 가지고 있다. 미국에서 태어났으니까 미근美根이라고 할까, 아니면 미국은 오랑캐 나라니까 호근胡根이라고 할까, 옛날에 이무영李無影 씨의 소설을 한 권 읽은 적이 있는데 나는 그 이름이 무척 아름답다고 생각했다. 아름다운 이름, 시적인 이름을 골라서 운영雲影이란 이름을 지었다. 이제 그 아이의 미국 이름은 무엇이라고 부를까?

나는 늘 '애망나니 데니스Dennis The Menace'란 미국 만화를 재미있게 읽었다. 데니스는 귀엽기 짝이 없는 애망나니로서 엄마, 아빠를 망신시키고 옆집 아저씨 윌슨Wilson을 골탕먹이는 데 천재적인 소질을 가진 기발한 소년이었다. 나 스스로가 개구쟁이로 자란 탓에 나는 어렸을 때 아이가 상점에서 눈깔사탕을 한두 번 훔치지 않으면 정서발달의 결핍으로 훗날 문제아가 될 수 있다고 철저히 믿었다. 그래서 그 애 이름을 데니스라고 지었다.

둘째 애는 아내가 한국 방문을 하는 동안 태어나 형님이 근희根熙란 이름을 붙여주었다. 그 당시 박정희 씨가 대통령이어서 돌림자와 '빛날 희熙' 자를 골랐다고 설명해주셨다. 그 애의 미국 이름은 데이비드라고 했다. 성경에 의하면 다윗(David, 영어 발음은 데이비드가 됨)이 왕이었을 때 이스라엘이 제일 막강했다고 한다.

막내는 딸애가 되어 설영雪影이란 이름을 짓고 셀리나란 미국 이름을 골랐다. 옛날에 월선月仙이란 마음씨 고운 한국 여자를 안 적이 있었다. 계집애니까 달과 연줄이 있는 이름을 찾던 중, 화학시간에

셀레늄*Selenium*이란 원소가 달에서 처음으로 발견되었다는 얘기를 들었다. 한자로 번역해보니까 설예雪藝로 아름답다고 생각되었다.

미국에 와보니까 이 나라에서는 이름 짓는 법이 엉망진창이란 것을 알았다. 여기서는 술 한잔 먹고 기분이 좋으면 아무렇게나 이름을 짓는 모양이다. 계집애가 4월에 생기면 April, 6월에 생기면 June이라고 이름을 짓는다.

성姓을 살펴보면 별별 것이 다 있다.

동서남북을 상징하는 동*East*, 서*West*, 남*South*, 북*North*이란 성이 있다. 주일을 상징하는 월요일*Monday*, 화요일*Tuesday*, 금요일*Friday* 이라는 이름이 있다. 색깔 중에는 흑색*Black*, 백색*White*, 갈색*Brown*, 녹색*Green*, 적색*Red*, 자색*Purple*이란 이름이 있다. 짐승으로는 사슴 *Deer*, 여우*Fox*, 돼지*Hog*, 토끼*Rabbit*, 곰*Bear* 등 괴상한 이름들이 많이 있다.

돈을 좋아하는 미국 사람들은 돈*Money*, 현금*Cash*, 수표*Check*, 심지어는 달러*Dollar*까지 이름으로 사용한다. 한국에는 '돈 전錢' 자 전씨가 있지만 현금 씨, 수표 씨와는 어감이 완전히 다르다.

직업에서 따온 이름도 많다. Smith는 땜장이, Taylor(Tailor)는 재봉사, Farmer는 농군, Cook은 요리사, Weaver는 베 짜는 사람, Teacher는 선생, Fisherman은 어부, 전 미국 대통령 Carter 는 마부, Singer는 가수, Pastor는 목사, Barber는 미용사 등 흔한 직업명을 그대로 쓴 성들이 있다.

자연도 한몫 끼었다. Forest는 산림, Wood는 숲, Brook는 작은 시내, Stream은 좀더 큰 개울, River는 강이다. 새 이름으로는 Swallow(제비), Sparrow(참새), Robin(울새), Crow(까마귀), Nightingale(지빠귀새)이라는 성들이 있다. 이민 온 뒤에도 내 고향을 잊지 못하는 사람들은 이름을 English(영국 사람), French(프랑스 사람)라고 짓고 제 고장 이름을 따서 Rome(로마), London(런던), Paris(파리), Moscow(모스크바)라는 이름을 쓰는 사람들도 있다. 전화번호부를 뒤져 보니까, Korea(대한민국)니 Seoul(서울)이라는 성은 보이지 않는다.

감투를 좋아하는 사람들은 King(왕), Queen(여왕), Cardinal(추기경), Bishop(주교)이라는 이름을 택했다. 정직하고 겸손한 사람들은 Little(소인), Small(소인), Doolittle(아무것도 안 하는 사람), Servant(종), 심지어는 Crook(사기꾼)라는 성들도 있다.

미국의 거리 이름은 참신한 맛이 있다. 역사적인 위인을 추모하는 세종로, 을지로, 충무로, 퇴계로는 어느 나라에도 많다. 오스트리아의 비엔나에는 음악가들의 이름을 딴 거리가 많고 프랑스 파리에 가면 예술인, 특히 유명한 작가들의 이름을 딴 거리가 많다. 발자크 로, 에밀 졸라 로, 모파상 로, 내가 좋아하는 아나톨 프랑스 로등 문인의 이름을 딴 길이 많다.

미국에서 제일 많은 길 이름은 나무 이름이다. 벤저민 프랭클린이었던가, 펜실베니아 주지사였던 시절 길가에 나무를 심고 길 이름을 나무 이름에 따라 짓자는 건의가 있었다고 한다. 그리하여 미국은 어느 도시에 가나 소나무길, 버드나무길, 사과나무길, 배나무길, 단풍나무길, 은행나무길, 잣나무길이 수두룩하다. 이어 꽃들도 영광의 빛을 열어 장미길, 철쭉길, 개나리길, 민들레길, 백합길 들이 있다.

내가 사는 마을 스터링Stering은 진짜 가치 있고 신뢰할 만한 뜻을 지닌 이름인데 대통령 병이 들어 워싱턴, 링컨, 케네디, 존슨 등 대통령 이름투성이의 길 이름이 있다.

우리집은 해리슨Harrison 길에 있다. 해리슨은 미국의 제23대 대통령이었는데, 대통령 취임식 날 혹독한 날씨에도 취임사를 두 시간에 걸쳐 읽다가 폐렴에 걸려 죽어버렸다.

나라는 주책바가지는 말 많으면 해롭다는 곳에 살면서 정말 그 이름의 효력을 톡톡히 보고 있는 것 같다. 또한 나는 주덕면周德面이란 곳에서 태어났다. 그런데도 나는 왜 덕을 쌓지 못하고 옹졸한 사람이 되었을까?

미국의 마을 도시 이름은 참 재미있다. 워싱턴Washington, 링컨Lincoln, 제퍼슨Jefferson 등 대통령 이름을 딴 도시 이름에는 수긍이 간다. 그런데 허리케인Hurricane(폭풍), 토네이도Tornado (무서운 회오리 바람)란 도시 이름은 어떻게 해서 생겼을까? 헤븐Heaven(천당)이라는 이름은 괜찮지만 자기 마을 이름을 헬Hell(지옥)이라 지은 사람들의 심리는 이해할 수가 없다.

와이오밍Wyoming 주에 가면 크레이지 우먼Crazy Woman(미친 여자)이라는 도시가 있다. 내가 제일 좋아하는 마을 이름은 켄터키 주에 있는 디스퓨탄타Disputanta이다. 이 마을 이름의 뜻은 '죽을 때까지 다투어보자'이다. 내가 이 마을을 찾아가서 어떻게 해서 이렇게 괴상한 이름을 지었는지 물었더니 밀주를 권하면서 주인 아주머니가 이렇게 말했다. 마을이 생길 때 고집불통의 두 영감이 그곳에 살았다고 한다. 이름을 '여우골'로 짓자, '너구리골'로 짓자 하고 한 달 동안 다투다가 평화조약을 맺어 마을 이름을 '죽을 때까지 다투어 보자'라고 지었다고 한다.

미국은 사람 이름, 길 이름, 도시 이름을 '아무렇게나' 지어 나라 이름도 '아메리카'로 했고 여우, 돼지, 참새, 까마귀, 왕, 여왕, 사기꾼들이 저마다 다 잘났다고 해서 할 수 없이 민주주의를 택했다고 한다.

역사적으로 볼 때 고약한 이름을 많이 짓기로는 옛날 소련이 으뜸이라고 한다. 레닌이 정권을 잡은 뒤 성명미화운동을 전개했다. 무지몽매한 옛 소련 사람들은 어린이에게 개똥이니 갓난이니 하는 이름을 지었다. 새 정치체제 건설의 일환으로 레닌은 대학생들을 각 시골에 파견하여 영웅호걸, 현모양처가 될 수 있는 멋진 이름을 시골 사람들에게 지어주었다. 그러나 얼마 뒤 싫증을 느낀 대학생들은 바보, 천치, 곰배팔이, 귀머거리, 촌놈, 상놈, 개망나니, 개구쟁이, 개새끼 등 흉한 이름을 지었다고 한다.

구교 나라에서 쫓겨나 신교도가 사는 스위스에 온 신학자 장 칼뱅은 제네바에서 신정神政을 베풀었다. 그는 술 먹고 노래 부르는 것을 금지시키고 집안의 식기, 숟가락, 젓가락의 숫자까지 통제했다. 아이들 이름은 성경에 나오는 이름에 한했고 이 법을 어기면 부모들은 몇 년씩 감옥살이를 했다. 옛날 미국은 구세계의 도둑놈, 암살자, 갱단의 유형지이기도 했지만 종교 박해를 벗어나기 위해 수많은 사람들이 신세계를 찾아오기도 했다. 그래서 미국은 잡탕 나라가 되었다.

이름은 정말 운명일까? 성명학은 과학의 일종일까? 나는 이름이 운명도 아니고 이름 짓는 법이 과학은 아니라고 생각하지만 성명학은 행복학幸福學의 일종으로 매우 요긴한 역할을 한다고 믿는다.

나의 큰누님은 운이 기울 때마다 점쟁이한테 가서 점을 치고 기뻐하시며 돌아온다. 둘째 누님은 괴로운 일이 있으면 교회에 나가서 마음의 안정을 얻는다. 성명학의 아름다움은 점쟁이나 교회와 같다. 한 번만 가면 된다. 미국 캘리포니아 주 직종 등록을 보면 손금쟁이도 있지만 비를 오게 하는 강우사라는 직종도 있다. 초창기 캘리포니아에 비가 너무 많이 와서 홍수로 여러 도시가 진흙탕이 되었는데, 이는 강우 방지사가 없었던 탓은 아닐까.

이름을 연구하다 보니, 어느덧 나는 아마추어 성명학자가 됐다. 얼마 전 정은혜라는 아가씨를 알게 되었다. 나는 세상에서 제일 아름다운 이름을 정은혜라고 생각한다. 왜냐고요? 이것은 직업비밀 보장법에 의해서 밝힐 수는 없고, 정답풀이를 하시는 분에게는 상금으로 100달러를 봉정하겠다.

鄭銀蕙. 얼마나 아름다운 이름입니까? 살짝 힌트를 드립니다. 그 애는 쌍둥이로 태어났고, 아버님은 치과의삽니다. 수고하세요.

어느 무명 철학자의 **구혼 광고**

평화조약

부부는 '일심동체'라고 한다. 어떤 얼빠진 시인이 얼큰해졌을 때 한 말 같다. 두 사람이 한 사람이라는 것은 수학적인 오류요, 논리적인 모순일 뿐 아니라, 두 사람이 같이 산다는 이유에서 둘이 똑같은 생각을 한다는 것은 경험이 부정하는 사실이다. 이리하여 나는 20년 전에 아내와 평화조약을 맺었다.

평화조약의 골자는 당신은 당신, 나는 나라는 명백한 사실과 원칙을 인정하고 수호하자는 데 있다. 나는 당신 일에 간섭하지 않을 테니까 당신도 내 일에 간섭하지 마십시오, 하는 협상조항에 우리는 자의自意로 도장을 찍었다. 이 원칙과 의도를 실제화하기 위하여 우리는 공동으로 은행계좌를 열고 아내는 아내대로, 나는 나대로 기분 내키는 대로 신나게 돈을 쓰되 서로를 헐뜯고 탓하고 욕하지 말자고 준엄하게 선서했다. 결과적으로 볼 때 이 평화조약은 우리 부부생활의 가장 아름다운 자랑거리가 되었다.

이런 평화조약을 체결한 동기는 다음과 같다. 우리 결혼은 연애 결혼도 아니고 중매결혼도 아니고 우물쭈물 결혼도 아니고 후닥닥 결혼도 아니었다. 그녀는 노처녀, 나는 노총각. 몇 년 간 편지를 주고받는 데 지칠 대로 지쳐서 될 대로 되라고 포기하고 체념한 끝에 짝을 짓기로 했다. 1962년 나는 미국에서 비행기를 타고 한국에 나가서 결혼식을 올렸다. 예식이 끝나기가 무섭게 우리는 동심이체同心二體라는 사실을 깨달았다.

아내를 미국에 데려온 뒤 나는 곧 살을 섞기는 쉬우나 마음을 섞는다는 것은 좀처럼 어렵다는 것을 깨달았다. 그녀와 나는 사고방식, 의식구조가 달랐다. 식성도 달랐다. 생활양식이나 인생철학도 달랐다. 미국에서 7~8년을 살다보니 필연 미국 물도 들었을 것이고 서양책을 읽음으로써 나 자신이 좀 건방지게 된 탓도 있었을 것이다. 게다가 그녀는 도회지에서 자라나서 교양도 높았고 취미도 고상했으며 베토벤 교향악도 감상할 줄 알았지만, 나는 시골 촌놈으로 자라나서 언동이 세련되지 못하고 똥배짱이 세고 꽹과리 치는 고향악故鄕樂만 음악인 줄 알았다. 산통이 깨지기 마련이었다.

어느날 내가 퇴근하여 집에 돌아오자마자 아내는 식탁 위에 폰즈 콜드크림 세 병을 꺼내놓으면서 이 귀한 상품을 엄청나게 싸게 샀노라고 자랑했다. 신세계백화점 값의 5분의 1밖에 안 된다고 했다. 나는 기분이 시원치 않았다. 여자들이 화장하길 좋아하고 크림이 화장품의 일종이란 것은 알고 있었지만 한꺼번에 왜 세 병씩이나 샀나 하는 것은 이해할 수 없었다. 당신은 화장할 때 크림을 세 병 다 열어야 되느냐고 좀 빈정대는 투로 문초를 했다. 그러자 아내가 왈칵 울음을 터뜨리기 시작했다. 금세 동이 날까 두려워서 돈을 아끼고 살림을 잘하려고 세 병을 샀는데 어쩌면 우리 남편은 자기 속을 그렇게도 모르느냐고 엉엉 울어댔다.

미국에 온 지 얼마 되지 않은 탓에 그 당시 아내는 미국의 화장품이 대중 소비품으로서 얼마나 경쟁적이고 싼지 미처 몰랐다. 절품이 될 경우 상점 주인한테 부탁하면 언제나 원가로 재주문을 해주는 것이 미국의 상법이라고 설명을 해주었다.

일주일 뒤에 아내는 또 한 가지 기적의 발생을 선언했다. 어항을 두 개 살 경우 1센트만 더 내면 한 개를 더 구할 수 있는 소위 1달러 세일 흥정을 했다는 것이었다. 나는 화가 불끈 치밀었다.

"당신, 이 어항에 고기를 기르겠다는 말이오? 고기를 길러본 적은 있기나 하오?"

아내는 어항을 김치 항아리로 쓰기 위해서 샀다고 했다. 그럼 한 개만 사지 왜 두 개를 샀느냐고 묻자 그녀는 1센트만 더 내면 한 개를 더 살 수 있는데 그것이 무슨 잘못이냐고 반문했다. 1센트도 돈이요, 필요 없는 것을 사는 것은 낭비라고 나는 아내를 꾸짖었다. 아내는 또 한 번 울었다.

그 당시 우리 부부의 생활이 넉넉하지 못했던 것은 사실이었으나 내가 천하의 구두쇠라서 아내를 울게 한 것은 아니었다. 나는 그녀의 사고방식이 철없다고 느꼈고 앞으로 백년해로하자면 처음부터 예방주사를 한 대 놔야 된다고 믿었기 때문이다. 하긴 내 성격이 좀 괴팍하고 인품이 옹졸한 점도 있었다. 여자와 남자는 사고방식이 다르고 또한 응당 달라야 된다는 진리를 미처 깨닫지 못했던 시절이다.

동거생활 6개월이 지나자 우리 결혼에 금이 가기 시작했다. 나는 아내를 바보라고 멸시하고 아내는 나를 폭군이라고 두려워했다. 아내는 점점 불행해져서 몰래 훌쩍훌쩍 울었다. 그녀는 미국을 미워하고 무서워했다. 말(영어)을 못해서 의사소통도 되지 않았고, 차를 운전하지 못해 공원이나 백화점에 갈 수도 없어 진종일 방 안에 갇혀 이해하지도 못하는 텔레비전이나 보아야 했으니 미치고 환장할 노릇이 아닐 수 없었다. 그 당시 나는 한국인 친구들이 없었으므로 전화할 곳도 없었다. 그녀에게 미국은 생지옥이나 다름없었다.

나는 둔한 사람이어서 아내가 그리도 괴로워하고 불행한 줄 몰랐다. 퇴근하여 집에 돌아왔을 때 그녀는 내 눈치를 보면서 가끔 식료품상에 가자, 백화점에 가자고 운을 띄웠다. 몸이 피곤해 짜증이 났지만 나는 세대주의 도리로서 종종 그녀의 운전사 노릇을 해주었다.

그런데 남자와 여자는 쇼핑이란 개념이 완전히 달랐다. 홀아비 시절 때 식료품상에 가면 나는 쌀 한 봉지, 배추 한 포기, 고기 한 덩어리 정도만 덜렁덜렁 집어서 보통 10분 만에 장을 다 보았는데 아내를 동반하면 30분씩 걸렸다. 그녀는 고기 한 덩어리를 집으면 앞에서 보고 뒤에서 보고 흔들어보기도 하고 냄새를 맡아보기도 했다. 왜 저럴까? 참으로 꼴불견이었다. 신을 한 켤레 산다든가, 옷을 한 벌 살 때는 더욱 많은 시간이 필요했다. 이것을 입어보고 저것을 입어보고 집었다가는 놓고 놓았다가는 다시 집었다. 그렇다고 그 물건을 사는 것도 아니었다. 마음에 안 든다고 그 자리를 벗어나면 그것이 끝인 줄 알았는데 그녀는 뭐 또 하나 입어볼 것이 있다고 그 자리를 다시 찾아가는 탓에 나는 절망하지 않을 수 없었다. 마침내 나는 백기를 들고 말았다. 나는 더 참을 수 없어서 그녀에게 차를 한 대 사주기로 했다.

미국에 온 한국 사람들이 흔히 범하는 큰 실수 가운데 하나가 부인이나 친구에게 자동차 운전법을 가르쳐주는 것이다. 우리 아파트 바로 앞에 소형 쇼핑센터가 있었고 쇼핑센터 뒤에 서울운동장만한 주차장이 하나 있었다. 토요일 저녁이나 일요일 아침이면 주차장이 텅텅 비어 나는 그곳에서 아내의 운전교육을 실시하기로 했다.

어느날 저녁, 아내가 운전대를 잡고 나는 그 옆에 앉아서 선생 노릇을 했다. 저 멀리 한 귀퉁이에 주차된 보크스 왜건 한 대를 빼놓고는 주차장이 텅텅 비어 있었다. 나는 아내에게 시동을 걸고 액셀러레이터를 밟으라고 지시했다. 차가 움직이기 시작하고 조금 속력이 나기 시작했다. 그런데 우리 차가 보크스 왜건을 향해서 돌진하고 있지 않은가!

"여보, 여보. 핸들을 꺾어요. 브레이크를 밟아요."

나는 소리를 쳤다. 그런데 우리 차는 갑자기 속력을 더 내면서 보크스 왜건을 들이받아 묵사발을 만들어놨다. 핸들이 뭔지 브레이크가 뭔지 모르는 여자에게 운전대를 맡긴 것은 나의 불찰이었다. 나는 피해를 당한 차주를 찾아서 보상금을 지불하기로 약속하고 당장 운전학원을 찾아 아내의 운전교육을 부탁했다.

그 뒤에 알게 된 일이지만, 미국서 친구를 잃는 가장 흔한 경우는 친구에게 운전교육을 시켜주는 데 있다고 한다. 돈 몇 푼 아끼기 위해서 아내에게 운전교육을 시키다가 이혼의 비극을 자아낸 실례는 얼마든지 있다.

이 사고가 있은 뒤, 나는 아내와의 사이가 점점 멀어져가는 것을 느꼈다. 이 위기를 어떻게 수습할까? 아내가 운전면허증을 따고 내가 그녀에게 차를 사준 다음 나는 우리 결혼생활을 유지하기 위해서 평화조약을 맺었다.

평화조약을 맺을 때 나는 울면서 아내에게 사과했다. 내가 그녀를 하녀처럼 푸대접하고 괄시했다는 사실을 인정하고 사과했다. 그녀는 나의 아내지만 성이 다른 여자로서, 몸이 다른 인격체로서, 스스로의 희망과 포부와 꿈이 있다는 것을 인정하고 나는 그녀의 의사와 권리를 절대적으로 존중해주겠다고 맹세했다. 무엇보다도 우리는 개인의 자유에 대한 개념을 검토하고 토의했다. 서로의 자유를 존중하고 수호하기로 약속했다. 이리하여 두 사람, 두 인격체인 천건희와 전시륜 사이에 평화조약이 맺어졌다.

훌륭한 이론도 실천에 옮기기는 힘이 든다. 또한 생활의 여유가 없을 때는 자유라는 것도 있을 수 없다. 우리는 노총각, 노처녀로 결혼했기 때문에 우선 자식을 낳아서 가정을 꾸며야 한다는 것이 급선무였다. 아내는 비약적인 기술을 발휘하여 1968년 10월 말부터 1971년 5월 사이에 아들 둘, 딸 하나라는 엄청난 생산고를 올렸다. 그 뒤 우리는 우유통을 바꾸고 기저귀를 가는 데 4년을 허송했다. 그동안 아내는 틈을 내어 학교에서 영어를 배웠다. 무척 애를 썼지만 생활이 빡빡해서 저금하기가 힘들었다. 아내의 영어와 운전기술이 늘어 직장을 구하고 아이들이 학교를 다니기 시작한 뒤에야 우리는 평화조약을 실제화할 수 있었다. 여유가 좀 생겼다. 여유는 자유다.

평화조약의 가장 큰 혜택 가운데 하나는 우리가 참다운 자유를 누리게 되었다는 점이다. 아내에게는 이 혜택이 더욱 컸다. 그녀는 아내, 어머니, 여자에서 해방되어 인간이 되었다. 이제 그녀는 운전도 잘하고 영어도 잘하고 돈도 잘 벌고 세상에 부러운 사람이 없다는 듯이 땅땅거리고 산다. 그녀는 남편에게 바라고 기대는 습성을 없애버렸다. 괴상망측한 모자를 사 쓰고 무당 같은 의상을 걸치고 다니는데, 본인이 좋다고 햇빛보다 더 빵끗한 미소를 날리는데 내가 누구라고 그녀의 행복을 비평한단 말인가!

나는 노자老子 철학을 좋아하여 무위자연無爲自然을 믿고 풀밭에서 낮잠을 자고 가끔 낚시질을 하는 것이 인생 최고의 즐거움으로 아는 반면 그녀는 행동주의자다.

언젠가는 그녀가 배관공을 데리고 와서 우리집 화장실 구조를 완전히 개조하여, 새로운 디자인의 타일, 세면대, 샤워 장치를 들여놓았다. 어이가 없었지만 나는 평화조약 때문에 아예 입을 열지 않았다. 또한 며칠 뒤 21인치 도시바 텔레비전이 없어지고 그 자리에 27인치 텔레비전이 들어앉아 있었다. 도시바가 어떻게 되었냐고 물었더니, 도시바가 장수한 끝에 제명에 돌아가셨다고 했다. 며칠 뒤 텔레비전이 또 한 대 들어왔다. 자기는 영화 보기를 좋아하는데 나는 항상 농구, 축구 구경을 해서 불가피하여 텔레비전 한 대를 더 샀다고 말했다.

출장은 종종 치명적인 상황을 발생시켰다. 언젠가 출장에서 돌아왔더니 앞뜰, 뒤뜰의 나무들이 대부분 없어져버리고 화단, 채소밭이 성형수술을 받은 것처럼 변형된 것을 발견했다. 내가 무척 좋아하고 아꼈던 수국과 라일락이 없어지고 능수버들, 느티나무도 없어졌다. 화가 불끈 치밀었다. 한 대 쥐어박을까 했는데 평화조약이 상기되었다. 찬물을 한 사발 마시고, 한숨을 쉬고, 다시 한 번 정원을 바라보니 펑크 족의 요란한 의상을 입었던 정원이 우아한 한복을 입은 고요한 아름다움을 내뿜고 있다는 것을 느꼈다. 아내는 아름다움을 창조하는 데 뛰어난 재주를 타고났다. 아이들이 모두 엄마의 활동력, 창의력을 찬양했다. 아내 덕분에, 더 구체적으로는 평화조약 덕분에, 나는 점차 문화인이 되어가고 있었다.

그러나 뭐니 뭐니 해도 평화조약의 가장 큰 혜택은 서로가 잔소리하는 것에 종지부를 찍어주었다는 데 있다. 천성적으로 사람은 누구나 잔소리하기를 좋아한다. 잔소리는 생존상 불가피한 필수 연장으로서 개개인의 유전인자 속에 옥필로 새겨진 황금률이다. 잔소리는 인간의 열등의식을 축출하고 에고*ego*를 팽창시켜준다. "여보, 당신은 왜 100원짜리 물건을 130원이나 주고 샀소?", "왜 곱창전골이 곱탕전골이 됐소?", "왜 자면서 코를 골고, 왜 엊그제 사장님이 오셨을 때 주책없이 방귀를 뀌었소?" 하고 내가 아내에게 잔소리를 할 때, 나의 잠재의식은 '여보, 툭하면 당신은 날보고 게으름뱅이네, 못난이네, 가난뱅이네 하고 불평하지만, 당신이 잘난 것은 무엇이란 말이오? 서로 헐뜯지 말고 살아봅시다.' 하고 은근한 신호를 아내에게 보냈다.

사실 애원哀願이지만 체면 때문에 잔소리같이 들릴 뿐이다. 잔소리는 살아가는 데 필요한 것이지만 지나친 잔소리는 과식처럼 건전한 부부생활에 해로울 수 있다. 이혼의 3분의 1은 지나친 잔소리에서 비롯되지 않는가 한다. 어떤 미국 남자는 이유 없이 귀머거리가 되었는데, 알고 보니 그의 처가 입을 열 줄은 알지만 닫을 줄은 몰라서, 남자의 백혈구가 아내의 잔소리 공세를 막기 위해 남자의 귓속에 벽돌담을 쌓게 되었다는 것이 원인이라는 의학적 판명이 있었다. 잔소리 때문에 삶이 죽는 것은 아니지만, 심한 잔소리는 턱없이 모기에 물리는 것처럼 짜증과 신경질을 내게 하고 사람을 미치게 만든다. 잔소리에 대한 가장 효과적인 면역은 평화조약이다. 우리 부부는 잔소리를 너무 하지 않고 살다보니 가끔 서운하고 심심한 감도 든다.

이렇게 쓰고 보니 우리는 부부가 아니라 자신의 이기심만을 좇는 동상이몽의 낯선 사람들 같다는 인상을 준다. 하지만 사실은 그렇지도 않다. 우리는 잘 먹고 잘 놀아야 행복하다는 데 의견의 일치를 보았다. 잘 먹는다는 것은 음식점을 자주 찾는다는 뜻이고 잘 논다는 것은 여행을 많이 한다는 뜻이어서, 우리는 맛있는 음식을 찾아서 온 세상을 헤맸다. 그러나 여행 중에 우리는 평화조약의 원칙인 인격의 개체성, 인격의 독립성을 받들어 아내가 듀리언(동남아에서 제일로 치는 과일)을 먹으러 해변에 나가면 나는 선술집을 찾아서 차이나 타운을 찾는다. 아내가 코끼리를 타고 있을 때 나는 낚시질을 한다. 가끔 둘이서 미술관을 방문하고 백화점도 둘러본다. 공동계좌를 이용하니까 돈을 함부로 쓰는 것도 아니다.

평화조약은 자유를, 자유는 책임을 의미한다. 이리하여 조약 조인 전에 우리는 곧잘 우리가 원하는 것이 무엇인가를 발견하기 위하여 상점을 찾았지만, 지금은 우리가 원하는 것을 사고 싶을 때만 상점을 찾는다. 재미도 보고 돈도 더 저금할 수 있어서 좋다.

수다스럽게 자랑을 했지만 자랑스러운 일은 자랑하는 것이 마땅하지 않을까? 이미 얘기했지만 파탄 직전의 우리 결혼생활을 건져준 평화조약이었다. 가끔 우리집을 찾아오는 한국 손님들은 우리 부부관계를 전혀 이해하지 못하겠다고 한다. 미국에서 산 지도 오래되었고 교육도 많이 받은 사람들이 왜 똥차를 몰고 오두막집에 살고 있으며, 그러면서도 철없는 아이들처럼 항상 웃고 먹자 주의, 놀자 주의로 행동하는 것이 신비롭다고 했다. 우리를 잘 아는 교포 한 사람이 우리 부부가 워싱턴 지역에서 제일 이상적이고 행복한 한인 부부라고 칭찬해주었다. 한 쌍의 잉꼬새 같다는 둥, 금슬이 좋다는 둥, 궁합이 맞는다는 둥 엉뚱한 학설을 내세우는 사람도 있다. 또한 건전한 부부생활의 비밀이 무엇이냐고 묻기도 한다.

그러면 나는 평화조약을 맺어보라고 넌지시 암시해준다. 내 일은 내가 하며 남의 일에 간섭하지 않고, 잔소리를 삼가고, 서로의 인격을 존중하는 데 평화와 행복이 있다고 말해준다.

몇 달 전에 아내가 주섬주섬 짐을 싸고 있어서 무엇을 하고 있느냐고 물었는데 갑자기 오스트리아 비엔나를 여행하기로 했다고 대답했다. 비엔나에 가서 모차르트의 음악을 듣고 다뉴브 강에 가서 뱃놀이를 하고 짤즈부르크를 답사하고 프라하에 들렀다가 이탈리아 베니스로 내려가서 곤돌라를 타보겠다는 것이었다.

은행 잔고가 충분하냐고 물었더니, 돈이 없으면 비자카드를 쓰겠다고 했다. 나는 너털웃음을 터뜨리지 않을 수 없었다. 내일 모레면 환갑을 맞을 아내 얼굴에 주름살 하나 없는 것이 한없이 대견스러웠다. 평화조약은 주름살 제거에 특효가 아닐까 하고 엉뚱한 생각이 떠올랐다. 아내가 오스트리아로 떠나던 날 나는 낚싯대를 짊어지고 바다로 향했다.

공모

볼일이 있어서 서울에 가는데 아내가 따라오겠다고 했다. 좋은 일 같았다. 아내가 서울을 다녀온 지 5년이 넘었다. 노모도 뵙고 친척도 만나고 고등학교 시절 친구들과 모여 한바탕 난리를 치는 것도 재미있는 일임에 틀림없었다. 그리하여 부부유별이란 원칙하에 그녀는 대한항공으로, 나는 유나이티드 편으로 서울에 왔다.

서로의 편리를 도모하기 위해 아내는 서초동에 묵고 나는 호텔에 여장을 풀었다. 아내가 가끔 호텔에 와서 자고 가곤 했다. 지난 10년 동안 한국은 기후까지도 눈부시게 발전하여 밤기온이 나날이 신기록을 세워서 8억 원짜리 아파트에서도 더위 때문에 잠을 자기가 힘들다는 것이었다.

어느 날 아내가 문득 이런 소리를 했다.

"여보, 내가 결혼 전에 데이트했던 극장 매니저 있잖아요. 그 사람이 내가 여기 왔다는 소식을 듣고 날 꼭 한번 만나고 싶대요."

매우 반가운 뉴스였다. 나는 아내에게 꼭 만나서 옛 추억을 더듬고 30년 동안 쌓인 회포를 풀어보라고 했다.

이 극장 매니저는 누구인가? 1967년 봄에 내가 결혼하기 위해서 서울에 나왔을 때 그 당시 나의 약혼녀였던 아내가 혹 X란 남자한테서 편지를 받은 적이 없느냐고 물었다. 나는 없었다고 대답하고 그가 누구냐고 물었다.

"극장 매니저인데 몇 번 만났어요. 미스터 전이 꼭 나오리라는 기약이 없어서 데이트를 몇 번 했는데, 이 사람이 심술궂게 당신에게 편지를 써 당신을 못 나오게 하고, 설령 당신이 나오더라도 결혼식에서 훼방을 놓겠다고 했어요. 정말 편지 없었어요?"

나는 껄껄 웃었다. 그 이튿날 X는 마음을 바꿨는지 결혼식장에 나타나지 않았고 우리는 무사히 결혼식을 치렀다.

아내가 결혼 직전까지 나 몰래 데이트를 했다는 것은 어쩌면 불가피한 일이었는지도 모른다. 그해 그녀는 스물여덟 살의 노처녀로 자칫하면 혼기를 놓칠 가능성이 높았다. 우리는 9년 동안 서로 만나지 못했고 약혼도 편지를 통해서 했기 때문에 내가 파혼을 선언하면 그녀는 파산한 회사의 약속어음을 쥐고 있는 신세가 될 수밖에 없었다. 나는 물론 꼭 돌아와서 그녀와 결혼하겠다고 맹세했지만 미국에 가서 함흥차사가 되다시피 한 난봉꾼의 소리가 먹힐 리 없었다. 게다가 나는 나대로 그녀의 처지가 가여워서 이런 말을 했던 터였다.

"청춘은 한번 가면 돌아오지 않습니다. 만사에는 때가 있으니, 가끔 데이트를 하며 청춘을 즐기십시오. 데이트를 하다가 달빛이 너무도 아름다워 아이가 생기면 그 애를 미국에 데려와 키웁시다."

나는 한술 더 떠서 데이트 요령까지 가르쳐주었다. 그녀는 내 말을 그대로 받아들일 수 없었다. '마음대로 데이트를 하라', '어린애가 생기면 미국에 데려와서 키우자' 하는 나의 충고는 상식적으로 볼 때 한국의 미풍양속에 어긋나는 개소리요, 자기를 따돌리기 위한 술책으로밖에 보이지 않았다. 그녀 특히, 그녀 부모들의 입장에서 볼 때, 이 말은 내가 전략적인 포석을 놓는 것으로 보였고, 귀국하지 않으려는 수작으로 보일 것이 뻔했다.

그녀는 그녀대로 방어선을 구축해야 했다. 이리하여 그녀는 '설마', '혹시', '만약'의 갈등에서 고민하다가 양다리 전술을 폈다. 한편으로 나를 견제하면서, 가끔 극장 매니저를 만나 공짜로 영화도 구경하고 저녁을 얻어먹는 것이 어떨까 했다. 손무의 탁월한 전술이었다. 그런데 내가 예고도 없이 서울에 나와 결혼하겠다고 하자 그녀는 당황했다. X는 사기당했다는 심정에서 분노했다. X가 공갈 협박할 만도 했다. 하나 X는 본성이 착한 사람이어서 우리 결혼에 훼방을 놓지 않고 바람과 같이 사라졌다. 그 뒤 아내는 X의 소식을 30년 동안 듣지 못했고 그가 혹시 머리를 깎고 절간에 들어간 것은 아닌가 하며 구슬퍼했다.

그 X가 홍길동같이 나타나 면회를 신청했으니 얼마나 놀랍고 아름다운 일인가? 라헬Rachel은 야곱Jacob을 8년 간 기다렸는데 X는 나의 아내를 30년 동안 기다렸던 것이다. 30년 동안 잠잠했던 그분이 아내를 만나보고파 한다니 얼마나 신기하고 낭만적인 일인가. 나는 흥분해서 제발 그분을 만나 할 얘기 못할 얘기를 다 하고, 웃고 울고, 한번 멋있게 껴안아보라고 아내에게 신신당부했다.

당신이 서울에 온 것을 그분이 어떻게 알았느냐고 묻자 아내가 매우 재미있는 이야기를 했다. 결혼하여 아들딸 낳고 손자 손녀까지 두었지만, 그는 운명의 농간으로 옛날에 알았던 귀여운 소녀가 지금 어디서 무엇을 하고 있을까 하여 아내의 거처를 찾던 중, 충정로의 처남과 연락이 되었다. 그가 염원을 말하자, 처남이 누님이 오시면 기별해주기로 약속했다는 것이다. 동화 같은 이야기였다. 나도 내가 미국에 가기 전에 알았던 여자들이 지금은 어디서 무엇을 하고 있을까 하고 궁금해 해본 적이 한두 번이 아니었다. 그녀들을 보고 싶고 만나고 싶었다. 이런 심정에서 나는 아내가 X를 만나는 일을 적극 권했다.

하지만 아뿔싸, 뜻대로 일이 되지 않는 것이 인생인 것 같다. 나와 미국에서 30년 동안 살면서 아내는 사상오염에 걸려 한국식 사고방식을 잊어버린 것 같았다.

한번은 여동생이 쇼핑을 같이 하자며 모 백화점 입구에서 만나자고 했다. 광화문역에서 전철을 타고, 어느 역에서 내려 몇 호선 전철로 갈아타고, 어디서 하차하여 어느 방향으로 가는 몇 번 버스를 타고, 몇 정류장을 지나서 어느 백화점 앞에 내려서, 문 앞에서 몇 시에 만나자는 약속이었다.

그러나 일이 뜻대로 되지 않았다. 컴퓨터의 지시보다도 더 복잡한 이 지시를 아내가 수행할 턱이 없었다. 엉뚱한 데서 두어 번 내렸다가 30분이나 늦게 가까스로 백화점을 찾았는데, 입구가 한 개가 아니라 네 개나 있어서, 갈팡질팡하다가 택시를 타고 호텔로 되돌아왔다. 나는 깔깔 웃었다. 아내의 가장 큰 매력은 그녀가 어수룩해서 재미있는 일을 연달아 일으키는 데 있다.

아내가 처남을 통해 X에게 무슨 약속을 했는지 나는 전혀 몰랐다.

아내는 서울에 오자마자 신이 나서 관광사업에 착수했다. 처남이 강원도 용평 스키장에 콘도를 가지고 있다는 얘기를 듣자 아내는 스키는 못 탈망정 폼이나 한번 잡아보겠다며 용평에 가서 2박 3일을 머물렀다. 가볼 만하다고 했다. 이틀 뒤 목포여고 동창들과 비행기를 타고 속초에 가서 오징어회에 생닭을 잡아먹고 가라오케에 가서 신나게 놀고 왔다. 그러나 서울로 돌아왔을 때 아내에게 슬픈 뉴스가 기다리고 있었다. X가 아내를 만나려고 시골에서 서울의 아들 집에 왔었는데 아내가 없는 바람에 사흘 만에 되돌아갔다는 얘기였다. 데이트를 비밀리에 알선했던 처남은 여행지를 알리지 않고 속초를 다녀온 아내를 나무랐고 나는 나대로 화가 났다.

"여보, 당신 왜 그렇게 무책임해요? 속초에 가려면 X에게 전화를 걸어 연락할 방법을 알려줘야 될 것이 아니에요. 노인네가 불원천리하고 서울에 와서 사흘 동안 애태우다가 돌아갔다니 이게 무슨 말이요. 그분이 당신을 얼마나 욕했겠어요?"

갑자기 아내가 미워졌다. 한 대 쥐어박고 싶었다. 아내는 울먹이면서 대답했다. 서울은 너무도 복잡하고 발전하여 미국에서 온 촌사람들은 말려들어 갈 수밖에 없다고 했다. 나도 수긍했다. 나도 택시를 타고 어디 가자고 하면, 기사가 손님을 태워놓고도 어느 골목에서 우회전할지 좌회전할지를 말해주지 않으면, 운전사가 재수가 없다며 화를 내 봉변을 당한 적이 한두 번이 아니었다. 한국 법에 의하면 서울 지도를 아는 책임은 운전사에게 달려 있지 않고 손님에게 달려 있는 것 같았다.

미국으로 돌아가기 전날 아내가 처제와 함께 호텔에 찾아와서 둘이서 쇼핑을 갈 테니까 혼자 저녁을 먹으라고 말했다. 그날밤 아내가 돌아오기도 전에 나는 불을 끄고 잠을 잤다. 이튿날 아침 호텔 밖에서 공항으로 떠나는 버스에 아내를 태우고 배웅을 해주었다.

아내가 미국으로 떠난 뒤 나는 이주일 동안 더 서울에 머물렀다. 어느날 처제가 호텔에 들러서 언니에게 갖다주라고 조그만 보따리를 내놓고는 불쑥 물었다.

"형부, 서울 재미가 어때요?"

날씨도 덥고 공해가 심해서 좀 불편했지만 친구들도 만나고 맛있는 음식도 먹어 즐거웠다고 대답했다. 단 한 가지 언니 머리가 제대로 돌아가지 않아 극장 매니저가 서울에 올라와서 사흘 동안이나 언니를 찾다가 되돌아간 일이 한없이 안타까웠다고 했다. 내 말에 처제는 말했다.

"언니가 그런 데 좀 둔해요. 하지만 형부가 노여워할까 봐 그분을 일부러 피했다고는 생각 안 하세요? 그런데 참, 언니는 형부가 그렇게 좋을 수가 없대요. 죽어서 다시 태어나도 다시 형부와 결혼하겠대요. 형부는 어떻게 생각하세요?"

난처한 질문이었다. 나는 솔직히 말했다.

"이다음에 난 문학소녀와는 결혼 안 하겠어. 김치도 담글 줄 알고 백화점도 찾아갈 수 있는 여자를 얻겠어."

처제는 시무룩해서 언니같이 마음씨 착한 여자가 어디 있느냐고 항변을 하면서 떠났다.

며칠 뒤 서초동 처남댁이 딸애와 함께 호텔에 찾아와서 나를 버드나무집으로 모셔갔다. 고모(나의 아내) 얘기가 나와서 나는 다시 한 번 신나게 아내 욕을 하고 X를 그렇게까지 골탕먹일 수 있느냐고 핏대를 올리면서 아내의 무심한 행동을 나무랐다.

"고모부, 그것은 고모가 고모부 체면을 봐서 일부러 그분을 피한 것 같아요. 고모부가 질투해서 속병이 나면 어쩌나 했겠지요. 그걸 보면 고모는 참 현명한 부인 같아요."

그럴싸한 해석이었다. 내가 배달민족의 전통 미덕을 너무도 몰랐던 것 같다.

미국 출발 전날 밤, 충정로 처남이 나에게 우래옥 냉면을 대접해주었다. 나는 가슴이 설레는 것을 막을 수 없었다. 나는 충청북도에서 자란 탓으로 스물여섯 살이 되기까지 냉면을 먹어보지 못했다. 친구 하나가 도미를 축하한다며 을지로에 있는 우래옥에 나를 끌고 가서 냉면을 대접해준 기억이 났기 때문이다. 이 얘기 저 얘기 하다가 나는 궁금해서 처남이 어떻게 X를 알게 되었냐고 물었다. 처남 말이 X가 몇 년 동안 아내의 거처를 알려고 노력한 끝에 처남의 전화번호를 알게 되었다고 했다. X는 이름 난 건축가로 서울에 극장을 두 채나 지었을 뿐만 아니라 지방에서 대학교수도 한 저명인사여서 누나가 서울에 들르면 꼭 알려주겠다고 했는데, 이번에 기회가 좋아서 연락해주었다는 내용이었다.

"그런데 누나는 그런 일에는 매형을 닮아가는 것인지 센스가 없어요. 용평 스키장에 가는 것만 해도, 누나가 버스를 놓쳐서 그 이튿날 내가 택시를 잡아서 보내줘야 했거든요. 그 얘기 매형한테 했어요?"

금시초문이었다. 나는 허허 하고 웃을 수밖에 없었다.

미국으로 돌아온 다음날 밤에 아내가 말했다.

"여보, 나 서울에서 극장 매니저 만났어. 그 사람이 서울에 왔다가 되돌아가면서 남중이(충정로 처남)에게 서울 아들집에 꼭 연락해달라고 메시지를 남겼대요. 그래서 속초에서 돌아와 그 집에 전화를 했더니, 그분 며느리가 전화를 받고 아버님이 오래 기다리시다가 가셨다면서 시골에 전화를 하라고 당부했어요. 그래서 송지(처제) 집에 가서 전화를 했더니, 그날로 서울에 올라오시겠다고 해서, 연미(서초동 처남댁의 딸)에게 함께 서울역에 나가 그분을 만나자고 했어요. 30년이 흘렀으니까 내가 그분을 어떻게 알아보겠어요. 그래서 그날 송지와 같이 나가, 그분과 대합실에서 간식을 나눈 뒤, 그분은 밤차로 돌아가셨어요. 그분이 돈 봉투를 내밀면서 아이들 과자를 사주라고 해서 받아왔는데, 뜯어 보니까 20만 원이나 들어 있었어요. 미안해서 스카프라도 한 장 사드리려 했는데 시간이 없었어요. 20만 원이면 한 20달러 정도 되나요?"

환율 890 대 1을 적용하면 그 액수는 220달러가 넘는 돈이었다. 왜 그 얘기를 하지 않았느냐고 물었더니, 내가 너무도 코를 골며 피곤하게 잠자고 있어서 감히 말을 꺼내지 못했다며 싱긋 웃었다.

참으로 잘했다고 두 번 세 번 아내를 칭찬하면서도 나는 기분이 언짢아질 수밖에 없었다. 처갓집 식구들이 공모하여 나에게 사기를 친 느낌 때문이었다. 해후의 각본을 충정로 처남이 짜고, 조연을 서초동 처남댁과 딸애가 맡고, 아내와 처제가 주연을 했으면서도, 그들은 왜 모두 모른 척했으며 심지어는 오리발까지 내밀었을까? 뿐만 아니라 X, X의 아들과 며느리도 이 사건을 알았던 것이 분명했다. 나만 몰랐던 것이다. 분하고 괘씸했다. 며칠 동안 속이 상했다.

생각해보니 모든 것이 내 잘못이었다. 한국식 사고방식, 한국의 미덕을 나는 너무도 모르고 살아왔다는 결론이 내려졌다. 숨길 것은 숨기고 알면 속상할 일은 슬그머니 넘겨버리는 것이 삶의 예지가 아닐까? 진수성찬을 차려놓고도 먹을 것은 없지만 맛있게 들어달라는 것이 한국인의 은근한 정이요, 향기로운 예의다. 나는 나의 초라한 처세술에 부끄러움을 느끼며 아내에게 아웃백Outback 레스토랑에 가서 프라임 립prime rib을 먹자고 했다. 아내는 음식을 더 잘하는 곳을 안다면서 차를 몰아 강서면옥으로 갔다. 문화인은 김치 없는 음식을 먹을 수 없다며 미소를 지었다. 우리 심정을 알아차린 듯 옆에 앉았던 부부가 기도를 드리고 "아멘!" 했다. 공모는 미국의 한국 음식점에까지 퍼진 것 같았다.

딸애의 결혼식

미국에 사는 장점 가운데 하나는 아이들 결혼비용이 적게 든다는 데 있다. 딸 설영이는 1994년 가을에 결혼을 했다. 부모로서 우리가 감당한 경비가 총 1만 달러 가량 됐다. 한국에서는 보통 3만 달러쯤 든다니까 우리는 매우 초라한 잔치를 치른 셈이다. 그럼에도 미국 손님들은 어쩌면 그렇게 성대한 잔치를 치렀느냐, 돈이 산더미로 들었겠다며 놀라워했다.

돈이 적게 든다는 것만이 미국식 결혼의 장점은 아니다. 사윗감을 고르고 결혼준비를 하는 데 골치를 썩이지 않아서 좋다.

결혼 일 년 반쯤 전, 그러니까 그 애가 대학 졸업반이었을 때, 딸애는 결혼비용을 어느 정도 떠맡을 용의가 있느냐고 내게 물었다. 내가 우물쭈물하자 그 애 말이 5천 달러 정도면 보통으로, 1만 달러 정도면 결혼식을 최고로 치를 수 있다고 넌지시 말했다. 그럼 최고로 하자 하고 그 애에게 결혼경비 명세서를 상세히 짜서 제출하라고 했다.

4개월 뒤 딸애는 명세서를 내놓았다. 얌전하게 타자로 친 명세서였다. 식장에 비치할 꽃값, 웨딩드레스값, 남자 여자 들러리들의 예복값, 주례 신부에게 드릴 선물값, 피로연회장 임대료, 6인조 밴드값, 술값, 음식값 등 총 9천6백 달러짜리 청구서였다.

신랑 반지값과 신혼여행비가 포함되어 있지 않아서 슬쩍 물어봤더니 그 경비야 자기네들이 댈 것이지 관습상 부모들에게 뒤집어씌우는 것이 아니라고 설명해주었다. 제일 놀랍고 고마웠던 것은 꽃집, 예복 임대점, 피로연장의 주소, 전화번호, 책임자 이름까지 명세서에 적혀 있다는 사실이었다. 아내가 깜짝 놀라면서 아이들은 꼭 대학에 보내야 된다며 미소를 지었다.

그 애 말이 예약금의 10퍼센트를 선불하면 업자들이 훗날 핑계를 대며 계약을 취소하거나 가격을 인상할 수 없다고 했다. 그래서 나는 5천 달러짜리 수표를 떼어주고 잔액은 결혼식 직전까지 주겠다고 약속했다. 1천 달러를 바랐다가 5천 달러를 받자 딸애는 무척 감동했던 모양이다. 우리같이 후하고 너그러운 부모는 세상에 없노라고 딸애는 칭찬을 아끼지 않았다.

사윗감인 제프는 공과대학을 졸업하고 컴퓨터 엔지니어로 일하고 있었다. 우리 큰아들의 동기 동창인 것이 인연이 되어 설영이를 알게 되었다. 아내와 나는 무책임하고 무능한 부모여서 아이들을 방목放牧시켜 길러왔고, 사윗감이 변변한지, 얘들이 데이트를 하면 어디 가서 무슨 짓을 하는지 물어보지도 않고 알고 싶어하지도 않았다. 제프는 참하고 착하고 착실한 애 같았다. 재주가 많아서 불이 나가면 전구도 갈아낄 줄 알고, 화장실의 세면대도 고칠 줄 알고, 간단한 목수질도 곧잘 했다.

결혼 6개월 전 딸애는 우리 측의 초청자 명단과 주소를 써달라고 했다. 한국의 친척들에게 초청장을 보낼까 생각해봤다. 설영이는 초등학교 2학년 때 딱 한 번 서울에 들러서 일주일 정도 머문 적이 있었다. 기억에 남는 것은 한국 사람들이 운전을 난폭하게 하여 길을 건너다 몇 번 치여 죽을 뻔한 것밖에 없다고 했다. 나는 그 애를 알고 귀여워해줄 사람도 없으니 한국에 초청장을 보내지 말자고 제안했다. 그러나 예의는 지켜야 된다는 아내의 종용에 못 이겨 몇 장 보내기로 했다.

내가 우리 측의 초청자 명단과 주소를 적어주자, 애들은 이 정보를 컴퓨터에 입력하고 여론조사처럼 다음 질문에 응답하라고 했다.

이 손님은 ⓐ 결혼식에만 참석할 것 같다 ⓑ 결혼식도 참석하고 피로연에도 참석할 것 같다 ⓒ 결혼식에 참석하지 않을 것 같다.

뒤이어 이 손님이 참석할 확률은 ⓐ 70퍼센트 이상, ⓑ 50퍼센트 정도 ⓒ 30퍼센트 미만이란 란이 있었고, 한 걸음 더 나아가서, 이 손님이 피로연을 마치고 피로연이 베풀어지는 호텔에서 하룻밤 유숙할 가능성이 ⓐ 많다 ⓑ 없다 라는 란이 있었다. 그래서 나는 여기저기에 동그라미를 쳐서 답안지를 보냈다.

결혼식 두 달 전 딸애가 약혼식을 올리기를 원했다. 그 애 고종사촌 언니 영숙의 약혼식에 참석했을 때 인상이 깊었다고 하면서, 자기는 색동저고리 치마를, 남편감은 한국의 바지저고리, 마고자를 입었으면 했다. 그래서 미국에 사는 한국 친척들의 옷을 빌려서, 한국 음식점에서 약혼식을 치렀다. 경비가 760달러 들었다. 딸애 말이 이 경비는 처음에 제출한 결혼경비 명세서에 들어 있지 않기 때문에 자기네들이 부담하겠다고 했다.

어쩔까 하고 생각해봤다. 끝내는 동양의 미풍양속과 서양의 오랑캐 문화, 딸애의 고집을 십분 참작해서 돈을 반반씩 내기로 했다.

그 뒤 결혼준비 관계로 나는 두 번 더 끌려다녔다. 턱시도 예복집에 가서 옷 치수를 재어봤다. 결혼 전 교회에 가서 예행연습을 30분간 했고, 뒤이어 신랑 측 부모들이 한턱 내는 오찬에 참석했다. 아내는 딸애의 웨딩드레스를 맞추느라고 한 번 더 끌려다녔다.

결혼식은 의외로 성대하게 치러졌다. 손님들이 많이 왔다. 한국에서 신부 이모가 둘, 이모부 하나가 찾아왔다니까 미국 사람들이 코리언은 알아줘야 된다며 놀라워했다. 주례를 맡은 신부님이 아주 재미있는 주례사를 했다.

이어 모두 힐튼 호텔 피로연장으로 몰려갔다. 장식도 화려하고 음식도 맛있고 밴드는 제법이었다. 손님들이 우리 부부를 찾아와서, 어쩌면 이렇게도 웅장한 잔치를 베풀 수 있느냐고 칭찬해주었다. 우리는 차마 손가락 하나 까딱하지 않았다고 고백할 수 없어서, 그냥 고맙다고 말하고 빙그레 웃었다.

아내도 나도 참으로 놀랐다. 철부지 젊은 것들이 어쩌면 그렇게도 완전무결한 프로그램을 짰을까? 이 애들이 어찌나 세심하게 행동했는지, 술을 좋아하는 내가 술을 먹고 운전을 하면 위험하다고,

한 달 전에 이미 힐튼 호텔에 우리 방을 예약해뒀다는 것을 알았을 때 나는 눈시울이 뜨거워졌다. 늙으면 죽어야 된다는 한국말의 저의를 음미할 수 있었다.

단 한 가지 언짢은 일이 있었다. 한국 사람들이 축의금을 너무 많이 보내왔다는 것이다. 미국 사람들은 보통 간단한 선물만 한 개씩 들고 오는데 대부분의 한국 사람들은 돈 봉투를 가지고 왔다. 내 처남 하나는 결혼식에 참석할 수 없어서 미안하다며 2천 달러나 보내왔다. 총 4천5백 달러가 들어왔다.

딸애에게 돈을 넘겨주었을 때 그 애는 고개를 살레살레 가로젓고는 "한국 사람들은 다 돌았나봐요." 하고 한마디했다. 그러면서도 그 애는 기분이 좋았는지 입을 쭉 벌린 것만은 사실이었다.

나는 한국의 결혼풍습을 못마땅하게 생각한다. 대학을 막 졸업한 사람의 연봉이 1만 달러쯤 된다고 가정하면 3만 달러의 결혼비용은 3년치 벌이에 해당된다는 뜻이다.

우리 딸애의 연봉은 현재 3만 달러 정도 된다. 그 애의 결혼비용 1만 달러는 그 애 연봉의 3분의 1에 해당된다. 한국식 결혼의 비극은 죄없는 부모네들이 대부분 맡아야 된다는 데 있다. 물론 한국 사람과 미국 사람은 생활양식, 사고방식이 다르지만 말이다.

한국 사람들은 돈을 푹푹 쓰기를 좋아한다. 사람은 '기마에(호기)'가 있어야 한다고 한다. 결혼은 3대 대사大事의 하나요, 대사에는 예를 갖추어야 한다고 한다. 신부가 결혼할 때 최고급 텔레비전과 냉장고를 사는 것은 혼수가 아니라 투자라고 한다. 값진 물건을 살 때 한국서는 '산다'고 하지 않고 '장만한다'나 '들여놓는다'고 한다.

시어머니에게 5천 달러짜리 밍크코트를 사주는 것은 보험이라고 한다. 가화만사성家和萬事成은 삶의 철학이요, 최근 의학잡지에 의하면 시어머니가 밍크코트를 입으면 그녀의 유전인자에 돌연변이가 생겨서 며느리에게 잔소리하는 횟수가 80퍼센트나 줄어든다고 한다.

한국의 결혼풍습은 세종대왕의 한글같이 가장 과학적인 창안이요, 제도인 것 같다. 그러면서도 나는 이런 생각을 한다. 부모네들의 사고방식이야 어쨌든, 왜 교육 받은 젊은이들이 더 합리적이고 더 이성적인 결혼제도를 위해서 전 국가적인 데모를 하지 못할까? 나는 정말 교육 받은 젊은이들의 태도에 불만을 갖는다.

타히티로 신혼여행을 간 딸애한테서 전보가 날아왔다.

'모든 것에 100퍼센트 만족, 거북이 등을 만져보고 홍어*Strigray*와 희롱했음, 홍어가 너무도 사람을 좋아해서 살을 비비고 덤벼들어 사고. 전보 받은 즉시 홍어회 먹기 삼가기 바람.'

미국에서 어린애를 기르면 결혼비용은 절약할 수 있지만 홍어회를 먹을 수 없다는 폐단이 있는 것 같다. 이것이 인생인 것 같다.

구혼 광고

어떻게 하면 많은 여자들을 만나 사귀어보고 그 중에서 가장 이 상적인 여자를 골라서 결혼할 수 있을까? 이것이야말로 1957년에 내가 처한 가장 중대한 과제였다.

지금은 달라졌지만 그 당시 가장 흥행했던 결혼방법은 아무래 도 중매결혼이었다. 그러나 중매결혼에는 몇 가지 큰 단점이 있다.

첫째, 중매자가 알고 있는 결혼 후보자의 수효가 극히 제한되어 있다. 그렇다고 중매자가 안다는 몇몇 후보자를 개인적으로 잘 아 는 것도 아니다.

둘째, 중매자는 선 보는 자리를 마련해준 다음, 형식적인 데이트 를 두어 번 시키고, 돗자리를 걷어치우고 일의 매듭을 짓기를 원한 다. 청춘남녀가 만나서 해죽 웃고 커피 한 잔 나누고 영화 같이 보고, 전 브람스의 음악을 좋아해요, 전 피카소의 그림을 좋아해요 등의 얼빠진 소리를 하고 헛기침 한번 했다 해서, 상대방이 착한지, 정직한지, 똑똑한지 알 도리가 없다.

셋째, 중매자는 인품이나 성격에 대해서는 거짓말을 할 수 있어도 상업적인 도의상 쌍방의 생활지수, 이를테면 성명, 연령, 고향, 학력, 직업, 재산 등을 공정히 밝혀야 한다.

하지만 내 경우에는 몇 가지 따분한 사실이 드러난다. 고향은 충청북도, 고등학교 졸업생, 현재 육군군의학교 졸병(갈매기 두 개), 벽촌에 오두막집 하나, 논 8백 평, 밭 3백 평 소유, 설사 내가 충청도에서 이름 난 추남이란 사실을 속인다 해도, 정신이 제대로 박힌 여자라면 이런 사실을 알고 나에게 죽겠다고 덤벼들 리가 없다.

사실 선친께서 중매를 몇 번 하셨다. 한 여자는 벽촌에 사는 양반집 규수라는데 그녀의 자랑거리는 기차를 한번도 보지 못했다는 것이었다. 나는 그런 촌색시에 흥미가 없다고 했더니, 서울에서 피난 온 여자를 하나 소개하셨다. 그녀는 서울에서 성냥공장에서 일해서 돈도 좀 벌었고 혼자서 남대문을 찾아갈 수도 있다고 했다. 좀더 교육 받은 여자를 원했더니, 중학교 2학년 때 중퇴하여 군청에서 교환수 노릇을 하는 아가씨는 어떠냐고 하셨다.

마지못해서 이 여자들과 한 번씩 선을 봤다. 모두들 너무 부끄러워하고 수줍어했다. 한 규수님은 아예 입을 열지 않아서 벙어리인지 어쩐지도 알 수 없었다. 너무 예의를 지키고 너무 얌전을 피워, 소위 대화라는 것을 전혀 나눌 수 없었다.

참으로 답답했다. 나는 눈이 높은 남자가 아니어서 가문, 학벌,

용모에 신경을 쓰는 사람이 아니었다. 착하고 성실하고 나와 흔쾌히 대화를 할 수 있고 둘이 합심해서 생활을 설계할 수 있는 여자를 찾고 있었다. 그런데 저런 여자들과 백년해로해야 된다면 지루해서 어떻게 살까? 나는 한숨을 지었다. 그리고 고민했다.

그러던 어느 날, 기특한 생각 하나가 머리에 떠올랐다. 구혼 광고를 내는 것이 어떨까? 회사에서 사원을 모집할 때 광고를 내듯이, 나도 광고를 내어 응모자를 스크린하고 탤런트를 뽑는 것이 어떨까?

이리하여 나는 곧 구혼 광고를 내는 일에 착수했는데 이를 3단계 프로젝트로 보았다. 첫째는 광고문 초안작성, 둘째는 신문사 선정, 셋째는 광고비용 모금이었다.

광고 초안작성은 여간 고심거리가 아니었다. '25세의 총각 군인이 아내를 구함' 하는 식으로는 일이 될 것 같지 않았다. 그래서 나의 피상적인 조건을 초월하여 광고를 내는 이유를 밝히고 '내 영혼을 드러내어 오고 싶은 분은 와주십시오.' 하고 도전의 화살을 쓰기로 했다.

광고 제목은 단순히 '구혼求婚'이라고 했다. 이어 나는 나의 성명, 연령, 본적지를 밝히고 고등학교를 졸업하고 현재 마산 육군군의학교 하사관으로 복무한다고 했다. 내 이름 앞으로 논이 8백 평, 밭이 3백 평있다고 했다.

다음으로 나의 생활전망 전반에 대해 기술했다. 나는 군대생활을 마치고 미국 대학에 가서 4년 동안 철학을 공부하고 돌아올 계획이다. 철학을 전공해서 밥벌이를 하기 힘들다면 나는 영·독·불어 세 과목의 고등학교 준교사 자격증을 가지고 있으니까, 시골 고등학교에 가서 교사직 정도는 얻을 수 있을 거라고 했다. 이것은 거짓 없는 사실이었다. 미국 대학 시험도 쳤고 입학허가서도 받았던 때였다.

마지막으로 내가 왜 이런 광고를 내는가를 설명했다. 시골에 칠순을 넘기신 아버님이 계신다, 지금 결혼하여 내가 미국 유학을 하는 동안 아버님을 모실 용의가 있는 여자를 간절히 구한다는 내용이었다.

내 요구가 지극히 이기적이고 독선적이며 여자에게는 모욕적이란 사실을 잘 안다. 그러나 부모님을 섬기기 위해서 잠시 동안 스스로를 희생시킨다는 것은 고귀한 일이 아닐까? 이런 시련을 겪음으로써 남자는 훌륭한 남편이 되고, 처자는 훌륭한 아내가 되는 것이 아닐까, 하는 수사학적인 질문을 해보았다. 내가 제일 존경하는 분은 스피노자요, 스피노자 공부를 하면 미국 가서 함흥차사가 될 수 있다는 궤변도 늘어놓았다.

다시 행을 바꿔 응모자격을 기술했다. 자격은 단순히 '만 19세 이상, 만 30세 미만의 대한민국 처녀 및 미망인'이라고 규정했다. 총각이 결혼대상으로 미망인을 환영한다는 말이 물의를 일으키고, 무슨 꿍꿍이가 있는 흉한 수작이냐는 비난도 받을 수 있다고 생각했다.

하지만 내 의도는 단순했다. 그 당시 6·25전쟁으로 인해서 하루 아침에 많은 여자들이 미망인이 되었다. 그 중에는 착하고 똑똑한 여자들이 많이 있었음에 틀림없었다. 그들 앞길은 막막했다. 그들이 내 광고를 읽었을 때 인습의 틀과 굴레를 차버리고 용기를 얻어서 나를 찾아올 수 있지 않을까? 그들은 헌신짝처럼 버려진 여자라는 낙인이 찍혀 스스로 인간 가치를 50퍼센트로 할인하고, 나의 변변치 못한 사람됨을 용서해주고, 진지한 논의를 하자고 응해 올 것이 아닌가?

나는 구둣방 머슴애처럼 건전한 본능을 가지고 있었다. 나는 가치 없는 새 고무신보다는 튼튼한 헌 가죽구두를 택할 용의가 언제든지 있었다. 이런 의도에서 나는 사회적인 편견을 물리치고 미망인의 응모를 환영했다.

그해 내 나이가 스물다섯 살이었던 것으로 기억된다. 서른 먹은 여자도 좋다는 말이 웬말인가? 첫째, 연상의 여자와 결혼을 하면 국가보안법 위반이란 말이 없었다. 무엇보다도 통계적으로 여자들은 남자들보다 몇 해 더 장수했다. 운이 좋아서 부부가 한날에 같이 죽으면, 관을 더 크게 짜서 합장을 해 장례식 비용도 줄이고 자녀들도 두 번씩이나 엉엉 울 필요가 없지 않는가 하고 익살을 떨었다. 나이가 문제가 아니라 인간성이 문제였다. 이 점에서도 나는 사회적인 편견을 일축했다.

나는 가문, 학벌, 재산, 용모보다는 성격을 더 중요시하고 성격은 운명이라는 선택기준을 명시했다. 연락처, 연락방법도 밝혀두었다. 나에게 직접 편지를 띄우면 면회장소를 지정할 수 있고, 군의학교 면회소에 와서 나를 찾아도 되고, 응모자의 편리를 위해서 이주일 동안은 일요일 오후 2시부터 4시까지 마산의 어느 다방 구석에서 응모자를 기다리겠다고 밝혔다.

내가 광고를 내던 전 해에 대통령 선거가 있었다. 여당인 자유당은 "구관이 명관이다", 야당인 민주당은 "못 살겠다. 갈아보자"라는 구호들을 내걸었다. 나도 슬쩍 흉내를 내어 "용기만이 길이다"라는 구호를 내걸었다. 이 구호는 찬양이라기보다는 탄원의 말이었다.

나는 그 당시 판매부수가 제일 많았던 《동아일보》에 광고를 내려 했다. 하지만 옆방에 서 일병이 반대를 했다. 내 광고를 읽고 서울 여자가 마산까지 내려올 리가 없다는 이유에서였다. 뿐만 아니라 나의 긴 광고문을 《동아일보》에 싣자면, 내 집과 내 땅을 다 팔아도 충분하지 않다고 했다. 그는 《경남일보》를 권했다. 부산에서 나오는 이 신문은 주로 경상도 사람들이 애독했고 부산과 마산 간의 교통이 편리해서 어쩌면 부산 여자들이 소풍 가는 셈치고 마산까지 원정을 올 수도 있다고 했다. 서 일병은 부산 출신이었다. 그럴듯한 논리인지라 나는 그에게 광고 초안을 주고 마산의 《경남일보》 지사에 가서 광고비를 절충해보라고 명령했다.

남은 일은 광고비 모금사업이었다. 나는 장교들의 후원과 찬조를 구하기로 했다. 군의학교 미군 고문관실 당번으로 일했던 탓으로 나는 이미 장교들을 여럿 알고 있었다. 그들을 위해서 문서 번역이나 통역도 해주고, 몇몇 간호장교들에게 일주일에 세 번씩 영작문과 영어 회화를 가르쳤으니 나는 졸병치고는 끗발이 좀 센 편이었다. 그래서 나는 광고문 초안을 들고 장교들의 사무실을 찾아다녔다.

뜻밖에 반응이 좋았다. 가히 절대적이었다. 사실 나를 도와준다는 뜻은 뒷전이었다. 그들은 사회가 내 광고를 어떻게 받아들이고,

과연 얼마나 많은 용감한 처녀와 미망인들이 응모해 올까 하는 호기심에 사로잡혀, 목제비를 뽑는 도박꾼 마냥 너그럽게 주머니를 털어주었다.

하루는 의무기지 사령관으로 계시던 신 준장한테서 호출장이 날아왔다. 웬일일까 하고 겁을 집어먹고 사령관님을 찾아갔더니, 그는 씩 웃으면서 악수를 청한 다음 돈을 한 보따리 내놓고 "자네, 결과를 꼭 보고해야 돼." 하셨다. 소문이 좍 퍼진 모양이었다.

돈을 싸짊어지고 시내의 《경남일보》 지사를 찾아갔다. 그런데 하필 재수 없는 날이었던 것 같다. 지사장이 신중한 표정을 짓더니 부산 본사에서 내 광고를 낼 수 없다는 통보를 받았다고 했다. 타이밍이 좋지 않다는 이유 때문이었다.

몇 달 전, 춤추기를 좋아하는 난봉기가 있는 이화여대 교수가 제자들인 여대생들을 댄스홀로 유인해서 음악, 춤, 술의 마술을 통해 순진한 여학생들을 수없이 농락한 불상사가 생겼다. 신문에 이 사건이 폭로되자 온 서울이 발칵 뒤집혔다는 것이었다. 이런 시점에 내 광고 내용이 불순하다고 간주될 수 있다고 했다. 비록 하나의 광고에 불과하지만 멀쩡한 총각이 노처녀도 OK, 미망인도 OK 하는 광고를 낸다면, 신문사가 색마色魔의 흉계를 의식적으로 지지, 원조, 옹호했다고 크게 얻어맞을 수 있다고 했다. 뿐만 아니라 몇 달 전 발생한 장면 부통령 암살기도사건으로 인해 국민들의 신경이 날카로워져서, 내 광고를 잘못 냈다가는 신문사가 봉변을 당할 수도 있다고 했다. 어이없고 기가 막히는 일이었다.

나는 언론의 자유를 목 터지게 부르짖는 언론인들의 위선이 미웠다. 그들의 비겁함에 가슴이 아팠다. 나는 돈을 짊어지고 돌아왔다. 그리고 즉시 서 일병과 비상회의를 개최, 수습책을 논의했다. 그도 침통한 표정을 지었다. 그는 차라리 《마산일보》가 어떠냐고 내 마음을 떠봤다. 당시 마산시 인구는 10만 정도였는데 아가씨들이 유달리 용감하다는 이야기가 있었다. 사실 나는 마산 여자들을 꽤 좋아했다. 괜히 부끄러워하고 수줍어하는 충청도 여자들에 비하면 마산 여자들은 명랑하고 시원시원했다.

언젠가 마산 무악농장을 찾아갔을 때 10여 명의 처녀들이 숲 속에서 소풍놀이 하는 것을 본 적이 있었다. 그들은 수건돌리기도 하고, 손뼉도 치고, 노래도 하고, 간혹 술도 마시면서 흥겹게 놀고 있었다. 나는 넋을 잃고 요정妖精에 홀려 도끼자루가 썩는 것을 잊어버린 나무꾼마냥 황홀했었다.

몇몇 계집애들이 나를 힐끔힐끔 쳐다보더니 킥킥거렸다. 그들은 풀밭에 돗자리를 깔고 음식상을 차린 다음 동그라미를 지어서 앉았다. 저희들끼리 뭐라고 했는지 일행 중 두 아가씨가 나에게 다가와서 말했다.

"군인 아저씨, 저희들과 같이 식사하시겠어요?"

거절할 수 없는 초대였다. 덕분에 나는 점심을 잘 얻어먹었다. 김밥도 먹고 난생 처음으로 멍게회도 먹고 아가씨들이 차례로 따라주는 동동주도 마셨다. 천사들에게 이런 대우를 받기는 처음이었다. 이런 멋을 좇아 김삿갓이 죽장망혜竹杖芒鞋의 방랑길에 나섰던 것이 아닌가 하는 쑥스러운 생각도 들었다. 나는 《마산일보》에 광고를 내기로 했다.

　광고가 나오는 날, 서 일병은 시내에 나가 광고에 대한 반응과 여론을 조사했다. 온 시내가 들썩하고 있다고 했다. 이발소, 다방, 술집 할 것 없이 '군의학교의 미친놈'이 화제를 독점하고 있다고 했다. 내 광고가 센세이션을 일으켜 신문이 매진되었기 때문에 자기는 할 수 없이 구두닦이에게 '웃돈'을 주고 겨우 한 부 구했다는 것이었다. 기분이 좋았다. 신도 났다.

　신문을 보니 그 이유를 알 것 같았다. 그 당시 《마산일보》는 4쪽짜리로 기억되는데 지면이 보통 일간신문보다 훨씬 좁았고 종이질도 나빠서 여기저기 구멍이 뚫려 변소 휴지로 쓰기에도 조심해야 될 정도로 거친 마분지였다. 광고를 내는 사람들이 적었던 탓인지, 내 광고가 첫째 쪽에 나왔을 뿐만 아니라 유달리 큰 활자를 쓴 탓에 광고가 지면의 3분의 1을 차지하고 있었다. 최초라고 장담할 수는 없지만, 나의 구혼 광고는 대한민국 역사상 최대 크기의 기록을 깨뜨린 것임에 틀림없었다. 센세이션을 일으킬 수밖에 없었다.

　그러나 소문만 요란했지 정말 나를 찾아올 여자가 있을까? 나는 가슴을 졸이고 연락이 오기를 기다렸다. 그날은 밤잠도 제대로 자지 못했다. 이튿날 그러니까 토요일 오후, 위병소에서 나를 찾아온 면회자가 있다고 통보해왔다. 가슴이 덜컥 내려앉았다. 그동안 군의학교에 나를 찾아온 면회자는 한 사람도 없었다.

　젊은 여자 둘이 면회실에서 나를 기다리고 있었다. 둘 다 예쁘장했다. 하긴 여자에 굶주린 나에게는 치마를 두른 인간은 누구나 미인으로 보였다. 내 눈에 그녀들이 입은 옷이 좀 화려했고, 화장을 살짝 넘치게 했고, 파마를 너무 요란하게 했다는 감을 주었다. 나는 테이블 건너편에 앉으면서 "제가 전시륜입니다." 하고 정중히 인사를 했다.

그들은 어색한 미소를 띠고 내 몸을 머리끝부터 발끝까지 한참 동안 훑어보았다. 이어 두 여자는 서로 이상한 시선을 교환했다. 둘 다 무척 불안한 표정을 지었다. 이윽고 한 여자가 헛기침을 크게 하고 억지로 미소를 지으면서 입을 열었다. 자기네들은 창부라고 했다. 그 전날 밤 술판을 벌였던 손님들이 모두 내 얘기만 해서 신문을 한 부 얻어봤는데, 광고에 한자가 너무 많이 섞여서 그 내용을 충분히 이해할 수는 없었지만, 짐작은 간다고 했다. 이 군인 양반이 필경 육손이나 사팔뜨기임에 틀림없다, 얼마나 여자의 몸이 그리웠으면 이렇게까지 통절한 광고까지 냈을까, 자기네들은 어차피 버린 몸이니까 이 사람에게 봉사할 결심을 하고 나를 찾아왔다고 했다. 조건 없는 무료봉사라고 했다.

나는 두 여자에게 내가 광고를 낸 의도를 차근차근 설명했다. 그리고 그들의 방문과 선의에 무한히 감사하다고 했다. 정말 고마운 여자들이었다. "번지수는 맞는데 문패가 다른 집을 찾아오셨습니다." 하고 나는 말했다. 그러자 갑자기 한 여자가 훌쩍이기 시작했다. 울음은 전염병인 모양이다. 다른 여자도 따라서 울기 시작했다. 내 눈에도 눈물이 고이기 시작했다. 별안간 소나기가 퍼부었다. 하늘도 울고 있음에 틀림없었다. 나는 두 여자에게 자장면 두 그릇 값을 제공했는데 여자들은 한사코 거절했다. 그리고 미소를 지으며 면회소를 떠났다. 해도 빵끗 웃었다.

   그날 오후 5시쯤, 건넛방의 박 일병이 헐레벌떡 내 방에 쫓아들어와 응모자 한 사람을 발견했다고 외쳤다. 시내로 외출하는데 건너편에서 걸어오던 여자들이 자기를 수상하게 쳐다보더라는 것이었다. 오버센스겠지 하고 그냥 지나치다가 몇 발자국 간 뒤에 행여하는 생각에 뒤를 쳐다봤더니 그 여자들도 걸음을 멈추고 뒤를 돌아보며 생긋 웃는 게 아니겠는가.

   이게 웬 떡이냐고 쫓아가서 "어디서 뵌 분들 같은데요, 미스 김이시든가, 미스 최이시든가?" 하고 운을 띄웠다고 했다. 그러자 한 여자가 불쑥 나서며 "죄송합니다. 군의학교 머플러를 매고 계셔서 혹시 광고를 낸 전시륜 하사를 아시나 해서 그랬습니다." 하고 《마산일보》를 내보였다고 했다.

   박 일병이 나와 잘 아는 사이라고 말하자, 그녀는 박 일병에게 메시지를 전달해달라고 부탁했다. 나를 꼭 한번 만나고 싶은데 내가 지정한 다방보다도 신마산에 있는 A 다방에서 일요일 밤 7시에 만나자는 것이었다. 그 여자는 박 일병에게 대답을 가지고 올 때까지 그 근처에서 기다리겠노라고 했다. 나는 일단 그녀들의 제안을 수락하고 박 일병을 내보냈다.

   그 이튿날 나는 내가 광고에 약속했던 다방에 나가 오후 2시부터 오후 4시까지 초소근무를 했다. 커피를 한 잔 시키고 소설을 읽기 시작했다. 가끔 고개를 들어 주위를 살펴보기도 했다. 하지만 용감무쌍하다는 마산 아가씨들은 그림자도 나타내지 않았다. 드나드는 손님들만이 가끔 나를 힐끔힐끔 쳐다보았다. 너무도 미안해서 커피를 또 한 잔 시켰더니, 종업원이 빙그레 웃으면서 한 잔은 공짜로 드리겠다고 했다. 나는 새로운 동물원에 이사 와서 바나나를 얻어먹는 원숭이가 된 듯한 기분이었다. 물론 이런 굴욕을 예상 못했던 것은 아니지만, 나는 한없이 슬퍼짐을 금할 수 없었다. 그러면서도 나는 그날 저녁 7시에 신비의 여성 미스 X를 만날 수 있다는 기대에 가슴이 부풀어올랐다.

나는 미스 X가 지정한 다방에 정확히 6시 50분에 도착했다. 7시 정각이 되자 젊은 두 여자가 나타나서 내 테이블을 마주하고 앉았다. 그 순간 내 가슴은 덜컥 내려앉았다.

미스 X는 기가 막힌 미인이었다. 큰 키에 살결이 희며 얼굴도 살짝 길고 눈이 유달리 크고 유순해 보였다. 나는 그녀가 부잣집 따님이 틀림없다고 생각했다. 때묻은 검정 셔츠, 검정 치마에 양말도 신지 않고 고무신을 끌고 온 하녀처럼 보이는 여자를 데리고 왔기 때문이었다. 살짝 농기 띤 웃음을 지으며, 미스 X는 말했다.

"제일 친한 친구, 김진숙(가명)을 소개해드리겠습니다. 진숙이가 선생님을 꼭 만나야 되겠다고 해서 끌려나왔습니다."

내 가슴은 다시 한 번 덜컥 내려앉았다. 내 팔자가 어찌 이리도 기구하여, 나의 온 영혼을 바쳐 낸 광고에 창부 아니면 식모만이 응한단 말인가! 나는 통절했다. 식모 여자는 짤막한 키에 몸이 통통하고 얼굴은 아무렇게나 생긴 것처럼 보였다. 어깨가 넓고 정강이가 통통해서 시장에 나가 새우젓 장수와 실랑이가 벌어져도 눈썹 하나 끄떡하지 않을 만큼 단단해 보였다. 여성다운 아름다움을 애써 찾으라 한다면 오직 그녀의 두 눈이 샛별처럼 반짝이고 있었다는 것뿐이다.

내 가슴이 떨어지는 소리를 들었던지 진숙 양은 조용히 사과했다.

"저의 옷차림을 용서해주십시오. 막 설거지를 마치고 뛰어나왔습니다. 제가 옷을 갈아입으면, 부모님께서 너 어디 나가니 하고 걱정하세요. 그래서 혜경이와 음모를 꾸며 이렇게 나왔습니다. 저는 혜경이 같은 미인은 아닙니다. 실망하셨죠?"

그리고 정색을 하고 내가 과연 용모를 초월한 초인인가 살피듯이 나를 응시했다. 진숙은 나를 찾아오게 된 계기를 설명했다. 그녀 아버지가 조반 석상에서 신문을 읽으면서, 이런 미친놈이 세상에 어디 있느냐고 해서, 설거지를 마치고 아버지가 읽었던 신문을 봤더니 내 구혼 광고가 나와 있었다고 했다. 처음 읽었을 때는 내가 참안된 군인이라 여겼다고 했다. 그러나 두 번, 세 번, 다섯 번, 열 번째 내 광고를 읽자, 그녀는 자기도 모르게 나의 인간성에 감탄하고 흠모감을 느꼈다고 했다. 대한민국 청년 중에 이렇게 용감하고 진실한 사람이 있을까? 그녀는 나를 만나보겠다는 집념에 사로잡혀 혜경이를 꾀어 군의학교 쪽을 가면서 연극을 하고, 박 일병의 환심을 끌어서 이런 자리를 마련했다고 했다.

진숙은 간략히 자기 소개를 했다. 나이는 막 고등학교를 졸업한 스무 살이고 지금은 집에서 주방장 노릇을 한다고 했다. 식모가 있었는데, 자기 사지가 성한데 식모를 둔다는 것이 도리에 어긋나서, 부모님을 설득해 돈을 주고 식모를 내보냈다고 했다. 아버지는 공장을 경영하고, 어머니는 주부, 오빠는 축구선수이며, 여동생은 학교를 다닌다고 했다. 자기는 집에서 밥 짓고, 설거지 하고, 시장도 보고, 가끔 소설도 읽으면서 더러는 친구들과 영화관람을 한다고 했다.

그녀의 목소리는 꾸밈과 허세가 없이 한없이 자연스러웠다. 이어 그녀는 나의 아버지의 건강, 시골의 생활양상, 우리집에서 돼지를 키우고 소도 키우느냐, 내가 언제 미국에 가느냐를 물었다. 어려운 군대생활을 하면서 내가 고등학교 준교사 자격증을 셋이나 따낸 것은 참으로 장한 일이라고 칭찬해주었다. 이어 그녀는 내 얼굴을 잠시 응시하면서 물었다.

"도대체 스피노자가 누굽니까?"

나는 웃지 않을 수 없었지만 간략하게 설명을 해주었다. 스피노자는 네덜란드의 철학자로서 셋집 다락에 살면서 렌즈를 갈아서 밥벌이를 했고 죽기 전에 책을 네 권 쓴 사람이라고 했다. 나는 그가 쓴 『윤리학』이란 책을 무척 좋아한다고 했다. 그러자 그녀는 언젠가 한번 시간을 내어 스피노자 철학에 대해 강의를 부탁한다고 했다.

무엇보다도 인상적이었던 것은 그녀의 성격, 그녀의 생활태도였다. 부잣집 딸이라고 거만하지도 않았고 내가 졸병이라고 무시하지도 않았다. 자기가 부잣집에 태어나고 내가 가난한 집안에 태어난 것은 우연이요, 자기 용모가 평범한 것 또한 우연이니 서로의 잘못이 아니라고 했다. 왜 대학에 가지 않았느냐고 물었더니, 자기는 평범한 사람이라 대학에 가봐야 뻔한 일, 뭐 자기가 학계나 사회에 더 이바지할 수 있으리라 믿지 않는다고 했다.

나는 변명 아닌 변명을 했다. 내가 미국 가서 공부하는 동안 시아버지를 모시는 조건하에서만 아내를 선택하겠다는 태도는 지극히 이기적이고 여성을 멸시하는 태도가 아닌가, 만약 우리가 부부가 될 경우 정말 벽촌에 가서 시아버지를 모실 수 있는 마음의 준비가 되어 있느냐고 물었다.

그녀는 서슴지 않고 물론 그런 준비가 되어 있다고 했다. 그런 요구를 했기 때문에 나를 더 훌륭한 사람으로 여겼고, 그로 인해 자기 마음이 더 끌려 들어갔다고 했다. 말로 태어나면 말 노릇을 하고 소로 태어나면 소 노릇을 해야 하는 것이 자연의 이치요, 며느리가 시부모를 모셔야 된다는 것은 사회관습이 요구하는 불문율이라고 했다.

사회관습 속에는 불공평하고 부조리한 것도 많지만, 이런 관습들은 필요에서 비롯되었다. 이전의 관습들이 오랫동안 지탱되어 왔다는 사실 자체가 우리의 요구를 충족시켜 왔기 때문이라고 믿는다. 자기는 나의 아버지를 모시고 싶고, 닭도 치고, 돼지도 기를 수 있다고 했다.

나는 감탄하고 감격했다. 마치 도사한테서 스피노자의 철학강의를 듣는 것 같았다. 그녀는 내가 미국에서 돌아오면 무엇을 할 것이냐고 물었다.

"글쎄요, 중학교 선생을 하는 것이 어떨까 합니다."

나는 쓴웃음을 지으며 말했다.

"아주 좋은 생각입니다. 선생님께서는 젊은 학생들에게 건전한 희망을 심어줄 수 있는 소질을 많이 가지고 계신 것 같아요. 어쩌면 그것이 천직이 아닌지요."

눈이 가슴을 속이기도 하지만 가끔 가슴도 눈을 속인다. 그녀가 점점 예뻐 보이기 시작했다. 혜경의 미모가 내 시야에서 사라졌다. 진숙의 얼굴 또한 사라지고, 내 눈에는 오직 한없이 착하고, 한없이 고상한 그녀의 마음씨와 영혼만이 보였다. 나는 선의 여신을 보았다.

그녀는 곧 집에 돌아가야 한다면서 그날밤은 몰래 나와 나를 만났지만 집에 가면 부모님께 나를 만났다는 얘기를 하겠다고 했다. 그녀는 그 다음 주 토요일 12시쯤에 군의학교 가까이에 있는 국립결핵요양소 앞에서 만나자고 제안하고, 쌩끗 웃으면서 스피노자 철학강의 준비를 단단히 해오라고 부탁했다. 그리고 간단한 도시락도 준비해오겠다고 했다. 나는 군대 건빵 한 봉지를 가지고 가겠다고 약속했다. 우리는 8시 20분에 헤어졌다. 나는 몹시 흡족했다.

그 뒤 나는 많은 여자들과 접할 기회를 가졌지만 그녀같이 건실한 생활철학을 가진 여자를 만나지 못했다. 나는 광고를 낸 보람을 느끼고 삶의 신비를 찬양했다.

아뿔싸, 월요일 아침에 산통이 깨지고 말았다. 군의학교 교장의 호출명령을 받고 교장실에 들어갔더니 정훈장교가 와 있었다. 나를 보자마자 교장은 불끈 화를 내고 언성을 높이며 온갖 욕설을 퍼부었다. 그렇지 않아도 군인들의 비행에 대한 국민들의 원성이 높은데, 내가 그따위 구혼 광고를 내어 군의 위신에 먹칠을 가했다는 것이었다. 차라리 오입을 하면 했지, 왜 노처녀, 미망인을 유괴하겠다는 것인가 하며 나를 질책했다.

나는 단순히 장가가 들고 싶어 광고를 냈다고 했다. 하지만 흔해

빠진 것이 여자인데 그것이 무슨 눈 가리고 아웅하는 소리냐고 하면서 정훈장교에게 고개를 돌려 이 새끼를 어떻게 처벌해야 하느냐고 물었다. 정훈장교는 우물쭈물했다.

그러자 교장은 나에게 당장 신문사에 연락해 광고 내는 것을 중지시키라고 명령했다. 이리하여 일주일 동안 나올 광고가 두 번 나오고 죽어버렸다. 나는 군법회의에 회부되지 않은 것만도 다행이라 생각하며 교장실에서 나왔다.

목요일에 두 장의 편지가 날아왔다. 개인 병원에서 일하는 간호사가 나를 만나보고 싶다며 자기 주소를 알려주었다. 두 번째 편지는 김진숙 양한테서 왔다. 그녀의 사연은 간단했다. 내 얘기를 부모님께 했더니 그녀의 아버님이 이번 토요일 저녁에 집으로 와서 식사를 함께하자고 말씀하셨다는 내용이었다. 그러고는 소풍 데이트 약속을 깨게 되어 미안하다고 했다.

토요일 저녁에 나는 그녀 집을 찾아갔다. 으리으리하게 큰 이층집이었다. 초인종을 누르자 그녀의 오빠가 나타나서 나를 거실로 인도했다. 서양식으로 꾸민 거실에는 그녀의 아버지가 기다리고 있었다. 간단히 인사를 나누고 우리는 모두 식당에 들어가서 저녁을 먹기 시작했다. 식사는 내가 생각했던 것보다는 간소했다. 밥, 김치, 찌개, 나물, 생선조림, 고깃국 정도로 다양하면서도 요란하지 않아서 좋았다.

진숙의 아버지는 자기 앞에서 술을 마셔도 좋다고 하면서 스스로 정종을 한 잔 따르고, 나에게도 한 잔 부어주었다. 아들에게도 한 잔하고 싶으면 하라고 했다.

50대 중반쯤으로 보이는 진숙의 아버지는 내가 알던 그 연배의 한국 남자들과 판이하게 달랐다. 무섭고 어렵다는 느낌을 주지 않았다. 식사를 하면서 군대생활이 얼마나 괴로우냐, 어떻게 자랐느냐 등등을 지나치는 말처럼 물었다.

식사를 끝내자, 그는 정색을 하고 본격적인 심의에 들어갔다. 솔직히 딸애가 나를 무척 좋아해 결혼이라는 말까지 내놓은 터라, 부모로서 나를 한번 만나보려고 했다고 했다. 그는 내 아버지의 연령, 건강, 성격에 대해서 묻고는 시골생활의 모습과 일과들에 대해 물어보았다. 내 고향에 경상도 여자가 와서 사는 사람이 있느냐고도 물었다.

이어 그는 나의 미국 유학 계획을 칭찬하시면서 부모로서 걱정되는 심정을 말했다. 진숙이 우리집에 가서 시아버지를 모시고 4~5년 동안 고생해야 된다는 데 대해서는 별다른 걱정을 하지 않는다고 했다. 젊고 낙천적이며 건강한 탓에 그런 정도는 아랑곳하지 않는다는 것이었다. 다만 내가 미국에 간 뒤 변심해서 귀국하지 않으면 어떻게 되나 하는 것이 제일 걱정이라고 했다. 그럴 경우 딸애는 일생을 망치게 되고 부모로서 이 비극에 대한 책임을 져야 된다고 했다. 내가 돌아오리라는 약속을 어떻게 할 것인지 그는 날카롭게 물었다.

물론 기약은 없었다. 누구든 장래를 꿰뚫어 엄격히 지킨다는 것은 불가능하고 무의미하며, 궁극적인 문제는 나의 말, 나의 사람됨을 믿느냐 안 믿느냐에 달렸다. 나는 궤변 같지만 우주 인력引力이 별들의 궤도를 정해주듯, 내 철학이 풀을 뜯어 먹고 집으로 돌아오는 송아지같이, 나를 당신의 따님에게 돌아오게 만들 것을 믿는다고 대답했다. 진숙이 아버지는 한숨을 짓고 담배에 불을 붙였다.

잠시 동안 무거운 침묵이 흘렀다. 이어 그는 미국에서 공부를 하자면 생각보다 많은 돈이 든다며 나의 학비조달문제를 걱정했다. 나는 내가 지원하려는 베리아*Berea* 대학에 대한 소개를 했다. 베리아 대학은 특수한 대학이어서 우선 나같이 가난한 사람이 아니면 받아주지 않고, 등록금과 수업료를 100퍼센트 면제해주는 곳이었다. 모든 학생이 여름방학 동안 일하고, 학교에서는 매주 열 시간씩 필수적으로 노동을 하게 되어 있기 때문에, 기숙사비는 쉽게 벌 수 있다고 말해 그의 걱정을 덜어주었다. 여비조달은 간단한 문제가 아니지만 그것 또한 해결책이 있다고 했다.

신문 보도에 의하면 민관식 씨가 동대문 갑구에서 2만 표 이상을 얻어 국회의원에 당선되었다고 한다. 내가 필요한 여비는 불과 600달러, 동대문에 가서 6천 가구를 방문, 집집마다 담배 한 갑 값을 얻어 내면, 두 달 안에 여행경비를 모금할 수 있다고 했다.

진숙의 아버지와 아들은 껄껄 웃었다. 어처구니가 없었던 모양이었다. 그러나 진숙의 아버지는 곧 고개를 끄덕였다. 악수를 청하면서 참으로 재미있는 얘기를 들었다며 고마움을 표하고 나의 성공을 바란다고 했다. 결혼을 위한 고등고시 구두시험은 이렇게 끝났다.

3~4일 뒤 진숙으로부터 짧은 사연이 왔다. 그녀의 아버지는 처음 내 말을 믿고 입장을 동정하며 심지어는 내 여비까지 대줄 의향이 있으셨다고 했다. 그러나 다시 심각하게 고민하신 끝에 결혼을 허락할 수 없다는 결론을 내리셨다고 했다. 그녀는 내가 어엿한 여

자를 만나서 길이길이 행복하게 살라고 축원해주었다.

　나는 그녀 아버지의 심정을 충분히 이해할 수 있었다. 내가 진숙의 아버지였더라도 같은 결론을 내렸을 것이라고 생각되었다. 물론 그녀의 편지를 받고 실망한 것은 사실이었다. 하지만 한편으로는 번민의 고문에서 완전히 해방되었다는 이상야릇한 희열감을 느꼈다. 나는 그녀 아버지의 선심과 친절에 감사했다. 또한 진숙에게서 잠시나마 진선미의 세계를 느낄 수 있어서 한없이 고마웠다.

　그 다음 주, 나는 약속을 하고 간호사를 찾아갔다. 보통 미인쯤 되는 내 또래의 겸손한 여자였다. 그녀는 나에게 천주교도냐고 물었다. 하나님을 철저히 믿는 천주교도가 아니고서야, 누가 감히 그 같은 광고를 낼 수 있었겠느냐고 자신 있게 말했다. 나는 쓴 웃음을 지으며 무신론자라고 했다. 그것으로 우리의 대화는 끝이었다.

　사람들은 남의 글 속에서 자기 자신을 읽는 것 같다. 두 창부는 내가 자신들처럼 불우한 남자일 거라고 생각했다. 간호사는 내 글 속에서 천주교인을 보았다. 진숙은 나를 인생의 먼길을 뉘우침 없이 함께 걸을 수 있는 동행인으로 여겼다. 그녀는 인생은 산보요, 도시락과 물 외에 필요한 것은 마음에 맞는 동행인이라고 믿었다.

　그 뒤 2년이 지나 나는 제대를 하고 미국으로 갔다. 진숙에게 편지를 썼다. 자랑을 하거나 보복을 하기 위해서가 아니었다. 고마웠기 때문이었다. 나는 잘 있으며 그녀와 그녀의 아버지에게 직업적인 사기꾼이 아니었음을 알리기 위해 종종 안부편지를 보냈다. 그러던 어느날 대학을 다닌다는 진숙의 여동생이 언니의 결혼을 통보해왔다. 이리하여 내 생애에서 가장 무모했던 인생 실험은 종지부를 찍었다.

원하는 여자를 구하지 못했다는 점에서 나의 구혼 광고는 실패였다. 그러나 더 넓게 바라볼 때, 나의 구혼 광고는 큰 성공이었다. 나는 두 창부를 통해서 자비심의 아름다움을 깨달았고, 간호사를 통해 신앙의 중요함을 이해했으며, 진숙의 아버지를 통해서 중용의 미덕을 터득했다. 진숙을 통해서는 평범이 비범이라는 진리를 배웠다. 그녀는 행복의 비결이 검정 셔츠, 검정 치마를 입고 구멍 난 고무신을 신고서 쉽고 편하게 사는 데 있다는 거룩한 진리를 나에게 가르쳐주었다.

내가 오늘날 넥타이를 매지 않고 파자마를 걸치지 않으면서도 문화인으로, 서양 신사로 행세할 수 있는 것은 필경 진숙의 인격이 시간과 공간을 초월한 우주 인력의 힘과 같이 내 삶의 궤도를 정해준 덕분이 아닐까 한다.

삶은 신비다, 삶은 즐거움이다. 나는 경건한 마음으로 무릎을 꿇고 그녀가 나에게 보낸 마지막 편지처럼, 어엿한 낭군님을 만나서 길이길이 행복하게 잘 살고 있기를 기도한다.

전처 이야기

나는 운이 좋아서 장가를 두 번이나 들었다. 현재 처인 천건희 씨에게는 결혼 전에 내가 고물古物이란 말을 하지 않았다. 깜박 속고 시집 온 셈이다. 훗날 고백을 했더니, 아마추어에게 시집 오지 않고 경험을 쌓은 노련한 사람에게 시집 온 것을 영광이라고 말했다. 그래서 아내에게 당당하게 허락을 받고 나의 첫째 마누라의 훌륭한 사람됨에 대해 써보기로 한다.

1956년께의 일이다. 마산 군의학교에서 졸병으로·복무할 때 우연히 『여원』이라는 잡지를 읽을 기회가 있었다. 잡지에 실린 기사 중에 이화여대 졸업반에 있는 한 여대생이 군인들은 대체로 무식해서 자신의 결혼 상대로는 삼지 않겠다는 내용이었다. 짓궂은 기자의 질문에 응한 솔직한 답변이었다. 사실 변호사, 의사, 대학교수들에 비하면 그 당시 군인들은 장교들까지도 대체로 무식한 것이 사실이었으니까.

지금 생각해보면, 그녀는 예스*Yes*와 노*No*를 분명히 가릴 줄 아는 훌륭한 여자였다. 그러나 열등의식에 가득 찬 그 시절, 나는 당장 잡지사에 글을 보내어 무식한 것은 군인이 아니라 바로 당신과 같은 사람이라고 신랄한 공격을 퍼부었다.

'아가씨 말대로 저는 무식한 군인입니다. 사람들이 '저기 사람과 군인이 온다.'라고 할 만큼 사람들 속에 끼지 못하는 짐승입니다. 그렇지만 교육을 받은 여성한테까지 저의 모자람을 지적 받는다는 것은 참으로 억울합니다. 당신이 영문학을 전공하셨다니까, 물론 테니슨*Tenison*의 『락슬리 홀*Locksly Hall*』을 읽어보았겠지만 혹시 해서 그 시편을 번역해 보냅니다.'

나는 이렇게 쓰고 테니슨의 시편을 번역해 보냈다. 락슬리 홀은 테니슨이 쓴 장편시 중에 하나다. 귀족이지만 가난했던 한 영국 청년이 어렸을 때 같이 소꿉장난을 하며 자란 에이미라는 여자를 무척 사랑했다. 가끔 둘이서 락슬리 홀이라는 언덕에 올라가 북두칠성을 바라보며 멋진 연애도 즐겼다. 그러나 사랑과 결혼은 동의어가 아니었다. 닭 쫓던 개 신세가 된 그는 군대에 들어갔다. 군대에서 행군을 하던 중 우연히 락슬리 홀에서 휴식을 취하게 되었을 때, 과거를 회상하던 그는 에이미를 그리면서 부귀영화만을 탐하는 사회 풍토를 규탄했다. 공교롭게도 테니슨은 실연으로 절망에 빠졌을 때 이 시를 쓴 것이다.

잡지사에 편지를 보낸 뒤 두 달쯤 되었을까. 알지 못하는 아가씨들에게서 편지가 날아오기 시작했다. 모두들 "『여원』에 실린 당신의 글을 참으로 감명 깊게 읽었습니다. 당신은 졸병이지만 누구 못지 않은 훌륭한 분입니다. 당신을 무척 존경합니다." 이런 내용의 편지였다. 급히 시내로 나가서 『여원』을 사보니까 테니슨의 시편을 생략한 내 글의 전부가 실려 있었다.

나에게 온 편지 중에는 P라는 전라도 여인이 쓴 것도 있었다. P는 전라남도에 있는 조그만 섬에서 초등학교 교사로 일하고 있었는데 내 글을 너무 감명 깊게 읽어 이후로 나를 우러러볼 스승으로 모시고 싶다고 했다. 또한 직접 만나볼 수 있는 기회가 없다면 펜팔로 사귀는 것도 좋을 것 같다는 의견을 덧붙였다.

그땐 이게 웬 떡이냐고 신이 나서 오줌을 쌀 뻔하기도 했다. 그래서 그녀에게 당장 답장을 썼고 마침내 아름다운 로맨스를 시작할 수 있었다. 솔직히 편지 연애란 광고전이다. 못난 점은 숨기고 잘난 점만을 대서특필하는 고도의 기술이 동원되는 사기 전술이다.

그때만 해도 나는 영문책을 곧잘 읽었고 헤르만 헤세, 하이네 작품 등의 독일어 서적들도 사전을 뒤져가면서 꽤 읽을 수 있었다. 그래서 나는 위대한 작가들의 글을 도둑질하여 마치 직접 창작한 것처럼 설쳤으니 P는 내가 군복을 입었지만 셰익스피어, 괴테, 단테를 뭉친 삼위일체의 문호로 생각했던 모양이었다. 얼마 뒤에는 작은 크기의 사진도 교환할 수 있었다.

그 당시 사진기사들은 기술이 좋아서 주근깨는 물론 심지어 사마

귀까지도 원판에서 긁어내어 못난이를 미남으로 만들기도 했다. P는 내 사진을 보고 글도 잘 쓰고 얼굴도 잘생겼으니까 노래도 잘하고 농구도 잘해야만 삼단논법의 체면이 선다고 말했다.

나도 그녀의 사진을 보고 충청도 아가씨도 아닌데 어쩌면 이렇게 얌전할까 하고 놀랐다. 예쁘장하고, 마음씨도 고울 것 같고, 동그란 눈에서 총명함이 느껴졌다.

이리하여 우리는 서로 사랑에 빠지게 되었다. 사진 사랑, 편지 사랑, 상상력의 사랑에 빠져버린 것이다. 서로 보고파 견딜 수 없을 지경이었다.

그러던 어느 초가을, 그녀로부터 멋진 초대장이 날아왔다. 학생들이 추석을 맞아 일주일 동안 쉬는데 그때 자기는 고향인 해남에 가서 시간을 보내겠다고 내가 틈을 내서 해남에 와준다면 둘이서 배를 타고 진도에 건너가 사찰도 구경하고 단풍도 구경하자는 것이었다. 내가 가난한 졸병이니까 그녀가 왕복차비, 숙박비, 군밤, 군고구마 값까지 다 대겠다고 했다.

얼마나 고마운 일인가. 그러나 알 수 없는 것이 운명이며 군대생활이었다. 출발 사나흘 전에 갑자기 본부에서 내무사열이 온다는 이유로 군영에 한바탕 금족령이 내려지고 말았다. 할 수 없이 나는 눈물을 흘려가며 P에게 편지를 썼다.

'당신의 팔짱을 끼고 은빛 같은 달빛을 마시면서 시시한 소리를 해보고 싶었는데 하나님은 우리의 행복을 질투하여 이를 거절하셨습니다. 미안합니다. 정말 미안합니다. 저는 무능한 졸병입니다.'

나는 진심으로 용서해달라고 편지를 썼다. 그리고 그녀가 베개를 안고 흐느끼는 꿈을 꾸다 일어나 눈물을 흘리기도 했다.

그 일이 있은지 얼마 뒤, 나는 강원도 지역으로 전속이 되었고 일 년 더 있다가 만기제대를 한 다음 여섯 달 만에 미국으로 훌쩍 날아 왔다. 물론 군의학교에 있었을 때부터 미국에 가겠다는 얘기를 P에 게 했었다. 미국으로 떠나기 전에 P는 "잘 가세요, 제발 성공하세 요." 하는 슬픈 편지를 보내왔었다.

1959년 정월, 나는 그토록 꿈에 그리던 미국에 도착했다. 그리고 그해 여름, 캐나다의 국경지대에 있는 호텔에서 접시닦이 일을 했 다. 물론 P와는 계속해서 편지 왕래가 이루어지고 있었다. 하지만 그해 여름 8월, 나는 분위기가 완전히 달라진 P의 편지를 받아야 했 다. 그 편지에는 사랑이라는 말, 절망이라는 말은 전혀 없었지만 사 랑의 편지, 절망의 편지라는 것을 금방 느낄 수 있었다. 그녀의 자 궁子宮에서 터져 나오는 울음 소리를 듣는 것과 같았다. 나는 이 편 지를 받고 스스로를 책망할 수밖에 없었다.

이 못난 놈아, 네가 철학을 공부하겠다고 미국에 왔지만 이렇게 도 착하고 순진한 여교사의 염원을 저버린다면 네 철학이란 얼마 나 유치하고 더럽고, 추잡한 것인가? 이래도 한세상 저래도 한세상 인데, 네가 뭐 그리 잘났다고 그녀의 소원을 못 들어준단 말인가?

별안간 나는 양심의 준엄한 꾸지람을 받아야 했다. 내가 서둘러서 구제해야 될 것은 애타는 그녀의 심정이 아니라 곪아터지는 나 자 신의 영혼이란 것을 느낀 것이다. 그래서 나는 앞뒤 가리지 않고 당 장 P에게 편지를 띄워, 제발 나의 아내가 되어달라고 애원을 했다.

그때 나에겐 82세의 고령인 아버님이 계셨다. 상투를 튼 노인이었던 아버님께서는 항상 혼기에 있는 자녀를 결혼시키지 못하면 당신께서는 원한에 사무쳐 죽어도 눈을 감지 못하신다고 하셨다.

미국에 오기 전에 나는 한사코 결혼을 하여 며느리가 해주는 밥을 당신께서 한 끼라도 잡수실 수 있게 하려고 무척 애를 썼다. 신문에 사상 최대의 구혼 광고도 냈고 선도 몇 번 봤다. 하지만 모두 허사였고 결국 아버님의 뜻을 이루어드리지 못하고 있었다.

아버지께서는 신부 선택에 늘 세 가지 과학적인 기준을 내세우셨다. 첫째로 규수가 양반집에서 자라나 예의범절을 알아야 하고, 둘째로 궁둥이가 넓어서 순산을 기약해야 되며, 셋째로 머리 꼭대기가 납작해 물동이나 쌀자루를 무난히 이고 다닐 수 있어야 한다는 조건이었다.

정말로 농촌생활에 매우 적절한 선택 기준이 아닐 수 없었다. 그러나 나는 고등학교를 다니고 서양책을 읽은 죄로 접시를 깨고도 울지 않고 깔깔 웃고, 너니내니하며 실랑이를 하고, 밥을 지으며 노래도 부르는 소위 현대적인 말괄량이를 좋아했다. 그리하여 퇴짜도 놓고, 퇴짜도 맞고, 그렇게 우물쭈물하다가 끝내 결혼을 하지 못했다. 그러다 막차를 놓치면 안 된다는 나그네의 조바심 때문에 미국으로 건너와버렸다.

아버지께서는 관상도 곧잘 보셨는데, 나는 귓불이 유달리 작아 출세하기는 틀렸고, 행여 운수대통하면 면서기는 할 수 있을 거라고 관대한 평정을 해주셨다. 이러한 훌륭한 아버지를 저버리고 부귀공명의 허영심에 사로잡혀 도망치듯 떠나버린 불효자식. 미국에 와서도 나는 양심의 가책이 치통처럼 꾹꾹 찔러오는 것을 느껴야 했다.

그런 고민에 시달리고 있던 중, P의 편지는 나에게 속죄의 기회를 주었다. 그래서 나는 P에게 이렇게 말했다.

'건방진 말이지만 현 직장을 내놓으시고 우리집에 가서 제가 귀국할 때까지 아버님을 모실 수 있겠어요? 제가 우리 면사무소에 연락하여 당신을 제 아내로 호적에 올리겠습니다. 제 조카가 제천군 장학관으로 있는데 그 애를 통해서 당신이 주덕(충북 중원군 주덕면) 초등학교에 전직할 수 있도록 최선의 노력을 하겠습니다. 현재 거의 육순이 되신 큰형수님께서 아버님을 모시고 있습니다. 아버님은 인자하시고 아량이 넓으신 선비입니다. 하루에 한 번씩 당신의 밥상을 받고 당신의 얼굴을 볼 수 있으면 그것으로 기뻐하시고 만족하실 분입니다. 물론 남편도 없는 낯선 곳에 가서 노인의 오줌, 똥을 치우는 노예 같은 생활을 한다는 것이 결코 쉬운 일은 아닙니다. 삼 년 반만 참아주십시오. 군대 간 남편한테 시집 온 셈 치면 되지 않을까요? 저희 대학에서는 닭을 몇만 마리 키우는데 제가 닭 치는 법을 좀 배웠어요. 저는 귀국하면 닭을 대량생산해서 동네 사람들에게도 몇 마리 주고, 우리 동포들에게도 닭을 저렴한 가격으로 제공하며 생계를 유지하고 싶어요. 귀하신 몸께서 닭장수의 마누라가 되겠다면 저는 당장 결혼계약서에 도장을 찍겠습니다. 참, 첫애는 딸이면 좋을까요, 아니면 아들이 더 나을까요. 저는 노총각, 당신은 노처녀, 아니면 쌍둥이를 낳아 잃어버린 시간을 보충할까요?'

나는 태평양 건너로 열렬한 구애의 키스를 띄웠고 그렇게 편지를 띄운 지 열흘 만에 P한테서 답이 왔다. 견우직녀의 애타는 심정을 생각해서 편지들이 대륙횡단 유도탄을 타고 오고간 모양이었다.

"사랑하는 전시륜 씨에게"라고 시작한 편지를 보고 나는 모든 것을 다 알 수 있었다. 그녀는 당장 충청도 시골로 가서 나의 아버님을 모시고 춘향이처럼 남편이 장원급제하여 돌아올 날만을 기다리겠노라고 맹세했다.

그날 저녁 P에게 결혼 완료를 선포하고 이어 주덕 면장과 장학관 조카에게 적절한 조치를 취하라는 부탁 편지를 띄웠다. 나는 큰 짐을 던 것처럼 후련하고 즐거웠다.

P의 편지를 받은 것은 8월 말쯤이었다. 9월 중순에 새학기 등록을 하기 위해 대학에 돌아와서 그 당시 우리 학교에 다니던 5~6명의 한국 학생을 초청하여 리틀 마마라는 피자집에서 피로연을 베풀었다.

그때 여학생 하나가 "미스터 전, 난 무슨 말인지 전혀 이해할 수가 없어요. 한국에서 그 여자를 한 번이라도 만나봤어요?" 하고 날카롭게 물어왔다. 나는 그 여자를 만나본 적은 없지만 착하고 참한 여자 같다고 했다. 그러자 모두들 어처구니 없다는 듯이 웃었다. 귀국하면 줄줄이 늘어선 여자들의 손톱검사에서 발톱검사까지 하여 신붓감을 고를 수 있는데, 당신은 왜 한번도 보지 못한 여자와 결혼 계약을 맺느냐고 킬킬거리며 코웃음을 쳤다. 그래서 나는 상투쟁이 아버님 사정을 설명했다. 그랬더니 그녀는 당신의 아버지와 사는 것이 아니라 당신과 살 것인데 무슨 소리냐고 핀잔을 주었다. 그래서 나는 이렇게 말했다.

'잘 살고 못 사는 것은 팔자소관이 아니겠습니까. 제가 그녀를 만나보지 못했다는 것은 사실입니다. 그녀의 콧잔등에 혹이 달렸는지 어떤지 저는 모릅니다. 그러나 앞으로 삼 년 반 동안 남편도 없는 시골에 가서 아버님을 모시겠다는 여자는 훌륭한 분이라고 생각지 않습니까. 삼십 분 동안 현미경을 통해서 여자의 손톱검사를 했다고 해서 한 여자의 사람됨을 알 수 있다고 장담할 수는 없습니다. 제 나름에는, 저는 그녀가 띄운 수십 장의 편지를 통해 그녀의 마음가짐을 속속들이 알고 있다고 믿습니다. 설령 그녀가 세기의 추녀라서 콧잔등에 혹이 있고 장화 홍련의 서모 마냥 주둥아리만 썰어도 열 사발이 된다고 합시다. 눈뜨고 차마 그녀를 볼 수 없다면, 전깃불을 끄고 잠을 자면 되지 않겠습니까. 사랑은 마술입니다. 여자를 사랑하면 우리는 그녀의 외모를 보지 않고 마음을 봅니다. 제가 그녀를 사랑하게 되어 그녀에게 키스를 퍼부을 때 저는 당신은 왜 주둥아리가 작아서 열 사발밖에 되지 않는가, 당신은 왜 콧잔등에 혹이 하나밖에 없는가 하고 불평할 수도 있습니다. 행복이란 대체로 마음가짐에 달려 있다고 봅니다. 이런 견지에서 저의 결혼을 축복해주십시오.'

말을 마친 뒤 나는 좌중을 살펴보았다. 한 여학생은 눈에 너무도 살기가 서려 있어, 나는 그녀가 혹시 정신병원에 전화를 걸어 앰뷸

런스를 불러 미친놈을 데려가라고 할까 봐 겁이 날 정도였다. 그러나 그런대로 피로연은 무사히 끝났고, 누군가 철학하는 사람들이 대개 다 미친놈이지만 당신은 특히 멋진 미친놈이라며 내 어깨를 토닥여주었다.

그 뒤, 한 달 동안은 P한테서 편지가 오지 않았다. 왜 그럴까, 무슨 일이 생겼을까? 전전긍긍하던 참에 드디어 편지가 날아왔다.

'죽을 죄를 지었습니다. 부모님, 친척들, 친구들이 이런 결혼을 해서는 안 된다고 완고히 반대를 하십니다. 저는 미약한 여자입니다. 저는 당신을 사랑합니다. 그러면서도 제가 당신의 여자가 될 수 없다는 것을 용서해주십시오. 참으로 죄송합니다.'

나는 그녀의 편지가 당연한 것이라 생각했다. 그녀의 부모 입장에서 볼 때 나의 요구는 너무나 황당무계한 짓이었다. 설사 내가 귀국한다 해도 자기 딸과 산다는 보장이 있는가. 크고 넓다는 미국땅에서 한국 여자와 눈이 맞아 결혼할 수도 있고, 서양 여자와 정이 통하지 않는다고 어떻게 장담할 수 있겠는가. 자기 딸이 노망 든 영감의 똥과 오줌을 받아내며 학수고대했는데, 내가 함흥차사가 되었을 경우 이게 무슨 낭패요, 망신일까. 남편과 함께 단꿈 한번 꾸지 못하고 헌신짝처럼 소박을 당한 여인의 장래는 어떻게 될 것인가. 그녀 부모님들의 생각으로는 이것은 정말 미칠 노릇이었을 것이다.
친척들이나 친구들도 이렇게 말했을 게 분명했다.

'너, 미쳤니? 너는 그것도 한번 못하고 청상과부가 되면 어떡할 작정이냐? 전시륜인지 뭔지, 그 작자가 사기꾼인지 어떻게 알 수 있니? 얘, 그러지 말고 당장 시집 가라, 팔도강산에 너하고 살겠다는 남자 하나 없겠니? 꿈에서 깨어나서 현실을 보고 살아라, 얘!'

P는 이런 사정을 말하진 않았지만 나는 철학의 망원경을 통해서 P가 겪는 온갖 고통의 장면을 하나하나 보며 고개를 끄덕였다. 그리고 다시 P에게 편지를 썼다.

'이해하겠습니다. 100퍼센트 이해하겠습니다. 제가 당신에게 굴욕적인 제안을 한 것을 용서해주십시오. 훌륭한 낭군을 만나서 부디 오래오래 잘 사십시오. 그동안 보잘것없는 이 사람을 사랑해주신 데 대해 고마운 마음에 큰절을 올립니다. 안녕, 안녕. 어쩌면 이렇게 슬플까요. 잘 있어요, 제발 몸조심하시고 제 생각은 하지 마십시오.'

그리고 나는 곧장 주덕면사무소에 편지를 띄워 결혼을 취소했고, 제천 조카에게도 사태를 통보했다. 이리하여 나는 결혼한 지 한 달 반 만에 이혼을 해야 했다.

한 달 뒤, 결혼을 하게 되었다며 P에게서 편지가 날아왔다. 일 년 뒤에는 딸애를 하나 낳았다는 소식도 전해왔다. 나는 그녀에게 축하한다는 편지를 쓰는 것으로 마지막 인연에 가름하였다.

지금 P는 어떻게 살고 있을까. 부군을 잘 만나서 행복하게 살았을까. 지금쯤은 할머니가 되었겠지. 아들딸은 물론 손자 손녀도 두었겠지. 옛날, 그 먼 옛날, 철학공부를 한다고 미국에 간 엉터리 사내를 지금도 기억할까. P가 보고 싶다. 그녀 소식을 듣고 싶다. 손자학자금이 모자란다면 보태주고 싶다. 누렇게 변색한 그녀의 사진을 들여다보면서 그녀는 지금 어디서 무엇을 하고 있을까 생각해본다.

마누라인 천건희 씨에게 이런 이야기를 했을 때, 아내는 깔깔 웃으면서 말했다.

"여보, 나도 당신 글에 반해서 사기를 당해 시집을 왔어요. 당신은 글을 곧잘 써요. P 여사를 위해서 충청도 촌 양반의 엉터리 수필이란 책을 한번 내보세요. P 여사가 그 글을 읽고 연락을 해오면 우리가 P 여사를 한번 모십시다. 미국 구경도 시켜주고, 불고기는 당신이 잘 구우니까 솜씨도 한번 보여주시고요."

두 번째 마누라도 첫 번째 마누라처럼 훌륭한 사람이다.

P 여사님, 제가 지금 어디서 무엇을 하고 있느냐고요? 저는 미국 동부에 있는 버지니아 주의 스터링이란 시골에 살고 있습니다. 환갑, 진갑을 다 치르고 내년에 은퇴를 합니다. 아들 둘, 딸 하나를 두었고 막내인 딸애가 작년에 결혼을 했습니다.

우리집 앞뜰에는 튤립과 철쭉이 피었고 벚꽃은 막 지기 시작했습니다. 지금 뒤뜰 파티오Patio에서 불고기를 구워먹으려고 숯불을 피우면서 이 글을 쓰고 있습니다. 뿔뿔이 헤어진 애들이 오늘 다 모입니다.

P 여사께서 이 자리에 함께 해주실 수 있다면 얼마나 영광일까, 하며 쑥스러운 생각도 해봅니다. 대신 태평양 건너에서 큰절을 드리오니, 부끄러워 말고 받아주십시오!

현처 이야기

'전처 이야기'에서 밝혔듯이 나는 운이 좋아서 장가를 두 번 들었다. 내가 전처를 칭찬한 글을 읽고 현처가 우리가 짝을 짓게 된 이야기도 써 보라고 한다. 아내의 부탁을 들어준다는 것은 건전한 결혼생활의 제1법칙이다. 그래서 산통을 깨기로 한다.

1956년에 『여원』 잡지에 우연히 실린 나의 글로 인해 전라도 아가씨 셋이 나에게 편지를 써 보냈다. 전처 P, 간호사 Y, 현처 C(천건희 씨)가 내 글에 특히 관심을 보여주었다. 그 당시 P와 Y는 혼기를 맞은 직장 여성이었지만 C는 중학교 3학년이나 고등학교 1학년쯤 되는 애송이였다. 그러나 그물 속에 잡힌 고기가 송사리라고 해서 버릴 수 없었던 나는 C에게도 답장을 해주고 펜팔을 통해 친분을 나누었다.

세 여자 중에서 나는 간호사 Y를 제일 좋아했다. 물론 편지를 통해서 사람됨을 완전하게 안다는 것은 거의 불가능했다. 하지만 그런 대로 그녀는 이지적이고 실용적인 여자라는 느낌을 주었고, 나는 겁 없이 진실을 말할 수 있는 그녀의 용기를 존경했다.

그녀는 자기가 살고 있는 전주에 들려서 유명한 전주비빔밥을 먹고 가라며 나를 초대하기도 했다. 나는 군인, 그녀는 직장에 다니는 처지니까, 전주에 오면 자기가 모든 숙박과 음식비용을 부담하겠다고 했다. 심히 너그럽고 황송한 초대를 받은 나는 전주에 내려가서 이틀 동안 그녀와 함께 시간을 보냈다. 이것이 나의 역사적인 첫 데이트였다. 그녀는 나의 여관비를 대주었고 나를 원두막에 데리고 가서 참외와 전주비빔밥은 물론 장어덮밥까지 대접해주었다. 평생 기억에 남고 고마운 일이었다.

그러나 이 역사적인 데이트는 끝내 실패로 마무리되었다. 서로 상대에 대한 기대가 너무 컸었던 것 같다. 지금도 그녀와 데이트가 결렬된 확실한 이유를 알 수 없지만 내가 호동왕자가 아니고 그녀가 백설공주가 아니었다는 사실을 받아들이기에는 아직 두 사람 모두 인생 경험이 부족했다.

내가 주책스럽고 애망나니라는 사실도 있었다. 어쨌든 그녀의 배웅을 받고 군부대가 있는 마산으로 돌아왔을 때 우리의 로맨스는 이미 막을 내리고 있었다. 그 뒤로 계속해서 편지를 교환했고 그녀가 부산으로 전직한 뒤에도 만남의 기회를 가졌지만, 끝내 우리는 옛날의 편지 사랑을 소생시키지 못했다.

그 뒤 나는 여교사 P와 가깝게 지내게 되었다. 그렇지만 C에게도 틈틈이 편지를 썼다. C는 학교 문예지를 편집하는 문학소녀였고 총명해서 학급에서는 반장 노릇도 했다. 더군다나 탁구팀 주장으로 전국선수권대회에도 출전한 팔방미인이었다. 그녀 주소가 '목포공장'인 것으로 보아 돈 많은 공장장의 딸이라는 느낌도 주었다. 나는 그녀를 누이동생같이 생각했고 그녀 또한 나를 유식한 오빠처럼 생각했던 것 같다.

시간이 흘러 그녀가 이화여대에 입학하여 전 가족이 서울로 이사했을 때였다. 나는 마산 군의학교에서 경기도 양평에 주둔해 있던 5사단으로 전속되었다. 이제 C는 풋내기 소녀가 아니라 당당한 숙녀였고, 나도 그녀를 귀엽고 재롱 떠는 누이동생이라고만 생각하지 않았다. 휴가를 얻어 서울에 가게 되었을 때 나는 그녀를 만나보고 싶다는 의사를 전달했고 그녀는 나의 제안을 받아들였다. 이리하여 나의 역사적인 두 번째 데이트가 이루어졌다.

그 당시 서울에는 전화기가 드물어서 나는 예고 없이 창신동의 그녀 집을 찾아갔다. 아침 9시경이었다. 그녀 언니가 나를 맞으면서 어리둥절해 했다. 그녀의 여동생을 만나러 왔다고 하자 그녀는 나를 방 안으로 인도하고는 잠시 기다리라고 했다. 놓여 있던 영문잡지를 읽고 있는데 옷차림을 아무렇게나 한 소녀가 들어와서 자기가 펜팔을 한 천건희라고 인사를 했다.

엄청난 미인인 데다 가슴이 설렐 만큼 정다운 미소를 지어 보여서 나는 더 우쭐해졌다. 키가 좀 작아서 실망했지만 나도 작은 키여서 큰소리칠 입장이 못 되었다.

간단히 인사를 나누고 나는 종로 5가에 위치한 평화극장에서 도스토예프스키의 「죄와 벌」이 상영되고 있는데 같이 구경을 가자고 했다. 그녀는 의외로 흔쾌히 승낙을 했다. 그렇게 첫 대면을 한 지 15분 만에 우리 두 사람은 창신동 비탈길을 함께 내려오고 있었다. 그때 그녀가 안경을 가지고 오지 않아서 자기 집에 돌아갔다 와야 되겠다고 말했다. 나는 그녀가 돌아올 때까지 길에서 기다리기가 쑥스러워서 마침 길 옆에 있는 대포집에 들어가서 막걸리 한 사발을 시켰다.

그 당시 평화극장은 아침부터 통행금지 시간 직전까지 연속상영을 하는 싸구려 극장이었다. 상영 도중에 극장에 들어갔는데 장내가 너무 더러웠고 오줌 냄새까지 났거니와 빈 좌석마저 없었다. 복도에 서서 영화를 보고 있는데 손님 하나가 일어나 나가는 게 보였다. C에게 그 자리에 앉으라고 했지만 그녀는 나에게 자리를 양보했다. 영화를 보고 극장을 나왔을 때는 11시 반쯤이었다. 점심을 같이 하기 위해 나는 종로 5가에 있는 어느 중국집으로 그녀를 안내했다.

요리를 시키자 술 생각이 나서 배갈을 한 병 가져오라고 했다. 주문을 마치고 나니 마주앉아 있기가 서먹서먹했다. 무슨 말을 해야 좋을지도 몰랐다. 더군다나 그녀는 내가 질문을 하면 '예', '아닙니다'로 간단하게 대꾸만 했을 뿐 대화를 거절하기로 결심한 사람처럼 보였다. 나는 용기를 내기 위해 술만 들이켜 마시고, 얼큰해지자 사교예의를 완전히 무시한 채 장황한 독백을 늘어놓았다. 요점은 비록 지금은 내가 보잘것없는 졸병이지만 때가 오면 미국 유학을 가서 학자가 될 것이므로 이화여대를 나온 여자와 결혼할 만한 사람은 된다는 변명이었다. 여전히 그녀는 잠자코 나를 쳐다보았을 뿐 말이 없었다. 할 수 없이 점심을 끝내고 우리는 그 자리에서 헤어졌다.

다소 어이없는 이 데이트가 끝난 뒤 C는 내가 보낸 여러 장의 편지에 답장을 하지 않았다. 괘씸했지만 나는 이번에도 그녀의 입장을 충분히 이해할 수 있었다. 여대생이 졸병과 연애한다는 것도 수치스러운 일이었지만, 그녀 눈에는 내가 자아도취에 빠진 술주정뱅이같이 보였을 것이 틀림없었다. 미국 유학 운운도 열등의식에서 벗어나려는 허세였다고 단정할 수 있었다. 더군다나 내 꼬락서니가 미국을 갈 만한 위인도 못 되었지만, 설사 유학을 마치고 금의환향을 할 수 있다고 해도 그녀는 장래의 장관감과도 결혼할 수 있어 손해볼 것이 없다고 생각했을 수도 있다. 나는 C를 포기했다. 처음에는 Y가, 이번에는 C가 나를 차버렸다. 나의 데이트 스코어는 부끄럽게도 2전 2패였다.

그 이듬해 나는 제대하고 도미유학 수속을 밟기 위하여 서울에 올라와 약수동에 있는 누님 댁에서 여름을 보냈다. 군에서 사귄 친구 하나가 기념으로 신사복 한 벌을 사주고, 촌때를 벗으라며 파나마 모자까지 하나 선사해주어 나는 하룻밤 사이에 세칭 마카오 신사가 되었다. 하지만 신사복과 파나마 모자는 작업복과 달라 집에서 세탁을 못 하고 드라이 클리닝을 해야 된다는 불편함이 있었다.

어느날 세탁물을 가지고 누님 집에서 가까운 곳에 있는 조그만 세탁소에 들렀다. 세탁물을 받는 젊은 여자를 보았을 때 나는 깜짝 놀랐다. 그녀는 내가 창신동에서 만났던 C의 언니였다. 반가워서 인사를 하고 제대를 하였다는 신고를 한 뒤 사업이 잘 되느냐고 물어봤다. 그녀는 아버지가 하던 성냥공장이 망해서 얼마 전에 세탁소를 시작했는데 손님이 너무 없어서 애를 먹는다고 했다. 뿐만 아니라 알거지가 되어 온 가족이 큰 셋방 하나를 얻어 같이 살고 있다고 했다. 여동생은 원래 머리가 좋으니까 공부를 잘하겠지요, 하고 묻자, C는 등록금을 마련할 수 없어서 학교를 그만두고 잡지사에 취직했다고 이야기했다. 안됐다고 말하면서도 나는 속으로 복수의 통쾌감을 느끼지 않을 수 없었다. 나는 기분이 좋아 돌아오는 길에 술집에 들렀다.

그 뒤, 나는 자주 그 세탁소를 찾아가서 더럽지도 않은 옷을 맡겼다. 행여 C를 만날 수 있을까 하는 생각에서였다. C에 대한 미련이 있어서는 아니었다. 나를 만났을 때 무안해서 어쩔 줄 모르는 반응을 보고 싶었기 때문이었다. 그러나 나는 끝내 C를 만나지 못했으며 그해에 배재고등학교에 입학했다는 C의 남동생을 알게 되었다. 나는 그에게 영문판 모파상의 단편집을 사주고 내가 미국에 도착하면 가끔 편지를 써주겠다고 약속했다. 이듬해(1959) 정월, 나는 미국으로 날아갔다.

미국에 오자마자 나는 한국에서 엄청나게 어려웠던 두 가지 큰 문제를 풀 수 있었다. 우리 학교 베리아Berea 대학은 가난한 학생들에게 기회를 주고 인재를 기르자는 이념에서 창립되어 등록금을 면제해주었고 숙박비도 저렴하여 학생이 여름방학 동안에 일을 하여 벌면 돈 한 푼 들이지 않고 대학을 졸업할 수 있었다. 물론 나는 돈이 없어서 한국에서 대학공부를 한다는 것은 불가능하다며 살려달라고 애원하다시피 하여 입학이 허용되었다.

둘째, 여학생 수가 남학생보다 조금 더 많아 데이트를 쉽게 할 수 있다는 사실이 한없는 다행이었다. 첫 학기가 끝날 무렵 나는 데이트 방면에서 학사 학위를 딸 정도가 되었다. 물론 여교사 P에게도 가끔 소식을 전했고, 마산에서 군복무를 하면서 영어를 가르쳐주었던 여고생이 내가 좋아했던 『사상계』 잡지를 매달 보내주어 그녀에게도 미국 소식을 알렸다.

그해 여름, 캐나다 국경에 위치한 관광호텔에서 접시닦이 노릇을 하고 있을 때 나는 큰 사고를 저지르고 말았다. 이미 「전처 이야기」에서 말했듯이 여교사 P로부터 사랑을 고백하는 처절한 편지를 받고 나는 그녀가 내 고향에 가서 82세의 노부를 모시고 내가 돌아갈 때까지 기다려주겠다면, 그녀와 결혼을 하겠다고 약속했다. 그녀가 나의 제안을 기꺼이 받아들여 나는 편지를 통해서 그녀와 결혼을 할 수 있었다. 하지만 한 달 뒤, 그녀는 부모와 친척, 그리고 친구들의 반대로 도저히 결혼할 수 없으니 용서해달라며 파혼을 통보해왔다.

그 뒤 1~2년이 지나 뜻밖에 C가 나에게 편지를 보내왔다. 옛날에 철이 없어서 나를 푸대접한 것을 사과했다. 미국생활의 재미가 어떠냐고 묻고, 자기는 동국대학에서 여학생에게 주는 장학금 덕택에 다시 대학에 복학했다고 했다.

'옳다구나' 생각한 나는 내가 당한 굴욕적인 모욕을 보복하기로 했다. 미국 여자들은 내가 가난하고 못생긴 외국 학생이란 것에 개의치 않고 나를 인간적으로 대해주어 고마움을 느낀다고 전했다. 매주 대학신문에 실리는 내 글이 대단히 인기가 높다는 자랑도 했다. 미국에 와서 처음으로 나 자신을 발견했다고 나도 모르는 소리를 했다.

나는 잔인한 면이 없지 않아 온갖 수단을 가리지 않고 그녀를 곯렸다. 그녀는 입술을 깨물고 나의 만행을 견뎌주었다. 그때 다시 큰일이 하나 터졌다. 아버지께서 중환으로 곧 임종할 수도 있다는 전보가 날아온 것이다. 나는 휴학통지를 내고 당장 귀국할 수 있는 처지가 되지 못해 몹시 고민했다. 갑자기 기막힌 생각이 떠올랐다. 처녀 전술을 통하여 아버님의 병환을 고치자는 것이었다.

아버지의 철천지 한은 당신이 살아계실 때 나를 결혼시키지 못했다는 데 있었다. 아버지는 나의 관상이 불길하여 스스로 아내를 구할 수 있는 위인이 되지 못한다고 굳게 믿으셨다. 내가 젊고 아름답고 시골에서는 전혀 구경할 수 없는 서울에 사는 여자 대학생을 당신에게 보내 간호를 해줄 경우, 아버지는 너무도 기뻐서 병환에 차도를 보이지 않으실까? 누구를 보낼까?

나는 그동안 계속해서 나에게 『사상계』를 보내주고 지금은 어엿한 숙명여대 학생이 된 마산 아가씨를 보내는 것이 상책이라고 느꼈다. 그러면서도 나는 C를 다시 한 번 놀려주겠다는 생각을 떨칠 수 없었다. 그리하여 나는 C에게 인도적인 차원에서 여름방학 동안에 노부를 찾아 간병을 해주었으면 고맙겠다는 부탁을 했다. 나의 교활한 이 전략은 치명적으로 맞아떨어졌다. C는 아버지를 위해서 시골에 다녀오겠다고 했다.

그때가 1962년 여름이었던 것 같다. C는 남동생을 데리고 충주에서 40리 떨어진 아버지의 시골집을 방문했다. 그녀의 문병은 공식적으로 인도적인 차원이었지만 그 당시 쌀쌀했던 우리 관계를 개선하여 좀더 은근한 차원으로 높이자는 희망도 있었던 것 같다. 그때 아버지는 85세의 고령의 선비로 기동조차 어려웠고 환갑이 넘은 큰며느리의 시중을 받고 조그만 밭을 관리하면서 근근이 연명하고 계셨다.

C가 사전에 연락도 없이 시골에 나타났을 때 아버지와 형수의 놀라움은 말할 수 없었고 온 마을이 발칵 뒤집혔다. 대학을 다닌다는 하이힐을 신은 여학생이 생판 모르는 노인을 위해 벽촌을 찾았다는 것은 실로 동화 같은 센세이션이었다. 아버지는 충격요법을 받은 환자처럼 혼수상태에서 깨어났고 형수는 아이를 시장에 보내 생선과 돼지고기를 사오게 하고, 맷돌에 메밀을 갈고 방아도 찧어 빈대떡과 인절미를 만들었다. 시골여자들이 줄지어 찾아와서 C의 굽 높은 신을 신기하다는 듯이 구경했다. 미국에 간 도련님이 보낸 여자라는 말이 돌자 뉴스는 드라마에서 로맨스로 승화되었다. 아버지는 병석에서 일어나 집 앞에 있는 은행나무 밑에서 C에게 전씨와 천씨 집안의 족보를 설명하고 『토정비결』, 『정감록』의 권위에 의거하여 C와 나는 천생배필이라고 선언했다. C는 도랑길을 걷다가 발목을 삐고 모기에 물린 것도 잊고 황홀해했다. 그녀는 개선장군같이 서울로 돌아왔다.

추신

추신 : 항공편으로 김을 한 톳 보냈습니다.

 한국에 있는 약혼녀가 보낸 열두 장짜리 편지 끝에 이런 추신이
붙어 있었다. 그녀 편지는 처음부터 끝까지 우리 관계가 절망적이
라고 말했다. 그녀는 내가 최근에 자기를 등한시했다고 살짝 비난
도 했다. 그녀는 열다섯 가지 이유를 내걸고 우리는 왜 관계를 끊고
서로 몰랐던 옛날로 되돌아가야 하는지를 설명했다.
 그녀 편지는 매우 침통했다. 그녀의 불평은 정당했고, 그녀의 논
리는 정연했다. 아무리 생각해봐도 서로 과거를 잊어버리고 헤어지
는 수밖에 다른 뾰족한 길이 없었다.
 그럼에도 나는 주춤했다. 그녀의 이상야릇한 추신이 내 마음을

괴롭혔다. 우리 관계가 그렇게도 절망적이면, 그녀는 왜 나에게 김을 한 톳 보냈을까? 낮잠 자는 것 외에 내가 제일 좋아하는 것이 김을 먹는 것임을 그녀는 알고 있었다. 나는 걱정할 만한 큰일이 터졌다는 것을 실감하지 못한 상태로 새들의 이주습성을 기술한 열 장짜리 답장을 써 보냈다.

인생은 편지의 추신과 같다. 인생지사를 결정하는 데 있어서 논리論理의 역할이 중요하다는 것은 사실이지만 너무 논리만 내세우면 삶이 죽어버린다.

지나치게 이성적이면 사람은 분별을 잃게 되고 너무 약아빠지면 예지를 잃게 된다. 행복은 뇌전파에 나타나지 않고 심전도心電圖에 나타난다. 현명한 사람은 추신을 먼저 읽는 사람이다.

이와 마찬가지로 신문을 읽는 데도 제대로 읽는 방법이 있다. 현인은 만화부터 시작한다. 우리는 만화 속에서 우리가 아는 친구들의 얼굴을 찾을 수 있고 나 자신을 영상으로 볼 수 있다. 블론디 *Blondie*는 나의 아내요, 낸시*Nancy*는 짓궂은 나의 누이동생, 프레디 *Freddie*는 어쩌면 나 자신이다.

만화가 재미있는 것은 우스워서가 아니라 나 자신에 대해 굉장히 신중해진다는 데 있다. 지면마다 린돈 존슨*Lyndon Johnson*(당시 미국 대통령)과 배리 골드워터*Barry Goldwater*(당시 공화당 대통령 후보)에 대한 기사가 나오지만 만화 속에서만은 우리의 이름과 그림을 찾을 수 있다.

신문을 읽는 습성을 통해서 우리는 독자의 성격을 알 수 있다. 파이프에 담뱃불을 붙이면서 신문의 제1면을 들여다보는 사람은 대머리가 까진 자칭 인텔리이거나 소리를 내기 좋아하는 허세 족속이다. 이 사람들은 춤을 출 줄 모르고 파티에 참석하면 언쟁을 좋아해서 흥을 깨뜨린다. 이맛살을 찌푸려 가면서 사설을 읽는 사람은 리프만*Lippman*, 레스톤Reston, 드러몬드*Drammond*를 인용하기 좋아하는 아첨쟁이다. 이런 족속들은 인색하여 데이트를 하게 되면 음식값의 반을 여자에게 내게 하고 자기는 헌법이 규정하는 양심상 더 이상 돈을 낼 수 없다고 한다.

신문을 펼치고 스포츠 란부터 읽기 시작하는 사람은 쾌활하면서도 어리석은 사람이다. 그는 홈런이나 터치다운이 인생이라고 생각한다. 그는 헤밍웨이의 『노인과 바다』에 나오는 주인공처럼 터무니없이 큰고기를 낚으려다가 인생을 망친다.

여자들만이 신문을 제대로 읽을 줄 안다. 남자들은 신문에서 아이디어를 구하려고 하는데 이는 산에 올라가서 낚시질을 하려는 것과 같다. 반면에 여자들은 신문을 사람에 대한 소식의 통로로 여긴다. 그녀는 누가 죽고 누가 살았다는 기사를 읽어 근조 화환을 보내는 것을 잊지 않고 최신 웨딩드레스의 경향을 살펴본다.

그녀는 특가 판매란을 자세히 훑어본다. 그녀는 브리지*bridge*(서양 카드 게임) 란을 보고 크로스워드 퍼즐을 도려내어 한가한 시간을 메운다. 식욕을 돋우기 위해서 살인사건 기사들을 읽고 요리법은 귀찮다고 읽지 않는다.

이리하여 그녀는 20여 명의 친구들에게 전화를 걸어서 낸시가 4킬로그램짜리 딸애를 낳았다, 도리스가 대머리 까진 보험회사 사원과 결혼했다 등등의 뉴스를 신나게 살포한다. 그녀는 자기에게 관계 있는 기사만을 읽는다. 그녀는 베트남이나 크레믈린에서 일어난 일에 무관심하다. 신문을 읽는다는 것은 사회활동의 하나다. 신문 기사는 잡담, 뒷공론의 원천이요, 따라서 행복의 원천이다.

엊그제 정치학을 공부하는 미국 여자 대학원 학생한테서 자기 집을 찾아달라는 초청장을 받았다. 기가 막힌 일을 나에게 보여주겠다고 했다. 그녀의 집을 방문했을 때 그녀는 현관에서 눈을 수건으로 가리고 나를 응접실로 인도했다. 그녀가 수건을 풀어주었을 때, 나는 응접실에 낡은 풍금 하나가 한구석에 놓여 있는 것을 발견했다.

그녀는 의기양양해서 손가락으로 풍금을 가리켰다. 언뜻 보기에 풍금은 어찌나 낡았던지, 그 속에서 아름다운 음악이 나오기보다는 노친네의 짜증 발악이 나올 것 같아 보였다. 왜 그따위 폐품을 샀느냐고 물었더니 그녀는 "15달러밖에 들지 않았어요." 하고 미소를 지었다. 어떻게 그리도 싸게 샀느냐고 묻자, 그녀는 "신문을 읽을 때 항상 광고란을 먼저 들여다봅니다."라고 했다.

그녀는 풍금 앞에 앉아서 '두 사람이 탈 수 있는 자전거(A Bicycle Built For Two)'란 노래를 무료공연했다. 생긴 대로 음률이 엉망이었다. 가난한 벽지 침례교회에서만 사용할 수 있는 풍금이었다. 그러나 그녀는 의기양양했다. 풍금은 내 것이 아니라 그녀 것이었기 때문이다.

나는 잠시 묵상을 했다. 행복이란 형이상학을 터득하는 데 있지 않고 편지의 추신 속에, 신문 만화 속에, 그리고 낡은 풍금 속에서 자기 자신을 발견하는 데 있지 않을까?

약혼녀가 보내준 김은 퍽 맛이 있었다. 나는 고상한 논리를 희생시키고 그녀와 결혼하기로 다짐했다.

알리는 말씀

1967년 5월 3일
버지니아 주 알렉산드리아

벗님에게

요즘 워싱턴 지역의 날씨가 너무나 아름다워서 저는 결혼을 하기로 했습니다. 그러니 이 글은 결혼을 알리는 말씀이 되겠습니다.

벗님을 결혼식에 초대하는 것이 예의인 줄 압니다. 그러나 저는 한국에 나가 결혼하게 되어, 벗님이 난처하게 느낄 것 같아 청첩장을 띄우지 않기로 했습니다. 일정을 말씀드리면, 저는 5월 17일 워싱턴을 출발, 19일 서울에 도착, 그 다음날 하루 동안 약혼녀와 사귀고, 21일 어느 곳인가에서 결혼식을 올리고, 다음 열흘 동안 아내 얼굴을 기억하기 위해 노력한 뒤, 6월 3일 홀로 미국으로 돌아올 예정입니다. 신부는 이민수속, 입국수속을 마치고 금년 말에야 미국에 올 것 같습니다.

신붓감을 소개해드립니다. 그녀의 이름은 천건희千建喜(천 가지 기쁨을 세우는 아가씨)입니다. 만약에 그녀가 그녀 이름의 반만큼 훌륭하다면, 저는 정말로 행운아가 되는 것입니다. 그녀의 생김새와 인품을 묘사한다는 것은 어려운 일일뿐 아니라 불가능한 일입니다. 왜냐하면, 제가 그녀를 마지막으로 본 것은 8년 전으로 그 당시 막 고등학교를 졸업했던 그녀는 이제 의젓한 노처녀로 시들어버렸기 때문입니다.

제 기억에 의하면 그녀는 키가 150센티미터 정도, 포동포동 살찌고, 흰 살결에 크고 둥근 아름다운 눈을 가진 여자였습니다. 그녀는 록앤롤을 포함하여 모든 음악을 좋아하고 글솜씨가 제법 있습니다. 여자니까 로맨틱하면서도 어리석고, 몸이 건강하니까 열정적으로 쇼핑을 좋아하겠지요. 요리를 할 줄 모른다고 고백했는데, 라면이라도 끓일 줄 안다면 오랫동안 미국의 기름진 음식을 참아왔던 저에게는 엄청난 진보가 아닐 수 없습니다. 그녀는 꽤나 명랑하고 살짝 까불고, 발끈하면 톡 쏘는 싱싱한 말도 곧잘 구사할 줄 압니다. 어쩌면 한없이 착하고 무던한 여자 같기도 합니다.

그러나 이런 말들은 어디까지나 저의 추측에 불과합니다. 왜냐하면 제가 그녀를 안다는 것은 지난 12년 동안 그녀가 저에게 보낸 6백 통의 편지를 통해서였고, 편지란 대체로 자기의 장점을 내세우고 단점을 숨기는 일종의 외교적 각서이기 때문입니다. 그럼에도 다음의 논리는 그녀가 훌륭한 여자라고 속삭여줍니다.

외국에 있는 건달기 있는 남자를 10년 이상 기다려주었다는 것은 그녀가 무한한 인내심의 소유자라는 것을 입증합니다.

저는 보수적인 성격을 가진 탓에, 결혼이 거액의 배당금을 가져오리라고 기대하지 않습니다. 결혼생활이란 항상 즐거움이요, 언제나 로맨스라고도 믿지 않습니다. 사실상 결혼했다고 해서 행복이 정장을 입고 우리집을 찾아와 큰절을 올릴 것이라 믿는 것은 어리석은 일입니다. 행복은 문자 그대로 요행이며 복입니다. 행복은 삶이 의당히 요구할 수 있는 권리가 아니라 우연히 얻게 되는 선물입니다. 그렇다 하더라도 삶은 공정합니다. 만족스러운 생활이 요구하는 것은 겸손입니다. 따뜻한 화로 옆에서 마음에 드는 아가씨와 커피를 마시고, 좋아라고 떠들어대는 아이들의 목소리를 듣는다는 것이 바로 행복의 그림이 아니겠습니까.

저희들이 결혼에서 바라는 것은 이와 같은 단순한 축복입니다. 저는 노총각, 그녀는 노처녀. 약혼녀는 잃어버린 시간을 메우기 위해서 결혼하면 당장이라도 쌍둥이를 낳아 올리겠다고 하니 얼마나 고마운 일입니까?

저희들은 둘 다 착실한 무신론자입니다. 저희들은 해를 믿고 달을 믿고 산과 물을 믿고 바람과 비를 믿고 풀과 나무를 믿고 생生과 사死를 믿습니다. 저희들은 자연의 섭리를 믿고 결혼이란 부부관계가 아니라 부모와 자식과의 관계라고 믿습니다.

결혼생활이 가져다주는 가장 큰 축복은 우리는 홀몸이 아니라 우주 생활에 장엄한 드라마의 참여자라는 공동체감을 느끼는 데 있습니다. 물론 저는 결혼을 철학적으로 신중하게 보지는 않습니다. 가끔 시시한 부부싸움의 은총이 찾아주어 삶을 더 기름지게 해주기를 원합니다. 경솔과 경망이 없는 인생은 지루하고 멋없기 때문입니다. 저희들은 우행愚行을 가끔 귀빈으로 모시려고 합니다. 온갖 삶의 기쁨은 어리석음에서 비롯되고 신神들도 어리석음과는 싸워서 이길 수 없다고 하기 때문입니다.

저희들은 위대한 인생, 멋있는 인생을 설계하고 있습니다. 한 가지 적잖게 걱정이 되는 것은 결혼 뒤에도 제가 일요일 오후에 달콤한 낮잠을 즐길 수 있을까 하는 것입니다. 아내가 텔레비전을 좋아해서 꿈에 배트맨이 나타나면 어찌할까? 이 글을 쓰고 있는 동안, 일종의 부드러운 슬픔, 약간 애처롭고 괴로운 슬픔이 천천히 저의 가슴속으로 스며드는 것을 느끼지 않을 수 없고, 변화란 제 아무리 유익하다 하더라도 제가 이제까지 보물처럼 위하고 소중히 여긴 것들을 포기하지 않고는 올 수가 없다는 생각에 스스로 깜짝 놀랍니다.

부조리한 것이 인생이어서 우리는 악습도 후회의 눈물을 흘리지 않고는 버릴 수가 없습니다. 결혼의 본 모습은 밑지는 흥정이 아닐까, 하는 회의와 의혹이 저를 괴롭히기도 합니다. 그러나 거룩한 자연의 제자로서 저는 결혼은 자연의 섭리요, 자연의 길은 항상 옳고 즐겁다는 것을 경건히 믿습니다. 그리하여 저는 손가락으로 코를 잡고 눈을 감고 물속으로 뛰어드는 어린애처럼 겁내면서도 설레는 마음으로 서울 여정에 오르겠습니다.

개인적인 일인데, 결혼통보서가 이렇게 길어져서 죄송합니다. 김치를 맛있게 담그고, 칼국수를 만들어줄 수 있는 아가씨를 모신다고 생각하니 온갖 주책이 방긋 웃으면서 튀어나왔습니다. 부디 저희들을 축복해주십시오. 굳이 선물을 보내주시겠다면, 먼길을 찾아오는 저의 아내에게 미소와 사랑을 베풀어주십시오. 그럼 안녕히 주무십시오.

전시륜 올림

※ 이 글은 내가 결혼하기 위해 한국에 나가기 직전, 미국인 친구들에게 보낸 편지다. 엊그제 창고에 처박아두었던 상자를 한 개 뜯었더니 이 글이 튀어나왔다. 아내에게 보여주었더니, 번역해서 수필집에 실어보라고 권했다. 그녀가 쌍둥이를 낳아주겠다는 약속은 지키지 못했지만, 향수에 젖어 글을 번역해보았다.

어느 무명 철학자가 말하는 **허영과 감사**

22G

지금 막 재닛*Janet*에게 편지를 썼다. 기분이 좋다. 재닛을 알게 된 동기를 설명하고 '22G'란 암호의 해독을 꾀해본다.

얼마 전에 갑자기 홍콩에 가야 할 일이 생겼다. 여행사에 전화를 걸어 그 이튿날 통로쪽 이등석을 한 자리 예약해달라고 부탁했다. 여행사 직원이 미국 서해안에서 홍콩 직행노선의 이등석은 매진되어 자리를 취소하는 손님을 기다릴 수밖에 없다고 했다. 퇴근할 무렵에 여행사 직원이 자리가 하나 생겼다는 기쁜 소식을 전해왔다.

그 이튿날 아침 나는 워싱턴을 떠나 로스앤젤레스에서 비행기를 갈아타고 홍콩 직행 보잉 747에 나의 운명을 맡겼다.

나는 긴 비행기 여행을 치과의사 찾아가는 것처럼 두려워한다. 로스앤젤레스에서 홍콩까지 비행시간은 열세 시간 반이다. 지긋지

굿하게 긴 시간이다. 옛날에는 비행기가 가다가 하와이에 들르고 도쿄에서 쉬었다. 그럴 때마다 기체에서 나와 우동도 한 그릇 사 먹고 바깥 공기도 한번 마시면 피곤이 좀 가셨다.

하지만 요즘은 문명이란 이름 아래 손님들이 마치 정치범 마냥 기체 속에 감금된다. 잔인하고 가혹하기 짝이 없는 일이다. 온몸의 뼈마디가 쑤시고 엉덩이 살이 가로세로 갈기갈기 찢겨진다. 비행기가 사람들을 납치한 셈이다. 나같이 환갑 진갑을 다 치른 노인에게는 견딜 수 없는 고역이다. 고통이 극심해지면 비행기가 떨어졌으면 하는 생각도 하는데 요즘 비행기는 비타민을 마신 건지 바다에 떨어지지도 않는다.

내 좌석 22G를 찾아가자마자 나는 신이 났다. 자리가 천하 명당이었다.

첫째, 내 앞에 좌석이 없어서 다리를 펼 수 있었다.

둘째, 여섯 발자국 앞에 화장실이 있었다.

셋째, 세 발자국 옆엔 주방이 있었다.

넷째, 내 좌석이 엉뚱한 곳에 있는 탓으로 바로 앞에 전용 텔레비전이 한 대 설치되어 있었다.

다섯째, 무엇보다도 중요한 일이었지만, 옆자리 22F에 손님이 나타나지 않았다. 칸막이를 들어내면 두 좌석이 간소한 침대로 변해 불편한 대로 내가 새우잠을 잘 수 있다는 얘기였다. 이제 열세 시간 반이란 비행시간이 그리 무섭지 않았다.

탑승 직전에 아내에게 전화를 걸어 무사히 로스앤젤레스까지 왔다고 기별을 했다. 그러자 전화기 옆에 앉아 있던 40대 초반의 동양 여자가 "한국 분이세요?" 하고 깍듯이 인사를 해왔다. 홍콩은 초행인데 지도편달을 부탁한다며 미소를 띠었다. 기내에서 그녀는 내 자리로 와서 옆자리가 빈 것을 발견하고는 동행할 수 없겠느냐고 물었다. 말씨도 곱고 꽤나 예쁜 여자였다. 나는 기분이 언짢았다. 이 여자가 돈 것이 분명했다. 지도할 일도, 편달할 일도 없다는 것은 뻔한 노릇이었다. 무엇보다도 하늘이 마련해준 내 침대 위에 걸터앉아 내가 잠을 못 자게 재잘대겠다는 것은 말도 되지 않는 소리였다. "제가 자면서 가려고 일부러 돈 주고 산 자린데요." 하고 나는 능청을 떨었다. 나의 불손한 말에 그녀는 시무룩해서 자기 자리로 돌아갔다.

좀 미안했지만 나는 변명을 해봤다. 이런 명당을 차지할 수 있는 확률을 계산해봤다. 이등석 좌석이 60개 있고 그 가운데 두 자리가 빈다고 가정하자. 22G가 빌 확률은 60분의 1, 그 옆자리인 22F가 빌 확률은 59분의 1, 두 자리가 나란히 빌 확률은 60분의 1 곱하기 59분의 1, 그러니까 3,540분의 1이다. 1원짜리 동전을 도박기계 속에 넣었더니 3,540원이 우르르 쏟아져 나온 셈이다. 하지만 1전도 투자하지 않고 노다지를 캤으니, 도박기계와 비유하는 것이 꼭 맞는 것은 아니다. 거지가 하룻밤을 쉬기 위해 동굴 속에 들어갔다가 금주머니를 하나 발견했다는 것이 더 적절한 비유다.

그날 내 재수가 대통한 것만은 틀림이 없었다. 북두칠성이 나를 보살펴준 탓이었을까? 아니면 견우직녀가 친 장난이었을까?

점심상을 받기 전에 시바스 리갈을 곱빼기로 한 잔 했다. 원래 술을 즐기는 데다 공짜라는 이유도 있었지만, 잠을 청하기 위해서였다. 오복 중에 처복妻福, 치복齒福이 있다는데 육복이 있다면 이것은 비행기 속에서 잠잘 수 있는 복이겠다. 스튜어디스들이 시중을 들어주었다. 수잔Susan은 마흔다섯 살 정도의 통통하고 임산부 마냥 맥주배가 살짝 튀어나온 붙임성 있는 여자였다. 농담도 곧잘 했다. 재넷은 쉰다섯 살쯤의 준準 할머니. 턱주가리가 두 개 생기고 눈밑에 주머니가 드러나기 시작하는 여자였다. 삶의 단맛, 쓴맛을 다 경험한 노련가여서 손님을 재치 있게 다룰 줄 알았다. 나는 팔팔한 젊은 애들보다 지그시 나이 든 아주머니들을 더 좋아한다.

최근 의학의 정통설에 의하면 남자도 여자같이 50대에 폐경기를 경험한다고 한다. 이런 생리적인 이유에선지, 나는 음식점에 가면 여종업원의 얼굴을 쳐다보기 전에 메뉴를 먼저 읽게 된다. 거울을 들여다 볼 때마다 아무렇게나 생긴 눈, 코, 입에 실망하지만 나날이 짙어 가는 주름살들이 점점 아름답게 보이니 이게 웬일일까. 본 얘기로 되돌아가면, 나는 두 아주머니들이 나를 시중들어주게 된 것을 한없이 다행스럽고 고마운 일이라고 생각했다. 인종차별, 성차별, 연령차별을 금하는 미국 헌법이 과연 훌륭하다고 생각했다.

수잔과 재넷이 돌아가며 당번을 맡았다. 안주가 떨어지면 얼른 땅콩을 갖다주었다. 기침을 하면 물컵을 날라왔다. 술만 마시면 건강에 좋지 않다며 샌드위치도 권하고 과일도 가지고 왔다. 발이 시릴까봐 여분으로 담요 한 장을 더 갖다주었다. 그들은 어머니가 갓난애를 다루듯, 간호사가 환자를 대하듯, 구김 없는 친절함으로 나의 시중을 들어주었다. 그들이 나에게만 잘해준 것은 물론 아니었다. 내 앞자리에 비행기가 뜨고 내릴 때 스튜어디스들이 앉는 좌석이 있었다. 그들이 피곤하면 그 자리에 앉아 쉬게 되었다는 우연의 알선으로 인해 우리는 서로 정을 통하게 되고 유달리 친근감을 느끼게 되었다는 것뿐이다.

우리는 서로의 가정 비밀도 나누었다. 수잔은 1남 1녀를 두었는데, 올해 고등학교를 졸업하는 큰아들은 해병대에 들어가려고 한단다. 재넷은 결혼은 하지 않았지만 보이프렌드와 같이 살고 있다고 했다. 직업여성이 되겠다고 노처녀로 살다가 가정이 그리워서 남자와 같이 사는 것이 아닐까? 사귀고 보니 두 여인은 다 나같이 지극히 평범한 사람들이었다. 나같이 복받은 사람들이었다. 평범한 사람은 이웃을 사랑할 아량은 없지만 남을 미워하지 않고 살 수 있고, 하루에 밥 세 끼를 먹을 수 있으면 고마움을 느끼고, 가끔 뜨거운 목욕탕에 들어가면 천당에 온 즐거움을 느낀다. 나는 한없이 만족스러웠다.

나는 잠을 자려고 무척 애를 썼다. 불편한 대로 한 시간씩 두 시간씩 잠을 자고 나면 피로가 어느 정도 가셨다. 깨어나면 소설도 읽고 글도 썼다. 이 책자의 원고 중 하나인 '알리는 말씀'을 번역하고 있는데 재넷이 와서 무엇을 하고 있느냐고 넌지시 물었다. 30년 전에 결혼하기 위해 한국에 나가면서 미국 친구에게 보낸 편지인데 읽어보겠느냐고 편지를 내밀었다. 내 편지를 읽기 시작하더니 그녀 볼에 생기가 돌기 시작하고 입가에 엷은 미소가 떠올랐다. 그녀는 한숨을 짓고 고개를 흔들었다. 편지를 나에게 돌려주면서, 자기는 평생 그리도 성실하고 아름다운 편지를 읽어본 적이 없었다며 나를 칭찬해주었다. 이어 그녀는 봉투를 하나 꺼내 자기 집 주소를 쓰고 우표를 붙인 다음, 봉투를 내게 주면서 그 편지의 사본을 만들어 자기에게 보내달라고 부탁을 했다. '결혼은 부부간의 관계가 아니라 부모와 자식간의 관계'라는 진리를 미처 터득하지 못했다며, "고아를 하나 데려다 키울까요?" 하고 조용히 물어왔다. 어쨌든 자기 남자 친구랑 상의해보겠다고 했다.

비행기가 홍콩공항에 착륙하기 전에 재넷은 꼬마 술병을 여남은 개 싸주면서 하루에 한 개씩만 마시라고 권했다. 눈치를 챈 수잔은 땅콩을 세 봉지 갖다주었다. 인정 중에서도 제일 고귀한 인정은 사마리탄의 인정이다.

나는 눈시울이 뜨거워졌다. 홍콩 출장에서 돌아와 지금 막 편지 사본을 만들고 재넷에게 감사장을 보냈다. 22G라는 수필을 썼는데 그 골자는 부자로 태어나고 미남으로 태어나고 머리 좋게 태어나는 것도 중요하지만, 사람은 운을 타고나는 것이 제일 중요하다는 얘기라고 했다.

왕발의 시편이 떠오른다.

時來風送滕王閣 (시래풍송 등왕각)
운 때가 맞으니 바람이 (나를) 등왕각으로 불어 보내고
運退雷轟薦福碑 (운퇴뢰굉 천복비)
운수가 다하니 우뢰가 천복비를 내리친다

철인 소크라테스는 하늘이 그에게 준 가장 큰 세 가지 복은 그가 야만인으로 태어나지 않고 희랍인으로 태어났다는 것, 희랍에서 시

골에 태어나지 않고 아테네에서 태어났다는 것, 여자가 아닌 남자로 태어났다는 데 있다고 말했다.

　사람은 운을 타고나야 한다. 왕으로 태어나서 연월에 유배되어 독을 마시는 것보다 건달로 태어나서 대동강 물을 팔아먹는 인생이 얼마나 더 즐겁고 보람 있는가? 22G는 대체로 유연의 농간이란 뜻이다.

※ 위에 나온 시구는 『명심보감』 순명편에 나오는 왕발의 시편이다. 초당의 4대 시인 가운데 한 사람인 왕발이 14살 때 순풍의 도움을 얻어 하룻밤 만에 그가 있던 동정호에서 700리 가량 떨어진 강서성의 장강에 있는 등왕각滕王閣 낙성식에 참석하여 등왕각 천복비薦福碑 서문을 짓고 천하에 이름을 날린 일에서 유래되었다. 아래 행은 문정공文正公 원중엄苑仲淹이 지방을 다스릴 때 문객 중 한 사람이 가난을 사정하여 이북해가 석문을 짓고 구양순이 글씨를 썼던 천복비(원나라 때 마치원이 썼다는 설도 있음)의 탁본을 구해오면 가난을 구제해주겠다고 하여 가난한 선비가 천신만고 끝에 천복비에 당도하였으나 그때 마침 천둥 번개가 쳐 천복비가 깨졌다는 고사에서 유래한다. 당시에 구양순의 글씨가 유명하여 탁본 한 장 값이 천금에 맞먹었다고 한다.

살기 좋은 나라

말레이시아의 수도 콸라룸푸르*Kuala Lumpur*의 어느 한국 음식점의 벽에 박종호 씨의 「아, 대한민국」이라는 시편이 걸려 있었다.

아, 대한민국
하늘엔 조각구름이 떠 있고 강물엔 유람선이 떠 있고 저마다 누려야 할 행복이 언제나 자유로운 곳. 뚜렷한 사계절이 있기에 볼수록 정이 드는 산과 들. 우리 마음속에 이상이 끝없이 펼쳐지는 곳… 우리 대한민국, 아아 우리 조국, 아아 영원토록 사랑하리라.

한없이 아름답고 감명 깊은 글이었다. 이렇게도 살기 좋은 대한민국을 떠나서 이 식당의 부부는 왜 항상 덥고, 찌고, 습된 말레이

시아에 와서 살기로 결심했을까? 아주머님 말씀에 의하면, 사업을 해보려고 몇 해 동안 꿈꾸어 오다가, 소자본만 가지고도 사업을 해볼 기회의 문이 열려 4~5년 전에 말레이시아로 건너왔다고 하셨다. 돈을 벌면 돈 자루를 몇 개 걸머지고, 하늘에는 조각구름이 뜨고 강물에는 유람선이 뜨고 뚜렷한 사계절이 있어 볼수록 정이 드는 대한민국에 돌아가서 활개를 치고 살아보겠다는 계획이었다.

나도 한때 그 식당의 아주머니처럼 아름다운 꿈을 꾼 적이 있었다. 40년 전에 한국을 떠나 미국으로 왔을 때, 나는 학업을 쌓고 학자가 되어 한국에 돌아가서 젊은이들의 마음을 길러주겠다고 생각했다. 하지만 간신히 학점을 따서 겨우 졸업장을 받자 학자가 되겠다는 꿈은 문자 그대로 일장춘몽이 되어버렸다. 돌아가서 사업을 하면 중학교 영어선생 노릇은 하겠지만 월급을 타서 막걸리 한 잔을 제대로 마실 수 없다는 생각이 들자 겁나고 주춤했다. 대학 시절에 닭 치는 법을 좀 배웠기 때문에 돌아가서 양계업을 할까 하는 생각도 해보았지만 코를 제대로 달고 난 여자가 닭똥냄새 나는 사람에게 시집 올 것 같지도 않았다. 그래서 우물쭈물하다가 미국에 주저앉았다. 구걸을 해먹고 살 바에야 인심이 후한 미국에서 사는 것이 더 좋으리라 생각되었다.

이왕 버린 몸이니까 꼭 미국에서 살아야 될 이유도 없어서 나는 온 세상을 돌아다니면서 살기 좋은 나라를 찾아보았다. 한국, 미국 외에 싱가포르, 덴마크에서도 살아보았고, 아시아, 유럽, 북미, 남미, 아프리카를 장돌뱅이처럼 돌아다니면서 살기 좋은 나라를 찾아보았다. 어떤 나라가 살기 좋은 나라일까, 살기 좋은 나라는 어떤 조건을 갖추어야 하는지도 생각해보았다.

언젠가 인도네시아 수마트라Sumatra의 고원지대를 여행하다가 조그만 도회지에서 하룻밤을 쉰 적이 있다. 인구가 4~5천 정도 될 만한 이 소도시가 마음에 들었다. 시내에서 조금 벗어나서 숲 속에 있는 농장 몇 군데도 구경했다. 그곳 사람들의 생활양식은 꽤나 신기하고 단순했다. 집들은 뱀과 짐승들이 올라오지 못하도록 원두막같이 엉성하게 기둥 위에 지어졌다. 해발 1천 미터 이상의 고원지대에 위치하고 있어서 날씨는 덥지도 춥지도 않아 홑이불 한 장, 남자는 바지저고리 한 벌, 여자는 적삼치마 한 벌이면, 부부가 거뜬하게 일 년 동안 살 수 있어서 좋았다. 무엇보다도 농사 짓기가 터무니없이 쉬웠다. 아무데나 땅을 파서 파인애플을 심고 나무감자tapioca를 기를 수 있고 도랑을 막아서 벼농사를 이모작할 수도 있다. 천지에 파파야, 망고스틴, 야자수를 기를 수도 있었다. 땅값도 무척 싸서 몇 푼 주면 당당한 농장을 하나 살 수도 있었다. 정말로 에덴동산 같은 곳이었다.

더욱이 그 고장의 야릇한 풍습이 내 구미를 돋구었다. 살기가 비교적 쉬운 탓에선지 여자들만이 들에 나가서 일하고 남자들은 집에서 장기를 두거나 술이나 마시고 정히 흥겨우면 엉터리 시나 한 편 쓰는 것이 신성한 전통이었다. 실로 남성의 천당이었다. 솔깃해서 그 고장에 대한 연구를 본격적으로 시작했다. 퇴직한 뒤 상처를 당할 경우, 이곳에 와서 농장을 하나 사고 여편네를 하나 얻어서 농장 관리를 시키고, 나는 담뱃대나 물고 다니며, 시조나 읊으면서 근심 걱정 없이 살아가는 것이 어떨까? 우쭐했다.

거의 마음을 정하고 그 고장의 풍속을 더 알아보았다. 인근에 병원이 있느냐고 물었더니, 그곳에는 병원도 없을 뿐만 아니라 병원이 필요하지도 않다고 대답했다. 그 이유는 기력이 쇠퇴하여 노인네가 비실비실하면, 마을사람들이 그 노인을 야자수 꼭대기에 올라가게 한 다음 장정 몇 사람이 밑에서 나무를 흔들어서 노인을 땅에 떨어뜨려 죽게 한다는 것이었다. 열매가 익으면 나무에서 떨어지는 천리에서 생긴 관습이라고 했다. 수마트라 식 고려장에 매력을 느꼈으나 늙어서 원숭이같이 야자수를 타고 올라갈 재주가 없어서 나는 남성 천당을 포기할 수밖에 없었다.

그러다가 4~5년 전에 유럽의 발칸지역에 있는 알바니아라는 나라에 대한 재미있는 글을 읽은 적이 있다. 알바니아는 얼마 전까지 스탈린 식의 공산체제 국가였는데 민주주의 바람이 불기 시작하여 돈만 좀 있으면 기막히게 살기 좋은 나라 같았다.

물론 돈이 양반이라고 돈을 가지고 즐겁게 살 수 없는 나라는 없겠지만 알바니아의 경우에는 그 차원이 본질적으로 달랐다. 좋다는 호텔의 숙박비가 하루 2.5달러 정도, 20~30달러만 주면 한 달 동안 하인을 둘 수 있다. 2천 달러 가량 투자하면 강화도만한 땅을 사서 평양 감사 부럽지 않은 세도를 부리며 살 수 있다고 했다. 200달러를 주면 알바니아 시민권을, 500~600달러 바치면 공작이네 백작이네 하는 귀족 칭호를 살 수 있고, 나의 경우 원하기만 하면 주한 알바니아 대사로 취임할 수도 있다. 문제는 내가 대사가 될 경우 자비로 공관을 설치하고 유지해야 된다는 단점이 있지만, 내 고향인 충북 중원군 주덕면 대곡리 전씨 위토에 집을 한 채 짓고 옥상에 알바니아 국기를 날리며, 감투를 쓰기 좋아하는 한국 사람들에게 귀족 칭호를 팔아먹고 여행 비자에 환율 조정이네 어쩌네 해서 몇 푼씩 붙여먹으면 장삿속도 꽤 괜찮아 보인다는 얘기였다.

알바니아에 가서 살아볼까? 꿩, 사슴, 산돼지도 많아서 사냥하기도 좋고 그물을 들고 개울에 나가면 송사리, 피라미, 심지어는 메기까지 잡힌다는 정보도 들어왔다. 콩밭을 일구어 청국장도 끓여 먹고 진사, 참봉, 감사, 공작, 백작, 흑작의 모자를 매일같이 바꿔 쓰면서 여생을 즐기는 것도 풍치 있는 일이 아닐까? 알바니아의 외화획득은 주로 개구리와 달팽이를 서방국에 수출하는 데서 비롯되는데, 사내대장부로 태어나 개구리 농장, 달팽이 농장 하나 꾸리지 못하고 죽는 것도 억울하지 않을까? 알바니아는 전원교향악이었다. 이사를 가려고 막 짐을 꾸리고 있는데 CNN 뉴스 화면에 알바니아에서 소위 피라미드 사기 사건이 발생하여 아이들, 과부들이 코 묻은 돈을 뜯기고 나라가 넘어가려고 들썩들썩한다는 말이 들렸다. 나는 전원교향악도 포기해버렸다.

어떤 나라가 살기 좋은 나라일까? 장돌뱅이의 소견을 적어본다.

첫째, 기후가 좋아야 된다. 남, 북극이나 열대지방은 그 지역대로의 특수한 매력이 있겠지만 춥고 덥고 사계절이 뚜렷하지 못해서 정이 들지 않아 살맛이 안 난다.

싱가포르는 동남아에서 가장 살기 좋은 곳이란 정평을 받고 있다. 도시가 깨끗하고 질서정연하며 소매치기, 사기꾼도 드물다. 음식점, 쇼핑센터도 많을 뿐만 아니라 교통시설도 잘 갖추어져 있고 아름다운 공원도 있으며 부끄럽지 않은 골프장도 있다. 그러나 내 생각에 싱가포르는 양반이 살 만한 곳이 못된다. 적도 위에 떠 있는 손바닥만한 섬이어서 일 년 열두 달, 365일 늘 덥고 습기가 차서 에 어컨이 없으면 괴롭고 외출할 때마다 손수건을 여섯 개씩 가지고 나 가야 된다. 나는 그곳에서 4년 사는 동안 더위와 습기로 인한 풍토 병에 걸려 거의 죽을 뻔했다. 제명보다 8년쯤 감수당했을 것 같다. 가끔 자바 섬의 푼착, 말레이시아의 카메론 고원, 수마트라의 토바 호수 지역을 찾아가서 피서도 하고 보신도 꾀했지만, 나는 나의 세 포 알이 썩고 곪는 것을 느꼈다.

겁이 나서 덴마크로 도망쳤다. 그러나 더위가 지옥이라면 추위는 연옥이었다. 덴마크는 싱가포르처럼 살기 좋기로 소문 난 나라다. 인심이 좋고 꽃이 많으며 공기도 맑고 낚시질하기도 이상적인 나라 였다. 세계의 미인들은 모두 그곳에 모여 있는 것 같았다. 그럼에도 항상 축축하고, 여름에는 해가 너무 길고 겨울에는 해가 너무 짧아 서 잠자는 리듬이 깨지고 신진대사에 지장을 주었다. 특히 겨울철 에는 해가 10시 반에 떴다가 2시 반에 지는 바람에 영원같이 긴 밤 에 마누라 얼굴만 쳐다보다가 쓰러져야 했다. 딴 여건이 좋았기 때 문에 나는 덴마크에서 가장 행복하게 살았지만 기후가 중요하다는 것은 말할 것도 없다.

둘째, 산수가 좋아야 된다. 산에는 돌과 나무가 있고, 들에는 꽃 이 피고 곡식이 자라며, 강에는 배가 뜨고 물고기가 뛰어야 기분 이 난다. 아름다운 산수는 상상력을 길러주고 밥맛을 돋우며 수면 을 촉진한다. 산수가 유달리 아름다운 대한민국에 태어나서 살아

온 때문이겠지만 나는 산과 물이 없는 사막을 지날 때마다 본능적으로 위협을 느끼고 몸이 오싹해진다. 심지어 산이 없는 미국의 중서부를 여행할 때도 나는 소화제, 진통제를 삼켜야 한다. 등산, 수렵의 재미도 보통이 아니지만, 산 없고 강 없는 나라는 명당이라고 할 수 없다. 물론 바다도 있어야 한다. 하지만 바다는 없지만 바다같이 큰 호수들이 있는 스위스, 헝가리, 짐바브웨 같은 나라들은 그런대로 괜찮은 것 같다.

셋째, 살기 좋은 나라는 국토가 좁지 않고 자원이 좀 있어야 될 것 같다. 유목시대, 농경시대, 산업시대에는 국토가 넓고 자원이 풍부해야만 강대국으로서 행세할 수 있었다. 하지만 현시점에서는 이 두 조건들이 꼭 갖추어져야 된다는 법은 없다. 지금은 정보시대로서 정보를 심고 키워 정보로 쌀을 사 먹는 시대가 되었다. 제국주의가 무너지고 유엔이 등장하여 강대국이 마음대로 약소국을 삼키지도 못한다. 아무것도 없고 크기가 우표딱지만한 모나코 왕국이나 싱가포르 같은 나라가 제대로 살아가는 것을 보면 이 이론이 그릇된 것만은 아니다.

그러나 싱가포르는 귀중한 지정학적 자원을 갖고 있다. 물이 깊은 항구가 있고 파나마 운하나 지브롤터처럼 전략적인 위치를 차지하고 있기 때문이다. 모나코 역시 국제도박장과 많은 비밀 은행, 지중해 최고의 해수욕장인 리베리아 해변이라는 자원을 갖고 있다. 그렇다손 치더라도 가끔 옆 나라를 집어먹겠다며 엄포를 놓는 사담 후세인 같은 녀석이 나온다면 사고다. 자원이 없는 몽고나 아프가

니스탄은 장래가 암담하다. 석유가 떨어지면 사우디, 쿠웨이트, 리비아 같은 사막나라들도 애를 먹을 것 같다.

넷째, 살기 좋은 나라는 국민에게 일자리를 마련해주고 개인의 인권과 자유를 보장해주어야 된다. 쇼*George Bernard Shaw*는 돈 없는 것이 온갖 악의 근원이라며 가난을 범죄라고 규탄했다. 먹기 위해서는 일을 해야 되고 일자리를 주지 못하는 나라는 건강한 나라일 수가 없다. 일단 근본적인 생활이 보장된 나라의 국민은 인권과 자유를 누려야만 행복할 수 있다.

나는 이런 이유에서 미국에 주저앉기로 결심했고, 이런 점으로 볼 때 미국은 가장 살기 좋은 나라다. 나는 미국에서 접시닦이, 드러그스토어 출납원, 세븐일레븐 종업원, 비행장 경비원 등의 시시한 일도 해보았지만, 내가 급할 때는 언제든지 일할 수 있어서 좋았고 가난한 대로 생계가 유지되어서 좋았다. 좀 좋은 직업을 얻게 되자 집도 사고 차도 사고 여행도 할 수 있어서 좋았다. 미국에서 40년 동안 살면서 한 번밖에 신분증 조사를 당하지 않았다. 미친놈같이 옷을 입고 다녀도 누구도(교포 제외) 욕을 한 사람이 없었고, 내가 대통령 욕을 마구 해도 모두 히죽히죽 웃기만 해서 좋았다. 직업과 자유가 보장되지 않은 나라는 진정으로 살기 좋은 나라라고 말할 수 없다.

다섯째, 나는 문화가 있고 역사가 있고 전통이 있는 나라에 살고 싶다. 의식주 문제가 해결되고 짝을 지어 자손을 이어도 끝내 만족하지 못하는 것이 인간인 것 같다. 사람은 책도 읽고 오페라도 구경하고 고전도 찾아보아야 삶을 즐긴다고 할 수 있을 것이다. 건방진 취미임에 틀림없다. 그러면서도 나는 예술과 문화가 없는 세계에서 행복하게 살 수 있을 것 같지 않다.

마지막으로 살기 좋은 나라는 인구밀도가 적어야 된다. 나는 서울이나 도쿄, 홍콩에 가면 사람들이 너무 많아서 괜히 불안해지고 짜증이 난다. 왜 그럴까? 내 본성이 사람을 싫어하고 미워하는 탓에서일까? 지난 200년 동안 지구상의 인구가 10억에서 55억으로 급증하여 산과 들이 없어지고 물과 공기가 오염되어 자연이 죽고 인위적인 자연이 등장했다. 옛날에는 사람과 자연이 싸웠지만 오늘날에는 사람과 사람이 싸우게 되어 인심이 고약해지고 친절함이 없어졌다. 웃기는 말로 인류는 사랑하지만 사람은 밉다는 말이 있다. 사실 한국을 포함해서 사람이 너무 많이 살고 있는 나라들이 많다. 원자탄이 남아돌아 간다는데 몇 방 터뜨려 도회지 몇 쯤 잿밭으로 만들고 새 출발을 하는 것이 어떨까 하는 망측한 생각도 든다. 노자는 저울을 없애야만 사람이 속이기를 그친다고 했는데 아파트를 두들겨 부술 때가 온 것이 아닐까?

나의 평가기준에 의하면 한국은 살기 좋은 나라 가운데 하나다. 박정호 씨 말대로 기후가 좋고 산수가 좋으며 역사도 있고 전통도 있다. 한국의 문제는 일자리가 넉넉하지 않고 자원이 부족하고, 무엇보다도 인구가 너무 많다는 데 있다. 남북한을 합쳐 인구가 200

만 명 정도 되면 얼마나 좋을까? 내가 방문한 나라 중에 유럽의 오스트리아, 스위스, 이탈리아도 미국에 못지 않게 살기 좋은 나라 같다. 프랑스, 독일, 영국은 촌놈 살기에는 너무 까다로운 나라라는 인상을 주었다. 매우 살기 좋은 곳이라고 느껴진 나라들은 유럽의 오스트리아와 덴마크, 아프리카의 짐바브웨였다. 신생 국가로서는 루마니아, 아르헨티나, 브라질도 살기 좋은 나라가 될 것 같다. 오스트리아, 덴마크, 짐바브웨에 대해서는 뒤에 이 책에서 별도로 취급하기로 하겠다. 물론 하늘에는 조각구름이 뜨고 강물에는 유람선이 뜨고 뚜렷한 사계절이 있는 대한민국을 나는 잊을 수 없다.

헝가리 쇼프론의 미친놈

유럽 여행을 할 기회가 있으면 헝가리 구경을 하고 헝가리를 가게 되면 쇼프론이란 곳을 찾아보라고 권하고 싶다. 쇼프론은 오스트리아 국경 가까운 곳에 있는 헝가리의 작은 도시다. 비엔나에서 자동차로 고작 30분, 부다페스트에서 200킬로미터, 부다페스트에서 기차로 2시간 30분이면 도착할 수 있다. 왜 쇼프론에 가야 하느냐고?

쇼프론에는 멋진 미친놈이 쌓은 멋진 성이 있기 때문이다. 그 성을 구경하면 마치 피터팬과 동화의 세계를 답사한 것처럼 무엇인가 생생한 경험이 마음속에 영원히 새겨질 것이다.

미친놈에 흥미가 없는 사람을 위해서라도 헝가리 관광 소개를 간단히 해보겠다.

수도 부다페스트는 다뉴브 강의 파리라고 한다. 다뉴브 강은 세느 강에 못지 않게 장중하고 로맨틱하며 아름답다. 강가에는 수많은 궁전, 성, 교회, 박물관, 로마제국 시절의 유적, 온천들이 산재해 있고, 특히 온천은 신경통뿐만 아니라 정신병까지 고쳐준다는 소문에 인기가 대단하다.

헝가리 고유의 좋은 음식점이 많이 있어, 거위 간 튀김, 잉어국, 육개장과 비슷한 굴라슈 수프를 즐기면서 집시들이 노래하는 것을 듣고, 같이 춤도 출 수 있다. 김치를 먹고 싶으면 부다 쪽에 위치한 '서울의 집'에 가서 충남 부여식 음식을 먹으면 된다.

도떼기시장은 아주 명물이다. 10달러 주고 여성 정장을 한 벌 샀다고 아내가 신이 나서 패션쇼를 하며 좋아한 일이 있다. 대체로 물가가 매우 싸서 10달러만 주면 아침상까지 받는 조건부 민박도 구하기 쉽다. 사람들이 유순하기 짝이 없어서 마음놓고 사귀고 믿어도 좋다. 교통비도 서울보다 훨씬 싸고 대중교통도 매우 편리하다.

수도 부다페스트는 과학적으로 양분되어 있다. 산이 있는 서쪽은 부다라 부르고 강 건너 평지 쪽은 페스트라고 부른다. 부처님같이 인자한 사람들은 부다Buda 쪽에 살고 골칫덩어리 해충 같은 족속들은 모두 페스트Pest 쪽에 살고 있다. 국회의사당, 호텔, 은행, 대사관, 사기꾼, 포주, 창부들이 페스트 쪽에 있다는 것은 말할 나위가 없다. 도시계획을 제대로 짠 것 같다. 부다에 가면 충청도 사람 환영, 페스트에 가면 압구정동 손님 환대라는 간판이 붙어 있었던 것으로 기억된다.

부다페스트 체류 중 미술관, 박물관도 구경해야겠지만 국가에서 관리하는 오페라 하우스도 한번 방문해보는 것이 좋을 듯하다. 오페라는 이야기의 흐름을 모르면 재미가 없지만 발레는 누구나 즐길 수 있다. 공연이 제법이다.

나는 그림을 좋아하여 부다 성 안에 있는 미술관과 영웅광장 옆에 있는 국립미술관에 가보았다. 보면 볼수록 촌놈이 이해할 수 없고 어지러워지는 현대화 대신 쉽게 이해할 수 있는 그럴싸한 그림들이 많이 있다.

부다 성 미술관에서 5달러인가 주고 「자줏빛 의상의 여인」이란 복사판을 한 장 샀다. 그냥 인화지에 옮긴 사진이 아니라 사진 위에 반투명 망사를 입혀 언뜻 보면 진짜 유화같이 보이는 그림이다. 자줏빛 옷을 입은 여인이 피크닉 광주리를 옆에 놓고 혼자서 얌전히 풀밭에 앉아 있는 모습을 그린 그림인데 여인이 어쩌면 그렇게도 순하고 착해 보이는지 나는 세상이 슬프고 괴로울 때마다 그녀 얼굴을 보며 마음을 진정시킨다. 5달러짜리 정신요법은 헝가리에서만 있을 수 있다.

부다 쪽에서 전철을 타고 45분 정도 북쪽으로 가면 헝가리의 예술가촌 센텐드레가 나타난다. 예쁘장하고 나긋나긋한 마을인데 옛날 명동골목처럼 언덕배기 좁은 길 양쪽에는 헝가리 고유의 색동 의상, 자수제품, 기념품을 파는 조그만 가게들이 즐비해 있다. 물론 보통 사람들이 전혀 이해할 수 없는 현대 미술품과 조각품도 많이 전시되어 있다.

그 마을에는 민속촌도 있다. 동동주를 파는 곳은 없지만 천 년 전 헝가리 사람들이 살던 모습을 더듬어 보겠다면 한번 방문해보아도 좋다.

센텐드레에서 차를 타고 20분쯤 북행을 하면 비셰그라드*Visegrad*란 마을과 만나게 된다. 부다페스트에서 유람선을 타고 두 시간쯤 다뉴브 강을 올라가면 나타나는 비셰그라드에는 멋진 산성이 있고, 산과 강과 하늘이 묘하게 배합된 절경이 있다.

비셰그라드에서 30분 더 북쪽으로 올라가면 에스텔곰*Esztergom*이란 중형도시가 있다. 13세기 헝가리의 첫 왕인 스테판이 이 자리를 수도로 정하고, 둥근 원형지붕이 100미터나 하늘로 치솟는 교회를 하나 세웠다. 로마의 성 페테로 성당에 비하면 아무것도 아니지만 이 교회는 헝가리에서는 유일하게 바실리카*Bacilica* 양식으로 지어져 웅장하고 '본데'가 있다.

부다페스트에서 동북쪽으로 두어 시간 달리면 짜임새 있는 에게르*Eger*라는 작은 도시가 나온다. 헝가리의 경주라고 할까, 시내에 있는 성도 구경하고 하룻밤 잘 만한 곳이다.

인근에 국립공원으로 지정된 숲이 있고 조금 더 산 속을 달리면 마산처럼 요양소가 있는 미스콜릿치*Miskolc*란 꽤 큰 도시와 만나게 된다. 그 동쪽에 있는 토카이*Tokai* 지역은 옛날 소련의 국가수반들이 좋아했던 토카이 포도주의 원산지로서 세계적으로 유명한 특수보호구역이다.

산수를 좋아하시는 분은 이 고장에서 일주일쯤 묵는 게 어떨까. 산 좋고 물 좋고 공기 맑고 인심 좋은 이 고장에는 개울도 많고 한 뼘 반쯤 되는 송어도 잘 잡힌다. 송어 매운탕을 끓이고 토카이 포도주를 한 병 열고, 집시 계집애들을 초대하여 '청산리 벽계수야, 수이감을 자랑 마라.' 하고 시조를 한 곡 읊고 이태백 마냥 녹아 떨어지는 것도 풍치가 아니겠는가.

부다페스트 시 서남쪽으로 1시간 30분쯤 달리면 '헝가리의 바다'라고 불리는 발라톤Balaton 호수가 나타난다. 길이가 약 80킬로미터, 면적이 약 600평방킬로미터 되는 이 호수는, 지질학적으로 보면 풋내기로서 생긴 지 2만 년이 채 못 된다고 한다.

수심이 낮아서 (제일 깊은 곳이 5미터 정도) 물에 빠져 죽고 싶어도 그럴 수 없다는 것이 특징이다. 이런 이유로 여름 한철 발라톤은 독일 사람들의 식민지가 되다시피 한다.

수많은 독일 사람들은 스테이션 왜건Station Wagon이나 캠프용 트레일러에 마누라와 어린애들을 싣고 와서 이 호수에 처박아버린다. 숙박비 싸고, 음식값 싸고, 아이들이 익사할 염려 없고, 무엇보다도 술값 싸고 여자들도 많아 유럽 남자들은 한탕 하는 재미에, 마치 중복 더위에 서울 사람들이 떼지어 보신탕 집을 찾듯이, 이곳으로 줄을 지어 모여드는 것이다.

호숫가에 자잘한 도시들이 많이 있는데, 티하니Tihani 반도의 티하니가 제일 아늑하고 아름다운 것 같다. 경치가 좋고 송어구이를 기가 막히게 하는 음식점도 많다.

그곳 수도원에는 18세기에 만든 파이프 오르간이 있는데 그 오르간은 금을 도금한 천사 11명이 재롱을 떠는 조각품으로 장식이 되어 있다. 그 교회 지하실 납골당納骨堂에는 헝가리 말로 쓰여진 최초의 집문서가 보관되어 있다.

호숫가 마을 헤비즈Heviz에는 국제적으로 알려진 온천이 있다. 그리고 연못 전체가 총천연색 야외수영장 같은데 군데군데 연꽃이 피어 운치를 더해준다.

제일 붐비는 해수욕장은 바다초니Badacsony라는 마을에 있는데 언젠가 헝가리 텔레비전에서 그 마을 이름이 한국말 '바다촌'에서 유래됐다며 우스갯소리를 한 적이 있다. 어쨌든 발라톤은 유럽에서 제일 큰 어린이 유원지로 손꼽히는 곳이다.

'바다초니'라는 말이 정말 한국말에서 나온 것일까? 옛날 헝가리 왕이 세종대왕에게 특사를 보내 '바다촌'이란 이름을 지어 받았다고 생각할 수 있다. 그때 세종대왕께서 고추씨를 주며 육개장 같은 '굴타슈'를 만드는 법도 가르쳐준 것 같다.

알고 보면 한국과 헝가리는 비슷한 점이 아주 많다. 우선 헝가리 언어 자체가 우랄알타이어에 속하고 어순語順도 비슷하다. 역사 또한 두 나라가 비슷한 점이 많이 있다. 처음에는 폴란드, 그 다음에 독일, 그 다음에 오스트리아, 최근에는 소련이란 불청객이 쳐들어와서 이 나라를 쑥대밭으로 만들어버렸다.

식성 또한 비슷해서 헝가리 사람들은 고추와 마늘도 잘 먹는다. 교통사고율도 세계 1위인 한국에 이어 헝가리가 두 번째다. 올림픽 경기에서 한국과 같이 메달도 많이 따며 결혼에 대한 태도도 한국적이다.

내가 툭하면 찾아가는 음식점에 나를 단골로 모시는 쉰 살이 넘은 여직원이 있었다. 언젠가 한번 그녀와 결혼하고 싶다고 농을 걸었다. 이런 말을 하면 유럽 어느 나라에 가든 아가씨가 "쌩큐." 하고 생긋 웃는데 이 할머니는 얼굴을 붉히면서 어쩔 줄 몰라 했다. 그녀는 거의 울상을 지으면서 "나는 남편이 있는 여자입니다." 하고 엄숙하게 대답했다. 헝가리는 성춘향의 나라, 헝가리 사람들은 한국 사람들의 사촌이 아닐까 하고 쑥스러운 생각을 해본다.

쇼프론으로 가는 길에 훼르터드*Fertod*란 마을에 들러서 '에슈테르하지'라는 궁전을 들러보길 권하고 싶다. 에슈테르하지라는 장사꾼이 엄청난 돈을 벌어 귀족 칭호를 사고 국가에 봉사하겠다는 의도에서 이곳에 거창한 궁전을 지었다. 프랑스의 베르사유 궁전을 모방한 축소판인데 건물 정원이 꼭 베르사유 같아서 이 궁전을 세칭 헝가리의 베르사유라고 한다.

실외에는 연극관, 오페라관이 있고 실내에는 음악관이 있다. 1761년부터 1790년까지 요셉 하이든*Franz Joseph Hayden*이 지휘자로 일하면서 여러 개의 걸작을 이곳에서 작곡했다. 마리아 테레사 여왕이 자주 이곳을 방문했고, 여왕이 쓰던 침실, 욕실, 요강까지도 보존되어 있다.

쇼프론은 인구 5만의 예쁘장한 작은 도시다. 해마다 30~40만 명의 관광객이 모여든다. 철강공장, 직물공장이 몇 곳 있고 손바닥만 하지만 우미한 박물관들도 몇 곳 있다. 깨끗하고 조용하고 아름다워 거기 가면 이유 없이 행복감을 느낄 수 있다. 1809년 나폴레옹이 이 마을에 반해서 하룻밤 자고 갔다는 곳인 만큼 건들건들 하루를 소일하는 것도 좋을 듯하다.

자라가 메뉴로 나오는 음식점도 있고 여기저기 맛사지 홀을 안내하는 화살표가 있는 것으로 보아 문명도시임에 틀림없다.

쇼프론의 명물이 무엇이냐고 물었더니 음식점 급사가 헝가리에서 제일 유명한 광인과 그 사람이 쌓은 성을 꼭 보고 가라고 권해주었다. 그 말에 나는 눈이 번쩍 뜨였다. 요즘은 너무도 이성적이고 똑똑하고 잘난 사람들이 많아서 기수영산에 살았다는 소부 허유 같은 미친놈을 만날 수 있으면 얼마나 좋을까. 먼 옛날 고등학교 때 배웠던 '유산가' 구절이 떠올랐다. 그리하여 나는 신선도사의 암자를 찾아갔다.

막상 성을 찾아가보니, 언뜻 보기에 성이 너무도 작아서 희롱당했다는 실망이 들었다. 나무가 꽉꽉 들어찬 산중 허리의 대지 몇 정보에 얼마 되지 않은 건평을 차지한 장난감 같은 성. 몇몇 유럽의 성들을 구경한 적이 있던 나로서는 헛걸음쳤다는 느낌을 받았다.

수위실이 없는 성 입구에는 '입장료를 내지 않으면 출입금지'란 경고문이 붙어 있어서 더더욱 기분을 잡쳤다. 기웃기웃하며 안으로 들어가 봤더니 성의 설계라든가 건축기술은 엉망이요, 뒤범벅이었다. 그러면서도 자세히 살펴보니까 성은 성벽, 누벽, 망루탑, 토굴 감옥, 지하도피터널 등 갖출 것을 다 갖춘, 이를테면 살짝 흠이 간 다이아몬드 마냥 반짝이는 주옥이었다.

나도 모르게 은근히 마음이 땡기고 즐겁고 매혹적이었다. 객실도 두어 개 있고 엄청나게 큰 돌을 통째로 깎아 만든 욕탕에는 로맨스라는 말이 대문자로 새겨져 있다는 느낌을 주었다. 애인과 같이 여기 와서 하룻밤 자고 가면 얼마나 좋을까, 이런 쑥스러운 생각이 떠올랐다. 보면 볼수록 이상야릇하면서도 아름다운 성이었다.

그러나 진짜 중요한 것은 누가 어떻게 이 성을 쌓게 되었느냐는 이야기다. 여기에 등장하는 인물이 쇼프론의 미친놈 '타로디' 씨다. 괴짜, 외톨이로서 어렸을 때부터 그의 꿈은 스스로 성을 짓겠다는 것이었다. 그래서 1951년 5월 5일에 어이없는 공사를 착수하게 되었다.

교육도 제대로 받지 못한 그는 건축법도 모르고 설계도도 없었다. 그러나 그는 매서운 눈초리, 엉성하면서도 골수를 아는 본능, 천재적인 심미감, 무궁무진한 정력과 인내력을 갖추고 있었다. 그는 가족과 마을의 얼치기들을 총동원하여 산으로 돌을 끌어올려 한 개씩, 한 개씩 쌓아올리기 시작했다. 일편단심, 일사불란으로 그는 40년 동안 비가 오나 눈이 오나 성만 쌓았다. 현처는 그의 세 번째 아내인 것으로 보아 전처들은 중노동으로 죽었거나 노예생활을 못하겠다며 도망쳐버린 것이 아닌가 생각된다. 그는 아직 미치광이처럼 성을 계속 쌓고 있는데 참으로 천재 광인이 아닐 수 없다.

말 외양간에 먹이를 들고 가는 타로디 씨를 잡고 얘기를 해봤다. 그때(1992년) 나이는 예순다섯 살쯤, 키는 155센티미터 정도, 홀쭉하고 가냘파서 무게는 50킬로그램을 채 넘기지 못할 것 같았다.

노동복을 아무렇게나 입은 그는 30년 전 서울역에서 보았던 지게꾼 같았다. 그러면서도 그의 눈동자는 열 살 먹은 호기심 많은 소년처럼 반짝였다. 천재이면서도 겸손하여, "당신 같은 귀하신 몸이 저의 보잘것없는 움집을 찾아주어 참 고맙습니다. 어리석은 집념으로 소중한 나무를 베고 성을 쌓아 죄송합니다." 하고 어쩌면 능청 같으면서도 진실한 고백을 했다. 순나라를 물려주겠다는 황제의 간청을 거부한 허유 영감님을 만난 듯한 기분이 들었다.

그때 마침 장작을 한아름 안고 지나가는 그의 아내를 붙잡고 함께 사진을 찍어달라고 부탁했다. 40대 후반의 그녀는 키도 크고 몸매도 잘 빠진 멋쟁이였다. 남편은 정을 몰라, 자기를 한번 안아주거나 엉덩이를 꼬집을 줄도 모르는 멋대가리 없는 사람이라고 뇌까렸다. 그러면서도 남편에게 힐끔힐끔 정다운 시선을 보내는 것으로 보아 금슬이 사기조각같이 산산이 깨진 것 같지는 않았다. 부부간에 아이들도 몇 낳았으니까. 엉덩이야 숫처녀 것일망정 잠은 몇 번 잔 모양이다.

어찌하여 이렇게 성을 쌓게 되었느냐고 물어보았다. 그는 씩 웃으면서 유전인자를 잘못 타고난 탓이라고 했다. 비버(해리)가 본능적으로 강물을 막고 댐을 쌓아야 하듯이 자기도 모르게 성을 쌓아야 했다고 한다. 천성이라고 할까, 천직이라고 할까, 팔자라고 할까. 그는 다시 한 번 씩 웃었다.

소련 치하에 있던 그 옛날, 소련 관리들이 타로디 씨의 엉뚱한 짓을 어떻게 생각했느냐고 물었다. 미친놈을 감옥에 잡아넣고 먹여 살리자면 돈이 꽤 드는데, 무해한 미친놈은 그냥 내버려두는 것이 좋다며 소련 군대는 일체 간섭하지 않았다고 한다. 내가 방명록에 대한민국에서 온 촌놈 전시륜이라고 썼더니, 나의 어깨를 슬쩍 치면서, 언젠가 한국에서 헝가리를 방문한 장관님 한 분이 영광스럽게도 자기를 찾아준 적이 있었다고 말했다.

나는 타로디의 성을 떠나면서 소년이 되어 소년의 꿈을 꾸었다. 힌두교의 가르침대로, 내가 이 세상에 다시 태어난다면, 나도 타로디같이 충청도 산속에 정자를 지어, 삶의 여로에서 피곤을 느끼는 분들을 모시고 싶다. 얼마나 성스럽고 멋지고 즐거운 일일까.

경제적으로 볼 때, 타로디의 성은 대성공이었다. 1991년도에 그 성을 찾은 방문객은 10만 명, 입장료 수입만 5백만 포린트(약 8만 달러)에 달했다고 한다. 헝가리의 공무원들이 한 달에 250달러 정도 버니까, 타로디는 대단한 갑부인 셈이다.

강남 쪽에 땅을 사지 말고 강원도 산속에 정자를 하나 지어보는 것도 재미있고 숭고한 일이 아닐까, 하는 생각에 나는 소년 소녀들에게 타로디의 동심을 배우라고 권하고 싶다. 배낭을 메고 유럽을 방문하려는 젊은이가 있다면, 고색창연하고 휘황찬란한 비엔나를 구경한 뒤 살짝 빠져나가 쇼프론의 미친놈을 만나보라고 신신당부한다.

루마니아의 효녀 심청이

　루마니아 출장 중에 나는 스물다섯 살 먹은 처녀를 딸로 삼고 심청이란 이름을 지어주었다. 그 사연은 다음과 같다.

　회사 일로 루마니아의 부쿠레슈티에 갔을 때였다. 내가 루마니아 말을 못하고 그 나라 사람들이 영어를 못하기 때문에 영어도 잘하고 컴퓨터도 만질 줄 아는 사람을 구했다. 이래서 얻은 여자가 미레라였다. 처음 소개를 받고 인사를 나누었을 때 나는 가슴이 설레면서도 매우 불안했다. 미레라는 스물다섯 살의 아가씨로 178센티미터의 키에 얼굴은 유명한 여배우인 소피아 로렌같이 생겼다.

　나는 은근히 심리적인, 육체적인 위협감을 느꼈다. 나는 나이도 많고 키도 작을 뿐만 아니라 힘도 없고 마음도 약해서 그녀와 같은 여장부를 도저히 다룰 수 없을 것 같았다. 그녀가 성이 나서 대들면

꼼짝 못하고 얻어맞을 수밖에 없을 것 같았다. 소피아 로렌이 눈을 부라리는 영화 장면이 상기되었다.

하지만 며칠 동안 같이 일을 한 뒤 나의 불안감은 안개처럼 사라졌다. 그녀의 눈은 송아지 눈같이 크고 조용하고 온순해 보였다. 언동은 겸손하고 상냥했다. 무엇보다도 착하고 성실했다. 영어뿐만 아니라 불어도 유창하게 했고 한문을 읽고 쓸 줄 알았으며 중국어도 곧잘 했다. 나중에 알고 보니 그녀는 시인이기도 했다. 나는 나의 행운에 감사하지 않을 수 없었다.

하지만 그녀의 진짜 매력은 그녀의 장신, 미모, 컴퓨터 지식, 어학 실력에 있지 않고 지극한 효성에 있었다. 그녀는 자기의 친아버지처럼 나를 깍듯이 위하고 받들어 모셨다. 난방시설이 잘못되어 내가 추워하며 떨고 있자 그녀는 재빨리 전기히터를 장치해주었다. 또한 내가 물을 많이 마시고 콜라를 꺼려 하는 것을 알아채고는 약수를 한 상자 들여왔다. 바빠서 점심을 못 먹을 때는 내 점심을 사가지고 왔다. 심지어 나의 식성까지 알아내어, 한국 음식점까지 가서 고추장과 김치를 사왔다. 그녀는 내가 코트를 입고 벗는 것도 도와주었다.

물론 그녀가 나에게 잘해주어야 된다는 것은 의무라기보다는 법이었다. 미국에서 온 손님을 대접하여 투자자본을 유치하고 경제개발을 꾀한다는 것은 제3국의 헌법이 되다시피 했다. 하나 그녀는 의무나 법이 요구하는 한도를 벗어나서 나를 헌신적으로 위해주었다. 어느날 호텔로 가는 도중에 나는 눈시울이 뜨거워지는 것을 느꼈다.

내가 주말에 공원이나 박물관을 방문했을 때 그녀는 나를 수행하며 함께 사진도 찍고 점심도 같이 했다. 미레라는 보면 볼수록 아름다우며 사귀면 사귈수록 정답게 느껴졌다. 한 남자가 한 여자에 대해 느끼는 도취감이 아니었다. 나는 그 애가 점점 딸같이 느껴졌다.

나는 아들 둘, 딸 하나를 두었다. 우리 아이들은 모두 미국에서 태어나서 하는 짓이 전형적인 미국식이다. 정초에 세배도 할 줄 모르고 맛있는 음식을 부모에게 양보할 줄도 모른다. 만나면 "하이, 대드(Hi, Dad)." 하고, 마치 나를 친구인 양 대하고 아버지란 급할 때 돈이나 몇 푼 얻어 쓸 '친구'로 여긴다. 그렇다고 우리 아이들이 버릇이 없다고 생각해본 적은 없다. 먼 옛날 미국 병에 들어 나는 어린애들을 개방하여 길렀고 유교적인 교육이라고 해봐야 '부자유친'이란 말을 꺼낼 정도였다.

그러다가 미레라를 만난 뒤부터 나는 한국의 구식 영감으로 되돌아가는 것을 느꼈다. 나이 대접, 어른 대접을 받는 기분이 보통이 아니었다. 나는 미레라에게 그녀를 딸로 삼겠다고 선언했다. 그녀는 자기 부모의 허락을 맡아야 되니까 하루만 기다려달라고 했다. 그 이튿날 그녀는 나의 제안을 쾌히 승낙하고 나를 아버지로 모시겠다고 했다. 그녀의 시편이 발간되면 그 책을 나에게 선물하겠다고도 말했다.

미레라는 도의성이 대단한 여자였다. 한번은 저녁을 사주기 위해 호텔에 데려왔는데 안에 들어오지 않고 밖에서 기다리기에 이유를 물었다. 그녀는 루마니아에서는 젊은 여자가 외국인과 호텔에 들어가면 창녀로 간주되어 내가 봉변을 당할 수 있다고 말했다. 할 수 없이 우리는 커피숍에 가서 커피를 한잔 나누었다. 백화점에서 옷을 한 벌 사주려고 했지만 그러지도 못했다. 할 수 없이 나는 상공회의 소에 돈을 150달러 맡기며 그녀의 이름으로 증권을 몇 주 사주라고 부탁하고는 미국으로 돌아왔다. 비행장으로 배웅을 나왔을 때 나는 그 애에게 심청이란 이름을 지어주고 심봉사가 심청이 효도의 힘으로 어떻게 눈을 뜨게 되었는지 얘기를 해주었다. 그 애 눈에 눈물이 비쳤다. 나도 눈시울이 뜨거워지는 것을 느꼈다.

집에 와서 아내와 아이들 모두에게 심청이 얘기를 해주었더니 의외로 박수를 치며 장한 일을 했다고 칭찬을 해주었다. 사실 나는 아이들이 자기네들 상속금이 떨어져 나갔다고 아우성을 치면 어쩌나 하고 걱정했었는데 "That's great, Dad." 하는 것으로 보아 미국식 효도도 알찬 것 같다.

엊그제 미레라한테서 편지가 왔다. 그녀는 우리 식구들이 자기를 받아들인 데 대해 감사를 표하며 이런 말을 썼다.

"아버님이 가신 뒤 눈이 많이 내리고 날씨가 추워졌습니다. 아버님께서 햇볕과 따뜻한 날씨를 가지고 가신 것 같습니다."

이 편지를 받고 나는 금년 말에 은퇴하려다가 일 년 더 연장하기로 했다. 루마니아의 속리산같이 아름다운 부라쇼브라는 숲 속에 미레라 전당이라는 세 칸짜리 집을 짓고자 했다. 손바닥만한 밭을 일구어 한국의 무, 배추, 콩을 심고, 은퇴한 뒤 그곳에 파묻혀서 팔만대장경을 읽다가, 그 집을 미레라에게 넘겨줄까 하는 궁리에서였다.

인생은 멋이다. 스물다섯 살 먹은 심청이같이 착한 딸을 공짜로 얻는다는 것은 보통 운수가 아니다. 미레라의 모습을 그리면서 나는 지금 타자를 치고 있다.

허영과 감사

몇 년 전 홍콩공항에 내려서 택시를 탔다. 쪽지에 내가 찾아갈 호텔 이름을 적어서 운전사에게 주고 나는 차 뒷자리에 앉았다. 차가 달리는 동안 나는 창 밖을 기웃기웃 내다보았다. 어느 나라에서 오느냐, 홍콩에는 처음 오느냐고 운전사가 말을 붙였다. 나는 한국에 사는 농사꾼인데 이번에 장가 가고 시집 간 아이들이 돈을 모아 동남아 관광을 시켜주어 홍콩에 들르는 길이라고 했다.

이따금 나는 요금 계기판을 쳐다보았다. 차가 호텔 앞에 서기 직전 계기판에는 분명히 68이라는 숫자가 나타났다. 행여 엉뚱한 곳에 촌놈을 떨어뜨린 것이 아닐까 해서 나는 밖에 나가 호텔 이름을 확인했다. 제대로 온 것 같았다. 요금이 얼마냐고 물었더니, 운전사는 요금 계기판을 가리키면서 268홍콩달러라고 했다. 깜짝 놀라 계기를 들여다보니 정말 268이란 숫자가 보이지 않는가!

내가 호텔 이름을 확인하는 동안 운전사가 계기 숫자를 조작했음이 틀림없었다. 순간적으로 노엽고 기분 나쁘기 짝이 없었다. 이놈을 어떻게 혼내줄까? 혼내주는 일은 간단했다. 내가 운전사에게 짐을 호텔 안까지 가져다달라고 부탁하고, 일단 호텔에 들어가면 호텔 직원에게 공항에서 그 호텔까지의 택시요금이 보통 얼마나 되느냐고 묻기만 하면 된다. "보통 70홍콩달러, 터널 통행료까지 합해서 80홍콩달러쯤 됩니다." 하는 대답을 받으면 그것으로 일이 끝나는 것이었다.

그러나 다음 순간 나는 엉뚱한 생각에 사로잡혔다. 나는 운전사의 입장에서 이 사건을 바라보았다. 내 옷차림, 생김새로 보아 그는 나를 한국에서 온 촌놈이라고 단정했음이 틀림없다. 기웃기웃 밖을 내다보았다는 사실이 이것을 증명한다. 말보로 담배를 피우는 것을 보아, 분명 촌놈의 딸애가 공항에서 "아버지, 오래간만에 양담배 한 번 피워보세요." 하고 한 갑 사준 것이 틀림없다. 노자도 넉넉히 탔을 텐데, 이때 한몫 끼어 살짝 사기를 치는 것이 어떨까? 운전사 입장에서 볼 때는 조리정연한 일이었다. 어쩌면 한국 촌놈을 등쳐 먹는다는 것이 홍콩 시민에게는 애국적인 일일지도 모른다.

그 운전사의 옷차림은 초라했다. 그는 30대 초반 같았는데 고생에 시달려 40대로 보였다. 딱하고 가여운 존재였다. 이를 어쩔까? 나는 300홍콩달러를 꺼내주고 고맙다고 정중히 인사한 뒤 남는 돈은 팁으로 가져도 좋다고 했다. 운전사는 좋아서 어쩔 줄 몰라 하며 절을 꾸뻑 하고는 줄행랑을 쳤다.

내 생각은 이랬다. 그 운전사에게도 처자가 있고 친지들이 있겠지. 미화 30달러라는 거액이 손에 들어오자 어쩌면 그는 군밤을 한 봉지 사가지고 집에 돌아가지 않을까. 아내에게 100홍콩달러짜리 돈을 내주면서 돼지다리를 한 개 사오라며 근사한 미소를 짓지 않을까. 그뿐인가. 자기 운전사 친구들에게 "야, 나 어제 한 구찌 했어. 계기판에 68이 나타났는데 눈 깜짝할 사이에 내가 그것을 268로 만들었어. 그런데 이 새끼가 진짜 촌놈이어서 고맙다고 300홍콩달러를 주잖아!" 이런 조로 자화자찬을 할 때 그는 어쩌면 동료들한테서 부러움을 받고, 그와 동시에 5년 동안 몸을 괴롭히던 위궤양 증세가 사라지지는 않았을까?

내가 미화 30달러를 선사함으로써 그가 자기 가족을 행복하게 해주고, 스스로에 대한 자신을 얻게 되고, 그의 고질병까지 고치게 해주었다면 이것은 정말 거룩한 일이 아닐까. 나는 이런 생각에서 가여운 운전사에게 미화 30달러를 희사했다.

얼마 뒤 나는 워싱턴의 한 한국 음식점에서 저녁을 먹고 있었다. 조금 떨어진 좌석에서 청춘남녀 한국인 한 쌍이 저녁을 먹고 있는 것을 보았다. 무엇이 그리 즐거운지, 그들은 끊임없이 킬킬 웃어대고, 서로 손도 만지고 허리를 끌어당기며, 가끔 키스까지 했다.

매우 아름다운 풍경이었다. 나는 한국에서 자랄 때 연애를 해보지 못했다. 하긴 그 당시 연애를 해본다는 것은 지극히 어려운 일이었다. 환경보호를 해야 된다는 핑계로 사회가 연애를 허용하지 않았다. 나는 미국에 와서야 처음으로 미국 여자와 연애다운 연애를 할 수 있었다. 한국의 청춘남녀가 저렇게 열렬하게 사랑하는 장면을 보자 눈시울이 뜨거워졌다. 나는 식당 주인을 불러 젊은 연인의 밥값을 치르고 서둘러서 나와버렸다. 내가 못 해본 연애를 남들이 하는 것을 차마 볼 수 없어 돈을 내고 나와버린 것이 아니었다. 멋진 연극공연에 대한 표값을 낸 것뿐이었다.

차를 몰고 집으로 돌아오면서 나는 자문自問했다. 나는 왜 생판 모르는 사람의 저녁 값을 치렀는가? 나는 왜 홍콩에서 정직하지 못한 운전사에게 미화 30달러나 희사했는가? 나는 세상을 건지겠다, 남에게 자비심을 베풀겠다는 의욕이 전혀 없다. 그러면서도 나는 왜 그런 엉뚱한 짓을 했을까? 곰곰이 생각해보니 나의 소행은 내가 나의 허영심을 간질여서 즐거움을 얻어보자는 간사한 짓이었다. 따져보니까 밑진 흥정은 아니었다.

나는 50달러짜리 이상의 기쁨을 느꼈다. 사실 대부분의 사람들이란 태어나서 밥먹고 똥싸고 새끼치고 허덕이다가 죽는 싱거운 동물이다. 잘났다는 사람도 알고 보면 그놈이 그놈이고, 그년이 그년이다. 너나 할 것 없이 다 별볼일 없는 사람들이다.

소로Henry David Thoreau의 말마따나 대부분의 인간들에게 삶이란 조용한 절망이다. 어쩌면 인간들에게 삶이란 조용한 절망이다. 어쩌면 삶은 권태의 늪이다. 이 절망, 이 권태에서 어떻게 빠져나올 수 있을까?

다행히 하나님께서는 인간에게 허영심이란 미덕美德을 심어주셨다. 내가 남보다 못난 것이 하나도 없다는 허영심은 우리에게 자신감을 주고 용기를 주고 희망을 주고 기쁨을 주고 행복감을 준다. 허영심은 삶에 의미를 주고 삶을 신나게 만든다. 허영은 대중의 미덕이고 민주주의 시대의 미덕이다. 진·선·미는 귀족적인 미덕으로서 진을 찾고 선을 베풀고 미를 얻기는 하늘에 별을 따기만큼 힘들다. 그러나 허영은 기르기 쉽고 쓰기 쉽고 남을 해치지 않는 미덕이어서 좋다.

잘났다는 정치가, 실업가, 운동선수들도 남이 망해야 만족스러워한다. 비돌Gore Vidal의 말처럼 그들은 성공만 가지고는 충분치 않고 남이 망해야만 기쁨을 느낀다. 허영이란 거울을 들여다보고 눈썹을 그리는 즐거움, 단체사진을 볼 때 내 얼굴을 제일 먼저 보는 즐거움, 청객이 없는 데서 콧노래를 부르는 즐거움, 하이힐을 신고 궁둥이를 요란하게 흔들어보는 즐거움이다. 비교적 순진하고 무해하고 경제적인 미덕이다. 이런 점에서 허영은 인간 정복에 가장 중요한 미덕이라고 생각한다.

대학에 다닐 때 캐롤이란 여학생을 안 적이 있다. 이 여학생은 시간만 나면 오락실에서 친구들과 브리지 게임을 하는 것이 일이었다. 정말 얼굴이 깜찍하게 생긴 미녀였다. 항상 카드놀이만 하는데 시험만 치면 점수를 잘 얻는다고 했다. 그런데 여러 학생들이 그녀가 건방지고 잘난 체한다고 해서 싫어했다. 언젠가 단둘이서 교정을 걸으면서 그녀에게 물었다.

"당신은 항상 놀자 주의인데 어떻게 시험을 칠 때마다 100점을 땁니까? 커닝을 조금 하는 게 아닌지요?"

그녀는 깔깔 웃으면서 자기는 머리가 좋아서 시험을 치면 으레 점수가 잘 나온다고 했다. 그녀는 덧붙였다.

"그런데 나를 싫어하고 시기하는 사람들이 많아요. 내가 겸손하지 않다는 이유에서죠. 내 머리가 좋은 것은 내가 노력해서가 아니라 나의 부모가 머리 좋은 유전자를 물려주었기 때문이죠. 나는 사실을 얘기했을 뿐이에요. 진리를 말하는 것이 죕니까? 내가 나 자신을 칭찬한 것이 아니라 나의 부모님을 칭송했는데 그들은 나보고 건방지다, 허영심이 많다, 겸손하지 못하다고 욕을 하고 있지요. 사실 따지고 보면 겸손은 미덕이 아니라 사막입니다. 겸손하다는 친구들의 대부분은 거짓말쟁이입니다. 부잣집에서 태어나고도 자기는 가난해서 죽만 먹고 자랐다고 하면, 사람들이 '아, 그 사람 참 겸손하다'고 칭찬을 합니다. 내가 열심히 공부해서 시험점수를 잘 땄을 때 어깨를 움츠리고 씩 웃으면서 운이 좋아서 점수를 잘 받았다고 하면, 얼빠진 자식들은 겸손하다고 하겠죠. 그렇지만 나는 거짓말하는 재주를 타고나지 못했습니다. 물론 많은 겸손한 정치가들, 겸손한 목사들이 있었기 때문에 이 세상이 요지경 속으로 빠져들지 않았을 것입니다. 저 참 건방진 계집애죠?"

그녀는 미소를 띠며 힐끗 내 얼굴을 훑어보고 내 손을 꽉 쥐었다. 나는 산상 수훈을 받고 박달나무 밑에서 계시라도 받은 듯 강력한 쇼크를 느꼈다. 환희의 쇼크, 이해의 쇼크였다.

스피노자는 겸손은 위선이기 때문에 미덕이 될 수 없다고 했다. 좀 덜 겸손하고 살짝 더 허영을 키워보는 사회에서는 누구나 다 음식 소화를 잘할 수 있으리라고 나는 믿는다.

빨랫줄과 아파트 호텔

호텔에서 장기투숙을 하면 아쉽고 불편한 점이 한두 가지가 아니다. 하루 세 끼 밥을 사 먹는다는 것이 지긋지긋하고 매일 멀쩡한 홑이불을 가는 호텔 종업원 보기가 쑥스럽다. 제일 난처한 일은 내의와 양말을 어떻게 빠는가 하는 엄숙한 과제다. 언젠가 홍콩의 한 호텔에서 신사복 한 벌을 세탁해달라고 부탁했는데 세탁요금이 미화로 거의 200달러가 나왔다. 내가 일본 소니 사의 사장이라고 착각한 모양이었다. 그래서 외지에 나가면 신사복 세탁은 포기해버렸는데 내의, 양말은 세탁하지 않으면 냄새가 나고 입으면 두드러기가 생길 듯 감촉이 심히 불쾌했다. 호텔 지하실 같은 곳에 동전을 집어넣고 쓰는 세탁기가 있으면 좋으련만 그런 시설이 갖춰진 호텔을 아직도 찾지 못했다.

호텔 화장실에서 몰래 비누로 빨아봤다. 비누를 써서 세탁한 옷은 피부의 비위를 거스르기 때문에 샴푸를 써보기도 했다. 뭐니 뭐니 해도 빨래하는 데는 가루비누가 최고다. 세탁을 해도 세탁물을 널 곳이 없다는 것이 문제다. 샤워 커튼을 한쪽으로 밀어제치고 양말과 팬티를 철봉에 거는 수밖에 없었다.

어느 날 아침, 홍콩 매리올 호텔의 샤워 커튼 철봉에 양말을 걸고 출근했다가 돌아와보니 욕실에 빨랫줄이 설치되고 내 양말이 거기에 매달려서 웃고 있었다. 알고 보니 빨랫줄이 새로 설치된 것이 아니라 나 같은 촌놈, 수전노를 위해서 빨랫줄은 처음부터 호텔 건축설계의 일환이었다는 것을 발견했다. 내가 지금 이 글을 쓰고 있는 싱가포르 호텔에도 빨랫줄이 설치되어 있다. 얼마나 고맙고 대견한 일인가.

물론 실내 빨랫줄은 마당 빨랫줄에 비할 수 없다. 들에 널린 빨래는 햇볕을 받고 적외선, 자외선의 살균소독을 받고, 산들바람과 희롱하고, 민들레꽃, 장미꽃의 향기를 맞고, 꿀벌, 귀뚜라미, 새들의 교향악을 들어 옷을 입는 몸에 대자연을 안겨준다. 호텔 안에서 라디에이터, 에어컨 소리만이 음악인 줄 아는 양말과는 그 본질이 다르다. 그렇다 하더라도 빨랫줄 없는 호텔방은 문명의 수치다.

인류문명에 대해서 생각하다 보니 아파트 호텔의 그림이 눈 앞에 떠오른다. 유럽의 관광지에는 호텔, 모텔 외에 아파트 호텔이라는 것이 많이 생겼다. 일반 호텔과 달리 아파트 호텔에는 커피숍, 음식점, 기념품 가게, 사우나, 헬스클럽, 밴드, 쇼 같은 것이 없다. 아파트 호텔은 문자 그대로 호텔이면서 아파트로 쓰여져 보통 겸손한 침실이 한두 개, 조그만 라운지 하나에 부엌이 달려 있다. 그 중에서 제일 중요한 것은 부엌이다. 부엌에는 난로, 소형 냉장고가 설치되어 있고, 냄비, 후라이팬, 칼, 도마, 수저, 양념통 등이 준비되어 있어 손님이 재료를 사다가 식성에 맞게 요리를 해먹게 되어 있다.

나는 아내와 같이 여행하면서 가능하면 아파트 호텔에 투숙했다. 값은 호텔이나 비슷했지만 밖에 나가 음식을 덜 사 먹는다는 점에서 경비가 절약되는 셈이다. 무엇보다도 아파트 호텔에 사는 진미는 김치와 매운탕을 먹을 수 있다는 데 있다. 사람의 식성은 이상야릇하면서도 괴상망측하여 내가 어렸을 때 먹었던 음식에 집착한다. 한국 사람인 경우에는 김치를 먹지 않고, 고춧가루가 뿌려진 음식을 먹지 않으면 혈액순환이 제대로 되지 않고 우울증에 걸리게 된다. 외국에 나가서 그 나라의 특수한 채소, 생선을 사 가지고 와서 매운탕을 끓여먹으면 정말 천하일미다. 물론 우리는 외식을 즐겨 밖에 나가서 음식을 자주 사 먹었다.

산마루에 외로이 서 있는 주막이나 외진 해변가 식당의 야외식탁에 앉아 밥을 먹는 기쁨은 무엇에 견줄 수 없게 아름답다. 음식이 특수하고 맛이 있어서가 아니다. 산에서는 하늘과 구름, 건달기가 찬 바람 소리, 소나무들이 주고받는 은근한 대화가 우리들이 먹는 음식 속에 스며들어, 대자연의 신비를 마시는 느낌을 경험한다. 바닷가 음식에는 철썩대는 물 소리, 건전한 소금 냄새, 안타까워하는 갈매기의 울음, 저녁 노을과 조개껍질의 가냘픈 아름다움이 담겨져 있다.

술이 거나해서 아내를 쳐다보면 아내 얼굴이 점점 예뻐진다.

유럽에 와서 포도주 마시는 법을 배운 아내는 "여보, 당신은 늙어 갈수록 미남이 되는 것 같아요. 안경을 다시 맞춰야 할 때가 됐나봐요." 하고 한술 더 뜬다. 어쩌면 행복이란 바닷가에서 소금 냄새에 취해 시시한 소리를 주고받는 데 있는지도 모른다.

아파트 호텔은 민주정신, 인권존중을 상징하는 것 같다. 세상에는 잘난 사람도 있고, 못난 사람도 있고, 부자도 있고, 가난뱅이도 있고, 여행 중에도 반드시 김치를 먹어야 되고, 스시를 먹어야 되고, 카레라이스를 먹어야 되는 사람도 있다. 이러한 다양한 사람의 성격, 취미, 식성을 인정하고 존중하고 보호하자는 정신에서 아파트 호텔이 탄생한 것 같다.

일 년 전 홍콩의 매리올 호텔에서 쉬고 있을 때 나는 여론조사서에 김치가 없어서 섭섭했다고 말하고 김치 없는 세계는 야만의 세계라고 장황한 김치철학을 썼다. 6개월 뒤에 그 호텔에 다시 투숙했을 때 나는 메뉴에 김치가 없는 것을 보고 노발대발하여 항의했다. 얼마 전에 호텔 주방장이 나에게 사과편지를 보내고 매리올 호텔은 자랑스럽게 온 세계 미식가들을 위해 김치를 제공하고 있다고 기별을 해왔다.

나는 요즘 김치 공세와 병행해서 빨랫줄 공세를 전개했다. 좀 우스운 소리지만, 호텔 예약을 하기 위해 장거리 전화를 걸고 "당신네 호텔에는 화장실에 빨랫줄이 있습니까?" 하고 물으면, 상대방은 무슨 소리를 하는지 몰라서 당황한다. 어느 호텔에서는 "우리 호텔 설비는 완전합니다. 부인을 위해서 탐폰도 무료로 제공합니다."라고 뇌까렸다. 내가 장난을 치는 줄 알았던 모양이다.

세계는 아직도 빨랫줄의 의미를 모르는 것 같다. 린위탕林語堂은 문명이란 음식점 옆에 세탁소를 짓고 세탁소 옆에는 이발소를 짓는 데 있다고 했다. 사람은 밥만 먹고 사는 것이 아니라 머리도 깎고 세탁도 해야 된다. 이것이 문명이라면 아파트 호텔을 짓고 호텔 속에 빨랫줄을 맨다는 것은 문화다. 문화란 별것 없이 나를 위해서 이쑤시개와 귀후비개를 발명하고 남을 위해서 빨랫줄을 매주고 아파트 호텔을 건축하는 데 있다.

음악

모든 만물이 음악을 좋아하는 것 같다. 정신없이 달리던 개도 멜로디가 흘러나오면 남의 집 앞에서라도 귀를 쫑긋하고 멈춰 선다. 원자핵을 도는 전자들과 태양을 도는 위성들도 멋있는 노래를 부르면서 궤도회전을 한다고 한다.

사실이건 전설이건 음악에 대한 아름다운 이야기들이 많이 있다. 베토벤은 거미를 위대한 음악 감상가로 여긴 것 같다. 그의 말에 의하면 그가 바이올린을 연주할 때 가라커트란 거미가 천장에서 내려와 바이올린에 정좌하고 자리잡았다는 것이다.

남극 탐험가들은 펭귄의 환심을 사려면 축음기를 튼다고 한다. 노래가 흘러나오면 새들은 신이 나서 입에 조약돌을 물고 와 사람들에게 바친다. 펭귄들에게 조약돌은 자기네들 집을 짓는 데 사용되는 귀중한 대리석과 같다. 이것은 남자가 여자에게 다이아몬드 반지를 선물하는 것과 다름이 없다. 호랑이는 사납다고 하지만 음악을 듣기 전의 얘기다. 피리를 불면 호랑이는 순한 양이 되어버린다. 식물들 또한 음악을 한없이 즐긴다고 학자들은 증언한다. 온실 경영자들의 말에 의하면 물을 주면서 음악을 틀면 꽃도 더 아름답게 피고 과일도 더 많이 열린다고 한다.

황천에 감금된 처妻 유리디시를 구하기 위해 지하계로 원정을 나간 오르페우스는 수금 하나를 무기로 가지고 갔다. 그의 손가락이 현을 만지자 황천의 문을 지키고 있던 불을 내뿜는 용들과 악착같이 짖어대던 불독들이 자장가를 듣는 어린애같이 잠자기 시작했다. 톨스토이는 폭군이 권력을 유지하자면, 무엇보다도 먼저 국민에게 아편 같은 음악을 주어야 한다고 했다. 음악music은 그 어원語原대로 신Muse의 선물이다.

음치로 태어난 나는 노래를 부를 수 있는 여자에게 무턱대고 사랑에 빠졌다. 음악은 깊숙하게 묻힌 영혼을 흔들어서 잠시 동안이나마 변화하는 세계에서 영원의 세계로 끌어올려 인간을 구주정신의 고요한 품 속에 잠기게 해주는 마력을 지니고 있다.

얼마 전 읽은 기사에 의하면 뱀이 뱀장사꾼에게 홀리는 것은 피리 소리 때문이 아니라 괴상스러운 손짓 발짓 때문이라고 한다. 귀가 없는 뱀이 이브를 유혹했다면 이것은 신학적인 부조리가 된다. 성당, 교회가 유지되는 것은 오르간 때문이란 것은 말할 나위도 없다.

음악은 부부간에 싸움을 화해시켜주는 가장 효과적인 매개다. 소크라테스같이 손가락질을 하며 논리를 내세우고 핏대를 올린다고 해서 싸움이 끝나는 것은 아니다. 그 대신 옛날 연애 시절 같이 불렀던 노래를 콧노래로 읊으면 갑자기 맥이 풀려 성대가 끓고 주먹뼈가 녹아버린다. 정말일까? 일설에 의하면 하나님이 인간에게 음악을 준 이유는 다음과 같다고 한다.

에덴동산에서 아담과 이브를 내쫓은 하나님은 그들이 어떻게 살고 있는지 궁금해서 비밀방문을 했다. 그가 본 광경은 딱하기 짝이 없었다. 이브는 앞에서 소를 끌고 아담은 쟁기를 밀며 부부가 밭을 갈고 있었다. 옛날의 날씬했던 모습은 흔적도 없이 사라지고 그들의 허리는 굽고 이마에는 주름살이 잡히고 얼굴에는 진땀이 흐르고 있었다. 그들은 일의 고통에 씰룩거리며 잇달아 긴 한숨을 토했다.

하나님은 그들의 꼴을 한없이 불쌍히 여겼다. 그리하여 한 줌의 흙을 땅에서 집어 높이 허공 속으로 날리자 별안간 흙은 알알이 종달새로 변했다. 종달새의 입에서 슬픔보다도 더 아름다운 선율이 흘러나오기 시작했다.

놀란 부부는 일을 멈추고 하늘을 쳐다보았다. 그러자 기적이 일어났다. 아담의 입술에 미소가 한 점 지어지고 이브의 엉덩이가 신장대같이 좌우로 흔들리기 시작했다. 숲 속에서 풀을 뜯어먹고 있던 기린은 목이 길어졌고, 토끼의 귀 또한 대접같이 커지기 시작했다. 반점 하나 없었던 표범은 눈물을 너무 흘려 가죽에 무늬가 생기기 시작했다. 온갖 새들이 하나님을 칭송하여 합창을 불렀다. 음악은 삶을 즐거움으로 만들어버렸다.

니체는 이렇게 말했다.

'음악 없는 인생은 하나의 과오임에 틀림없다.'

나무

킬머*Joyce Kilmer*의 「나무」라는 시는 이렇게 시작된다.

'I think I shall never see a poem as lovely as a tree.'
(나무같이 아름다운 시는 이 세상에 없는 것 같아요.)

나무를 좋아하는 것은 시인뿐만이 아니다. 너도나도 나무를 좋아
한다. 보면 볼수록 신기하고 신통스럽고 사랑스러운 것이 나무다.

왜 그럴까? 약 5백만 년 전에 인간이 처음으로 세상에 등장했을
때 우리는 숲 속의 나무 속에서 살았다. 나무는 우리에게 위험을 피
해서 잠잘 수 있는 집을 마련해주었고 먹을 음식도 제공해주었다.
우리 인간의 잠재의식에는 아직도 그 옛날 '나무 어머님'의 품에 안

겨 젖을 빨고 자장가를 듣던 추억이 남아 있어, 이렇게도 나무를 좋아하는지 모른다.

나무가 인간에게 주는 혜택은 실로 막대하다. 현대인의 생활필수품인 이쑤시개와 휴지도 나무의 부산물이지만, 얼마 전까지 우리는 나무를 때서 밥을 해먹고 방을 데워 살아왔다.

산업혁명을 이끈 석탄은 땅속에 파묻혔던 나무고, 20세기의 물질문명을 키워 온 석유는 이것 또한 썩어 곪은 나무다. 더 넓게 살펴보면 나무는 유일무이한 산소공장으로서 지구상의 온갖 생물의 생명선 역할을 한다.

이렇게 소중한 나무는 어떻게 태어났고 어떻게 살아왔을까? 늘 같은 자리에 서서 멍청히 하늘만 쳐다보는데 심심하고 지겹지 않을까? 아니면 나무도 사람처럼 희로애락을 느끼고 사촌이 땅을 사면 배가 아파 소화제를 한 통 삼켜야 되나? 잠시 멈추어 나무의 역사를 더듬어 보자.

천문학자들에 의하면 약 150~200억 년 전에 우주가 처음으로 태어났고, 45억 년 전에 지구가 생기고 뒤이어 생물이 처음으로 등장했다고 한다. 지구상의 첫 생물은 바다에서 생겨났다. 지글지글 끓던 불덩어리 같던 지구가 점점 차가워지면서 공기의 습기가 이슬이 되고, 이슬이 모여 비가 되고, 물이 흘러 바다가 생겼다. 바닷물은 햇볕과 희롱하고 농간을 쳐서 무기물을 유기물로 변형시키고 아미노산을 만들고 마지막으로 핵산인 DNA 생산에 성공하여 생명체를 이 세상에 가지고 왔다. 바닷물과 햇빛 사이의 연애는 환웅과 곰의 연애보다도 더 멋있고 낭만적이지 않았을까?

약 10억 년 전에 이끼같이 둥둥 떠서 살던 생물체는 바다생활에 염증을 느껴 저 멀리 보이는 신비의 육지를 탐험하기로 했다. 이끼 떼들은 모세*Moses*와 같은 추장을 광개토태왕으로 모시고 녹색함대를 구성하여 육지토벌을 위한 원정길에 올랐다. 강물을 따라 내륙에 침투한 이끼군대는 강기슭에 진을 치고 첫밤을 보냈다. 이튿날 아침 햇빛이 쨍쨍 쬐기 시작하자, 이끼 떼들은 모체인 바다를 떠나, 곧 심각한 갈증을 느끼게 되었다. 일대가 아수라장이 되었다. 목이 탄 이끼 졸병들은 물을 마시기 위해서 고자가 처갓집 드나들 듯, 강에 들락날락했다. 이 과정에서 수많은 병정들이 호열자에 쓰러진 르완다 피난민처럼 개죽음을 당해야 했다.

추장 모세는 집현전의 의사, 과학자를 수집하여 사태수습의 준엄한 과업을 주었다. 한 염탐꾼은 내륙에는 여기저기 호수도 있고 갯물도 있다고 보고했다. 그리하여 이끼 떼 일부는 호숫가로 시냇가로 이사를 갔다. 그때, 마침 이끼 떼의 뉴턴과 다윈과 아인슈타인이 나타나서 혁명적인 제안을 했다. 탐사결과에 의하면, 땅 밑에 수분이 숨어 있고, 그 밑 더 깊숙이 지하수, 지하 호수까지 있으니 물 한 모금을 마시기 위해 장돌뱅이처럼 돌아다닐 것이 아니라 펌프를 박아서 물을 끌어올리는 것이 어떨까요? 이리하여 풀과 나무의 뿌리가 개발되었다.

물 문제를 해결한 이끼 떼들은 식품조달문제를 연구하기 시작했다. 그들의 증조부, 고조부가 태양광선과 희롱하여 생명을 가져온 전례에 입각하여 이끼들은 오랜 연구와 계획 끝에 지나가는 태양광선을 생포하여 이를 땅 밑에서 끌어들인 물과 범벅하여 식품공장을 세우기로 했다. 여기에서 비롯된 것이 풀잎, 나뭇잎이다. 식품공장의 이름은 엽록소라고 부르고, 음식물을 만드는 과정을 광합성 작용이라고 한다. 물문제, 밥문제를 해결한 이끼는 차츰 나무가 되었다.

광합성 과정은 어마어마하고, 무시무시하고, 놀랍고, 또 놀라운 기술 혁명이었다. 한 곳에 가만히 앉아서 나뭇잎은 지나가는 태양광선을 잡아채고, 공기에서 이산화탄소를 뽑아내고 땅속에서 물을 끌어올려 엽록소라는 식품공장에서 이 반죽을 탄수화물로 변형시켰다. 탄수화물은 나무의 밥이 되었다. 이 얼마나 멋지고 신기한 식품채집법인가? 나무가 밥을 먹고 방귀를 뀌면 우리는 이 방귀를 산소라고 불렀다.

나무의 생활양식을 사람의 그것과 비교해보자. 사람이 살려면 나무와 같이 햇빛, 물 그리고 공기가 필요하다. 그러나 사람은 나무같이 위대한 사상가요, 과학자요, 엔지니어가 아니어서 농사를 짓고 가축을 길러 먹이를 장만해야 하고, 옷을 만들고 집을 지어 몸을 보호해야 한다. 관개를 하기 위해 댐을 막고 비가 안 오면 기우제를 지내는 등 동분서주하지만, 인간은 아직 삶의 문제를 완전히 해결치 못하여 해마다 몇 백만 명의 사람들이 추워서 죽고, 더워서 죽고, 배고파 죽고, 병들어서 죽는다.

나무가 사람을 보고 픽 웃는다. 사람도 나무처럼 햇빛이나 쪼이고 공기와 물만 마시고 살 수 있다면, 죽일 놈 살릴 놈 해가며 전쟁을 벌여 온 지구를 피바다로 만들지는 않았을 것이다.

태양광선은 1초 동안에 지구를 일곱 바퀴 반을 도는 속도를 가졌다. 이 햇빛을 낚아챈다는 것은 보통 일이 아니다. 사람은 천천히 날아가는 파리 한 마리 잡기도 힘들어 하는데 말이다.

사람은 우물 파는 법을 배우고 바다 밑에서 석유도 채취한다. 그러나 기술적인 면에서 나무는 사람을 훨씬 앞섰다. 나무는 저마다 뿌리 끝에 근관이란 꼬마삽이 붙어 있어 이 삽이 땅을 파고 바위 틈까지 침투하여 모세관이란 꼬마펌프를 통해 물을 빨아들인다. 바로 이 원칙에 의해 바위 틈에서도 나무가 자랄 수 있는 것이다.

이리하여 천재 중에 천재인 나무는 지구를 정복할 수 있었다. 시베리아의 벌판에서부터 열대의 밀림까지 꽉꽉 찬 나무들은 그의 생활력, 번식력, 창의력을 과시하고 있다. 덴마크의 좁은 땅에서 살고 있는 나무 숫자만 해도 전세계 인구의 몇 십 배, 몇 백 배가 되지 않을까?

나무의 위력과 천재성은 여기서 끝나지 않았다. 햇빛이 약해지고 땅이 얼 낌새가 있으면 나무는 단순히 그 잎을 떨굼으로써 식품공장의 문을 닫고 잠을 자기 시작한다. 이 얼마나 경제적인 일인가? 사람도 겨울철에 동면을 하고 그 이듬해 봄에 깨어난다면 식량문제도 해결되고 피로감도 덜고, 스트레스도 해소할 수 있지 않을까 생각해본다.

나무를 본뜬 동물은 오직 곰밖에 없는 것 같다. 곰은 강가에서 물을 타고 올라가는 고기도 잘 잡지만, 동면을 할 줄 아는 영특한 짐승이다. 웅담이 몸에 좋다는 것은 곰이 동면을 하는 데서 비롯된 것이 아닐까? 한국 사람들이 유달리 총명한 것은 환웅이 곰과 결혼한 이유가 아닐까?

나무는 병도 잘 고친다. 저마다 태어나면서 의학박사증을 받은 것 같다. 감기, 소화불량 등은 겪지 않고 암과 심장마비도 모르고 지내는 것 같다. 무지몽매한 인간이란 족속이 와서 난도질을 하여, 그의 팔다리를 잘라버리면 나무는 눈물 한 방울 흘리지 않고 팔과 다리를 재생시킨다. 벼락을 맞아 몸 한 귀퉁이에 구멍이 뻥 뚫리면 나무는 집세도 받지 않고 너구리에게 아파트를 제공해준다. 매일같이 비타민을 먹고 유명하다는 의사를 쫓아다니는 것도 아닌데, 나무는 키가 100미터 이상까지 자라고 1천 년 이상 살 수 있으니 만물의 영장이란 사람에 비해 부끄러울 것이 하나도 없는 것 같다.

나무는 부처님같이 인자하다. 옛날에는 사람들에게 무료주택을 공급하기도 했지만 지금도 원숭이, 너구리, 딱따구리가 집세를 물지 않고 입주해도 아랑곳하지 않는다. 새들이 와서 똥을 싸고 과일을 쪼아 먹고, 사람들이 와서 가구를 만들고, 휴지를 마련하겠다고 도끼질을 해도 그냥 OK다. 나무는 OK, OK 생물이다. 그래도 무한한 자비심으로 기생충과 다름없는 인간과 온갖 짐승들을 위해서 매일같이 하루 24시간 우리의 생명소인 산소를 공급해준다.

엄격히 따지면 모든 동물은 식물의 기생충이다. 동물이 이 세상에 나타난 것은 온 지구가 나무와 풀로 우거진 에덴동산으로 변한 뒤, 그 멀고 먼 훗날 6억 년 전의 캄브리아시대부터다. 동물들은 풀을 뜯어먹고 열매를 따먹고 심지어는 약한 형체동물을 잡아먹고 살아왔다. 인간도 이 천한 짐승의 한 종류다. 사람도 아니고 원숭이도 아닌 유사 인간이 태어난 것은 1천만 년 전이었고 진짜 사람이 지구 상에 등장한 것은 겨우 5백만~6백만 년 전의 이야기다.

독자들의 혼란을 덜어주기 위해서 24시간짜리 시계를 하나 만들 어보겠다. 지구에 생명이 태어난 시간이 새벽 00시 00분이라면 나무와 풀이 지구를 정복한 시간은 20시 24분이다. 사람 비슷한 것이 태어난 시간은 23시 56분 24초이고, 사람은 23시 58분 12초에야 등장한다. 지난 6천 년 동안 이루어진 찬란한 우리의 문화도 지구 생명시계에 의하면 0.1초에 불과한 것이다. 이렇게 부끄럽고 초라 한 것이 인간의 역사며 존재다.

그럼에도 인간은 아직도 자연에, 지구에, 온갖 생물에 폭행과 강 간을 자행하고 있다. 코뿔소, 코끼리, 호랑이, 곰은 이제 거의 멸종 되다시피 했다. 공기와 물을 오염시켜 나무, 풀, 짐승들의 생명을 위협하고 있다. 환경보호위원회의 회원이 되는 것보다 유일무이한 우리 지구를 보존하는 일에 먼저 앞장서야 한다.

킬머*Joyce Kilmer*의 시편은 이렇게 끝을 맺는다.

Poems are made by fools like me.
 But only God can make a tree.
 (시편은 저와 같은 바보도 읊을 수 있지만,
 오직 하나님만이 나무를 창조할 수 있으리.)

미국의 신문 평론가 리프만은 이렇게 충고한다.

'인간으로서 할 수 있는 가장 고상한 일은 한 그루 나무를 심어 더위에 허덕이는 우리 동포에게 한 뼘 그늘을 주는 데 있다.'

시인은 아니지만 나도 한 수 불러본다.

이 몸이 죽어가서 무엇이 될꼬 하니
메마른 사막지에 느티나무 되었다가
세상이 생지옥 될 때
한 뼘 그늘 주리라

박테리아·이·쥐·사람

유럽에서 몇 해 살다가 일 년 반 전에 미국으로 돌아왔다. 풍토
와 기후가 바뀐 탓인지 병이 났다. 갑자기 체중이 60킬로그램에서
50킬로그램으로 줄고 잠잘 때 열이 나고 식은땀을 흘리고 이유 없
이 현기증을 느끼기 시작했다. 어느 날 아침 화장실에 가다가 넘어
져 정신을 잃고, 그날 오후 층계를 내려오다가 쓰러져 눈, 코, 얼굴
을 다쳤다.

겁이 덜컥 나서 의사와 병원을 찾아다니며 진찰도 받고 검사도
받았다. 검사결과 내가 폐병환자라는 것이 판명됐다. 더욱 놀라운
사실은 내 폐병은 보통 폐병과 달리 전염성이 없는 MAI라는 박테
리아가 내 폐를 갉어먹고 있는 탓이라고 했다. 엑스레이 사진을 찍
어보니까 내 폐 속에 직경 3센티미터, 깊이 1센티미터 정도의 구멍

이 파이고 그 구멍 속에서 몇 백만 마리의 박테리아가 신나게 춤을 추고 있다는 것이다.

내가 무슨 죄를 지었다고 요것들이 한없이 착하고 무해한 충청도 촌양반을 못살게 군단 말인가? 좀 괘씸했다. 저들이 무슨 권리가 있다고 방세도 내지 않고 내 몸 속에서 공짜로 살면서 의식주를 제공해주는 주인에게 이렇게 배은망덕한 만행을 자행한단 말인가? 박테리아의 정체는 무엇일까? 나는 도서관에 가서 박테리아에 대한 문헌을 읽어봤다.

하지만 알고 보니 박테리아처럼 훌륭한 신사도 없는 것 같다. 박테리아는 생명체가 지구에 나타났을 때 같이 태어나서 생물체 존속을 가능케 하는 긴요한 역할을 해왔다. 발효작용, 부패작용을 통해서, 그는 동식물의 시체에서 탄소와 질소를 뽑아내어 자연으로 되돌려준다. 이런 순환작용이 없으면 탄소와 질소가 쓸모 없는 화합물 속에 엉켜서 에너지 재생과 합성이 불가능하게 된다. 산에서, 들에서, 물속에서, 공기속에서, 사람 눈에 보이지 않는 이 미생물은 한시도 쉬지 않고 꾸준히 폐물을 처리하여 동식물에게 밥을 주고 에너지를 공급해준다. 박테리아가 없다면 동식물이 죽어도 썩지 않아서 탄소와 질소의 순환이 정지되고 끝내는 모든 생명이 다 죽고 만다. 박테리아가 없다면 우리가 알고 있는 지구는 조만간에 동식물 시체의 박물관이 되어버린다. 박테리아는 생명존속을 가능케 하는 성스럽고 거룩한 매개체다.

이런 사실을 알게 되자 나는 박테리아에 대한 화가 풀리고 빙긋이 미소를 띠지 않을 수 없었다. 약간 신비스러운 일은, 내가 아직

죽지도 않았는데 요것들이 왜 내 폐 속에서 춤을 추고 있을까 하는 점이었다. 내가 벌써 죽었다고 생각한 탓에서일까? 아니면 '선생님, 이제 가실 때가 되었어요.' 하고 서둘러서 차비를 하라고 점잖게 예고해주는 것이었을까? 좀 우울해지고 슬퍼졌다. 그러나 이것이 자연의 섭리라면 나는 떠날 준비를 해야 되겠다는 뜻에서 옛날에 썼던 유서를 수정하고, 내 죽은 몸을 부처님같이 자비로운 박테리아에게 맡기겠다고 첨부했다.

좀더 생각해보니까, 내 몸속에 살고 있는 불청객들은 박테리아뿐만이 아니었다. 산토닌과 디디티*D.D.T.*가 발명되기 전에는 내 뱃속에 회충들이 우글우글했고 내 몸에는 이가 들끓었다. 기생충의 특징은 남에게 기대어 밥을 먹고 산다는 점에서 뻔뻔스럽지만 주인이 죽으면 자기도 죽어야 된다는 것을 알기 때문에 되도록이면 주인을 해치고 괴롭히지 않겠다고 노력하는 데 있다. 평화공존이 그들의 슬로건이다.

'이'란 놈은 영리하고 심오한 사상가다. 파리나 쇠똥벌레처럼 곤충의 일종으로서 치열한 시장경제 속에서 살았다. 그 당시 '이'는 물론 날개도 있었다. 지푸라기, 나무껍질 같은 것을 뒤집어 그 밑에 있는 굼벵이, 유충들을 잡아먹고 이끼나 썩어가는 무, 배추도 야금야금 갉아먹었다. 그러나 민주주의체제의 공민들이 잘 알다시피 자유에는 엄청난 위험이 수반된다. 언제 어디서 개구리나 새들의 기습을 당할지 모른다. '이'는 곰곰이 생각해봤다.

그 어느 날 '자유 먹고 사나, 밥 먹고 살지.'라는 계시를 받았다. 자유를 포기하고 생활의 안정을 택하는 것이 어떨까? 이래도 한평생, 저래도 한평생인데 포도청에 풀칠을 하겠다고 하루에 열여섯 시간씩 중노동을 하면서 생명에 위협을 느끼고, 끝내는 과로병, 정신병에 걸려 죽는 것보다는 날아다니는 자유를 포기하고 유한마담의 품속에 숨어서 콧노래를 부르면서 사는 것이 어떨까. 이런 '이'의 사고방식은 시골서 허리가 끊어지게 땅을 파서 근근이 살아가는 것보다 서울서 갑부라는 먼 친척집에 가서 화초나 가꾸고 하녀들과 연애하면서 편히 살아보겠다는 게으름뱅이 생각과 비슷하다.

이리하여 멀고 먼 옛날 '이' 족속들은 전원회의를 열어 유신헌법을 만장일치로 통과시키고 날개를 잘라버리고 닭, 오리, 비둘기, 말, 소, 돼지, 양, 고양이, 원숭이, 코끼리, 사람들을 '귀하신 몸'으로 모시기로 했다.

사람 속에 사는 이는 '머릿니', '몸니' 두 가지가 있다. 족보상으로 볼 때 머릿니가 어른이다. 숲 속에 사는 사슴처럼 머릿니는 시초부터 사람의 머리카락 속에 숨어서 살 수 있었지만 몸니는 사람이 옷을 입기 시작한 뒤부터 입주했음에 틀림없다. 이들 형제 중에서 몸니가 더 지능적인 한량인 것 같다. 머릿니는 우선 그의 영토가 작고 항상 머리카락 속에 숨어 살아야 되기 때문에 사람이 머리를 감든가 빗질을 할 때면 비눗물도 마셔야 되고 타박상을 당하기도 한다. 반면에 몸니는 얼음판같이 미끈미끈한 사람의 피부에 매달려 사는 것이 아니라, 옷 속에 집을 짓고 살기 때문에 봉변을 당할 기회가 적다. 이를테면 몸니는 개인 아파트 속에 살면서 출출하면 기어나와 인체라는 음식점에 들어가 한탕 먹고 마시고, 유유히 내 집에 돌아가 낮잠을 즐기는 고급 룸펜 생활을 하는 셈이다.

사람의 눈으로 볼 때 이는 염치없는 좀도둑이다. 그러나 이의 눈으로 볼 때, 이는 자기가 인간이란 족속보다는 더 높은 도덕적인 차원에서 산다고 항변한다. 사람은 안전과 안락을 담보해준다는 핑계로 닭, 소, 돼지들을 길들여, 잠시 동안 밥을 주었다고 살이 좀 찌면 이들을 무참하게 죽여버린다.

반면 이는 사람의 피를 빨아먹고 살지만, 은혜자인 사람의 건강과 안녕을 도모하기 위해 애쓴다. 사람과 이는 운명공동체요, 사람이 죽으면 자기도 죽어야 된다는 것을 알고 있기 때문이다. 사람 측에서 볼 때 이는 파리와 모기같이 귀찮지만 견디어낼 수 있는 무리다. 정히 급하면 등긁이로 등을 긁음으로써 위기를 면할 수 있다.

디디티와 세탁기의 등장으로 사람에 기대어 살고자 했던 머릿니와 몸니는 씨가 마르다시피 했다. 그러나 코뿔소, 개, 소, 원숭이 같은 짐승 속에 아파트를 차지한 이 족속은 아직도 건재하고, 그 장래 또한 어두운 것이 아니다. 세계 곳곳에 유배된 이스라엘의 12족속보다 이가 훨씬 더 성공한 셈이다.

사람에 기대어 사는 짐승 중에 쥐라는 족속이 있다. 생태학적으로 볼 때 박테리아는 구세주요, 이는 한량이라면, 쥐와 인간은 온 세상 생명체의 원수다. 사람과 쥐처럼 지구 생명체를 해치고 파괴하는 생물 종은 없는 것 같다.

엄밀히 말하면 온갖 동물들은 식물체계의 기생충이다. 인간의 경우 이 슬픈 사실이 두드러지게 드러나고 있다. 문명, 문화, 도시계획, 경제발전을 앞세워 인간은 필요없이 큰집을 짓고 길을 닦아 아스팔트로 포장하고 주차장, 고속도로, 비행장을 건설해서 무죄한 사슴과 곰들의 서식처를 박탈했을 뿐만 아니라 침대, 안락의자, 화장실의 휴지를 만들기 위해서 산소 공급의 공장인 열대림을 말살시키다시피 했다.

인간이란 족속은 고어 비달*Gore Vidal*의 말을 빌면, '내가 성공한다는 것만으로 충족하지 못하고 남이 망해야 된다.'는 철학을 도입, 소화, 실현시켰다. 사슴의 뿔이 좋다, 곰의 쓸개와 발톱이 좋다, 상아가 우아하다, 코뿔소의 서각이 정력제로는 최고다 등등 엉뚱한 핑계를 들이대고 유일무이한 지구 동포의 집단살육을 자행해왔다.

이런 인간의 행패를 눈여겨본 족속이 쥐다. 쥐는 전당대회를 열어 인간이란 족속의 생활양식을 채택하는 것이 성공, 안일, 행복의 첩경이란 강령을 채택했다. 이리하여 쥐는 이념 면에서 인간의 쌍둥이가 되었다. 쥐는 점차로 사람을 닮아갔다.

사람처럼 쥐는 고기도 먹고 곡류도 먹는다. 사람처럼 쥐는 급하면 자기네 종족을 잡아먹는다. 사람처럼 때를 가리지 않고 사시사철 새끼를 치고 특히 봄이 오면 연애병에 걸린다. 사람처럼 쥐는 인종차별을 하여 누런 쥐와 검정 쥐가 죽어라고 싸워댄다. 사실 검정 쥐는 멸종되다시피 했다. 사람처럼 쥐는 기후에 적응하는 비법을 배워 세상 방방곡곡에 살고 있다. 사람처럼 군대를 조직하여 싸움을 벌이기도 한다.

쥐는 2년에 약 20킬로그램 정도의 음식을 먹는데 이것이 인간에 끼치는 피해는 막대하다. 쥐는 쌀독에 들어가서 아웅할 뿐만 아니라 책, 가죽, 장갑, 옷, 과일, 채소 할 것 없이 뜯어먹자는 주의다. 병아리는 물론 닭, 칠면조, 오리, 비둘기 심지어는 딱따구리를 잡아먹는다. 씨, 풀, 꽃도 뜯어먹고 건물의 나무, 파이프, 벽, 주춧돌까지 파괴한다. 쥐는 댐에 구멍을 뚫어 홍수가 나게 하고 성냥으로 장난을 쳐서 불도 나게 한다. 신성하다는 연애편지도 뜯어먹고 모기장 속에서 잠자는 순진한 영아의 귀와 코를 뜯어먹기도 한다. 신문 기사에 의하면 인도에서는 쥐들이 코끼리의 발을 뜯어먹어 코끼리를 총살시켜야 했고 어디선가는 탄광에 들어온 광부를 집단공격하여 잡아먹은 실례도 있다. 쥐와 인간은 몸이 붙은 샴 쌍둥이다.

도서관에서 이런 사실을 알게 되자 나는 한없이 슬퍼졌다. 쥐의 철학이 실존주의냐 실용주의냐를 불문하고 인간은 자각해야 된다는 통절감을 느꼈다. 개미들의 행군을 짓밟지 않기 위해 부처님은 빗자루를 가지고 다니셨다고 한다. 불교 일파에서는 사람이 물에 빠져 죽으려 할 때 살겠다고 헤엄을 치지 말라고 했다. 그 이유는 물의 흐름을 교란해서는 안 된다는 취지였다.

의사 선생님들의 공동추천은 내가 항생제를 먹어 박테리아의 데모를 제지하는 것이 상책이라고 했다. 나의 철학에 어긋나는 짓이지만 나는 약을 먹기 시작했다. 넉 달 만에 체중이 15킬로그램 늘었다. 기침도 덜하게 되었다.

작년 가을 나는 머지않아 죽으리라는 생각이 들어 휴직 중에 국화 12포기와 7가지 종류의 튤립 56포기를 심었다. 나는 이것이 내가 일생 동안 성취한 가장 아름답고 성스러운 일이라고 생각했다. 아내가 좋아했고, 아이들이 좋아했고, 이웃이 좋아했다. 볼테르*Voltair*의 말처럼 사람은 전원을 가꾸는 것 말고는 별볼일이 없는 존재다.

코

만물의 영장이라는 인간, 인체에서 제일 중요한 얼굴, 그 얼굴 한복판에 오뚝 솟은 코! 하나님이 창조하신 온갖 물건 중에서 코같이 당당하고 소중한 존재도 드문 것 같다. 그럼에도 코는 무슨 기막힌 연고로 밤낮 조롱을 받고 욕을 얻어먹고 죄를 뒤집어쓰고 천대를 받을까. 억울한 코의 푸념을 들어보자.

코는 노예다. 코의 이웃인 눈, 귀, 입들은 주인이 잠들면 자기네들도 같이 잠을 잔다. 그러나 코는 하루 24시간 내내 한순간도 쉬지 않고 일을 해야 된다. 그렇다고 눈, 귀, 입들이 인체보전에 더 중요한 역할을 하는 것도 아니다. 사실은 정반대다. 사람이 봉사가 되고 벙어리가 되고 귀머거리가 된다고 죽는 법은 없다. 그러나 코가 5분 동안 파업을 하면, 사람은 말 그대로 숨을 거두게 된다. 코는 생명의 원동력이다.

그러면서 코는 발언권도 없고 투표권도 없다. 눈과 입은 권모술수에 능한 도사다. 눈은 죄를 지으면 눈물을 흘려 상대방의 동정을 구할 수 있고 눈웃음을 지어 환심도 살 수 있다. 입은 발악을 하여 망신을 당하고 웅변을 통하여 스스로를 보호하고 상대방을 공격할 수 있다. 귀는 요사한 말을 듣고 흘려서 군자 행세를 하고 현인의 말을 귀담아들어 성인 노릇도 할 수 있다.

그러나 코에게는 변명의 길이 막히고 자비의 문이 닫혀 있다. 코가 과로로 인해 코를 골면 사람들은 재수가 없다고 벼락같이 핀잔을 준다. 코가 콧물을 흘리면 사람들은 감기가 옮는다고 외면하고 도망친다.

악어는 배가 고프면 위선의 눈물을 흘려 희생자의 동정심을 자아내어 먹이를 잡아먹는다고 한다. 이것이 눈물의 막강한 위력이다.

로마의 작가 오비드는 '눈물을 흘리는 여자보다 세상에 더 아름다운 여자는 없다'고 했다. 자객 브루투스는 영웅인 시저를 역적으로 몰아 자신이 영웅이 되었고, 안토니우스도 그의 웅변을 통해 브루투스를 역적으로 몰아 로마제국을 손아귀에 넣었다.

역사에 등장한 코의 역할은 고작해야 시큰둥한 정도다. 클레오파트라의 코가 1센티미터만 더 낮았더라면 세계 역사가 요지경 속에 빠지지 않았을 것이라고 한다. 코는 영원한 희생자다. 유대인은 매부리코를 닮았다는 이유로 히틀러 손에 600만 명이나 학살을 당했다.

코는 잘 생겨도 문제, 못 생겨도 산통이다. 코가 크면 양코, 작으면 납작코, 콧구멍이 의젓하면 말코라고 비난을 받는다. 성격이 사나운 사람은 콧대가 세다고 한다. 코를 천대하는 것은 우리나라 사람만이 아니다. 툭하면 인권보호를 외치는 미국 사람들도 코의 권리는 묵살해버린다. 그리하여 아첨쟁이를 'Brown Nose(갈색 코)'라고 하고, 사기 행동을 'nose job'이라고 하며, 형용사 'noisy'는 냄새 맡고 돌아다니는 개새끼같이 천한 족속이란 뜻이다.

사람들은 몸치장을 위하여 엄청난 신경을 쓴다. 돈도 많이 들인다. 머리를 다듬기 위해서 퍼머도 하고 염색도 하고 가발도 쓴다. 귀에는 귀고리를 걸고 목에는 목걸이를 건다. 손가락에는 반지를 끼고 손톱은 물들인다. 마스카라를 눈썹에 바르고 입술에 루즈를 칠한다. 주름살을 펴기 위해 콜드크림을 바르고 얼굴에 화색이 돌라고 볼과 이마에 연지곤지를 찍는다. 인체의 모든 것이 마치 구호물자처럼 무상혜택을 받는데 오직 코에게는 배급통장이 부여되지 않는다. 어떻게 이리도 세상이 불공평하고 파렴치할까?

코는 멸시를 당하고 천대만 받는 것이 아니다. 툭하면 열을 받는다. 피곤하면 코피를 흘리고 입이 재롱을 떨다가 싸움이 터져 펀치가 날아오면 제일 먼저 터지는 것이 죄 없고 가엾은 코다. 앞으로 넘어져도 제일 먼저 코가 깨지고, 재수가 없으면 뒤로 넘어져도 코가 깨진다고 한다. 땀띠도 콧잔등에 제일 먼저 나타나고 외도하다가 매독에 걸리면 엉뚱하게도 코가 없어진다. 그러면서도 코는 희생자, 제물, 노예로서 안경테를 떠받칠 의무가 있다.

이러한 온갖 부당한 학대를 받으면서도 코는 불평 한마디 없이 맡은 일을 묵묵히 해나간다. 코는 순교자다. 코는 남이야 무슨 짓을 하고 무슨 말을 하든지 자기는 콧노래를 부르면서 자신의 일을 해 나가는 것이 가장 신성하고 고귀한 의무라고 믿는다.

코, 코, 가엾은 코, 불쌍한 코, 억울한 코, 거룩한 코, 아름다운 코, 착한 코, 인생교육은 코의 진리를 깨닫는 데서부터 시작된다.

빨강머리 처녀

버지니아 주 세무서에서 전혀 기대하지 않았던 희소식이 날아왔다. 계산 착오로 이미 지불된 1996년도 세금 879달러와 6개월 동안의 그 돈에 대한 이자 11.91달러를 합친 총 890.11달러를 나에게 되돌려주겠다는 통보였다. 그 이튿날 수표가 왔다.

나는 한없이 고마웠다. 감개무량했다. 세무서에서 모르는 척하면 자기네 금고에 공짜 돈이 거의 9백 달러나 들어가는데 어느 고지식한 공무원이 과잉지불을 찾아 밝히고, 계산을 다시 한 다음 나에게 친절한 편지를 써보냈을까? 더욱더 놀라웠던 것은 이자까지 돌려주고, 이자 계산에 연리 4.69퍼센트를 적용했다는 점이었다. 시중 은행에서는 나의 당좌예금에 연리 1.80퍼센트밖에 적용해주지 않는다.

내가 돈을 너무 많이 냈다는 것을 어떻게 알았을까? 연방정부 세무국인 IRS에서는 매년 1퍼센트 정도의 세금납부서를 임의로 추려 내용을 검사한다. 미국의 세금법은 지나치게 복잡하여 실업가들은 세금납부서를 작성하는 데 대체로 세금전문 변호사나 정식 회계사의 도움을 받아야 한다. 고등학교 졸업생의 60퍼센트 이상이 가장 쉬운 세금납부서를 작성하지 못한다고 한다. 게다가 많은 미국 사람들은 면세나 탈세를 안 하면 애국자가 아니라고 생각하는 것 같다. 이런저런 이유로 국민들의 세금납부서는 계산착오투성이고 고의적인 탈세문서 같은 감을 주기도 한다. 그리하여 IRS는 소수의 납부서를 검사하고 탈세자를 적발하고 검거한다.

나도 여기에 뽑혀 심사를 받은 것일까? 그 결과 전화위복으로 내가 바보로 판명되어 890.11달러의 혜택을 받은 것일까? 아니면 전지전능한 컴퓨터가 소득에 비해 내가 세금을 주책없이 많이 낸 것을 알고, 경종을 울려 이런 경사가 난 것일까? 어쨌든 신이 났다. 890달러면 우리집 일 년치 식료품 값이 떨어진다.

나에게 분에 넘치는 혜택을 준 그 고지식하고도 극성스러운 공무원은 과연 누구였을까? 나는 충청도 촌양반이기 때문에 사고방식이 지극히 과학적일 수밖에 없다. 그 공무원은 키가 170센티미터, 체중은 57킬로그램이며 얼굴과 팔에 주근깨가 잔뜩 나 있고 아무렇게나 생긴 열아홉 살의 처녀임에 틀림없을 것 같다.

그 이유는 뻔하다. 불타는 정열은 불 같은 빨강머리에서만 나온다. 꼼꼼하고 착실한 것으로 보아 여자임에 틀림없다. 의무감이 강한 것으로 보아 그녀는 대학에 가지 않은 평범한 얼굴의 평범한 아가씨일 것 같다는 결론이다. 먹는 것도 변변치 못했을 테니까 꺽정다리일 것이고, 마음씨가 한없이 고운 것으로 보아 그녀 이름은 도리스Doris(하나님이 주신 선물)가 아닐까? 나는 그녀의 모습을 그려보며 잠시 황홀해졌다.

이런 말을 하고 보니 나의 추리력을 자랑하기 위하여 이 글을 쓰고 있는 것 같기도 하다. 사실은 미국 공무원을 칭찬하기 위해서 이 글을 쓴다.

얼마 전 상원에서 IRS의 횡포에 대한 청문회가 있었다. IRS에 피해를 당한 증인들이 하나하나 나와서 제각기 IRS 직원들이 어떻게 자기 자동차를 차압했고 집을 빼앗아갔는지, 그로 인해 어떻게 가게문을 닫게 되었는지, 심지어는 이혼까지 하게 되었다는 이야기를 울먹이면서 진술했다. 그럴 때마다 텔레비전 카메라의 각광을 받은 상원의원들은 이렇게 잔인한 횡포가 어떻게 법치국가, 민주주의국가에서 일어날 수 있느냐고 한바탕 기염을 토했다. 청문회를 들으면서 나는 괜히 슬퍼졌다. 증인들의 말이 사실이기는 하나 상원의원들이 마치 폭행을 자행하는 깡패조직인 양 IRS를 너도나도 헐뜯고 노도한다는 것은 너무 심하다고 느꼈기 때문이다.

악인이 없는 사회는 없다. 소매치기 좀도둑부터 공금을 횡령하는 교사, 부녀자를 건드리는 목사, 과부와 노파들의 코 묻은 돈을 뜯어내는 사업가, 뇌물 받기를 일삼는 정치인에 이르기까지 악인이 없는 사회는 없다. IRS에도 악인이 없을 수는 없다. 그러면서도 나는 미국의 공무원처럼 양심적이고 부패하지 않은 사람들은 드물다고 믿는다. 부정을 해 부자가 된 공무원이나 감옥에 간 공무원들이 극히 적기 때문이다. 한편 미국 공무원처럼 불쌍한 사람들도 없다. 우선 박봉을 받는 것도 사실이지만 그들은 매일같이 라디오, 텔레비전에 얻어맞고 일반 국민들의 조롱을 받고 욕을 먹는다. 그럼에도 그들은 꾸준히 자기가 맡은 일만 해나가며 단 한마디도 항변하지 않는다. 얼마나 아름답고 고상한 일인가! 대부분의 미국 공무원들은 빨강머리 아가씨들일 것이다.

얼마 전 서울에 들렀는데 요즘 속주머니가 큰 신사복이 대 인기인데, 대부분의 고객이 공무원이란 말을 들었다. 영문을 몰라 눈을 깜빡였더니 공무원이 그 신사복을 입고 기업체를 찾아가, 상의를 옷걸이에 걸고 화장실에 한번 갔다오면, 그 주머니 속에 공무원의 두 달치 월급이 들어가 있기 때문이라고 했다. 누가 만들어낸 얘기겠지만 나는 미국 공무원에 대해 존경심을 갖지 않을 수 없었다. 이렇게 보면 한국 경제의 성쇠는 미국에서 열아홉 살 먹은 빨강머리 처녀들을 대량 수입하느냐, 하지 않느냐에 달려 있는 것 같기도 하다.
　도와드릴 테니 전화 한 통 주십시오.

글쓰기와 화장술

제대로 쓰인 글은 여자의 수영복과 같아야 한다고 한다. 짧으면 짧을수록 좋고 감출 곳은 모두 감추어야 한다는 것이다. 멋있는 얘기다. 한 걸음 더 나아가서 글쓰는 것은 오락이라는 이론을 전개해 보겠다. 많은 사람들은 글쓰는 것을 일종의 시련으로 생각하는데 글쓰기는 훌륭한 오락일 수 있다. 글을 잘 쓰자면 화장대 앞에서 화장하는 여자를 한번 보기만 하면 된다.

여자는 잠자기 전에 화장을 하지 않는다. 얼굴을 다듬고 머리카락을 빗어가면서 베개와 이불한테 잘 보여야 할 이유가 없기 때문이다. 마찬가지로 글쓰는 사람은 항상 독자를 염두에 두어야 한다. 옆 골목에 가서 빵을 한 개 사려고 화장하는 데 공을 들일 필요는 없다. 그러나 데이트를 하는 경우라면 라벤더 향수를 쓸까, 아니면

치나무 향수를 쓸까 하고 생각해봐야 된다. 어떤 색깔의 입술 연지와 마스카라를 선택해야 될지도 고려해야 된다. 마찬가지로 작가는 항상 독자의 성장과 취미에 맞는 어휘와 문체를 선택해야 된다. 학술잡지에는 점잖은 말투로 써야 하고 대중잡지에는 연지 찍고 곤지 찍은 말이나 진부한 미사여구를 써서 독자의 권태증을 덜어주는 것도 좋다.

화장의 계기 또한 중요하다. 여자가 파자마 파티에 무도회용 정장을 입고 나타난다면 꼴불견일 것이다. 이런 모임에서 형이상학을 따진다는 것도 우스운 일이다. 마찬가지로 작가가 사용하는 말과 그 말이 자아내는 분위기는 상황에 알맞아야 한다. 글은 고의적으로 익살맞을 수 있고 가볍게 비꼴 수 있으며 터무니없이 극성스러울 수 있고 외교적으로 간명할 수도 있다.

옷 길이, 무늬, 짜임새 또한 중요하다. 재래적인 검정색, 밤색 옷은 자극성이 없어 무난하다. 치마 길이는 무릎에 오는 것이 적당하다. 장단지가 동태같이 어는 한이 있어도 옷을 너무 껴입는 짓은 한사코 피해야 한다. 긴 문장을 여러 개 땜질한 글을 보면 스웨터를 두 개씩, 세 개씩 껴입은 여인을 보는 것같이 속이 메스꺼워진다. 너무나 다채로운 형용사, 지나치게 활기 있는 동사가 많으면 비잔틴 주단을 보는 것처럼 정신을 어지럽게 하여 주의력을 잃게 만든다. 까다로운 문체는 마음에 혼란을 가져온다.

얼마만큼 드러내고 얼마만큼 숨겨야 하는지 판단을 잘해야 한다. 폭로기사는 나체처럼 순간적으로 정신이 번쩍 나게 만들지만 인간이 가지는 상상력의 세계를 파괴함으로써 모든 창조를 저지한다. 모든 아름다움이 착상되고 심지어 추한 것이 미화되는 것도 상상력의 세계 속에서 일어나기 때문이다. 진실로 문장지도의 극치는 넌지시 비치고 암시하는 수법에 있다. 평범한 여자도 입을 다물고 있으면 미인으로 보이는 것은 만천하가 아는 공개된 비밀이다.

조화는 화장술에서 중요한 역할을 한다. 빨강머리 여자가 검정 옷을 입고 흰 구두를 신으면 촌스럽게 보인다. 색상의 조화를 멋있게 하기 위해 꼭 광학원칙을 공부하라는 것은 아니지만 입술을 칠하면 눈썹도 그리는 것이 마땅하다는 것이다. 이런 양상은 글의 일관성 문제를 제기한다. 경구警句를 구슬처럼 주워 보석을 만들면 그것은 목에 걸어야지 코 끝에 댕그랑 매달리게 하면 흉측하다. 어떤 여자는 눈, 코, 입 등을 따로 놓고 보면 대수롭지 않으나 전체적인 조화는 은근한 아름다움을 나타낸다. 일관성이란 글의 전체적인 조화를 의미하고 모자를 쓰면 장갑을 껴야 된다는 말과 같다.

한 작가가 지닌 재능은 여인의 몸매와 비슷하다. 몸매는 타고난 것으로 임의로 다리를 잡아늘리고 주근깨 개수를 줄일 수는 없다. 그러나 허리가 가냘프면 다리가 길어보인다. 여기에 다이어트 콜라와 에어로빅의 중요성이 드러난다. QT크림을 적절히 사용하면 주근깨도 두드러져 보이지 않는다. 이와 비슷하게, 작가도 끊임없는 노력을 통하여 재능의 부족함을 보상 받을 수 있다.

글의 핵심은 글이 담는 내용이다. 글의 내용은 인체의 영혼과 같다. 깊이 없는 여자는 사귈 재미가 없듯이 내용 없는 글은 제 아무리 화려하고 다채로워도 존재 이유를 상실한다. 영혼이 배움과 훈련으로 비옥해지듯이 작가 또한 열심히 읽고 생각하는 버릇을 길러 통찰력을 쌓아야 한다.

마지막으로 작가마다 고유의 문체를 배양해야 된다. 흔한 말로 여자는 얼굴이 예쁘든가 개성을 지니고 있어야 된다고 한다. 미모는 스스로의 광고문이요, 세상은 자고로 미인을 푸대접한 적이 없다. 그러나 오직 개성 있는 여인만이 매력적이다. 개성이란 그녀 고유의 걸음걸이, 웃음 소리, 윙크, 어조語調, 심지어는 머리에 맨 댕기, 손가락에 낀 반지에 나타난다. 요즘 세상에서 그녀의 신분을 밝혀주는 것이 바로 개성이다.

문체와 글의 관계는 인간과 개성의 관계와 같다. 글쓰는 즐거움이 한 가지 오락이란 것은 사물을 일정한 시각에서 바라보고 이를 개성에 맞게 해명하는 데 있다. 옳은 말, 어진 말은 성현들이 벌써 우리에게 말씀하셨다. 우리들에게 남은 과제가 있다면 어떻게 하면 옛말을 나날이 달라지는 현대 풍조와 구미에 알맞게 조리하느냐에 달려 있다. 문학이란 신사복 뒷소매에 붙였다 뗐다 하는 단추가 아닐까? 오늘은 한 개, 내일은 세 개, 모레는 두 개, 이것이 스타일이요, 문체요, 개성이요, 글쓰기의 재미다.

오락으로 본 글쓰기, 이 뚱딴지 같은 행실이 가져다주는 즐거움은 무엇일까? 거울 앞에 몇 시간씩 앉아 있는 여동생에게 물어보라. 그녀가 매일 저녁 데이트를 하고 있는 줄 알면 이것은 큰 오해다. 그녀는 화장 그 자체를 즐기고 있는 것이다.

입 안에 신물이 날 정도로 오랫동안 참고 견딘 뒤에 작가가 마지막 글을 마치게 되면 그는 마치 거울 앞에 앉아서 마지막 분가루를 날리고 거울 속에 비친 스스로의 아름다운 영상에 황홀해 하며 얼굴을 쓰다듬어 보는 소녀처럼 고요한 만족감을 느낀다. 작가가 얻는 보답은 아름다움을 창조했다는 무아경을 체험하는 것이다.

두 통의 편지

　나는 편지 쓰기를 좋아한다. 열심히 편지를 써서 아내를 얻은 탓만은 아니고 전화료가 우편료보다 비싸다는 뜻에서도 아니다. 국제전화가 옆집 전화같이 잘 들리고, 팩시밀리가 있고, 이메일이 흔해빠진 현대에 편지를 쓴다는 것은 불알이 들여다보이는 삼베 옷을 입은 상투쟁이 노인처럼 시대에 뒤떨어진 고습故習같이 느껴진다. 그러나 편지는 편지대로 그것만의 고유한 매력이 있다.

　편지를 쓰자면 먼저 생각을 해야 한다. 생각한다는 것은 위험한 버릇으로 국가보안법을 통해서 이를 통제해야 된다고 전화회사들이 아우성을 친다. 사고, 사색이 불법화되다시피 했다. 덕분에 현대인은 반미치광이가 되었다. 요즘 유행어는 '뛴다'는 것이다. 살자면 동에 번쩍, 서에 번쩍, 낮에도 뛰고 밤에도 뛰어야 한다고 한다.

　나는 구식 영감이어서 풀밭에 누워 구름을 쳐다보며 명상에 잠기고 내 생각을 담은 편지를 친구들에게 띄우기를 좋아한다. 나는 사고를 예술이라고 생각한다. 친구들한테서 편지가 오면 나는 이를 보관하고 이따금 읽어본다. 편지를 읽는다는 행위는 요구르트를 마시는 것처럼 기분이 좋고 건강에도 좋다고 나는 믿는다.

편지 내용이 심각해야 한다는 법은 없다. 편지는 컴퓨터 게임처럼 재미있을 수 있다. 견본 두 개를 소개해본다.

대학 시절에 훌루이드라는 철학을 전공하는 미국 학생을 알았다. 서버지니아 주 벽촌에서 온 아이인데 실존철학에 도취하여 그는 걸핏하면 내 방에 와서 카뮈, 사르트르, 하이데거의 철학을 강의했다. 여름방학 동안에 어디서 일을 하느냐고 물었더니 그는 고향에 가서 고등학교 시절부터 알아 온 애인과 일자리를 구해보려고 한다고 했다. 그러나 부모들이 그의 애인 웬디를 좋아하지 않아 결혼을 반대한다고 했다.

그는 자기가 원하지도 않았는데 부모는 자기에게 생명을 준 죄를 지었지만, 자기가 좋아하는 여자와 결혼하는 것을 반대한다는 것은 범죄라고 말했다. 그해 여름에 자기는 고향에 돌아가서 웬디와 결혼할 계획인데 부모들이 끝내 반대하면 둘이서 도망을 치고, 그것도 안 되면 죽어버리겠다는 무서운 소리를 했다.

꼭 살아야 된다는 이유가 무엇인가? 태어나는 길은 한 가지밖에 없지만 죽는 길은 여러가지가 있고, 자살은 그 중 한 가지라고 했다. 군인이 나라를 위해서 죽는 자살은 더욱 거룩한 짓이 아니냐고 뚱딴지 같은 소리를 해댔다. 내가 뉴욕에 가서 편지를 할 테니 고향 주소를 달라고 했다. 주소를 적어주면서 그는 이렇게 말했다.

"네가 편지를 쓰는 것은 너의 자유지만, 내가 답장을 하고 안 하고는 나의 자유다."

방학이 돼서 우리는 헤어졌다.

뉴욕 주 골프장에서 청소부로 일하면서 나는 친구 소식이 정말로 궁금했다. 이 녀석이 결혼을 했나, 도망을 쳤나, 아니면 자살을 했는가? 그에게 엽서를 한 장 띄워봤다. 그래도 아무런 소식이 없었다. 나는 괜히 속이 타서 미칠 지경이었다. 어떻게 하면 답장을 받을 수 있을까? 고민하던 중 기발한 생각이 떠올랐다.

나는 그 친구에게 두 장짜리 편지를 썼다. 첫 장에는 안부를 묻고 안부를 전하고 첫 장 끝에 '그러니까 앞으로'라고 문장이 계속되는 것처럼 끝맺었다. 그리고 두 번째 장에는 '쪽 3'이라고 쓰고, 마치 전 쪽의 문장을 끝내듯이 '…하고 보니 그것도 괜찮다.' 이어 '그러므로 이 편지를 받자마자 당장 뉴욕 시의 브라운 씨에게 전보를 치든가, 아니면 내가 알려준 번호에 전화를 걸어야 된다. 이것은 네 생사가 걸린 문제라고 생각한다.'라고 썼다.

편지를 띄우고 가슴을 졸여가며 그의 답장을 기다렸다. 그 녀석이 내 꾀에 속아 넘어갔을까? 며칠 뒤에 훌루이드한테서 벼락같이 편지가 날아왔다. 그는 안부를 전한 뒤, 내 편지가 석 장짜리 편지였던 것 같은데, 두 번째 장을 내가 깜빡 빠뜨려서 뉴욕의 브라운 씨 주소도 없고 전화번호도 없어서 속수무책이라고 했다. 브라운 씨가 도대체 누구며, 이게 도대체 무슨 일이냐고 물었다. 그래서 나는 답장을 썼다.

'야, 웬디와 결혼한다는 것을 당분간 연기하고 네 자살도 연기했다니 축하한다. 네 소식이 듣고 싶어서 내가 장난을 쳤다. 실존철학보다 개똥철학의 우월성이 증명됐으니까, 우리 학교에서 다시 만나자.'

그리고 너털웃음을 쳤다.

1975년의 일이다. 그때 나는 팩트론이라는 전자부품회사에서 엔지니어로 일하고 있었다. 회사 측에서 새 제품을 소개하고 나에게 이 제품을 선전하기 위한 학술논문을 쓰라고 했다. 그 논문을 쓰자면 계전기회로에 대한 지식이 필요해서 나는 존 와일리 앤 선스*John Wiley & Sons, INC.*라는 출판사에 계전기 회로*Relay Circuits*에 대한 책을 한 권 주문하고 17.95달러짜리 회사 수표를 보냈다. 책을 받은 뒤, 출판사로부터 계속해서 돈을 내라는 편지가 날아왔다. 그래서 나는 다음과 같은 편지를 썼다.

오늘 나는 당신 회사에서 4개월 전에 산 책값을 지불하라는 세 번째 편지를 받았습니다. 내 이름을 세계 온 은행에 통보하고 내가 사기꾼이니까 조심하라는 경고를 주겠다는 위협적인 말을 했습니다.

당신 회사에서 돈을 찾아갔다는 사실을 증명하는 우리 회사에 돌아온 수표 사본을 동봉합니다. 이 사본은 당신 회사에서 3개월 전 17.95달러짜리 우리 회사 수표를 이미 찾았다는 것을 입증합니다. 물론 혼동한 탓이겠지요. 물론 당신의 잘못이 아니라 컴퓨터가 농간을 부린 것으로 사료됩니다. 누구의 잘못이든 저는 가슴이 아파 죽겠습니다.

이런 상황에서, 나에게 열린 단 한 가지 길은 당신을 명예훼손죄로 고소하는 길밖에 없습니다. 사실, 외국서 태어난 사람은 미국의 기업체나 미국 정부를 상대로 소송을 제기하기 전까지는 진짜 미국 시민이 되었다고 뽐낼 수 없다고 합니다. 조용히 귀띔해 드리겠는데 나는 몇 년 전에 미국 시민이 되었습니다. 법정에서 미국 시민증을 받고 나오자마자, 나는 눈에 보이는 모든 동양 사람들의 얼굴이 똑같다는 것을 발견했습니다. 이런 이유에서 당신 편지는 나에게 강력한 유혹을 던져줍니다.

그러면서도 나는 기분이 좀 언짢습니다. 나는 소송의 흥분보다도 공정한 판결을 더 바람직하게 여깁니다. 이런 이유에서 당신이 우리 회사에 끼친 손해를 조목화하겠습니다. 이 편지를 받은 뒤 10일 안에 손해배상을 등기우편으로 송금해주기 바랍니다.

손해배상 명세

서비스 요금

취소된 수표 찾기(0.5시간)	$5.00
편지 쓰기(1시간)	$10.00
타자(0.2시간)	$1.20
사본 만들기	$0.20
우표값	$0.11
추가 회사 경비(*Overhead*)	$4.92
흰머리 없애는 약(*Grecian formula*)	$5.00
총계	$26.43

흰머리 없애는 약값 5달러는 당신 편지를 받고 내 머리가 백발로 변했기 때문입니다. 내가 겪은 심적 고통에 대해서 한 푼도 돈을 내라고 요구하지 않은 것을 아십시오. 나의 심적 고통 배상금은 미국의 국채만큼이나 막대합니다. 이렇게 관대한 처분에 당신은 신이 나서 오줌을 쌀 것이라고 믿습니다.

당신을 용서하면서, 촌놈 전시륜

며칠 뒤에 출판사는 나에게 사과편지를 보내왔다. 컴퓨터의 실수로 이런 불상사가 일어났다고 했다. 회사 방침에 의해 손해배상금을 지불할 수는 없으나 30달러 한도 안에서 내가 원하는 책을 한 권무료로 증정하겠다며 서적 팸플릿을 보내왔다. 나는 책을 한 권 더주문하고 사건을 매듭지었다.

편지를 쓴다는 것은 좋은 습관인 것 같다. 우정은 생명보험과 같이 해마다 약조금을 넣지 않으면 무효가 된다고 한다. 편지 쓰는 것보다 더 효과적인 약조금은 없다. 편지를 씀으로써 삶에 대한 생각도 하고 친분도 증진시킨다는 것은 참으로 좋은 일이다. 무엇보다도 편지를 쓰는 동안에는 텔레비전을 볼 수 없어서 좋다. 전화와 텔레비전에서 해방되기 전에는 그 누구도 정신적인 건강을 유지할 수없기 때문이다.

FDS

1997년 6월 15일 일요일. 이날 큰 사고가 났다.

나는 아침 여섯 시에 일어나 커피를 끓여 마시고 신문과 잡지를 읽었다. 신통한 기사가 없었다. 이어 뒤뜰에 나가 토마토, 고추, 가지, 호박들이 얼마나 자랐나 살펴보았다. 식물을 기른다는 것은 어린애를 기르는 것보다 더 쉽고 보람있는 것 같다. 제초해주고 가끔 물과 거름을 주면, 그들은 고마워서 어쩔 줄 모르고 무럭무럭 자란다. 호박넝쿨이 더 뻗고 토마토가 몇 개 더 열린 것 같았다. 이어 하늘이 맑고 바람이 없어서 나는 포토맥 강으로 낚시를 하러 갔다.

6월 15일은 물고기들의 종교적인 금식일인 것 같다. 보통 붕어와 메기를 몇 마리, 운이 좋으면 농어란 놈도 한두 마리 잡는데 그날따라 영 소식이 없었다. 고기들이 아예 물지를 않았다. 몇 시간 동안

애를 쓰다가 정오쯤에 집으로 돌아왔다. 식탁 위에는 수영장에 갈 테니까 혼자 점심을 해먹으라는 아내의 메모가 놓여 있었다. 수영을 하고 돌아오면 출출할 테니까 자기 밥도 해놓으라는 지시였다.

밥을 안치고 스팸 지짐을 만들고 가지무침, 호박전을 만들었다. 밥을 먹고 밖에 나갔더니 옆집 소녀가 "Happy Father's Day(아버지 날을 축하합니다)."하고 명랑하게 인사를 해주었다. 나는 그날이 '아버지 날'인 줄 몰랐다. 문득 '아버지 날'에 홀아비 생활을 해야 되겠느냐고 생각하니 기분이 언짢았다. 별안간 오한을 느껴 나는 방 안에 들어가 이불을 뒤집어쓰고 잠을 자기 시작했다.

그런데 갑자기 몸이 불덩어리같이 뜨거워지고 피부에 두드러기가 생기고 치가 떨리고 머리가 지끈지끈 아팠다. 웬일일까? 나는 당황하여 구급차를 불러 병원으로 달려갔다. 졸도하여 정신을 잃었다가 두 시간 만에 깨어났다. 의사 선생이 빙그레 웃으면서 대단한 것은 아니니까 안심하라고 하며 말을 걸어왔다. 결혼은 했느냐, 아이들은 있느냐고 물었다. 아내가 있고 장성한 아이들이 셋 있다고 대답했다. 오늘 무엇을 했느냐고 묻길래, 신문을 읽고 밭구경을 하고 낚시질하고 집에 와서 점심을 해먹었다고 했다.

의사가 고개를 두어 번 끄덕였다. 이어 그는 아무 일 없으니까 집에 돌아가서 푹 쉬라고 말했다. 의아해서 내 병명이 무엇이냐고 물었더니, 의사 말이 내 병은 의학적으로 FDS라고 하는 흔하면서도 드문 병으로서 한국, 일본, 중국에서 이민 온 노인에게만 주로 나타나는 병이라고 설명해주었다. FDS가 무슨 약자냐고 물었더니 그것은 'Father's Day Syndrome(아버지 날 병)'이라고, 유교사상에 젖은 동양 아버지들이 미국에 와서 '아버지 날'에 흔히 느끼는 우울증이라고 했다. 동양 여자가 미국에 오면 옛날처럼 남편을 고분고분 섬기지 않고 미국서 태어난 아이들은 아버지를 대수롭게 여기지 않아, 여기서 오는 실망감, 환멸감에서 FDS가 생기는데, 동양 아버지들은 바라는 것이 너무 많아서 이 병에 잘 걸린다고 했다.

그럴싸한 이야기였다. 똥오줌을 가려 키운 우리 세 아이들이 '아버지 날'에 전화 한 통 걸지 않고 아내마저 식은 밥을 끓여먹든지 밥을 해먹든지 하라고 한 것을 생각하니 울화통이 터질 일이었다. 서운하고 섭섭하고 괘씸했다. 그들은 나처럼 그날이 '아버지 날'이었다는 것을 깜박 잊어버렸을까? 옆집 소녀의 인사가 계기가 되어 FDS가 발작된 모양이었다.

처방전을 약제사에게 갖다주었더니 약제사가 잠시 당황했다. 이윽고 그는 우리 아이들의 주소와 전화번호를 묻더니 아내의 이름까지 캐냈다. 별난 약제사였다. 나보고 잠깐 기다리라고 한 뒤 그는 어디론가 사라졌다가 10분쯤 지나 다시 나타났다. 그는 '아버지 날'을 축하한다는 카드 한 장과 초콜릿을 네 상자나 안겨주면서 한꺼번에 다 먹지 말라고 농담을 건넸다. 이것이 무슨 장난이냐고 묻자, 그는 의사가 나에게 초콜릿 네 상자를 처방하고 세 아이들과 아내에게 돈을 받으라고 명령했다는 것이다.

나는 기분이 좋았다. 신바람이 났다. "그러면 그렇지!" 하고 벼락같이 소리를 질렀다. 그 순간 누가 내 몸을 흔들면서 "여보, 당신 꿈 꿨어요? 자면서 무슨 소리를 그렇게 해요?" 하는 아내의 목소리가 들렸다. 나는 꿈에서 깨어났다. 내 눈에는 눈물이 가득 고여 있었다.

어쩌면 그리도 아름답고 함축성 있는 꿈이었을까.

"응, 꿈꿨어."

이불을 걷어차고 일어나는데 침대 옆 책상 위에 선물포장이 된 상자가 하나 눈에 띄었다. "여보, 오늘이 '아버지 날'이래요. 그래서 당신이 좋아하는 스위스 초콜릿을 사 왔어요." 하고 아내가 말했다. 나는 헛기침을 한번 크게 하고 찬물을 마시러 부엌으로 내려갔다.

4

어느 무명 철학자가 말하는 **진리보다**
더 높은 진리

이란혁명과 장 칼뱅

    요즘 계속해서 이란혁명에 관한 뉴스가 신문과 텔레비전에 보도되고 있다. 이란 주재 미국대사관이 습격을 당하고 대사관 직원들이 모두 인질로 잡혀 있다. 온 국민이 야단이다. 이란혁명이 왜 시작되었고, 이 혁명이 앞으로 어떻게 전개될 것인지에 대해 이해하려고 노력한다. 그런데 이해한다는 것은 쉬운 일이 아니다.

    나는 이란에 대한 지리와 역사를 잘 모른다. 코란을 읽어보지 않았고 회교도의 신앙이 무엇인지 모른다. 혁명의 주도자인 호메이니는 어떤 사람일까? 언뜻 장 칼뱅 생각이 난다. 두 사람은 비슷한 것 같다. 그런 이유로 칼뱅의 역사를 한번 더듬어본다.

    칼뱅은 신학과 법학을 공부했다. 종교개혁의 바람이 불어 그는 프랑스의 국교인 가톨릭교를 버리고 신교를 받아들였다. 스물여섯밖에 안 된 청년이었을 때 그는 『그리스도교의 강요Institutio christianae religionis』라는 책을 라틴어로 써서 발간했다. 이 책은 신교 신학의 주춧돌이 된 불후의 명작이다. 그 책이 불어로 번역되어 나왔을 때, 프랑스는 그를 이단자로 몰아 그에 대한 체포령을 내렸다. 할 수 없이 그는 스위스 제네바로 도망가서 은신해야 했다.

그 당시 제네바는 상업도시였다. 골목마다 술집이 있고 술집에는 주정뱅이와 창부들이 들끓었다. 부정부패가 심해서 영생을 사고 팔기도 했다. 요정에서는 음란한 노래가 흘러나왔고 거리에서는 살인, 집안에서는 간통이 자행되었다. 사회질서가 문란하여 장사도 잘되지 않았다. 그리하여 제네바의 상업회의에서는 칼뱅을 초대하여 사회질서를 회복하라는 과업을 주고 그에게 무제한의 권력을 부여했다. 그는 제네바에서 신정神政을 베풀기 시작했다.

하나님의 사도로서 그는 종교법원과 심의회를 설립하고 개개인의 행실을 조정했다. 종교법원의 관리는 한국 시골의 이장, 도시의 동장처럼, 일 년에 한 번씩 자기 해당구역의 주민을 찾아서 꼬치꼬치 질문을 하고, 행여 시민들이 하나님의 말씀, 쉽게 말하면 칼뱅의 말을 어긴 불순행위를 했는지 염탐했다.

까다로운 금지사항이 한두 가지가 아니었다. 법 조항에 개개인이 입을 수 있는 옷의 수효와 색깔을 규정하고, 밥을 먹을 때 식기가 몇 개, 수저가 몇 개 이상이어서는 안 된다는 것을 규정했다. 여자들이 쓰는 모자가 요란하게 높은 것도 금지되었다. 극장문을 닫고, 노래하는 것(찬송가 제외)도 금지시켰다.

아이들 이름도 성경에 나오는 이름에 한해서 허용했다. 아이 이름을 에이브러햄이라고 짓지 않고 크로드라고 지었다고 4일 간 감옥살이를 한 아버지도 있었다.

출판물도 엄격히 단속하여 몽테뉴의 수필집도 출간 금지되었다. 칼뱅이나 성직자들을 비판하는 것은 범죄였다. 사통자는 유배를 당하거나 익사를 당했고, 간통자, 신성 모독자, 우상 숭배자들은 처형을 당했다. 한 아이는 화가 치밀어서 자기 부모를 쳤다는 죄로 목을 베는 처형을 당했다.

당시 제네바 인구는 2만 명 정도였는데 75명이 귀양을 갔고 58명이 처형을 당했다. 감옥에 들어간 사람도 부지기수였다. 칼뱅은 엄격하면서도 원칙이 있는 사람이었다. 그는 교회의 돌간을 부수고 종을 울리는 습관을 금지시키고 교회 안에 촛불도 켜지 못하게 했다. 도박, 함부로 하나님의 이름을 내세우는 욕설, 음주, 춤추는 것, 입맞추는 것을 금지시켰다. 심지어는 자기 사위를 간통죄로 몰아 처형시키기도 했다.

언론의 자유를 누리는 현대인은 신에 대한 불경죄와 우상 숭배죄에 대해서 실감하지 못한다. 예수가 신성은 띠고 있었지만 신 자체는 아니라고 말하면 이것은 불경죄다. 성모 마리아의 도자기를 만들면 이것은 우상숭배가 된다. 칼뱅은 교회의 십자가를 없애버렸다.

제네바 시민들은 초기에 이런 칼뱅을 무척 좋아했다. 부정부패를 제거하고 건전한 사회질서를 설립했다고 갈채를 보냈다. 그러나 가끔 기분이 좋아서 술 한잔을 마시고 노래 한 곡조를 불렀다 해서 투옥을 당한다는 것은 억울하고 부조리한 일이었다.

무엇보다도 제네바 시민들은 칼뱅의 성서 해석에 불만을 가졌다. 성 아우구스티누스나 마틴 류시와 같이 칼뱅은 성 바울로의 서한 한 구절을 제멋대로 해석해서 누가 천당에 가고 누가 지옥에 가는가는 미리 하나님께서 정해놨다고 주장했다. 아무리 착한 일을 해도, 과부를 강간한 놈이나 과부를 도와준 사람이라 해도, 하나님 치부책에 이놈은 지옥에 가야 되고 이놈은 천당에 가야 된다고 기록되어 있으므로 그 운명은 누구도 벗어나지 못한다고 했다.

역사가 긴 유대교나 구교에서는 사람이 죽으면 곧바로 지옥에 가는 것이 아니라 먼저 연옥에 가서 몇 만 년 동안 불튀김을 당한 뒤, 참회를 하면 대부분은 천당에 갈 수 있다고 했다.

『탈무드』는 한 걸음 더 나가 공식 석상에서 남을 모욕하지 않은 사람을 제외하고는 누구나 속죄가 되어 천당에 갈 수 있다고 했다. 그러나 칼뱅은 자기 자신과 몇몇 사람을 빼놓고는 하나님의 변하지 않는 율법에 의해서 모두가 지옥에 간다고 했다. 무서운 이야기다. 제네바 사람들은 이를 달갑게 여기지 않았다.

내 생각에는 칼뱅의 제일 큰 실책은 미겔 셀베투스를 처형시킨 데 있다고 본다. 셀베투스(라틴 어 이름으로 Sevretus로 알려져 있음)는 에스파냐 국민으로서 칼뱅과 같이 총명한 사람이었다. 어렸을 때부터 코란과 성서를 읽고 수학, 지리, 천문학, 의학을 공부했으며 심지어는 점성학과도 회통한 팔방미인이었다. 그는 혈액순환 과정을 발견한 유명한 과학자이기도 하다.

그는 다소 건방져 이미 스무 살 때 『삼위일체의 과오』라는 책을 발간했다. 그는 예수는 하나님의 아들이 아니라 하나님의 신성을 띤 예언자라고 했다 (회교도의 신앙도 흡사하다). 예수가 하나님과 동등하고 겸등하다는 것은 과오라고 말했다. 그는 희랍어, 라틴어, 아랍어도 공부했다.

그는 제롬*Jarome*이 히브리어를 라틴어로 번역하는 도중에, 이사야 7장 14절에서, '젊은 여자'가 잉태한다는 말을 잘못 번역해서 '처녀'가 잉태한다고 했고, 이로 인해서 원문은 헤지키어의 아내가 애를 밴다는 뜻인데, 후세에 성모 마리아가 처녀 잉태를 해서 예수를 낳았다고 왜곡했음을 지적했다.

이 책이 나오자 프랑스에서는 셀베투스의 체포령이 내려졌다. 하지만 그는 자부심이 강해서 이 책의 사본을 제네바에 있는 칼뱅에게 보내어 칼뱅의 오류를 지적하고 규탄했다.

이리하여 오케이 목장의 결투가 벌어졌다. 그러나 셀베투스는 프랑스에서 도망쳐 이탈리아로 가던 중에 방심한 마음으로 제네바에서 한 달을 머물렀다. 당시 제네바 시민은 칼뱅의 법에 의해 누구나 일요일 예배를 해야 했다. 의심을 피하기 위해서 셀베투스는 교회에 나갔다.

교도 한 명이 그의 정체를 파악하고 당국에 보고하여 체포되었다. 그는 기소되어 재판을 받게 되었다. 근본적인 죄목은 그가 삼위일체를 부정하고 영아 세례가 무효하다는 주장에 있었다. 그러나 스트라보*Strabo*의 기사에 의하면 38개의 기소조항에는 유대가 성경에서 말하는 젖과 꿀이 흐르는 땅이 아니라 불모의 메마른 땅이라고 주장했다는 죄도 있었다.

셀베투스는 착하건 악하건 하나님이 누구는 천당에 가고 누구는 지옥에 간다고 미리 선정했다는 칼뱅의 믿음이 잘못되었다고 했고, 믿음도 좋지만 더 훌륭한 것은 사랑(자비)이고, 하나님은 사랑이라고 했다. 인간으로서 칼뱅은 검소하고 가끔 유순하기도 한 사람이었지만, 신학자로서 그는 엄한 사람이었다. 재판 결과는 뻔했다.

셀베투스가 잡히기 전 칼뱅은 친구에게 쓴 편지에서 셀베투스가 제네바에 오면 그를 살려서 돌려보내지 않겠다고 했다. 셀베투스는 사형선고를 받았다. 마지막 소원으로 그는 목 베임을 원했는데 심의회는 이를 거절하고 화형을 선고하여 30분 동안 불 속에서 타다 죽었다.

이란혁명이 앞으로 어떻게 전개될까? 퍽 궁금하다. 이란 왕이 물러날 때 임시정부의 대통령으로 있던 바키아가 프랑스로 망명했다. 혁명은 자기의 자식들을 잡아먹는다고 한다. 프랑스 혁명을 지지하고 애국자였던 당통 국방상은 반역자로 몰려 단두대에서 죽음을 당했다. 단두대에 끌려가면서 마담 롤랑은 "오, 자유! 오, 자유! 네 이름을 이용해서 얼마나 많은 범죄가 자행됐는가." 하고 외쳤다.

칼뱅, 로베스피에르, 호메이니는 모두 유순하고 쟁쟁한 학자들이었다. 그러나 그들은 인간의 목숨보다는 자기의 신념, 신앙을 더 중요하게 여겼다. 이것이 모든 혁명의 비극이다.

※ 장 칼뱅에 대한 이야기는 윌 듀란트의 『문학이야기 *The Story of Civilization*』에 기준했습니다.

신신新神과 구신舊神

플루타크*Plutarch*는 막강한 판*Pan* 신이 죽었다고 선언했다. 그 뒤 철학자들은 신들을 무자비하게 학대했다. 이리하여 많은 신들은 은신을 했고 몇몇은 억울함을 못 이겨 자살을 했다.

그러나 신들은 완전히 소멸되지 않았다. 만신전萬神殿을 물려받은 로마 사람들은 신들의 수효를 두 배, 세 배로 늘렸다. 예를 들면 아베오나*Abeona*는 아이들이 밖에 나갔을 때 보호를 했고, 도미두카*Domiduca*는 아이들을 집으로 데려왔고, 인터두카*Interduca*는 그동안에 아이들을 살펴봤고, 쿠바*Cuba*는 아이들을 잠들게 했고, 에두카*Educa*(교육이란 말이 여기서 나왔음)는 아이들에게 음식 먹는 법을 가르쳐주었다.

어린애들 신만 해도 10명이나 되었다. 이들 신들은 행복했었다.

근심 걱정 없고 명랑한 이 신들은 그들의 고객들이 바치는 진수성
찬을 즐기고 호화찬란한 신전에서 살았다. 대신 그들은 피보호자들
의 기도를 어김없이 들어주었다.

그러던 중에 구신들에게 일대 재난이 생겼다. 예수라는 새로운
신이 탄생했기 때문이다. 족보상으로 볼 때, 예수는 신을 부모로 두
지 않은 어정뱅이였다. 예수는 딴 신들에 비해 눈에 띄게 달랐다. 그
는 힘세고 풍채 좋은 미남 신이 아니었다. 인습에 얽매이는 것을 싫
어하고 사회적인 격식을 꺼려했다. 그는 입담이 좋아 청중이 홀딱
반하게 이야기를 하는 비상한 재주를 지녔고 상상하기 어려울 정도
로 착한 마음을 가졌다.

여자들과 어린애들은 그를 숭배했다. 하지만 권력이 팽창하자 그
는 폭군이 되었다. 그는 구신들을 악마로 몰아 토굴 속에 투옥하여
박쥐와 두꺼비와 살게 만들었다. 실각당한 이들 가여운 구신들은
몇 세기 동안 멸시를 당하고 고문을 받았다.

예수 치하의 세상은 쓸쓸하고 처량한 곳이 되었다. 사람들은 흥
을 내고 싶어했다. 그리하여 그들은 황금의 신Mammon을 월 스트리
트Wall Street에 밀입시키고 사랑의 여신Venus을 마이애미 해수욕장
에 모셔왔다.

서서히 구신들이 감옥에서 풀려나왔다. 에로스Eros(성애의 신)는
대학교정에 자리를 잡고 발칸Volcan(불과 대장간의 신)은 길을 더듬
어 모스크바Moscow를 찾아갔다. 마르Mars(군신軍神)는 콩고, 베트
남, 한국, 베를린 등등 세계의 구석구석에 지사를 차렸다. 퓨리Fury(
광포, 복수의 여신) 또한 신이 나서 트숌브Tshombe 머리에 날아가 앉

다가 마오쩌둥의 어깨에 앉기로 했다. 능글맞은 노신 다모클레스 *Damocles*는 신이 나서 어쩔 줄을 모르고 모든 사람들의 머리 위에 칼을 갈아 매어 놓았다.

자연의 모든 것과 마찬가지로 신들도 태어나서 살다가 죽는다. 어떤 시대는 이 신을 저 신보다 더 좋아한다. 우리 세대는 현대인을 인도해 줄 새로운 신들이 필요하다.

내가 여기에 소개하는 몇몇 신들은 매력적인 멋쟁이는 아니지만 우리가 사는 특수한 현대 기후에 심어두면, 자라서 꽃피고 맛있는 열매를 맺을 수 있을 것 같다.

제일 먼저 복귀시켜야 할 신들은 아나톨 프랑스*Anatole France*가 도입한 쌍둥이 신 아이러니*Irony*와 연민*Pity*이다. 운명의 여신은 변덕쟁이여서 그녀 손에 걸렸다 하면 천진난만한 어린애들까지 죽는다. 인간의 역사를 쓰는 것은 그녀요, 그러기에 우리 역사는 부조리하다. 그녀는 죄인을 성인으로 만들기도 하고 흡혈귀를 영웅으로 추대하기도 한다.

우리는 그녀가 만든 세상 속에서 산다. 그러기 때문에 우리는 우리 잘못 없이 우리들에게 닥쳐오는 인류의 불행과 인생의 부정을 웃어넘기기 위해서 아이러니가 필요하다. 아이러니의 세계는 쌀쌀하고 슬픈 세계다. 우리는 따뜻한 남쪽나라의 바람을 가져오는 신이 필요하고 이 신이 바로 연민의 신이다. 연민은 우리로 하여금 죄인을 용서해주고 심지어는 인간의 어리석음까지 사랑하게 해준다.

다음으로 우리가 숭배할 신은 평화의 신 팍스Pax다. 요즘 대장간의 신, 전쟁 신은 전쟁의 장난감을 만들기에 정신이 없다. 기계 신 마쉬나*Mashina*의 충언과 협조를 받아, 이들 삼총사 신들의 힘은 엄청나게 증가하여, 이 추세가 계속되면 우리들은 모두 플루토*Pluto*(염라대왕)를 찾아가야 할 것이다. 팍스는 흥취 있는 멋쟁이 신이 아니다. 그는 노처녀와 같이 수줍어하고 조용하고 친절한 신이다. 현재 그 누구보다도 절실히 요구되는 신은 바로 이 노처녀 신이다.

마지막으로 내가 추대하고 싶은 신은 게으름의 신*Laziness*이다. 황금 신의 농락으로 우리는 모두 정신병자가 되었고 기계 신의 농간으로 우리는 재즈*jazz* 템포*tempo*의 늪 속으로 빠져들고 있다. 게으름의 신은 현대인의 가장 고약한 전염병인 Go-Go-Go병(날뛰고 허덕이는 병)에서 인간을 건져주고 심장마비의 방문을 금지시킨다. 그는 쾌적한 신으로서 주로 파자마만 걸치고 소일하고 예술과 예지의 신 아폴로Apollo와 환담을 나누기를 좋아한다.

평화의 신은 우리 생존을 담보해주고 아이러니와 연민의 신은 삶의 괴로움을 견뎌내게 해준다. 그러나 오직 게으름의 여신만이 우리에게 삶의 즐거움과 기쁨을 안겨다준다.

민주주의와 선거

　요즘 한국에 관한 뉴스는 대통령 선거와 IMF의 한국경제 위기해결책에 대한 이야기뿐이다. 김대중, 이회창, 이인제 후보에 대해서 나는 누가 누군지 전혀 모른다. 민주국가의 선거는 미인대회의 경쟁자처럼 얼굴도 예쁘고 인품도 있어야 하지만 가끔 비키니 디자인과 그를 입는 요령에 의해서 결정되기도 한다. 할 말을 해서 코를 다칠 수 있고 무식한 탓에 말을 못해 성인군자라는 평을 받아서 당선될 수도 있다. 민주주의의 아름다움은 내가 찍어준 사람이 바보일 경우 다음 기회에 그놈을 내쫓고 이번에는 천치에게 귀중한 한 표를 던져줄 수 있다는 데 있다.

　대학 시절 선거후보로 나서서 낙선의 고배도 마시고 당선의 환희도 느낀 이야기를 통해 민주주의와 선거의 ABC를 설명해보겠다.

베리아 대학 3학년 때 나는 학생회 부회장으로 출마했다. 베리아의 학생들은 주로 애팔래치아 산맥지역 출신으로 광부, 농부들의 자녀들이 많았고 그들은 대체로 보수적이고 외국 학생을 처음본 사람들도 더러 있었다. 이들은 공자도 모르고 맹자도 모르며 노자 하면 여행용 버스값이나 기차값으로 알았다. 나도 충청도에서 온 촌놈이었지만 그래도 국제신사로서 그들을 교육시킬 의무를 느꼈다. 사실 나는 그 당시 '전 서방 왈Chon Say'이라는 란을 매주 대학신문에 기고하여 계몽사업을 해왔고 그로 인해 이름도 널리 알려져 있었다. 회장직은 좀 거북스러워 포기하고 한직인 부회장 자리를 노렸다. 필립이란 미남자와 에드나라는 지적인 여인이 경쟁자로 나왔다.

선거유세에서 나는 죽을 쑤었다. 연설 경험이 없었던 탓에 몇 백 명의 청중 앞에 나서자 다리가 후들후들 떨리고 숨이 가쁘고 말문이 막혔다. 열심히 외운 연설문은 머리에서 사라져 양말 속에 들어가 숨은 것 같았다. 횡설수설 몇 마디 말을 했지만 스스로도 무슨 소리를 했는지 알 수 없었다.

내가 당선되면 학교를 뒤집어엎어서 교수 위주가 아니라 학생 위주의 체제를 수립하겠다고 고함쳤다. 박수갈채를 기대했는데 우레보다도 더 무서운 침묵이 나를 응시했다. 선거는 그 자리에서 끝난 것이나 다름없었다. 그 뒤 잃어버린 표를 만회하기 위하여 여학생 기숙사를 쫓아다니면서 귀중한 한 표를 찍어달라고 구걸하고 애원했지만 반응이 좋지 않았다. 대부분의 여학생들, 특히 1학년 학생들은 내가 마치 더덕을 가지고 와서 인삼이라고 사라는 사기꾼인 것처럼 보인다는 눈치였다.

나는 낙선을 예감했다. 물론 내가 대학 역사상 처음으로 부회장 출마를 한 외국학생이었다는 사실도 있었지만 나의 영어 발음이 너무도 나빠서 동정표를 찍어주려던 학생들마저 나를 포기한 것 같았다. 막다른 골목에 몰려 나는 흑인 학생들 표를 노려보았다. 어떻게 하면 흑인 학생들의 표를 모을 수 있을까?

나는 내가 잘 아는 흑인 여학생으로서 가장 존경 받고 인기 있는 바바라에게 데이트를 청하고 극장 구경을 시켜주겠다고 제안했다. 내 속을 들여다 본 그녀는 나의 제안을 부드럽게 거절하면서 내가 그녀와 데이트했다는 소문이 퍼지면 나의 낙선은 확정적일 뿐만 아니라 훗날 불행을 가지고 올 수도 있다고 경고했다. 나는 그녀의 충고를 감수했다.

투표결과는 예상대로 내가 꼴찌로 드러났다. 그런대로 기뻤던 것은 득표 차가 1등 2등 간에 30표 정도, 2등 3등 간에도 그 정도였고 당선자 필립은 1, 2학년 여학생 표를 많이 얻은 반면 나는 상급생, 특히 맥주를 잘 마시는 남학생들의 압도적인 지지를 받았다는 사실이었다. 전 미국 대통령 제퍼슨*Thomas Jefferson*의 말대로 민주주의가 제대로 실행되기 위해서는 무엇보다도 유권자가 총명해야 된다는 말을 떠올리며 애써 자위했다.

2~3년 뒤 켄터키 주립대학 대학원에서 공부하고 있을 때 외국학생회*Cosmopolitan Club* 회장 후보로 나선 적이 있었다. 외국 학생 수효가 250명 정도였는데 과반수가 인도네시아에서 온 공과대학생

들이었다. 우리 학교와 인도네시아 대학은 형제 관계를 맺고 있어서 많은 인도네시아 학생, 특히 남학생들이 그곳에 와서 공부하고 있었다. 한국 유학생도 7~8명 있었고 유럽에서 온 학생들도 꽤 있었다. 나라별 유학생의 분포 차이로 인해 선거는 있었지만 해마다 인도네시아 학생이 학생회장직을 도맡았다.

한국 학생 하나가 나를 찾아와서 회장으로 출마할 것을 종용하고 인도네시아 독재를 부수자는 것이었다. 베리아에서처럼 나는 대학 신문에 매주 발표하는 '외국인의 견해 (A Foreigner's View)'라는 글 때문에 많은 학생들이 내가 천하의 망나니라는 것을 알고 있었다. 회장이 되고 싶다는 의욕에서라기보다 까다로운 수학문제 하나를 풀어보겠다는 기분에서 출마하기로 했다. 패배의 고배를 한 번 마신 탓으로 이번에는 유권자들이 무엇을 요구하는가에 대해서 연구했다. 어느 토요일 오후 커피 한 잔을 마시기 위해서 교내 카페테리아를 찾아갔더니 그곳에 주말에 할 일도 없고 갈 곳도 없는 많은 인도네시아 학생들이 병든 병아리처럼 비실비실하고 있는 것을 목격했다. 그 비참한 장면이 나에게 영감을 주었다.

100여 명의 투표자 앞에서 한 나의 연설은 땅 짚고 헤엄치기였다. 내가 당선이 되면 우리 외국학생회 모임에 미국 여학생들을 잡아와서 젊은 베르테르가 통절하게 느끼던 고민을 제거하고 이로써 그들의 소화불량증과 위궤양을 말살시키겠다고 공약했다.

이 계획을 실현하기 위해서 나는 모임이 있을 때마다 버스를 대절하여 인근에 있는 미드웨이Midway 여자대학에 침투하여 여학생들을 납치해 올 용의가 있다고 선언했다. 파티를 열면 입장료를 받는 한이 있더라도 밴드를 불러오고 춤출 때 여자 파트너가 남아 돌아가게 하겠다고 공약했다.

물론 학업을 쌓는 것이 중요하지만 젊었을 때 여자의 허리 한번 안아보지 못한 사나이는 석사든 박사든 훗날 훌륭한 남편, 훌륭한 아버지, 훌륭한 시민이 될 수 없다고 강조했다. 박수 소리가 우레처럼 회의장을 진동했다. 벼락은 치지 않았지만 청중들의 눈에서 번갯불이 튀었다. 그 순간 선거는 끝났다. 인도네시아에서 온 입후보자와 독일에서 온 입후보자가 열변을 토했지만 그들의 호소는 마이동풍이었다. 나의 압도적인 당선은 기정사실이었다.

선거공약을 이행한다는 것은 그리 쉬운 일이 아니었다. 버스 대절비가 어디서 나오느냐, 과연 미드웨이 여자대학에서 학생들을 놓아줄 것인가도 의문스러웠다. 신입생들이 등록하는 날, 나는 등록 장소에 외국학생회 간판을 걸고 지나가는 여학생들을 거의 생포하다시피 해서 회원이 되기를 간청했다. 대학생활의 별미는 돈 한 푼 들이지 않고 외국여행을 할 수 있는 데 있다. 외국학생회에 가입하여 한국, 일본, 인도, 인도네시아, 독일, 프랑스에서 온 장래 대사를 만남으로써 공짜로 세계일주를 한다는 것이 얼마나 의미 있는 일이겠느냐고 핏대를 올리면서 호소했다. 미국 여학생들은 멋도 모르고 우리 클럽에 가입하지 않으면 나중에 퇴학 처분이라도 받는 것이 아닐까 하고 어리둥절하여 회원 가입을 했다.

이어 나는 YWCA에 가서 한바탕 연설을 했다. 기독교의 진리는 사랑이 아니냐? 외국 학생들이 사랑의 고갈증으로 시들어가고 있는데, 너희들은 착한 사마리아인이 될 용의가 없는가? 예수는 나병

환자와 찬을 나누기를 꺼려하지 않았고 안식일에도 도랑에 빠진 양을 구해냈는데 잠시 우리 모임에 나와서 외국 노래와 춤을 배우고 즐긴다는 것이 그렇게도 어려운가? 기쁨은 받는 데 있지 않고 주는 데 있다. 이런 기회를 놓침으로써 너희들이 잃는 것은 천당밖에 없다며 설교도 했다.

하지만 성공도 지나치면 문제다. 우리 모임에 여학생들이 너무도 몰려오는 바람에 나는 월플라워*Wallflower*(무도회에서 상대자가 없는 여자)를 찾아다니면서 사과하기에 바빠 춤도 못 추었다. 그러나 나의 인류에 대한 가장 큰 공헌은 미국의 시골 처녀들을 공짜로 세계일주여행을 시켜주고 몇몇 인도네시아 학생들의 위궤양을 고쳐주었다는 데 있다.

그 뒤 정계를 떠나서 직장을 얻고 결혼을 하여 싱가포르에 가서 살고 있을 때 중학교 1학년이 된 딸애가 자기 학급의 반장이 되고 싶은데 선거연설문을 써달라고 부탁했다. 스스로 한번 써보라고 했더니 그 아이는 자기가 당선되면 크리스마스 파티를 화려하게 열고 학생들의 의사를 충실하게 반영하겠다고 누구나 다 하는 글을 썼다. 나는 고개를 흔들며 내용은 좋은데 맥이 없다고 지적하고 담임 선생이 누구냐고 물었다. 미스 페이톤이라고 대답했다. 그래서 나는 아이의 연설문 끝에 다음과 같은 문장을 첨부했다.

'According to Miss Peyton, democracy means our little mouths are as important as her big mouth (민주주의란 학생들의 말도 선생의 말만큼 중요하다는 뜻입니다).'

그러나 이 문장은 말장난*pun*으로서 'big mouth', 즉 '큰 입'은 어른의 입이라기보다는 돌쇠 어머니처럼 주둥아리만 썰어도 열 사발이 넘는 주책바가지란 뜻이다. 학생들이 이 말을 들으면 난리를 칠 것이 분명했다. 딸애가 그런 말을 할 수 없다고 주저했다. 그래서 그런 말을 학생들 앞에서 해도 좋으냐고 선생님께 여쭤보라고 했다. 그 이튿날 딸이 학교에서 돌아와서 미스 페이톤이 그 말이 참으로 멋있다며 자기의 머리를 쓰다듬어주었다고 좋아했다. 선거결과는 뻔했다. 딸애는 압승을 했다.

얼마 전에 버지니아 주지사 선거가 있었다. 여론조사에 의하면 공화당 후보와 민주당 후보가 아슬아슬하게 다투었다. 그런데 선거 이주일 전에 공화당 후보가 당선되면 자기는 자동차세를 철폐하겠다고 나섰다. 이 말은 청천벽력이었고 민주당 후보는 벼락을 맞아 죽은 것과 다름이 없었다. 꽤 많은 돈이 면세된다는 이야기다. 알링톤 카운티의 1997년도 포드 토러스*Ford Taurus*의 자동차세는 808달러다. 주정부가 학교, 병원, 법원, 경찰 등을 운영하자면 돈이 있어야 되고 자동차세 징수가 폐지되면 다른 곳에서 그 돈을 걷어 빈틈을 메꿔야 한다. 민주당 후보는 상대자의 논리적 모순을 지적했지만 유권자에게는 이것 또한 마이동풍이었다. 공화당 후보가 거뜬하게 당선됐다.

민주주의는 형편없는 정치체제지만 우리는 그보다 더 훌륭한 체제를 아직 찾지 못했다고 처칠*Winston Churchill*은 개탄했다. 20세기 가장 훌륭한 정치가 가운데 한 사람이요, 제2차 세계대전 때 영국을 패배의 문전에서 건져낸 그는, 전쟁이 끝나자 허리띠를 졸라맨 탓에 지친 국민들의 불신을 받아 선거에 참패했다.

성경에 잘 뛰는 사람이 반드시 경주에서 이기거나 강자가 반드시 전투에서 이기는 법은 없다고 했다. 만사에는 때가 있고 운이 있다. 태어날 때가 있고 죽을 때가 있고, 웃어야 될 때가 있고 울어야 될 때가 있고, 출마할 때가 있고 은퇴할 때가 있다. 선거법을 탓하고 유권자를 탓하는 것은 졸부의 소심이다. 투표자들은 후보자들보다도 더 현명한 것 같다. 나를 꺾은 필립은 훗날 대학교 학장이 되었고 에드나는 미국 서부 도시의 시장이 된 반면 나는 지금까지도 애망나니 신세를 벗어나지 못하고 있다. 이것이 민주주의와 선거의 매력이다.

진리보다 더 높은 진리

　사람들은 진실해야 한다고 한다. 거짓말을 하지 말고 사실을 사실대로 말해야 된다는 것이다. 어렸을 때 초등학교 교장선생님한테서 들은 말이니까 하나님의 말씀보다 더 진실함에 틀림없다. 그런데 교장선생님의 말을 너무 새겨들어 곤욕을 치른 적이 몇 번 있었다.

　전자부품회사에서 일하고 있을 때 사장의 비서로 있던 라일라란 여자가 있었다. 그녀의 삶의 목적은 피땀 흘려 일을 해서 3년마다 헌 차를 버리고 새 차를 사는 데 있었다. 새 옷을 사 입고 미용실에 가는 것도 좋아했다. 하루는 아침 8시에 사무실에 들어오자마자 내 앞에서 깜찍하게 360도 회전을 하고 새로 한 퍼머머리가 어떠냐고 물었다. '원더풀'이라고 했어야 될 것을 나는 교장선생님이 어린 마음에 심어준 '진실'이라는 병 때문에 "글쎄, 이전 미용사 솜씨가 더 좋았던 것 같아요." 라고 대꾸했다. 그러자 화를 발끈 내고 사장실로 들어가 내가 자기를 모욕했다고 억지를 쓰며 울기 시작했다. "저 사람 해고시키세요. 저렇게 무례한 사람이 어디 있어요?" 하며 발을 동동 굴렀다.

사장은 슬쩍 눈짓을 하며 자기 방으로 들어오게 한 다음 나를 점잖게 꾸짖었다. 좀더 외교적으로 공치사라도 해주라는 것이었다.

대학에 다닐 때였다. 미술과 건축사를 가르치던 여교수가 이번 토요일 저녁에 외국 학생을 몇몇 초대해서 세계 문제를 토의하기로 했는데 참석해달라고 부탁했다. 나는 농담으로 "교수님, 요리 잘하세요?" 하고 물었다. 동양 학생들이 밥을 잘 먹으니까, 솜씨가 없는 대로 밥을 지어보겠다고 했다.

토요일 저녁 교수님 댁을 찾아갔고 이런저런 얘기를 하다가 저녁상을 받았다. 그 자리에 10여 명의 외국 학생이 참석했었다. 쌀을 한 번 삶았다가 말려, 끓는 물에 1분 간 집어넣었다가 꺼내면 밥이 된다는 소위 미뉴트 라이스(1분 조리 쌀)로 만든 밥이었다. 고기를 먹으면 좋지 않다며 시금치와 호박을 푹 삶아 내놓고 양념으로 후춧가루와 소금을 내놨다. 밥상을 치운 뒤 교수가 나에게 생색을 내며 물었다.

"전 군은 내 요리 솜씨가 어떻다고 생각해?"

교장선생병에 걸린 나는 "그저 그래요. 요리학원을 내시지 않고 미술사를 강의하시는 것이 참으로 다행입니다." 하며 능청을 떨었다. 그러자 여교수의 얼굴이 새빨개지더니 나에게 따지기 시작했다.

'여긴 음식점이 아니야. 친분을 나누기 위한 자리인데 진수성찬을 기대했다면 큰 오해지.' 하고 뇌까렸다. 좌중의 사람들이 모두 어리둥절한 나머지 눈이 휘둥그레졌다. 나는 화가 났다.

"아니 교수님, 제가 먼저 교수님의 요리솜씨를 비판한 것은 아니지 않습니까? 교수님이 물어서 대답한 것인데 왜 그리 화를 내십니까? 언제부터 솔직한 의견을 표하는 것이 범행이 되었습니까? 제게 잘못이 있다면 제가 교수님의 자존심을 건드렸다는 것뿐입니다."

이렇게 말한 뒤 나는 자리에서 일어나 외투를 걸치고 나왔다.

물론 내가 잘했다는 것은 아니다. 그러나 진실함은 보신탕에 못지 않게 건강한 것이 아닐까. 불경에 이런 구절이 있다.

소년 야나나랏타가 독사에 물렸다. 그의 부모는 걱정에 차 소년을 스님에게 데려가서 '진실의 염불'을 외워달라고 간원했다. 스님은 사실은 위선자였지만 진리의 힘을 믿고 이렇게 말했다.

"나는 일생 동안 중 노릇을 했지만, 지난 50년 동안 양심에 어긋나는 행동을 하고 살았으며 선을 찾으려 한 삶은 고작 일주일에 지나지 않았습니다. 이것은 진실이오니, 부처님이여, 독이 없어져 야나나랏타가 살게 해주십시오."

스님에 이어 아버지도 진실을 실토했다.

"나는 낯선 사람이 우리집에 찾아오는 것을 싫어했고, 찾아와도 밥을 주지 않았습니다. 내가 이리도 인색하다는 사실을 배움이 많으신 스님들도 미처 모르고 계셨습니다. 이 말은 진실이오니, 인자하신 부처님, 독을 없애 우리 아이가 살게 해주십시오."

아버지는 자기 아내를 쳐다보며 진실을 말하라고 했다. 그러나 그녀는 남편 앞에서 차마 사실을 고백할 수 없다고 대답했다. 남편은 부인에게 아들의 생명이 제일 중요한 것이 아니냐고 종용했다. 그러자 어머니는 떨리는 목소리로 이렇게 말했다.

"내 아들아, 이 엄마 말을 들어보아라. 사실 나는 구멍에서 기어나와 너를 물은 고약한 독사보다도 너의 아버지를 더 미워하고 있다. 이것은 사실이오니 관세음보살님, 독을 없애 우리 아들을 살려주십시오."

이 말이 끝나자마자 소년의 상처에서 독이 흘러나왔고 생기가 돌기 시작한 소년은 일어나서 걷기 시작했다.

이것이 진실의 힘이다. 어쩌면 이 이야기를 듣고 프로이트가 정신분석 치유법을 창안해냈는지도 모른다.

그러나 더 깊이 따져볼 때 사람은 항상 거짓말을 피하고 사실을 실토해야 할 것인가? 의사가 환자한테 당신은 고작해야 한 달밖에 살 수 없다고 얘기하는 것이 어진 일일까? 아내가 남편에게 "오늘 좀 늦으셨네요." 할 때, "응, 나 미스 김하고 오늘 카바레 가서 술 먹고 춤추고 왔어." 하고 고백해야 할 것인가. 멋지고 재치 있는 거짓말은 진리보다도 더 높은 진리가 아닐까?

사람의 속셈이 그대로 이마 위에 드러나 보인다면 세상은 일대 아수라장이 되고 살육의 비극은 끊이지 않을 것이다. "아버님, 부디 장수하셔야지요." 하는 아들의 이마에 "왜 저 늙은이는 죽지도 않아."란 말이 컴퓨터 화면처럼 찍혀 나온다면 얼마나 망측스럽고 더럽고 무서운 일일까? 이런 삶은 증오와 살기로 넘칠 것이다.

나는 라일라한테서 봉변을 당한 회사에서 끝내 쫓겨나고 말았다. 높은 사람들이 많이 참석한 연회석상에서 불평하고 싶으면 마음대로 하라기에 나는 한바탕 회사 욕을 해주었다. 회사에서 나 같은 엔지니어에게는 대우를 깍듯이 해주는 데 반해 단순 조립을 하는 여공들은 천대하고 못살게 굴고 있다며 사자처럼 포효했다. "운영진에 있는 사람들은 똥물에 튀겨 죽여야 한다."고 거친 말을 해댔다.

이튿날 사장이 나를 불러 자기 회사가 싫으면 사직할 자유가 있다고 전했다. 내 뜻은 그것이 아니라 운영진의 각성을 촉구한 것이라고 했지만 소용없는 일이었다. 나는 사직하지 않겠다고 버텼다. 회사 측에서는 계속 압력을 가해 마침내 사직서를 내지도 않았는데 내 사직서를 쾌히 수락하겠다는 수작을 부려 나를 내쫓았다.

그때 내 나이가 마흔여섯 살, 큰 아이가 겨우 열 살이었으니 한창 돈벌어 터를 닦아야 할 시기였다. 집에 돌아와서 비극의 뉴스를 전하자 평소 유순하고 참을성 많던 아내가 당신같이 바보에 독불장군이고 처자식을 생각하지 않는 무책임한 인간은 없을 거라며 엉엉 울었다. 그 말을 듣고 나니 좀 미안하고 마음이 아팠다. 생각해보니 나는 어리석은 사람이었다.

그 뒤 다시 직장을 구해 보란 듯이 살고 있다. 진리보다 더 높은 진리도 터득하게 되었다. 아내가 미장원에서 돌아오면 "여보, 당신 참 멋쟁이가 됐어요. 미장원 자주 찾아가시오." 하며 능청을 떤다.

내 속을 뻔히 들여다보면서도 아내는 빙그레 웃는다. 나를 해치고 사기를 치겠다는 악의가 없는 한 듣기 좋은 말은 사회안전과 세계평화에 이바지하는 거룩한 수도 과정일 수 있다.

나무아미타불.

4월 바보와 춘열春熱

제아무리 우스꽝스럽게 보여도 모든 미신은 한때 그럴싸한 과학적인 가설이었다. 횡경막이라는 말의 어원은 희랍어로 '두 개 두뇌 사이'를 막아 놓은 막피膜皮라는 뜻이었다. 옛날 희랍 사람들은 인체에는 두 개의 두뇌가 있고 한 개는 가슴속에 한 개는 밥통(위)에 담겨져 있다고 믿었다. 우주의 수수께끼를 풀겠다고 명상에 잠기는 철학자나 수학자는 상부 뇌를 사용하고 밥 생각, 여자 생각만 하는 평민은 하부 뇌를 사용한다고 믿었다. 세상에 많은 어리석은 사람의 숫자를 살펴볼 때 횡경막 설은 그럴싸한 가설이었다.

4월 바보(April fool)와 춘열(spring fever)이란 영어 표현이 어떻게 생겨났는지 나는 모른다. 그러나 내 생각에 지금은 미신이란 낙인이 찍혀 행세를 못하지만 한때는 미어美語와 비사祕事를 담은 재미있는 과학적인 가설이 아니었을까 한다. 그래서 나는 지난 일요일에 생긴 일을 이야기하고 사라진 과학적 가설을 재건하고 싶다. 내 가설이 옳지 않을 수도 있지만 이따금 어리석은 짓을 한다는 것은 참으로 즐거운 일이다.

　지난 일요일 집으로 돌아오는데 자동차 한 대가 내 옆에 와서 급정거를 하고 빵빵거렸다. 젊은 여자 셋이 타고 있었다. 무엇이 그리도 좋은지 모두 깔깔대며 웃고 있었다. 한 여인이 차를 타고 한바탕 돌겠느냐고 했다. 어디를 가려 하냐고 물었더니, 사또님 명령대로 어디든 모시겠다고 상냥하게 말했다. 나는 어리둥절했다. 촌놈이라서 당황하여, "저는 뭐 좀 할 일이 있어요." 하고 떨리는 목소리로 사양했다. "알겠어요. 재미 많이 보세요." 하고 그들은 휑하고 떠나버렸다.

　이 사건으로 그날 저녁을 망쳐버렸다. 그 계집애들은 왜 그런 수작을 부렸을까 하고 묻고 또 물어봤다. 내가 미남으로 보인 탓일까 하고 거울 앞을 서성대고 콧수염을 한번 길러볼까 하고 미친 생각도 해봤다. 갑자기 상부 뇌에서 해명이 왔다. 그녀들은 봄 기운(spring fever)에 사로잡힌 4월의 요정(April fool)이란 결론에 다다른 것이었다.

　요즘 생리학자들은 내분비선의 노예라는 말을 곧잘 쓴다. 내분비액이 얼마나 잘 흘러나오느냐에 따라 어떤 사람은 거인이 되고 어떤 사람은 난쟁이가 된다. 천재가 천치로 바뀐다. 이것이 사실이라면 내분비선의 농간에 의해서 4월이 되면 멀쩡한 사람이 소문난 바보가 되는 것이 아닐까?

내분비선의 분비는 자동이어서 우리가 임의로 조정할 수가 없다. 그러나 동물이 처한 환경은 분비선의 양과 성격에 큰 영향을 준다.

발표된 연구논문에 의하면 어미새가 새끼새에게 밥을 먹이는 것은 이성적인 사고의 결과가 아니라 순전히 본능적인 행동이라고 한다. 입을 쩍쩍 벌리면서 내 새끼들이 밥 달라고 울어대니까 나는 들에 나가 벌레를 잡아와야겠다고 어미새가 생각하는 것이 아니다. 이보다는 새끼들이 입을 열고 요란하게 소리를 내면 이 자극이 시청각적으로 어미새에게 전달되어 어미새 몸에서 특정 호르몬이 분비되고 어미새는, 방화광이 이유 없이 불을 지르듯이 들로 날아가서 벌레를 잡아올 수밖에 없게 된다.

교미기에 새들이 괜히 흥분을 하는 것도 똑같은 과정에서 발생한다. 새 난소의 크기는 바깥 온도에 의존한다. 가을에 쌀쌀한 바람이 불기 시작하면 난소가 수축되고 봄에 날씨가 화창해지면 팽창한다. 그러면 특수한 내분비액이 나오기 시작하여 새들은 정신없이 재잘대고 노래하고 춤춘다. 또한 새들을 실험실 안에 가두고 온도를 적당히 조절하면 엄동설한에도 알을 낳고 소야곡을 부른다.

그리고 보면 그 계집애들이 나를 놀리기 위해서 일부러 수작을 건 것이 아니었다. 향기로운 꽃, 애기풀이 싹트는 목장, 정다운 푸른 하늘이 농간을 친 탓이었다. 내분비의 노예가 되어, 그들은 살짝 신경병에 걸려 저희들도 잘 모르면서 원치 않은 것을 동경하고 눈물이 몸속에 있다는 이유로 조용히 눈물을 흘리는 것이 아닐까?

우리 선조들은 이런 기이한 현상을 흥미 있게 관찰하고 이 증세에 춘열이란 시적인 말을 붙였다. 하긴 병 증세란 정상상태가 행동으로부터 얼마만큼 이탈하느냐에 의해서 정해진다. 이런 의미에서 춘열이란 말은 의학적으로 옳은 말이다. 춘열이 사람들을 바보로 만들기 때문에 4월의 바보란 말이 생긴 것이 아닐까?

이왕 말이 나온 김에 과학적인 정보를 한 편 제공하겠다. 히스테리아*Hysteria*란 말은 자궁이란 희랍어에서 나왔다. 여자들은 남자들보다 히스테리가 심해서 희랍 선현들은 이것이 여자의 자궁에서 비롯된다고 단정했다. 비유적으로 볼 때 이것은 옳은 진단이다. 여자는 임신하여 태반을 통해 태아와 호르몬을 교환한 뒤에야 정서적인 안정이 온다고 한다. 노처녀들이 대체로 주책없는 것은 바로 이런 생리적 근거에서 생긴다고 한다.

생리적 과정이 우리 정서와 사고에 끼치는 영향은 상상 외로 크다. 그렇게 보면 희랍 사람들의 해부학이 보통이 아닌 것 같다. 동양 사람들은 복안腹案이란 말을 곧잘 쓰는데, 그 뜻은 뱃속에서 우러난 생각이다. '간이 서늘해진다', '오장육부가 터진다'는 표현 또한 과학적이다.

이러한 사실을 이해하고 용서하는 법을 배우자. 4월에 춘풍이 불면, 우리 모두 바보가 되어보자. 4월에는 모두가 친구요, 낯선 사람이란 없다.

미국 가정 편력 후기

지난 크리스마스 방학 동안에 히치하이크를 할 때 청년 하나가 차를 세워 나를 태워주고 점심까지 사주면서 물었다.

"왜 그리도 많은 외국인들이 반미 감정을 가지고 있을까요? 도저히 이해가 안 됩니다."

정말로 대답하기 힘든 질문이다. 미국 사람들은 나그네에게도 친구와 마찬가지로 호의를 베풀고 후대해준다. 그럼에도 수많은 신생국들이 미국에 대해서 호된 비평을 하길 좋아한다. 더욱 놀라운 일은 많은 미국 유학생들이 본국에 돌아간 뒤 반미 감정을 표현한다는 사실에 있다. 미국 사람들은 이에 분개한다. 미국에서 공부하고 있는 대부분의 유학생들은 장학금을 받고 있고 이 장학금은 미국 국민의 주머니에서 나오기 때문이다.

이 비극은 외국 유학생들의 대부분이 진짜 미국을 알지 못하고 귀국한다는 사실에서 발생하는 것 같다. 그들은 미국을 이해했다고 생각했겠지만 사실 그들은 제대로 느끼지 못했다. 진짜 미국인들은 난롯가에서 느끼는 아늑함에 있고 이 아늑함을 배우고 느낄 수 있는 곳은 미국 가정이기 때문이다.

나는 이번 방학 동안에 4500리를 떠돌아다녔다. 코빙톤의 주인집 아저씨는 감리교회 목사였는데 자기 딸이 집에 무신론자를 데리고 온 것에 대해 꺼려하지 않았다. 셀비빌의 한 가족은 내가 하룻밤밖에 쉬지 못한다는 것을 알자 일주일이나 앞당겨 생일축하 파티를 베풀어주었다.

나는 우웬스보르에서 나와 함께 하숙하던 친구의 집을 찾아갔다. 친구의 모친은 눈이 어두워서 나를 자기 친아들로 착각하여 많은 음식을 장만하고 권해줘서 무안할 지경이었다. 대학에서 사귄 여학생의 집을 찾아갔을 때는 여학생의 어머니는 마치 내가 자기 딸을 선보러 온 사람처럼 후대해주었다.

인디애나 주의 네밴스빌에서 나는 유대인 가족의 집에 머물면서 그 집의 한 살 반짜리 머슴애의 기저귀를 갈아주고 둘이서 기어다니기 경주를 했다. 그애는 나의 납작코를 아랑곳하지 않았고 선택된 민족에 속한다며 재지 않았다.

그리고 미국의 그 어느 주에서 쌍둥이로 태어났다는 것보다 켄터키 주에서 그 애로 태어났다는 것이 더 좋다고 한다. 도살장과 갱스터가 많기로 유명한 일리노이 주 역시 살지 못 할 만한 곳은 아니었다.

나를 초대한 여학생이 불원천리하고 300리 길을 달려와서 나를 자기 집에 데리고 갔다. 그녀는 뒷문을 통해서 나를 집 안으로 인도했다. 그녀가 휘파람을 휙 불자, 고등학교에 다니는 여동생이 퍼머를 하다가 머리에 지저분한 것을 잔뜩 달고 맨발로 내려와 인사를 했다. 나는 머리에 헤어컬러*haircurler*를 달고 상점에 나타나는 여자에게 문을 열어주는 예의를 지키고 싶은 생각은 없다. 그러나 이런 풍경을 가정에서 보면 느낌의 맛이 달라진다. 나는 그 집에 손님이 아니라 가족의 한 사람이라는 기쁨을 느꼈다. 나는 어찌나 즐겁고 고마웠던지 사랑의 표시로 이것저것 해내라고 온 집안을 들볶아 댈 수밖에 없었다.

미국 가정 편력은 나에게 지극히 소중한 경험이었다. 늦잠을 자고 밥을 잘 먹었기 때문이 아니었다. 송년회에 참석해서 한 남자가 주는 술을 마시고 딴 여자에게 키스할 수 있었기 때문도 아니었다. 그보다도 파자마 바람으로 밤에 몰래 침실에서 빠져나와 부엌에 들어가서 파이를 한 조각 훔쳐먹을 수 있다는 자유감을 느꼈기 때문이다. 나는 비록 이 방의 한구석에 떨어진 초라한 외국 학생이지만 내 집과 마찬가지로 부양받고 사랑받고 있다는 신뢰감을 느꼈기 때문이다.

유학생들은 캠퍼스에서 공부만 할 것이 아니라 미국 가정을 방문할 기회를 가져야 한다는 것이 나에게 차를 태워준 청년의 괴로운 질문에 대한 답이 아닌가 한다. 사랑이란 말은 죄라는 말과 같이 낡고 남용된 말이다. 그러나 인간관계에서 사랑은 지금도 우리가 기댈 수 있는 마지막 말이다.

미국 사람과 열쇠

　열쇠를 여러 개씩 주머니에 넣고 다니는 미국 사람을 보면 좀 이상한 생각이 든다. 왜 그리도 많은 열쇠가 필요할까? 동양 사람으로서 나는 미국에 오기 전에 단 하나의 열쇠도 휴대한 적이 없었다. 그리도 많은 열쇠가 정말 필요한가? 물론이다. 도둑이 들어오지 못하게 사무실, 자동차, 아파트, 심지어는 타자기까지 잠금쇠를 채워야 된다고 한다. 열쇠가 많다고 서양에 도둑질이 덜 심한 것도 아니고 그렇다고 동양 사람들은 모두 성인군자여서 도둑질을 모르고 사는 것도 아니다. 여자 없이는 살 수 있어도 자동차 없이는 살 수 없다는 미국 사람들에게는 열쇠 없이 산다는 것은 시민증이 없이 사는 것과 같은 불법인지도 모른다.
　그러나 열쇠의 의미는 좀더 깊은 것 같다. 열쇠는 그 누구도 타인의 사생활을 침범할 수 없고 개인의 자유는 신성 불가침이라는 서양의 이념을 상징하고 있다. 어떤 영화에 일본 외교관과 결혼하여 일본에서 살고 있는 미국 여자가 목욕을 하고 있는데 시아버지가 말도 없이 욕실에 나타나서 여자가 당황하여 어쩔 줄 모르는 장면이 있었다. 물론 할리우드 도사들이 좀 과장하기는 했지만 동양에서는 이런 장면을 상상 못할 것은 아니다. 집에서는 물론 많은 여관에서도 손님 방에 아예 자물쇠가 없는 경우가 흔하다. 물론 여관 주인은 개개 손님에게 물건이 분실될 염려가 전혀 없다고 다짐을 한다. 그러나 이 다짐은 그것이 제아무리 간절하다 하더라도 주인이 개개 손님에게 열쇠를 주는 의식과는 근본적으로 철학이 다르다. 주인은 손님에게 열쇠를 주는 마그나 카르타*Magna Carta* 헌장에 서명하면서 방 안에서의 손님의 자유와 인간으로서의 존엄을 철저히 보장해주겠다고 밝히는 것과 같다.

미국에 와보니, 아버지가 아들 방에 들어갈 때도 문을 두드린다. 더욱 놀라운 것은 아들의 허가 없이는 아버지가 아들 방에 들어갈 수 없다는 사실이다. 이런 예의를 지키는 동양 아버지를 나는 한번도 보지 못했다. 간단한 이 습관의 차이는 인권에 대한 동서양 간의 차이를 크게 드러내는 것 같다.

내가 낳아 밥 먹여 키운 내 자식의 방에 내 마음대로 들어가지 못할 이유가 무엇인가, 하고 동양의 아버지가 따질 수 있다. 듣고 보면 사실 그 말도 옳다. 그러나 미국 아버지들은 이 문제를 다루는 데 사고의 방향이 다른 것 같다. 목사 한 분이 나에게 이렇게 설명해주었다. 내 자식이 나로 인해서 생명을 얻은 것은 사실이다. 그러나 인간이 짐승과 다른 것은 인간은 하나님이 부여한다는 것이다. 인체란 영혼이 걸치고 있는 옷과 다름이 없기 때문에 궁극적으로 볼 때 내 자식의 존재는 하나님에게서 비롯된다. 따라서 인간의 존엄성을 존경한다는 것은 하나님을 섬기는 것과 마찬가지다.

나는 목사님의 이론을 이해할 정도로 신학에 조예가 깊지 못하다. 나는 이론의 진부야 어쨌든 열쇠는 서양 이념의 상징이라고 생각한다. 아마도 열쇠가 상징하는 개인주의 사상으로 인해서 미국의 노인은 아들딸의 부양과 위로 받기를 거절하고 혼자서 외로운 생활을 하는 것 같다. 미국 노인네들을 보면 나는 참으로 안 됐다는 서글픔에 잠긴다. 그러면서도 개인의 생활은 신성하다는 확고한 신념에 깊은 경의를 표하지 않을 수 없다.

열쇠는 개인의 자유를 보호하는 철칙 같은 상징이다. 세계평화는 핵전파방지 조약뿐만 아니라 사람의 열쇠를 어떻게 사용하느냐에 달려 있다.

용기

    주위 사람들이 말하기를 나는 용기가 많다고 한다. 희랍의 4대 미덕은 예지, 절제, 공명정대, 용기라고 한다. 미덕 개발사업의 일환으로 내 자랑을 하나 해보겠다.

    아주 오래 전 이야기다. 아버지가 며느릿감을 임의로 골라 그녀와 결혼하기를 종용했을 때 나는 아버지의 명령을 여러 번 거역했다. 한번은 이번에도 명령을 거절하면 당신께서 자살을 하시겠다고 하셔서, 살 만큼 사셨으니까 돌아가실 때도 된 것 같다고 했다. 이리하여 아버지가 좋아하시는 여자 대신에 나는 자동차 사고는 잘 내지만 내가 좋아하는 여자와 결혼할 수 있었다.

    베리아 대학에서 공부하고 있을 때였다. 어느날 나를 포함한 학생 여섯이 W 교수로부터 미국 철학사 강의를 듣고 있는데 기독교

코스를 가르치는 N 교수가 불쑥 문을 열고 들어와서 "우리 학생 30명이 밖에서 기다리고 있는데 왜 강의를 안 끝내는 거요?" 하고 성을 내면서 W 교수를 꾸짖었다. W 교수는 무안한 나머지 얼굴을 홍당무같이 붉히고 강의 노트를 주섬주섬 모아 황급히 강의실에서 빠져나갔다. 기독교 교리를 가르친다는 신학 박사가 이렇게까지 오만 불손할 수 있을까?

이번에는 내 얼굴이 붉게 타오르기 시작했다. 그때 시간은 9시 23분. 일반적으로 강의실은 20분에 비워지고 30분에 새 강의가 시작되었다. 학생의 질문에 응답을 끝내지 못했거나 재미있는 토론이 진행되고 있을 때, 가끔 강의가 제 시간에 끝나지 않을 때가 있다. 그런데 불과 3분을 초과했다고 N 교수가 법석을 떨 필요가 있었을까?

W 교수가 나가자마자 나는 재빨리 안에서 강의실 문을 잠그고 다섯 명 학생들에게 내가 저 개새끼 같은 놈의 버르장머리를 고칠 테니까 협조해달라고 부탁했다. 모두 환성을 울리면서 나를 지지하겠다고 말했다. 나는 친구들을 옆문으로 내보내고 N 교수의 약을 올리기 위해 9시 30분까지 혼자 강의실을 지키고 앉아 있었다. 밖에서는 문을 열라고 야단이었다. 정각 9시 30분에 나는 문을 열고 N 교수에게 경멸의 시선을 던진 다음 그 자리를 떠났다.

나는 단지 N 교수의 성급함 때문에 그렇게까지 노여워한 것은 아니다. W 교수는 예일 대학에서 박사 학위를 얻은 박식한 학자였지만 그의 강의는 신통치 않아 학생들 간에 인기가 없었다. 반면에 N 교수는 일본에서 오랫동안 선교사로 일한 탓인지 말주변이 좋고 점수를 후하게 준다는 소문이 나서 인기가 좋았다.

그러나 그는 허영심이 많고 건방지고 안하무인이었다. 강의실 앞좌석에 앉은 학생들에게는 점수를 좋게 주는 반면에 저 멀리 뒷자리에 앉은 학생들에게는 점수를 깎고 강의실에 1~2분 늦게 들어오는 학생들에게는 교수를 무시한다고 호통을 쳤다. 우리 대학은 별난 학교여서 신약, 구약, 철학을 한 과목씩 택하지 않으면 졸업할 수가 없었다. 이런 이유에서 학점이나 따겠다는 학생들이 N 교수 코스를 택했고 그들은 앞자리에 앉기 위해 미리 와서 기다리곤 했다. N 교수의 말을 해석해보면, '나는 학생이 서른 명씩이나 있는데, 넌 왜 여섯 명밖에 없니? 네 강의가 지루하다고 소문이 났는데 넌 왜 학생들을 제 시간에 내보내지 않니?' 하는 뜻이었다. 극단적으로 모욕적이며 잔인한 말이었다. 나는 N 교수에게 진짜 기독교 정신을 가르쳐서 그를 사람으로 만들기로 작정했다.

기숙사에 돌아가자마자 나는 N 교수에게 W 교수 강의를 듣는 학생 전체 명의로 장문의 편지를 썼다. 동료 교수의 강의실에 문을 두드리지도 않고 들어온다는 것은 실례가 아니냐, W 교수의 언행이 못마땅했다면 그와 조용히 말을 나눌 것이지 왜 학생들 앞에서 그를 모욕했는가, W 교수가 잘못한 것이 없는데 당신은 왜 화를 내어 얼굴이 원숭이 똥구멍같이 붉어졌느냐, 이것이 예수의 가르침이고 기독교의 진리냐, 물론 당신이 학생들의 인기를 얻기 위해 쇼를 벌인 것을 알고 있지만 당신의 경거망동은 분에 넘치지 않았나, 백발이 성성한 노인이 왜 나잇값을 못하는가, 하고 나는 거침없이 신랄

한 질문을 했다.

　이어 나는 N 교수에게 종교의 본질에 대해 설명했다. 겸손은 기독교의 미덕이다. 분수*Temperance*를 가린다는 것은 희랍의 미덕이다. 유대교의 탈무드*Talmud*에 의하면 살인을 하고 강간을 한 죄인도 회개하면 천당에 갈 수 있지만 공개적인 자리에서 남을 모욕한 사람은 연옥에서 영원히 똥물 튀김을 받는다고 했다. 부처는 자비심을 가르쳤다. 안식일에도 도랑에 빠진 양을 건져내라는 예수의 가르침에 따라서 나는 당신에게 구제의 문을 열어주겠는데, 단 한 가지 조건이 있다. 그 조건이란 당신이 우리 교실에 나타나서 무릎을 꿇고, 합장을 하고, W 교수와 우리 학생들에게 당신의 잘못을 뉘우치고, 용서를 구하라. 눈물까지 흘리기를 요구하는 것은 아니다. 이 처방이 가혹하다는 것은 나도 알고 있지만 약은 써야만 효과가 있고 속죄는 굴욕을 겪어야만 참다울 수 있다.

　나는 당신의 영혼을 건지고 당신을 진실한 기독교인으로 선도하여 천당의 문을 열어주고 싶다. 나는 당신에게 이주일 간의 속죄기간을 주겠다. 만약에 당신이 이 제안을 수락하지 않을 경우 나는 학생회를 긴급소집하고(나는 학생회 참의원으로서 그럴 권한이 있었다), 당신의 비리를 규탄하고, 축출운동을 벌이겠다고 했다. 오늘 밤 꿈자리가 뒤숭숭하겠지만 편안히 쉬라고 덧붙였다.

　나는 우리 학생을 대표하여 이 글을 쓴다고 명시하고 학생 여섯이 모두 서명하고 편지를 대학 우체국을 통해서 N 교수에게 보냈다.

　며칠 뒤, N 교수 학생 둘이 나에게 찾아와서 폭소를 터뜨리면서 그날 교실에서 일어난 얘기를 했다. N 교수가 내 이름은 밝히지 않고 편지의 이 구절 저 구절을 인용하면서, 어떤 한심한 학생 하나가 자기를 모함하여 얼굴을 원숭이 똥구멍같이 붉혔다느니, 자기가 연옥에서 영원히 똥물 튀김을 받아야 된다는 둥 미친 소리를 했다고 자랑스럽게 늘어놓았다고 했다. 누군가 왜 그런 모욕적인 편지를 보냈느냐고 묻자 N 교수는 시치미를 떼고 모른다고 대답했다고 했다. 그러면서 학생들의 여론은 나의 입장을 전폭적으로 지지하니까 맹렬한 투쟁을 계속하라고 나를 독려했다. N 교수는 나의 도전이 엄포인 줄 알았던 모양이다.

나는 급히 우체국으로 달려가서 N 교수에게 정식으로 전보를 쳤다.

'The die is cast. I am crossing the Rubicon.'

이 전문은 줄리어스 시저가 로마 정권에 도전하여 이성계의 위화도 회군처럼 반란군을 지휘하여 루비콘 강을 건너면서 보낸 선전포고로서 '나는 포문을 열고 휴전선을 넘고 있다.'라고 번역할 수 있다.

그 이튿날, 내 기숙사 방에 N 교수와 그의 부인이 일요일 오찬에 나를 초대하는 영광을 갖고 싶다는 초대장이 날아왔다. 나는 즉시 그에게 영광을 줄 수 있는 영광을 누리겠다고 답변했다.

오찬에는 N 교수 부부 외에도 내가 한두 번 데이트한 적이 있는 마리앤이란 교수의 여비서가 참석했다. 깔끔한 소찬이었다. 버섯튀김을 한 개 집어들면서 나는 N 교수 부인에게 지나가는 말처럼 한국에서는 독버섯을 먹어서 죽는 사람이 많다고 했다. N 교수가 펄쩍 뛰면서 그 버섯은 일본 사람들이 좋아하는 다케시다 버섯인데 네가 꼭 먹을 필요는 없다고 했다. 하지만 식사를 하면서 N 교수는 우리 두 사람의 분쟁에 관해서는 언급하지 않은 탓에 나는 미국에 와서 기독교인들의 사랑스러움, 특히 그들의 겸손함에 감동했다는 말을 한 다음 커피를 한 잔 마시고 자리에서 일어섰다. 이날의 외교적 접전은 무승부로 끝난 것 같았다. 아울러 N 교수는 내가 만만한 적수가 아니라는 것을 깨닫기 시작했다.

원수는 외나무다리에서 만난다고 캠퍼스를 걷다가 N 교수를 만났다. 그는 정중하게 "굿모닝, 미스터 전." 하고 인사를 걸어왔다. 내가 모르는 척하자, 그는 왜 자기의 인사를 받지 않느냐고 시비를 걸어왔다. 그때 다람쥐 한 마리가 우리 앞을 지나갔다. "저는 다람쥐에게 인사를 하지 않듯, 짐승 같은 사람의 인사를 받지 않습니다."라고 대답했다. N 교수는 고개를 흔들면서 자기가 내 욕을 하면 내가 대학원 가는 데 지장이 있을 수 있다고 했다. 나는 너털웃음을 터뜨리고 헌법에 언론의 자유가 보장되어 있으니까 당신이 당신 얼굴에 똥칠을 하는 것은 말리지 않겠지만 나를 곱게 보는 교수들도 많이 있다고 덧붙였다. N 교수는 이를 갈면서 자리를 떴다.

그 뒤 나는 N 교수 추방운동을 더욱 활발히 전개하여 매일같이 N 교수에게 학생들의 서명 숫자를 통보했다. 이 운동은 걷잡을 수 없는 속도로 캠퍼스를 휩쓸어서 나는 학생들의 영웅이 되었고 간혹 교수들 가운데도 나에게 윙크를 하며 지지를 표하는 사람이 있었다.

결국 N 교수는 항복할 수밖에 없었다. 선전포고 이주일이 채 못 되는 날, N 교수는 우리 강의실에 나타나서 W 교수와 학생들에게 사과를 하고 용서를 구했다. 물론 우리도 그를 용서했다.

아이티더블유ITW라는 회사의 팩트론Paktron 지사에서 일하고 있을 때였다. 팩트론은 내가 학업을 마친 뒤 처음으로 얻은 정식 직장으로 대우도 좋았고 봉급도 많았다. 그때까지 나는 변변한 직업을 가져본 적이 없었다. 운명이 기구하여 한국전쟁 시절, 처음으로 부산에서 외국인 통역으로 취직한 경험이 있을 뿐이었다.

그래도 그 경력이 힘이 되어 그 뒤 미 해병대에서 통역으로 일했고, 미국에 건너와서는 대학 시절에 접시닦이, 화장품회사 출납원, 골프장 청소부, 뉴욕 시 자동차 교통체제 분석가, 쓰레기통 제작공 등등 다채로운 직업을 가질 수 있었다. 모두가 임시고 박봉의 직업이었다.

이런 의미에서 팩트론은 진짜 직장이었다. 뿐만 아니라 나는 그 회사가 처음으로 채용한 아시아 계의 엔지니어로서 회사 측에서는 회사의 이미지를 높이기 위해서라도 나를 전시품인 양 특대해주었다. 덕분에 승진도 빠르고 돈도 모으게 되어 집도 한 채 장만할 수 있었다. 회사의 경기가 좋고 때마침 한국에서 이민 온 사람들이 많아서 우리 회사는 한국 사람을 80명이나 채용했다. 교포들이 한인회장에 출마하라고 했고 청와대에 가서 표창장을 요구하라고도 했다.

한국인 종업원의 대부분은 여자였는데 그들은 모두 영어가 짧았다. 툭하면 나를 찾아와서 그들의 애로사항을 말하고 되는 일 안 되는 일 할 것 없이 부탁을 해왔다. 그 중에서 가장 흔한 불평은 몸이 아파 출근을 하지 못할 경우 인사과장이 의사의 진단서를 떼오라고 요구한다는 것이었다.

미국 아이들은 몸이 아플 때 전화 한 통만 걸면 말없이 돈을 타먹을 수 있는데 왜 한국 사람들은 의사진단서를 첨부해야 되느냐, 이것은 인종차별이 아니냐고 호소해왔다. 그래서 나는 인사과장을 찾아가서 이것이 사실이냐고 캐물었다. 그러자 인사과장은 회사 방침은 누구나 몸이 아파서 일을 못할 경우 돈을 타게 되어 있지만 사람들이 이 제도를 남용하여 거짓말을 많이 하는 탓으로 출혈을 막기위해 진단서 첨부를 요구했다는 것이었다.

나는 다시 이 조치가 본사인 ITW 것이냐, 아니면 팩트론 지사의 방침이냐, 이도저도 아니면 당신이 임의대로 만든 기준이냐고 따졌다. 그는 우물쭈물했다. 물론 나는 한국인 여직원들에게 회사 방침과 인사과장의 입장을 설명하고 전달했지만, 오히려 그들은 나를 못마땅하게 보는 눈치였다. 화약을 몸에 감고 자살을 하라는 말인가? 나는 참으로 황당한 입장에 놓이게 된 셈이었다.

그때 마침 시카고 본사 사장과 중역들이 우리 지사에 내려와서 지사 간부들에게 만찬을 베풀었다. 술을 마시고 스테이크를 먹으면서 우리는 총사장, 지사장의 격려연설을 들었다. ITW는 진보적이며 피고용인의 복지를 위하여 심혈을 기울이고 있다고 선전도 했다. 지사장이 팩트론의 운영방침의 이점을 역설했다. 하지만 그의 연설을 들었을 때 나는 솟아오르는 분노를 억제할 수 없었다.

지사장의 연설이 끝나자 나는 손을 들어 발언권을 요구했다. 박수 소리가 회장을 흔들었다. 나는 우리 회사의 밥 호프*Bob Hope*, 자니 카슨Johny Carson으로 알려져서 내가 농담을 할 줄 알았던 모양이었다.

단상에 올라가서 마이크를 쥐고 나는 팩트론의 비리를 규탄하는 연설을 했다. 팩트론은 썩었다, 회사 측에서 간부에게는 온갖 혜택을 베풀면서도 회사를 부하게 만들어주는 장본인인 노동자들을 개똥같이 취급한다, 공장 직원의 3분의 1을 채우고 있는 한국 여자들이 매일같이 나에게 와서 차별대우를 받는다고 불평을 한다, 기업체는 양심이 있는가, 미국에는 헌법이 있는가, 하고 소리를 질렀다. 순식간에 일대가 아수라장이 됐다.

친구들이 단상에 쫓아 올라와서 마이크를 빼앗고 나를 간질병 환자처럼 잡아내렸다. 파티가 깨졌다. 본사 사장이 내게로 와서 무슨 말이냐고 정중히 물었다. 지사장은 술을 너무 먹지 말라고 간청했다.

그 이튿날 지사장이 술김에 망언을 했다고 하면 나의 실수를 용서해주겠다고 제의해왔다. 지사장 충고대로 과음해서 폭언을 했다고 하면 모든 것이 하나의 해프닝으로 끝날 일이었는데, 갑자기 마틴 루터Martin Luther 생각이 나서 나는 그의 말을 되풀이했다.

'나는 나의 입장을 고수한다. 그 외의 길은 없다. 나는 하나님의 구제만을 원한다. 아멘.(Hier stehe ich. Ich Kann nicht Anders. Gott helfe mir. Amen).'

절충안이 깨지자 지사장은 간부회의를 열고 팩트론이 싫으면 나에게 사직할 자유를 주겠다는 방침을 채택했다.

나는 사직할 의도가 없다고 버텼지만 2년 만에 회사에서 쫓겨났다. 참담했다. 그때 내 나이 마흔여섯 살이었다. 새 직업을 구하기도 어려울 나이였다. 아내는 나를 밥을 주는 주인의 손을 문 미친 개라고 화를 내며 엉엉 울었다. 그때 큰아이는 아홉 살, 둘째 아이는 여덟 살, 막내는 여섯 살이었다. 나는 Nova라는 회사를 차리고 사장으로 승격했지만 사업이 부진하여 잡역을 전전하며 겨우 생계를 유지해나갔다.

아이들이 신문을 돌리고 맥주깡통을 모아 팔아서 용돈을 충당했다. 여름에 날이 더워도 에어컨을 틀지 못했고 겨울에는 전기값을 절약하기 위해서 담요를 뒤집어쓰고 살았다. 나는 고민 해소제로 술을 과음하게 되었고 아내는 영생보다도 구호물자를 얻기 위해 교회에 나갔다. 점점 삶이 처참해지고 더러워졌다. 아내는 이혼할 생각도 했다. 이 모든 불행이 나의 만용에서 생긴 것만은 틀림없었다. 나는 나의 만용을 뉘우쳤다.

다행히 마흔아홉 살이 되어서 다시 정상적인 직업을 얻게 되었고, 열심히 일한 덕분에 아이들 대학교육을 시키고 재산도 모아 지금 걱정 없이 살고 있다. 그러나 돌이켜 생각해볼 때 용기는 위험한 무기라는 생각이 든다. 나의 경우 일이 잘 풀려 만사형통했지만 용감하다고 해서 아무에게나 이런 행운이 온다고 보장할 수는 없다.

월터 리프만*Walter Lippmann*은 용기보다도 더 훌륭한 미덕은 없다고 했다. 프랑스혁명 때 국방상을 지냈던 당통*Danton*은 성공의 세 가지 비결은 첫째도 용기, 둘째도 용기, 셋째도 용기라고 말했다. 그는 용기가 너무 많고 성공을 너무도 잘해서 단두대에서 목숨을 거두었다.

나는 지금도 착함(선) 다음으로 용기를 가장 큰 미덕으로 생각한다. 희랍의 4대 미덕 가운데 예지와 절제는 대체로 나의 이익을 도모하는 반면에 용기는 남의 이익을 도모한다는 점에서 차원이 더 높은 미덕인 것 같다. 어진 사람, 절제 있는 사람은 존경과 흠모를 받지만 용기가 지나친 사람은 흔히 패가망신하고 스스로의 목숨을 잃을 수도 있다. 소크라테스가 죽은 것은 예지를 추구했던 그의 정열에서 비롯되지 않고 그가 당시 사회의 모순과 비리를 드러낸 용기에 있었다.

예수 또한 진리를 버릴 수 없다는 용기 때문에 십자가를 짊어져야 했다. 이런 점에서 용기는 위험한 미덕이고 차원이 높은 미덕이다. 팩트론 사건으로 나는 10여 년 간 모았던 재산을 모두 잃고 알거지가 되었다가 소생했지만 이는 운이 좋았다는 얘기지 용기의 보수를 받은 것이라고 할 수 없다. 종교혁명시대에 브루노*Giordarno Bruno*가 화형을 당하고 루터가 영웅이 된 것은 둘 다 용맹스러운 투사였지만 브루노는 그의 용기에 희생이 되었고 루터는 운이 좋았다는 차이뿐이다.

젊었을 때 나는 월남전쟁을 반대하는 글을 쓰고, 코끼리와 호랑이를 살리자는 데모에 참석하고, 여성의 평등권을 부르짖고, 세계 평화를 외쳤다. 자선단체에 돈도 자주 보내고 한때는 불우한 흑인 아이를 입양아로 기르자고 아내와 의논한 적도 있다. 그러나 나는 환갑이 지난 뒤부터 모든 용기를 잃어버렸다.

용기의 역사는 어쩌면 과일나무의 역사와 비슷하다. 너무 젊거나 너무 늙으면 과일나무에 과일이 열리지 않는다. 마찬가지로 용기는 젊은이의 특권인 것 같다. 이리하여 전쟁을 선포하는 사람은 늙은 정치가요, 전쟁터에서 쓰러져 죽는 사람은 젊은 군인인 것이다.

요즘 나는 겁쟁이가 되었다. 밤에 운전하기가 두렵다. 구두쇠가 되어 구세군, 학교, 병원 같은 곳에 헌금하기를 꺼려 한다. 가장 큰 즐거움은 내가 투자한 주식값이 올라가고 나날이 늘어나는 저금액수를 보는 데 있다. 내가 왜 이렇게 타락했을까? 예수님 말씀에 열매를 맺지 못하는 나무는 도끼로 찍어 불태워버려야 한다고 했다. 내가 보일 수 있는 마지막 용기는 고려장 재현을 입법화시키자는 운동을 활발히 전개하는 데 있는 것 같다.

신입생에게 보내는 환영사

여기 베리아 대학에서는 매일 세 번씩 기적이 일어나고 있다는 것을 아는가? 식사 때마다 컴본스(대학 식당)는 분망한 큰 벌집으로 변한다. 이러한 기적의 일꾼들은 소음 조작을 전문으로 하는 신입생들로 그들은 지치도록 떠들어대고 웃는데 숨이 넘어간다.

그들은 왜 이곳을 찾아왔을까? 대학은 필연 배움의 집이지만 조금 더 깊은 뜻을 지닌다. 대학*College*이란 말이 '사회'라는 뜻을 가진 콜레기움*Collegium*이란 말에서 나왔듯이 대학은 진정 사회의 축소판이다. 우리는 여기서 현대추상화 감상법을 배우는 외에도 생활의 예술 그 자체를 배운다.

대학은 일종의 동물 훈련소로 대학 신입생도 어린 짐승처럼 길들이고 훈련시켜 훗날 사회인으로 무난히 살아가는 데 필요한 기술과 요령을 배우는 곳이다.

따라서 사람이 훗날 어느 정도 성공하느냐는 대체로 그가 캠퍼스 생활을 얼마만큼 잘했느냐에 달려 있다. 좋은 성적을 얻는 것도 좋지만 그게 전부는 아니다. 시적으로 말하면 대학교육 과정은 상대성 원리 터득에서부터 키스하는 방법에까지 이른다고 할 수 있다. 대학은 단순히 학문을 위한 곳만은 아닌 것이다.

그러므로 학생은 활동적이어야 한다. 방에 틀어박혀 조용히 명상에 잠긴다는 것은 성인聖人처럼 보이긴 하겠지만 남을 알려고 열심히 노력하는 것이 더 인간적이다. 고독은 그 자체로는 매력이 있지만, 이것은 보약이지 건전한 음식물이 아니다.

개성을 발전시키고 육체와 조화되는 성격을 본받아라. 교실에서는 눈은 읽고 귀는 들려야 하지만, 기숙사나 체육관에서는 다리는 차고 팔은 안을 줄 알아야 한다. 할리우드 배우와 짝사랑에 빠져 눈물을 흘리고 시편을 쓰기보다는 대학 연극단에 참가하라. 이해의 기쁨은 참으로 달콤하지만 연구한답시고 두더지마냥 구멍 속에 묻혀서는 안 된다.

대학교육의 가장 큰 위협은 여자가 웃으며 인사를 하면 어쩔 줄 몰라 당황하고, 종교란 말만 들어도 겁을 집어먹는 인간 파편을 길러내는 데 있다. 지식은 힘이지만 오직 예지만이 자유다. 야심을 가져라.

야심이 너무 많은 사람은 위험이 따르겠지만 야심이 전혀 없는 사람은 아무짝에도 쓸모 없는 천치다. 꾸준하라. 속담대로 구르는 돌에는 이끼가 끼지 않는다고 한다. 무엇보다도 남들과 함께 사는 법을 배워라.

한방에서 같이 사는 친구와 더불어 살 수 없다면 세상에 나가 낯선 사람들과 어울리기 어렵다.

시민이 되기 전에 인간이 되어라. 배운 사람의 표식은 미묘한 논쟁을 어떻게 전개하느냐에 있지 않고 사람의 시야가 얼마나 넓고 얼마나 철이 든 이야기를 할 수 있느냐에서 나타난다.

이런 점을 고려하면 한없이 즐거운 것이 대학생활이다. 누구나가 예술가, 과학자, 철학자가 될 수는 없다. 그러나 하나의 인간, 참다운 인간이 될 기회를 갖는다는 건 얼마나 행복한 일인가! 먼 훗날에는 대학에서 배운 라틴어나 수학을 잊어버리게 된다. 그러나 대학생활 첫 해의 기억은 자장가처럼 죽을 때까지 우리 뇌리 속에 살아 있을 것이다.

대학생활의 첫 발을 올바르게 내딛으면 행복이란 이리도 쉽게 얻을 수 있는 것이구나, 하고 놀라지 않을 수 없다.

신입생 꿀벌 떼 여러분, 교정 구석구석에 숨은 꽃가루와 꿀을 찾아, 날고 또 날기 바란다.

대학교육의 혜택

　미신과 무식에서 해방되기 위하여 나는 대학교육을 받기로 결심했다. 이리하여 나는 태평양 건너로 애인을 키스한다는 것은 수학적으로 불가능하다는 것을 뻔히 알면서도 바다를 건너서 미국에 왔다.

　언뜻 생각할 때 교육을 받는다는 것은 장한 일이다. 그러나 지식을 하루하루 축적하다 보니까, 나는 강의실을 출입하는 빈도수에 비례해서 하루하루 더 불행해지고 있다는 치명적인 사실을 발견했다. 얼토당토 않은 말 같다. 그러나 사실 나는 천치가 되도록 물 샐틈 없는 교육을 받고 있었다.

　이제까지 나는 전형적인 무식한 사람이어서 나의 기분을 좋게 하는 관념을 무조건 삼켜버렸다. 그러나 나는 플라톤*Platon*과 같이 사람의 눈이 뒤통수에 박혀 있지 않고 얼굴의 전면에 위치해 있는 이유는 전면이 후면보다 더 고상하기 때문이요, 사람의 창자가 빨랫줄같이 긴 이유는 음식이 소화되는 동안 철학적인 명상을 하라는 의도라고 믿었다. 이를테면 나는 행복한 무식자였다. 그러나 일 년 동안 대학교육을 받자 나는 미치광이가 되어버렸다. 그 내력은 다음과 같다.

첫째, 핵 물리학에 의하면 대학교수와 바보의 단 한 가지 차이점은 인체 안에 있는 양성자*Proton*의 분포 차이에 있다고 한다. 양성자의 농간이 없었더라면 나도 아인슈타인 같은 훌륭한 과학자가 되었을 것이라는 기분 좋은 말이다. 한편 내가 징그러운 뱀과 대동소이하다는 말은 소름 끼치게 한다.

지질학에 의하면 사람이 지구상에 나타난 것은 비교적 최근의 일이고 멋있는 진화과정에서 조연자 역할도 못했다고 한다.

생물학에 의하면 사람은 원숭이의 사촌인데 차이점은 사람은 원숭이같이 재빠르지 못하지만 더 고약하다고 한다. 다윈에 의하면 우리가 받들고 모시는 조상은 아담이 아니라 의족義足이 달린 단세포 생물로서 축구공은 물론 테니스공으로도 쓸 수 없는 초라한 존재였다고 한다.

뿐만 아니라 화학자에 의하면 로미오와 줄리엣의 가장 고상한 인간적인 사랑은 단순히 유기체 속에 엄연히 잠재해 있는 화학성분 교체의 만능이라고 한다. 인간이 만물의 영장이란 말은 말의 남용이다.

시인 워즈워드는 호박꽃 같은 (천한) 꽃에서도 삶의 신비감에 눈물이 쏟아져나오는 것을 금할 수 없다고 했다. 그러나 식물학자에 의하면 꽃이란 아름답든 향기롭든 간에, 단순히 식물의 생식도구에 지나지 않는다고 한다. 한 걸음 더 나아가서 천문학자의 망원경 속에는 인간의 형상이 전혀 나타나지 않는다. 지구는 단순히 우주 티끌의 하나다.

인간은 아직도 이성적인 존재라고 큰소리를 친다. 그러나 세칭 마음의 과학이라는 심리학은 이런 주장을 일축하고 심리학은 마음의 학문이 아니라 행동의 학문이라고 한다. 심리학은 모든 사람을 병자로 만드는 데 성공했다. 예를 들면 유달리 명랑하고 쾌활한 사람은 사이크로시미아Cycrothymia 환자고, 유달리 침울하고 통절한 사람은 스키조시미아Schizothymia 환자일 가능성이 높다고 한다. 예쁜 아가씨에게 윙크를 던지는 것은 오해를 살 수 있다.

프로이트 학파의 날카로운 정신병 분석 주석에 의하면, 미소를 짓는다든가 천사 꿈을 꾼다는 것은 명백히 무의식적인 성적 충동의 표현이라고 한다. 심지어는 하루에 한 번씩 목욕을 하는 것도 과거의 불륜지사를 씻어내려는 기계적인 행동이라고 한다. 심리학의 전문용어를 쓴다면 이런 현상을 '강박'이라고 한다. 심리학에도 주제의 길은 막혀 있다는 것을 느꼈다.

겁이 덜컥 나서 나는 건강학 수업을 하나 택했다. 그러나 건강학 또한 위로의 말을 해주지 않았다. 비극은 떼를 지어 찾아오는 것 같다. 나는 '사색인의 필터와 흡연인의 취미'를 살리려다가 폐암에 걸린 것을 뒤늦게야 깨달았다.

얼마 전까지 나는 하루에 열 시간씩 잠자기를 좋아했다. 그런데 교수님 말인즉, 나의 과면증은 시상하부視床下部나 하하河廈에 있는 종기가 원인일지 모른다고 했다. 이제는 닭다리를 하나 뜯을 때도 내가 억만 마리의 박테리아를 삼키고 있다는 사실을 생각하지 않을 수 없다. 걱정이 되어 나는 의학전서를 펼쳐봤다.

세상에, 나는 책 속에 수록된 온갖 병을 지니고 있다는 것을 알았다! 독서는 지식의 원천임에 틀림없다. 나는 강의실에 들어가자마자 꾸벅꾸벅 졸기 시작하는데 그 이유는 폐에 관련된 'Pneumonou-ltramicroscopicsilikovocanikoniosis'란 병 때문이란 것이 판명됐다.

나는 헛되이 문학의 영역을 답사했다. 현대소설의 목표는 인간생활의 가장 추악한 측면을 드러내는 데 있다고 한다. 이것은 내 의견이 아니라 문학평론가의 진단이다. 이리하여 소설가의 소재는 인간의 병리학과 추잡함에 한정되어 있다. 시詩는 한 걸음 더 타락해서 시란 작가 스스로가 무슨 소리를 하는지 모르고 독자가 읽어도 이해할 수 없는 낙서로 진화했다.

음악 또한 부조리의 절정에 도착하여 부조화dissonance가 조화harmony라고 한다. 이 이론에 의하면, 어떤 음악을 들었을 때 두통이 심해지면 심할수록 그 음악이 훌륭한 작품이라고 한다.

미술이 눈을 즐겁게 해주는 예술이란 시대는 지나가버렸다. 눈이 두 개 있는 초상화는 미술품이 아니다. 미술가에 의하면 사람이란 눈이 하나 달렸거나 전혀 눈을 달지 않고 태어났다고 한다. 미술이란 현대의 정의에 의하면 캔버스에 아무렇게나 그린 선, 원형, 삼각형, 사각형이라고 했다.

현대미술관을 방문한 후르시초프는 현대미술품이란 해수욕장에서 모래사장에 오줌을 내갈기는 어린애가 그린 것인지, 아니면 페인트투성이의 당나귀 꼬랑지가 화면에 농간을 친 것인지 구분할 수 없다고 했다. 그럴싸한 평론이다. 에번즈빌*Evansvill*이란 도시에서는 '우주의 고독'이라는 텅 빈 캔버스가 특선을 받았다.

하나님을 숭배하고 철학을 공부한다는 것이 인생의 지상과제라고 했던 시대도 있었다. 그러나 종교공부, 철학공부도 나를 구제할 수 없었다. 교수님 말씀에 의하면 종교교육의 주목적은 광신도들을 이해성 있고 도량이 넓은 무신론자로 양성하는 데 있다고 한다.

윤리학이란 리프만*Walter Lippmann*의 말을 인용한다면, 일종의 교통정리법이 되어버렸다고 한다. 윤리학은 운전방향을 제시하지 않고 정면충돌 사고방지법에 목적을 두고 있다. 철학공부의 즐거움을 얘기했던 사람이 누구였던가? 첫째 물리학, 다음에 화학, 생물학, 천문학, 심리학들이 철학에서 독립을 선언해서, 현대철학이란 바다 아네몬의 알맹이를 빼먹은 조개껍질이 되어버렸다. 지식은 공허하다.

유식한 바보가 된 나는 어떻게 생활을 설계해야 할 것인가? 급행치료법은 자살을 하는 것, 완행치료법은 마약을 먹어 지식의 악취를 제거하는 두 가지 방법밖에 없다. 그럼에도 나는 주저한다. 왜 나는 주저할까? 비겁이란 내 몸속에 숨겨져 있는 어쩔 수 없는 화학작용일까? 아니면 판도라 여신의 후예로서, 세상이 망해도 곧 더 좋은 세상이 나타나리라는 엉뚱한 희망에 목을 걸고 있는 탓일까? 어쩌면 즐거움은 아편주사를 맞는 것처럼 끝내는 자기 자신을 파괴하지만 주사를 맞는 동안 세상을 한없이 달콤하고 아름답게 해주는 이유에서일까? 어쩌면 이 모든 코스가 포함되어 있는 것 같기도 하다.

어쨌든 세상은 정신병원이 되어버렸다. 스푸트니크*Sputnik*와 비크니크*Beaknik*의 세계에서 단 한 가지 살 수 있는 길이 있다면 우리 자신이 정신병자가 되는 길밖에 없다. 이불을 덮고 잠을 잘 때 나는 이미 죽음의 행진곡이 나를 지식공포증*sophiaphobia*에서 해방시켜주려고 다가오는 것을 느낀다. 죽음에 직면한 나는 허둥대고 디오게네스*Diogenes*의 유언을 훔친다.

'내가 죽게 되면, 제발 내 몸을 거꾸로 묻어주십시오. 조만간에 세상이 180도 회전하리라 믿기 때문입니다.'

에필로그

촌놈의 행복론

전시륜의 가족사진 (왼쪽부터 둘째 아들 데이비드, 저자, 외동딸 셀리나, 부인 천건희, 맏아들 데니스)

사람은 왜 사나? 살라고 태어났기 때문에 산다. 어떻게 살면 좋을까? 행복하게 살면 된다. 이것이 나의 인생철학의 전부다.

어떻게 살면 행복하게 살 수 있을까? 요리책을 보면 팔보채나 탕수육을 어떻게 만들라고 샅샅이 조리법을 말해준다. 행복을 만드는 요리책은 없을까? 러셀의 『행복의 정복』이라는 책이 내 머리에 떠오른다. 내가 어렸을 때 퍽 재미있고 감명 깊게 읽은 책 중에 하나다. 그 책에는 건전하고 쓸모 있는 충고가 담겨져 있다. 한번 읽어보라고 권하고 싶다.

이 책은 모든 행복론과 같이 너무도 일반적이다. 이 책들은 마치 팔보채가 맛있고 몸에 좋은 음식이라고 지적하면서도, 팔보채를 만들려면 어떤 채소가 얼마쯤 들고, 어떤 조미료가 필요하고 언제 어떻게 얼마 동안 이것들을 지지고 볶고 데치라고 말해주지 않는다. 그래서 나는 내 식성, 내 비위를 맞추기 위해서 내가 채소를 어떻게 지지고 볶고 데치는지에 대해 얘기를 하고 싶다.

사람은 저마다 식성이 다르다. 나는 맵고 짠 음식을 좋아한다. 궁중 전골보다는 김치찌개를 더 좋아한다. 그 이유는 생리적인 것보다 내 몸에 영양분이 부족해서 내가 짠 것을 좋아하는 것이 아닐까? 매운 것을 안 먹으면 나의 뇌세포가 가열되지 않아 사고기능이 마비되기 때문이 아닐까? 나는 내 체질, 내 성향, 내 식성, 내 편견에 알맞은 행복 요리법을 모색해봤다.

첫째, 나는 자명종을 틀어놓지 않는다. 나는 잠보로 태어났다. 초등학교 때는 열두 시간, 고등학교 때는 열한 시간씩 매일 잠을 잤다. 진갑을 치르고도 나는 요즘 열 시간씩 잠을 잔다. 이렇게 잠을 자지 않으면 나는 신체적으로 고통을 견뎌낼 수 없다. 의사 선생 말에 의하면 나는 위험할 정도로 저혈압이라고 한다. 이런 체질의 소유자로서 자명종을 틀어놓고 잔다는 것은 내 몸에 대한 무서운 범죄라고 생각한다.

덕분에 나는 학교 다닐 때 여러 번 지각을 했었고 회사 출근을 한두 시간 늦게 하기도 했다. 그럴 때마다 나는 변명을 했다. "낙제는 하지 않겠습니다." 또는 "대신 열심히 일하겠습니다." 이제는 모든 사람이 나의 괴팍함을 이해하고 용서해준다. 언젠가 비행기를 놓쳤다. 사장이 벌컥 화를 내서, 나는 "내일도 비행기가 있다고 합니다." 하며 씩 웃고 도망쳤다.

나는 결혼 첫날밤에도 마치 점호나팔 소리를 들은 듯 밤 아홉 시에 취침, 아침 일곱 시에 기상했다. 아내는 내가 병신인가 아니면 수면병 환자인가 하고 매우 걱정했다. 친구들을 저녁에 초대해도, 나는 아홉 시가 되면 "전 피곤해서 자야 되겠습니다. 아내와 재미있게 얘기하고 놀다 가십시오." 하고 침실로 들어갔다. 친구들이 노여워하며 입에 거품을 뿜으며 핏대를 올리고 손톱까지 빨개졌다는 것은 말할 나위 없다. 그러나 궁극에는 그들도 나의 괴팍성을 이해했다. 입센의 로라같이 나는 남에 대한 의무보다도 나 스스로에 대한 의무가 더 중요하다고 생각한다. 주말의 가장 큰 즐거움은 낮잠을 두 시간씩 자고 나서 찬물을 한 사발 들이켜는 데 있다.

둘째, 나는 먹고 싶은 음식을 마음대로 먹는다. 요즘 신문, 잡지, 라디오, 텔레비전에서 어떤 음식은 먹고 어떤 음식은 먹지 말라고 북새통이다. 고기, 새우, 순대를 먹으면 콜레스테롤이 높아져서 심장마비의 기습을 당할 수 있고 케이크, 아이스크림을 먹으면 뚱뚱해져서 식인종에게 잡혀먹힐 염려가 있다고 한다. 당근을 먹으면 눈이 좋아지고 오렌지즙을 마시면 감기가 오지 않고 콩을 먹으면 머리가 좋아지고 우유를 마시면 키가 커진다고 한다. 생선과 과일, 섬유질 음식을 많이 먹으라고 한다. 소금과 지방질은 치명적이라고 한다. 그러면서도 나는 왜 삼겹살에 소금을 산더미같이 부어야 음식이 맛있을까?

나의 어리석은 생각에는 내 입에 당기는 음식은 내 몸, 내 건강에 맞는 음식이기 때문이 아닐까 한다. 나는 음식을 선택하는 데 있어 머리의 말을 듣기보다는 혀와 밥통의 말을 듣는 것이 옳다고 믿는다. 나는 눈이 아플 때 산부인과를 찾아가지 않고 안과를 찾아가듯, 수학문제를 풀 때는 뇌의 힘을 빌리되 음식을 가릴 때는 혀와 밥통의 명령을 따르는 것이 상식이라고 본다.

어떤 아프리카 사람들은 소금덩어리를 과자같이 씹어 먹는다. 알고 보니 그 지방 사람들은 염분이 부족하다는 것이다. 미국 어머니들은 아이에게 "야, 이거 먹어. 몸에 좋아." 하지만 프랑스 어머니는 "야, 이거 먹어 봐. 맛있어." 한다. 사는 재미 중에 먹는 재미가 제일 크다. 이런 점에서 프랑스 사람들은 매우 건실하고 자연적인 태도를 가졌다고 본다. 그렇다고 그들이 더 뚱뚱해지고 심장마비로 더 많이 죽는 것도 아니다. 이와 마찬가지로 덴마크 사람들은 케이크와 돼지비계를 정신없이 먹어댄다. 그럼에도 그들 대부분은 날씬하고 오래 산다.

셋째, 나는 넥타이를 매지 않는다. 넥타이는 서양문명의 수치며 비극이다. 넥타이는 특별한 기능이 있는 것이 아니라 멋으로 맨다. 신사복 소매 뒤에 멋을 위해 전혀 쓸모 없는 단추를 두세 개 다는데, 이런 멋은 몸에 해롭지 않으므로 관계없다. 그러나 넥타이를 맨다는 것은 마치 새끼로 목을 졸라매는 것 같다. 숨쉬기 힘들게 하고 피가 흐르는 것을 막는다. 정말 어리석기 짝이 없고 미친 짓이다.

옛날에 막 대학을 졸업하고 팩트론이란 회사에 입사원서를 내고 인터뷰를 했다. 나는 인사과장에게 그 회사에서 종업원이 넥타이를 매는 것을 요구하느냐, 넥타이를 꼭 매야 한다면 나는 그 회사에서 일하고 싶지 않다고 미리 얘기했다. 인사과장은 이상한 눈초리로 나를 쳐다봤다. 다음 순간 어이가 없다는 듯 너털웃음을 치면서 그는 원서를 들고 사장 방으로 들어갔다. 이어 그 방에서 웃음 소리가 한바탕 쏟아져 나왔다. 사장은 자기가 매고 있던 넥타이를 얼른 풀고 두 손으로 나를 반기면서 나의 씩씩한 태도가 좋다면서 그 자리에서 나를 채용했다.

행복하게 산다는 것은 자연스럽게 산다는 것이다. 나는 옷을 고를 때 편안한 것에 기준을 둔다. 나의 와이셔츠와 바지는 공기 소통을 위주로 골라서 헐렁헐렁하다. 친구들이 나를 '핫바지'라고 부른다. 신발도 마찬가지로 편한 신을 택한다. 편한 신발을 한 켤레 사면, 나는 그것을 깁고 수선하며 몇 해씩 신는다. 돈이 아까워서가 아니다. 옷과 신은 몸에 편해야 되고 몸에 편해야 마음이 편하다. 이런 원칙에서 나는 옷을 홀랑 벗고 잔다. 편하고 기분이 좋기 때문이다.

파자마를 입는 습관이 언제 생겼는지 모르지만 이것은 옛날 화장실이 십 리 밖에 있고 요강이 미처 발명되지 않았을 때 추운 고장에서 시작된 것이 아닌가 한다. 파자마는 문자 그대로 사람 본연의 자세를 파괴하는 옷이란 뜻이 아닐까? 파자마는 사는 맛을 깬다. 소크라테스는 심사되지 않은 인생은 인생이 아니라고 사자같이 포효했지만, 나는 편하지 않고 멋없는 삶은 삶이 아니라고 고양이같이 야옹하고 싶다.

나는 목욕을 자주 하는 것마저 꺼린다. 목욕을 너무 안 해서 몸에서 냄새가 나고 수시로 등허리를 긁어야 할 정도라면 물론 이것은 건강에 좋지 않다. 그러나 매일 아침 일어나자마자 샤워를 한다는 것은 얼빠진 짓이다. 목욕을 너무 자주 하면 몸에 해롭다. 개를 키워 본 사람은 누구나 알지만, 개에게 목욕을 자주 시키면 개가 병들어 죽는다. 그 이유는 피부보호를 위하여 피부세포가 자연적으로 분비하는 기름을 제거해버리기 때문이다.

사람도 마찬가지다. 목욕을 자주 하면 감기도 곧잘 오지만 사타구니나 겨드랑이 같은 곳에 곰팡이가 생긴다. 비누를 사는 대신 옥수수 등긁개를 사서 등이 가려울 때 신나게 등을 긁어대는 것이 어떨까? 건강에도 좋지만 가려운 곳을 긁을 때 우리가 느끼는 미칠 듯이 즐거운 감각은 사는 즐거움의 하나가 아닐 수 없다.

사람이 행복하자면 게을러야 한다. 미국 사람들의 가장 큰 결함은 항상 바쁘다는 것이다. 팬티를 입을 때 두 다리를 한꺼번에 집어넣어야 한다는 논리를 이해할 수 없다. 일어나고 싶을 때 일어나고 밥먹고 싶을 때 밥먹고 일하고 싶을 때 일하고 잠자고 싶을 때 잠자는 것이 얼마나 편하고 즐겁고 고상한 짓일까. 나태는 몸의 피로를 덜어주고 마음의 평화를 가져다준다. 사학자 윌 듀란트는 '항상 바쁜 사람은 문명인이 채 못된다.'라고 했다. 나태는 의식주 문제가 해결되는 한에서 누구나 길러야 할 미덕이다.

이 행복론을 쓰면서 나는 내 이론이 설사 옳다 하더라도 대부분의 한국 독자들에게 적합하지 않다는 것을 알고 있다. 자명종을 틀어놓지 말아야 되느냐, 파자마를 입지 말아야 되느냐가 문제가 아니다. 요는 내 생리, 내 식성, 내 성향에 맞는 생활을 어떻게 설계하느냐에 있다. 요는 내가 나의 괴팍성으로 인해서 이웃 사람의 비위를 거슬리지 않고 사회질서를 교란시키지 않는 한에서 편하고 즐거운 길을 택하라는 것이다.

희랍 예지의 유산에 '너 자신을 알라.'와 '분수를 가릴 줄 알라.'는 명언이 있다. 그 누구보다도 건전한 상식을 가진 아리스토텔레스는 삶의 목적은 행복에 있다고 했다. 서머셋 모옴은 행복의 관건은 골목길에 순경이 서 있나 없나를 살펴보면서 자기가 하고 싶은 일을 마음대로 하는 데 있다고 했다.

얼마 전 배우 도날드 서덜랜드의 전기를 텔레비전에서 봤다. 서덜랜드는 유명한 배우다. 그의 아들 키퍼도 유명한 배우가 되었다. 성공의 배경을 묻자, 키퍼는 다음과 같은 일화를 얘기했다.

어렸을 때 아버지와 같이 낚시를 하러 갔었다. 어떻게 하면 고기를 낚느냐고 물었더니, 자기 아버지가 이런 충고를 했다고 한다.

'물을 알고, 고기를 알고, 낚싯줄을 알고, 미끼를 알아라. 그러면 누구나 고기를 잡을 수 있다(Learn the water, learn the fish, learn the line, learn the bail. Then, everything coiltake carve of itself).'

참으로 멋있고 훌륭한 충고다. 행복한 삶은 단순한 삶이다. 주어진 사회의 테두리 안에서 스스로가 원하는 것을 알고 이를 추종한다는 것이 행복이라고 나는 믿는다.